오스트리아 출신의 유명 영화배우

틸라 두리에우스 생애를 다룬 소설

사랑과 죽음의 마지막 다리에 선
유럽 배우 <틸라>

스포멘카 슈티메치(Spomenka Štimec) 지음

사랑과 죽음의 마지막 다리에 선 유럽 배우 틸라

인   쇄 : 2021년 11월 15일 초판 1쇄
발   행 : 2021년 11월 22일 초판 1쇄
지은이 : 스포멘카 슈티메치(Spomenka Štimec)
옮긴이 : 장정렬(Ombro)
표지디자인 : 노혜지
펴낸이 : 오태영(Mateno)
출판사 : 진달래
신고 번호 : 제25100-2020-000085호
신고 일자 : 2020.10.29
주   소 : 서울시 구로구 부일로 985, 101호
전   화 : 02-2688-1561
팩   스 : 0504-200-1561
이메일 : 5morning@naver.com
인쇄소 : TECH D & P(마포구)

값 : 15,000원
ISBN : 979-11-91643-26-8
  ⓒ스포멘카 슈티메치(Spomenka Štimec)

오스트리아 출신의 유명 영화배우
틸라 두리에우스 전기를 다룬 소설

사랑과 죽음의 마지막 다리에 선 유럽 배우 <틸라>(Tilla)

스포멘카 슈티메치(Spomenka Štimec) 지음
장정렬(Ombro) 옮김

진달래 출판사

차   례

◆책 정보◆

Spomenka Štimec: Tilla. Edistudio, cp 213, Pisa,
Italujo 2002. ISBN 88-7036-071-7 (Esperanto).
https://www.esperanto.hr/tilla%20definitiva%2013
8.pdf.

Antaŭparolo por la koreaj legantoj de "Tilla"

Spomenka Štimec
Foto: Slavica Štefić / GLAS HRVATSKE

Karaj legantoj,

Koran dankon, ke vi malfermis mian libron pri la granda germana aktorino Tilla Durieux. (La tradukinto donu al la legantoj proponi kiel en la korea prononci la nomon de la aktorino, proksimume kiel en Esperanto:Tila Dirje.) Ŝi estis la plej fama aktorino en Germanio inter la du mondmilitoj, ŝatata en la tuta Eŭropo. Kiam la faŝisma diktatoro Adolf Hitler transprenis la povon en Germanio, ŝi, edzino de Judo, devis fuĝi el Germanio, rekte de la teatra scenejo al la trajno kun fuĝintoj.

Longa estis la vojo kiu alportis ŝin ĝis mia urbo Zagrebo en Kroatio (tiam en Jugoslavio), kie ŝi restos dum la venontaj dudek jaroj. Tiam aperos germana reĝisoro kiu invitis ŝin reveni kaj ···ŝi rekreis sian germanan teatran karieron en la lasta parto de sia vivo

Vi legos sur la venontaj paĝoj pri tiu eventoplena vivo inter artistoj kaj poste pri la vivo modesta kaj mizera en la nova fremda lando.

Mi verkis la libron en Esperanto, la Internacia Lingvo kiu komencis sian vivon en Eŭropo en 1887.

Dankon al la korea tradukisto Ombro, kiu ĝin koreigis kaj al la eldonisto Mateno, kiu supozis, ke ĝi povus esti interesa por koreaj legantoj. Ĉu ili eraris? Spomenka Štimec

원제 『Tilla』의 한국어판 서문

존경하는 독자 여러분께,
독일에서 많은 활동을 한 배우 틸라 두리에우스(Tilla Durieux) 전기를 다룬 제 작품을 통해, 독자 여러분을 만나게 되어 진심으로 감사드립니다.

틸라 두리에우스는 에스페란토로 읽을 때는 '틸라 디레'로 발음이 됩니다만, 우리 주인공 틸라 두리에우스는 제1차, 제2차 세계대전 사이에 유럽 전체에서 단연 인기 최고였고, 최고 유명 공연 배우였습니다.
독일에서 정권을 잡은 독재자 아돌프 히틀러가 국내 유대인들을 탄압하자, 유대인의 아내 틸라도 자신의 연극 공연 중에 외국으로 피신해야 했습니다.
이 피난길의 종착지가 제가 사는 크로아티아(당시에는 유고슬라비아) 자그레브였습니다. 이곳에서 그녀는 20년 동안 더 살아야 했습니다.
그렇게 제2차 세계대전의 힘들었던 시가를 겪은 뒤, 그 배우는 자그레브에서 평온하게 살아가던 중, 어느 날 독일영화 감독이 그녀를 방문하게 됩니다... 그녀는 다시 연극과 영화 출연을 제안받습니다. 그녀는 20년간의 공백을 깨고, 자신의 말년에 다시 독일에서 공연 배우의 길을 걷게 됩니다.
독자 여러분은 이 '틸라' 작품을 통해 독일의 당시 유명 예술가들의 삶 사이에서 살았고, 또 머나먼 낯선 나라에 와, 수수하고도 힘든 삶을 살아간 한 파란만장한 공연 배우의 삶과 대면하게 됩니다.

이 공연 배우의 삶이 독자 여러분에게는 어떤 관심과 흥미가 될지 저자인 저도 궁금합니다.

본 작가는 이 작품을 1887년 유럽에서 자멘호프 박사가 창안한 국제어 에스페란토로 썼습니다.

이 작품을 한국어로 옮긴 장정렬(Ombro) 번역자와, 이 작품을 독자들을 위해 책으로 기꺼이 발간해 주신 진달래 출판사 오태영(Mateno) 대표님께 깊은 감사의 인사를 드립니다.

이 작품이 독자들의 관심을 끌 것으로 판단한 한국 에스페란티스토들의 생각은 틀리지 않았겠지요?

2021. 10. 15.

자그레브에서

스포멘카 슈티미치(Spomenka Štimec)

이 작품 속 사진들은 <Muzej grada Zagreba>의 호의적인 사용 허락으로 사용되었습니다.

이 작품을 *침부르(Pero Čimbur)*[1]에게 바침

---

1) Pero Čimbur (1930.Knin 출생 - Zagreb, 2002.별세). 크로아티아 언론인, 작가.

틸라 두리에우스에 대한 전기 소설을 읽고

박창화
(사) 한국연극배우협회 부산광역시지회 회장

우연히 공연 배우 **틸라 두리에우스**를 책으로 만나게 되었다. 그녀는 우리에겐 그다지 알려지지 않은 배우이기도 하다. 하지만 다행히 우리나라에 그 배우 틸라 두리에우스가 출연한 영화로 우리에게 알려진 작품으로 그녀의 대표작이자 영화인 [사랑과 죽음의 마지막 다리(Die letzte Brücke)]가 있다. 이 작품은 1961년 제4회 부일영화상(부산일보에서 주최)에서 <외국영화 작품상> 부문에서 <사랑과 죽음의 마지막 다리>가 수상작으로 선정되었다.

배우란 통상적으로 연극배우, 영화배우, 그리고 탤런트를 칭한다. 여기서 배우를 한자로 표기하면 이렇다: '俳優'. '배' 자를 보면 사람 인(人) 변에 아닐 비(非)를 합한 글자임을 확인할 수 있다. 배우는 사람이 아니다. 고로 신(神) 같은 존재임을 암시한다. 과거 그리스 로마 시대의 배우들을 신과 같이 대우한 경우를 보면 알 수 있을 것이다.

'신과 같은 사람': 배우?

저는 이런 부분에 매료되어 배우를 꿈꾸는지 모르겠으나, 배우란 직업은 아주 매력적이다. 타인의 삶을 사는 것, 또한 무엇보다도 한 사람을 연구하고 그를 표현하여 여러 사람에게 감동과 교훈을 줄 수 있다는 자부심이라고 표현해도 될지 모르지만, 이 모든 것이 포함되어 있다.

배우! 하지만 특히 연극배우는 가난하다.

배우 생활을 연극으로 시작하여 영화에서 빛을 본 배우 대부분이 하는 말이 배고프고 힘들어서 라면으로 끼니를 때우곤 했다는 말을 많이 한다. 사실 저 역시도 한 달 동안 라면만 먹다가, 오랜만에 밥을 먹을 때 식은땀을 흘리며 힘들어했던 기억이 새록새록 하다. 하지만, 우리나라만 이런 것은 아닌 것 같다. 전 세계적으로 보면 연극배우들은 대부분이 가난한 삶을 살고 있다. 공연과 생활을 위해서 안 해 본 것 없을 정도로 수많은 아르바이트를 하고 있으니. 많은 사람에겐 생소하게 들릴지 모르지만, 저는 지금도 의과대학에서 의사 지망생인 학생 의사에게 모의 환자 역할을 하는 아르바이트를 하고 있다. 그 정도로 연극이라는 매체가 아직은 영화나 TV에 비해 규모 등에 있어 여러 가지로 어렵다는 뜻이기도 하다.

누군가 연극배우를 하다가 영화나 TV로 진출해 돈을 좀 벌고 인기를 얻으면, 보통 사람들은 그이를 두고서 출세했다고 한다.

과연 이런 것이 출세일까?

이는 연극이 주는 매력을 모르고 하는 말이다. 단지 경제적 여유과 출세를 같이 놓는다면 그렇게 생각을 하겠지만... 아무튼 배우들은 출세보다는 연극이 주는 매력으로 인해 더 많은 배우가 무대를 지키고, 무대에서 삶을 다 할 때까지 연기하지 않나 생각한다.

난 부산에서만 활동하는 연극배우이다.

나 역시도 어릴 때 영화 속 배우들의 모습에 매료되어 배우를 꿈꾸었고, 고등학생 신분으로 극단 생활을 했었다. 내가 소속한 극단이, 다른 극단에 비해, 소극장을 직접 운영하고 있었다는 점에 매력을 느꼈다. 관객과 배우의 거리가 한 폭도 안 되는 거리에서 연기하고 그 속에 빠져드는 관객의 모습.

때로는 배우의 튀는 침을 감수해야 하는 불편함은 있지만, 가까이서 함께 호흡하면서 작품을 감상한다는 점에서 저도 그 속에 함께 존재한다는 생각이 더 많기에, 그런 불편함도 감수하는 것 같다. 이것이 소극장에서 하는 연극의 매력이기도 하다.

"자네가 오늘 저녁에 살로메 역을 할 수 있겠는가?"
틸라는 감독을 물끄러미 바라보았다. 공연 시작 6시간 전이었다...

"제가 해보겠습니다. 내용은 제가 알고 있으니까요."
그녀는 감독에게 자신감으로 말했다.

이 일을 시작으로 이 책 속의 주인공 틸라는 연극배우 주연의 길을 가게 된다.
또 자그레브 청년들을 위해 인형극을 준비하는 과정을 묘사한 곳도 흥미롭다.

"...인형극 수업이었다.
틸라 선생님은 인형에 대해 아는 것이 많았다. 인형이 배우보다 더 능력 있다고 그녀는 강조해 왔고 실제로 그걸 보여주자, 학생들은 확신하게 되었다. 그녀가 만든 인형은 코작촉(Kozakchok)[2]을 출 줄도 알고, 흑인 집시의 춤을 출 줄도 알았다. 인형이 웃으면 그를 보는 사람도 웃는다. 인형의 슬픔은 사람의 그것보다 더 강하다. 인형이 자신의 입에 손가락을 대면, 관객은 조용해진다. 인형이 자신의 침대 속으로 숨어 들어가, '잘 자요' 라고 말하면, 아이들은 하품을 시작하고, 엄마 품에서 고개 떨군 채 잠들기 시작한다. 인형들은 보는 이를 지배하고, 지시하고, 즐거움과 희망을 주었다."

공연 배우 틸라 두리에우스 또한 무대 배우로서 어

---

2) *역주: Kozachok (Belarusian: казачо́к; Russian: казачо́к). 16세기 코사크족에서 원류가 된 전통 우크라이나 민속춤. 17세기, 18세기를 거치면서 우크라이나 전역과 유럽으로 전파된 춤.

려운 삶을 살았다는 흔적을 이 책에서 보았다. 제1차 세계대전과 유대인 학살 등으로 인해 언제나 피난과 도피의 생활을 할 수밖에 없는 그녀 운명.

간간이 본인이 소장하고 있는 그림을 팔아 생계를 이어가는 모습들.

본문에서 보면 남편이 "오늘부터 하루에 담배 5개비 이상은 필 수 없어요!"라는 말을 인용하면, 그 정도로 힘든 생활과 도피 생활에도 불구하고 끊임없이 그녀 자신은 자신이 가진 배우로서의 끈을 놓지 않은 모습은 배우인 저 스스로가 숙연하게 한다.

요즘 연극계는 어느 정도의 지원사업이 있어, 이를 통해 작품활동을 한다. 그렇게 넉넉하지는 못해도, 그래도 무대가 좋고 연극작업이 좋아 그렇게 한다.

저는 오늘 양복 만드는 일을 평생 했던 박동만이라는 인물을 연기했다. 혼자 사는 노인이 30년 전에 과부가 된 이점순이라는 국밥집 욕쟁이 할멈과 마지막 사랑을 나누는 이야기를 다룬 연극 <**늙은 부부 이야기**>를 연기했다.

다음은 누구를 만날지 기대해 본다.

2021년 10월 말일

배우 소개

틸라 두리에우스(**Tilla Durieux**: Ottilie Godefroy; 1880년 8월18일~ 1971년 2월21일)
오스트리아 출신의 배우로 20세기 첫 전반기의 독일 유명 공연 배우이자 영화배우였다.

-생애

1880년 8월 18일 오스트리아 화학자 리차드 고데프로이(1847~1895)의 딸로 태어난 오틸리 고데프로이는, 자신의 출생도시 오스트리아 빈에서 배우 연기를 훈련해, 1901년(1902년)에 올무츠(올로무츠)의 모라비아 극장에서 데뷔했다. 다음 시즌에 브로츠와프에서 공연 계약했다. 1903년부터 베를린 도이체스 극장에서 맥스 라인하르트와, 또 커트 힐러와 야콥 반 호디스 주변의 표현주의 예술가 그룹과 함께 일했다. 1911년 두리에우스는 레싱 극장 무대에 섰는데, 그곳에서 1913년 11월 1일 조지 버나드 쇼(George Bernard Shaw)의 연극 <피그말리온>의 독일어 공연에서 엘리자 듀리틀(Eliza Doolittle) 배역의 두 번째 배우가 되었다. 이 공연은 1914년 4월 11일 영어로 한 초연보다 반년 정도 빠른 공연이었다. 1915년부터 그녀는 베를린 왕립 샤우스피엘하우스(Schauspielhaus)에서 공연했다.

1904년, 두리에우스는 베를린 세세션 화가 스피로(Eugen Spiro)와 결혼했으나 이혼했다. 1910년, 성공가도를 달리던 예술 작품의 딜러이자 편집자 폴 카시러(Paul Cassirer)와 재혼했다. 폴 카시러는 그들의 이혼 수속을 하는 법정의 옆방에서 자살을 시도했다. 남편과 사별한 후, 두리에우스는 루드비히 카첸렌보겐 대표와 결혼했다. 두리에우스는 1920년대 베를린의 대중 캐릭터였을 정도이다.

1933년, 두리에우스와 그녀 남편은 나치의 추적을 피해 독일을 떠나 오스트리아로 도피했다. 그러면서 그녀는 오스트리아 빈 극장의 외국 순회 공연에 참가했다. 1937년 크로아티아 자그레브(유고슬라비아 왕국)로 이사했다. 그녀는 '국제 레드 에이드'(International Red Aid)의 회원이 되었다. 두리에우스는 미국행 비자를 얻기 위해 노력을 많이 했으나 실패하였다.

1941년 남편 루드비히는 테살로니키의 게슈타포 요원에 의해 체포되어, 삭센하우젠(Sachsenhausen) 수용소로 이송되어, 그곳에서 살해당했다.

두리에우스는 1952년 베를린, 함부르크 및 뮌스터의 무대에 다시 공연하러 서독으로 돌아왔다.

-공연작품 활동 목록

1914 Der Flug in die Sonne

1915 Die Launen einer Weltdame

1920 Die Verschleierte

1921 Hashish, the Paradise of Hell Sultanin

1921 Der zeugende Tod Boroka, Malerin

1922 The Blood

1929 Woman in the Moon Fünf Gehirne und Scheckbücher

1953 The Stronger Woman Mutter der Fürstin

1954 The Last Bridge Mara(한국에서는 1961년 <사랑과 죽음의 마지막 다리>라는 제목으로 상영되어 제4회 부일영화상에서 <외국작품상>을 수상)

1956 The Story of Anastasia Zarenmutter Maria Feodorowna von Russland

1957 Von allen geliebt Frau Avenarius

1957 El Hakim Mutter des Hussni

1958 Resurrection Die Alte

1959 Labyrinth Schwester Celestine

1959 Morgen wirst du um mich weinen [de] Tante Ermelin

1961 Barbara [de] Armgart

1964 Verdammt zur Sünde [de] Die Großmutter

1966 It Die Alte aus dem Osten (*위키페디아에서 정리함.)

1. 온두라스로 피난

그녀는 자신이 실제로 이 상황에서 가능한 모든 피난처 중에서 충분히 멀리 있는 도시인 자그레브(Zagreb)를 선택했다.

이 도시를 염두에 둔 것은 자그레브에서 법학을 전공한 할아버지 흐르들리츠카(Hrdlicka)에 대한 추억 때문이다. 그녀 가정에서 식구들은 무심결에 그 도시 이름을 자주 말해 왔다.

할아버지는 자그레브산 와인을 시원한 생수에 타서 마시는 것을 특별히 좋아했다. 그 습관은 그분을 평생 따라다녔다.

할아버지는 자신의 젊은 시절에도 짠맛의 고리 모양 비스킷만으로 안주 삼아, 와인을 연거푸 여러 잔 마셨다고 말씀하셨다. 그녀가 고리 모양 비스킷이라는 낱말을 듣던 시절에는 그 비스킷이 자녀 출산에 뭔가 신비한 관련이 있음을 들었다.

어떤 방식인지 분명하지 않지만, 아이와 그 비스킷이 정말 관련성이 많아서인지, 빵 가게 사람들은, 그 가게를 들르는 구매자가 식품 상자에서 그 비스킷을 여러 개 꺼낼 때마다 좀 야릇한 미소를 보였다.

그것 말고 다른 작은 빵과 막대 빵, 심지어 절반으로 나눈 셈멜(Semmel)[3] 롤빵은 쉽게 둘로 부서지니, 전혀 의심되지 않았다.

---

3) *역주: 오스트리아 비인 원산지의 롤 빵.

그러나 그 고리 모양 비스킷은 그랬다.

그녀는, 사람들이 그 고리 모양 비스킷을 언급할 때마다, 자신의 구두끈 모양에 눈길이 갔다.

할아버지가 자그레브에서 학창 시절을 말씀하실 때, 틸라 나이는 5살이었다. 그녀는 곱슬머리 부비 인형을 갖고 놀았다. 할아버지 생신날인 일요일에 틸라는 생일 케이크 옆에 앉았던 그 일요일은 할아버지 생신날이었다. 그날 그녀는 푸른 우단으로 만든 원피스를 입었다.

자그레브를 그녀는 이전에 한 번 방문한 적이 있었다. 그녀는 얼마 전에 자그레브에서 실러(Schiller)[4]의 작품 《돈 카를로스》(Don Carlos) 초청공연을 했다.

자그레브 도시의 감수성이 예민한 청중으로, 또, 가난한 생활에도 불구하고 한때의 아름다움을 숨길 수 없는 바로크 양식의 자그레브 건축물에 매료되었다.

당시 프로그램에는 이렇게 인쇄가 되어 있었다. *-에볼리(Eboli) 배역에 틸라 두리에우스(Tilla Durieux).*

그녀는 남편 루츠(Lutz)[5]에게 자신들의 피난처로 자그레브를 정하는 데 그리 많이 설득하지 않아도 되었다. 남편은 당시 다른 생각을 할 겨를이 없고, 어린양

---

4) *주: 실러 Friedrich Schiller(1750-1805). 독일 시인. 《돈 카를로스》는 독일 극작가 프리드리히 실러의 5막 비극이다.
5) *역주: 루드비히 카첸엘렌보겐의 약칭.

처럼 그녀 의견에 따를 뿐이었다.

  그들이 가진 독일 여권이 무효가 되자, 그녀가 맨 먼저 한 생각은 유럽 밖의 타국 여권을 취득하는 것이었다.

  새 여권을 발급하려면 그들은 먼저 베를린에 다시 모습을 보여야 한다는 것이다.

  그곳엔 그들이 절대로 가지 않을 것이다. 특히 남편은 결단코 가지 않으리.

  스위스에 사는 친구들이 그들 부부를 위해 주거지를 제공해 주었기에, 지금 그 부부는 자신들의 호주머니에 가짜 온두라스 여권을 갖고, 자그레브를 향해 여행하고 있다.

  그들의 출국한 뒤의 여행 목적지가 유고슬라비아였지만, 그들은 먼저 자신이 가진 여권을 발행해준 온두라스 공화국에 대한 약간의 지식을 머리에 집어넣어야 했다.

  -필요한 경우를 대비해서.

  그녀에겐 그 여권 발급에 필요한 비용을 지급하려면 어떤 미술품을 암거래로 팔아야 할지 여러 생각이 떠올랐으나, 그녀는 그런 생각을 없애려고 서둘러 머리를 흔들었다. 여권 2개를 전해 준 검정 머리 남자는 그녀가 지폐로 비용을 앞서 지급하던 때의 그 남자는 아니었다. 그는 차갑게 그녀에게 그 여권 서류를 받았다는 서류에 서명하도록 요청했다. 틸라는 불편함을 느꼈고, 왜 그가 그녀에게 그런 서명이 필요한지 그 이유를 즉각 이해하지 못했다. 생각해 보니, 가짜 여권도 다소 행정 절차가 필요하구나 하고 상상했다. 그녀는 그를 쳐다보고, 그를 기억해 두려고 했다. 하지만, 범법자의 얼굴에 보이는 상투적인 상처 같은 것은 그에겐 없었다.

서명하기에 앞서, 그녀는 그 전달자의 구두를, 아름답고 두껍고 하얀 고무 뒤축이 있는, 가죽 원단으로 만든 구두를 내려다보았다. 선택의 여지가 없었다. 그녀는 자신의 손가방에서 만년필을 꺼내 그 서류에 자신의 성명을 남겼다. 그녀가 그 가짜 여권에, 이미 발각되어 붙잡힌 사람처럼 모든 걸 포기하듯이.

그렇게 온두라스공화국 대사관을 빠져나왔을 때, 그녀는 그 여권을 열어, 온두라스공화국 국가 문장 옆에 있는 자신의 사진을 보았다.

두려움으로 인해 그녀는 자신의 여권을 얼른 한번 닫았다가, 나중에 그 자리에 앉아 여권의 모든 페이지를 훑어보았다. 겉으로 보기에, 여권은 정상인 것 같았다. 첫 페이지에 그녀 이름이 있었다. 그러나 그녀는 이제 이전의 그녀가 아니었다.

여권 때문에 만남을 주선한, 틸라의 여자 친구 빅토리아가 그렇게 발급된 온두라스공화국 여권을 테스트해보려고 스위스-이탈리아 국경까지 자동차로 데려다주었다.

틸라의 시선은 하얀 산의 풍경에 가 있었다.

그 산이 마치 유리로 만든 것 같았다. 그녀 삶도 유리처럼 깨지기 쉽게 되어버렸다.

목에까지 차오른 긴장감.

부적절한 여권을 가지고 이 세상으로 나아가려는 그 두 사람에게 무슨 일이 일어날까?

여권이 가짜가 아니고 진짜였다.

그녀 이름과 국적만 그 여권의 해당 페이지에 가짜로 놓여 있었다.

틸라는 국경에서 힘들여 자신의 표정을 무관심한 표정으로 바꾸었다. 배가 이미 아팠다. 관리는 많은 질문없이 그녀에게 여권을 돌려주었다. 그녀는 자기 친구에게 웃었다.

-계속 가 보자!

이탈리아에서 몇 시간을 보낸 뒤, 그 두 여성은 다시 오스트리아로 돌아왔다.

창백한 채 기다리던 남편은 이미 애써 침을 삼키고 있었다. 그는 틸라가 이미 체포되었으리라 상상했다. 그에게는 그녀가 너무 오랫동안 멀리 떨어져 있었다고 여겨졌다.

절망, 비난, 아내가 앞에 서 있음에 대한 행복.

화를 낼 시간은 더는 없었다.

마지막 공식 편지에서는 스위스에서의 체류 연장은 더는 허가되지 않는다는 것이다.

그게 내일 무효가 된다는 것이다.

-출발해요! 당장 우리가 짐을 싸요! 우리가 7마일을 갈 구두를 한 켤레씩 산 것 같아요. 저 여권이 우리를 앞으로 나아가게 하네요.

그녀는 지금으로서는 그들의 온두라스 국적 여권이, 몇 년 뒤, 베오그라드가 공습을 당할 때 불에 타 없어지게 됨을 알 리가 없다.

그리고 그녀가 스위스에서 편지로 자신의 여권 사본을 요청하리라는 것도.

많은 세월이 흐른 뒤, 그녀가 자신의 온두라스 입국을 허락해달라는 요청을 온두라스공화국 대사관에 하면서, 그들과 싸워야 함도 아직 추측할 수 없었다. 지금, 온두라스공화국 국민으로서의 그녀 삶의 첫 시간이 시작되었다.

그녀는 부부가 함께할 여행에 대해 남편 루츠를 위로하기에 바쁘다.

-그리고 자그레브에서의 언어생활에 대해선 신경을 접어 두세요. 그곳에는 많은 사람이 독일말도 해요. 정말 1918년까지는 빈이 그 나라 수도였어요.

너무 피곤해도 그녀는 그만큼 낙관적인 말을 했다. 그녀는 남편이 자기 방으로 큰 가방 2개를 어떻게 갖다 놓는지를 쳐다보았다.

그들이 입은 고급 가죽제품은 아직은 아무 비난 받을 일이 없다. 지금 이 순간은 그들이 베를린에서 프라하로, 나중에 스위스로 탈출한 뒤의 첫 도피가 될 것이다.

지난 수십 년간은 하인들이 그를 위해 짐을 싸 주었기에, 남편은 자신의 여행 가방의 자물통을 다루는 일도 서툴렀다. 그가 연신 덮개를 밀쳐대는 동안, 남편 머리카락이 드문드문 빠져 있음을 그녀는 보았다.

그 덮개가 제대로 열리자, 그녀는 남편에게 키스하러 다가갔다. 그녀는 자신의 사랑이 이젠 보호 대상으로 바뀐 것으로 부끄러움을 느꼈다. 그녀는 그이를 구하려고 했고, 지난해부터 들기 시작한 이혼 생각은 이젠 더 고민하지 않기로 했다.

1934년이었다.

그는 유대인이라는 자신의 무거운 짐을 힘들게 지고 있고, 마찬가지로 어렵게 아래로 미끄러지게 되었다.

그녀는 그이를 보면서 그 가방이 열렸음을 알고는 만족해 웃음을 보였다.

이전에 남편은 공장을 여럿 경영했다. 그는 슐테이스-파트제호퍼(Schultheiss-Patzehhofer) 회사 대표였다. 지금은 간단히 가방 여는 일도 그의 마음을 어지럽게 했다.

그녀의 여자 친구 빅토리아가 말했다.

-비누공장 사장에게 시집간 줄로 너를 아는 사람들은 네 남편이 네게 비눗방울을 보여 주겠네 하고 생각하겠네.

루츠가 비누공장 경영자는 아니다. 그는 시멘트 공장과 맥주 공장 소유주였다.

그리고 지금 그 대단한 남자 얼굴은 만족한 표정이다. 왜냐하면, 그들이 그 나라 입국에 성공해, 온두라스공화국 여권을 다시 그녀 가방 안에 놓았기 때문이었다.

그는 스캔들 같은 재판 과정이 끝난 뒤, 그는 자신의 아이덴티티를 증명할 필요가 있을 때마다 자신의 신경이 날카로움을 느꼈다. 모두가 그를 피고로 기억하는 듯이.

그녀는 여권을 다시 자기 가방에 두고는, 자그레브 거주지 주소를 훑어보았다. 그러자 그녀에게 용기가 다시 생겼다.

그녀는 새로 이사한 집 열쇠를 내려다보았다.

그녀의 귀부인다운 작은 가방에는 그 열쇠가 너무 두툼한 쇠붙이 다발 같다.

남편 루츠는 자신의 자가용 자동차의 페달을 가속하던 그런 낙관주의로 여전히 움직이고 있었다. 그녀는 남편의 유쾌한 기분이 밀물이 되어 오려면 얼마나 많은 에너지가 필요할지 알면서도, 그렇게 편안함을 느꼈다.

─우리가 어디로 갈지 생각은 해보았어요?

─아뇨. 하지만 교도소에서도 여전히 당신에게 말했지요. 난 정말 여기서 사라지고 싶다고.

아마 그것은 지금 시작된다.

그녀는, 그 법정 공방 중이던 때, 자신이 그이가 있는 교도소에 허가를 받아 면회를 갔던 때를 기억했다.

이전에는 그녀는 폴(Paul)의 죽음보다 더 잔혹한 것은 없으리라고 생각해 왔다. 그러나 언제나 공포는 한 계단 위의 단계가 있을 수 있다: 루츠가 자기 회사 재무제표를 허위 작성한 혐의로 체포되었다.

그이가 갇힌 교도소에 면회하러 그녀는 자신의 가장 간편한 겉옷을 찾아야 하고, 뭔가 좀 구겨진 오래된 신발을 찾으려고 애써야 했다.

쉽지 않았다.

1932년 그녀는 여전히 틸라 두리에우스였다. 머리가 어지러웠다.

그녀 신발장에는 구겨진 신발은 하나도 없었다. 그녀가 베를린 여성 패션을 이끌고 있었다. 그녀 자신의 머리카락 자른 방식이, 그 스타일이 다른 여성들의 모델이 되었다.

그녀는 귓가에 향수를 뿌리고서 그이를 면회하러 갔다. 작은 샤넬 향수병은 런던에서 그들이 결혼할 때 그녀가 열어본 병이다. 변호사 동반도 그녀는 거절했다. 출입문에 정복 차림의 직원이 있었다.

-면회 신청자는 누구시오? -천천히 그 직원이 방문객을 적는 빈칸에 썼다.

-면회할 사람과의 관계를 적는 빈칸에는 아내.

-면회 시각

그녀 뒤에는 그녀처럼 이미 면회권을 가진 갈색 머리의 사람들이 줄 서 있었다.

방문자의 직업 항목을 보고서 행정 담당자는 묻지 않았다.

1932년에는 산업 자본가들이 적은 수효로 교도소에 수감되어 있었다. 그녀는 긴 복도를 지나가야 했다.

간수를 따라가면서, 그녀는 루츠가 나타날 때까지 긴 시간이 걸릴 것 같은 느낌을 받았다.

그녀는 탁자로 가, 그이에게 손을 내밀었다.

그녀 입술과 그이 뺨 사이에 큰 탁자가 하나 있었다. 그녀는 이곳에서 아내의 입맞춤 인사가 허락될지 확신이 없었다. 접촉은 허락되지 않았다. 그녀는 자신이 결혼식 때 사용한 그 향수 향이 그이에게 전해져, 감옥에서 고생하는 그이 에너지를 북돋울 수 있기를 원했다.

루츠는 모든 감각이 무너져 지쳐 있었다.

-미안하오. -그는 지쳐 있었다. 그는 숨조차 쉬지 않으려는 듯했다. 작은 공기의 양만 그이 폐부로 들어가는 것 같았다. 그이는 당황함만 알고 있었다.

-내가 그런 상황으로 밀쳐버린 것 같네요. 나는 정말 기꺼이 여기서 사라지고 싶어요.

-그럼, 이제, 우리, 함께 사라지죠.

용기를 찾으려는 무거운 침묵.

자가용 자동차 안에서, 지금도 여전히 루츠는 환상에 집중하였다. 그이는 자신들이 가는 행선지가 어떤 모습일지 답을 찾으려고 했다.

-만일 내가 상상 속에 있을 수 있다면, 나는 자그레브를 실라그 안나(Csillag Anna)6)의 장소로 상상하고 싶어요. 터키 국경에서의 실라그 안나.

틸라는 실라그 안나를 생각하자, 살짝 웃어 보였다.

---

6) *역주: Csillag, Anna(1852 – 1940). 오스트리아 여성 기업가로, 그녀의 화장품 광고에서 제품사용자의 체험을 통해 일반 소비자의 관심을 유발하는 광고 기법으로 유명함.

그 여성 기업가는 2미터나 긴 머리카락을 가진 여성이었다. 그녀는, 자신의 머리카락을 길게 기른 채, 놀라운 크림인 포마드 -머리카락에 광택을 주는 젤 상태의 기름- 를 발명했다고 자랑했다.

20세기 초, 그 회사는 그 놀라운 포마드를 통해 번 돈을 빈이나 베를린 주소지로 송금하는 장면을 광고로 소개하면서, 자기 회사 제품인 그 놀라운 크림을 유럽 언론사에 광고해 왔었다.

틸라가 처음 자그레브에 왔을 때는 이 도시가 우울한 지방 도시 같았다. 틸라는 겁먹은 표정으로 그이를 쳐다보았다. 그이의 코 위로 이미 깊은 주름이 모여 있었다. 그이는 어디론가 향해 가기만 원했지, 어디로 가는지는 중요하지 않았다. 그녀는 자기 손을 운전대를 잡은 그이 손 위에 올려, 자신은 그이를 떠나지 않을 거라는 감정을 단단히 해 주었다.

도로 모퉁이에서 그녀는 자신들이 가고자 하는 도로명을 어느 행인에게 물었다.

-저 극장까지 가서, 왼편으로 꺾으세요!

그녀 질문은 프랑스어였지만, 대답은 독일말로 점잖게 돌아왔다. 그녀는 그 이유를 몰랐다.

그 질문을 받은 사람은, 우연히도, 여러 언어에 명석한 지방 교수이자, 대단한 라틴어 연구가이고, 음성학자로 유명 인사였다. 그는 질문자가 쓰는 말을 통해 그 질문자의 사용언어가 모어인지 아닌지를 추측해 낼 수 있는 능력자였다. 그는 인사하듯 모자를 들었고,

반면에 그녀는 살짝 당황해하며 감사했다. 그녀는 자신이 쓰는 독일어를 부끄럽다고는 아직 배우지 못했다. 그 교수의 등 뒤로 아이들 장난감 가게의 진열장이 보였다. 그녀 시선은 그 내용물을 급하게 탐색하고 있었다: 몇 대의 객차가 달린 소형 기차, 물결치는 듯한 머리카락을 가진 두 개의 인형. 나비들이 그려진 축구공.

그녀는 그 도로명 내용을 이미 듣고서 자동차의 남편 루츠 옆에 다시 앉았다.

-극장이 없을 수는 없는데, -류츠는 자신들의 자가용 자동차가 마리아-테레지아Maria-Theresia[7] 시대의 장엄한 황색 건축물을 지나치면서 살짝 웃었다. 입구 위로 그 정면에는 약간 뚱뚱한 천사 둘이 이미 뉴스를 휘날리고 있었다.

-아직은 좋은 뭔가의 징조이네요: 저 진열장 안의 축구공에 나비들이 그려져 있으니.

-시작하기엔 나쁘지 않겠어요. 건물에 깃발도 보이지 않으니. 코멘트는 필요하지 않았다.

틸라가 베를린의 장난감 상점의 진열장에서 본 그 마지막 축구공에는 역만(卍) 자가 그려져 있었다. 그

---

7)*주: 로마니아- 독일 제후 마리아 테레지아Maria
  Theresia(1717-1780)의 재임기에 많은 건축물이 황색의 특정 색깔
  로 페인트칠을 했다. 마리아 테레지아(크로아티아어: Marija
  Terezija(마리야 테레지야))는 합스부르크 군주국의 유일한 여성 통
  치자이자, 합스부르크 왕가의 마지막 군주였다. 그녀는 오스트리아,
  헝가리, 크로아티아, 보헤미아, 만토바, 밀라노, 갈리치아와 로도메리
  아, 오스트리아령 네덜란드와 파르마 등의 통치자였다.

것은 그녀를 공포에 질리게 했다.
 곧 그들은 자신들이 찾던 주소지의 정원 앞에 멈추
어 섰다.

 그들이 찾던 도로명 번지 표시는 아카시아 뒤에 숨
어 있었다. 손잡이를 건드리는 것으로 충분했고, 그
집 주인이 그들에게 인사하러 이미 나왔다.
 은행 부지점장인 집주인은 처음으로 자기 집 일부를
세내었다. 그 집 안주인 쿠나리(Kunari) 부인은, 스위
스에 이민 간 여자 친구가 어느 날, 전화를 걸어와,
자기 친구의 집 아래층을 임대할 수 있는지 묻자, 신
경이 날카로웠다.
 쿠나리 부부는 아들이 빈으로 유학을 떠난 지 얼마
되지 않아, 아직 그런 일에는 익숙해 있지 않은 시점
이었다.
 스위스에서 온 소식에 따르면, 임차해 사용할 사람은
안정을 원하는 독일 여배우라는 말만 해 주었다.
 다른 설명의 말은 아무것도 없었다.

 이제 그들은 빈에 유학 간 아들의 아무 인기척이라
곤 없는 아래층 거실에 있다. 안주인은 검은 모피 목
도리를 두른 그 귀부인에게 탐색의 질문을 던졌다. 그
런데 그 귀부인은 창가로 가서, 극장이 있는 곳이 이
방향이 맞는지 물었다.
 루츠는 그 자리를 빠져나와, 이미 욕실에서 요란한
물로 샤워하는 소리가 들려 왔다.

안주인은 그녀에게 지루한, 묻고 싶은 모든 질문을 어렵사리 삼키고는, 친절하게 대해 주었다.

-몇 시에 두 분은 아침 식사하나요? 지금은 차를 준비하면 충분할까요? -그 질문에는 옛날식 친절이 좀 걱정스러움과 함께 배어 있었다.

틸라 자신은 자기 부부가 이용할 침대에 몸을 한 번 던지곤, 자신이 두른 모피 목도리를 흔들어 빼놓고, 잠시 척추를 바로 세웠다.

-지금까지는 나쁘지 않았어! 피난하는 게 이리 쉬운가?

그녀는 그 집 하녀가 들고 온 차를 곧 그 방에서 받고, 코코아 과자가 레몬껍질로 만든 노란색 꽃으로 장식되어 있었다. 틸라는 그 갈색 속의 노란 꽃 인사에 살짝 웃었다. 칼을 든 손은 온전히 바르게 자르지는 못했다. 그녀는 집안일에 여전히 서툰 게 맘에 확 와 닿았다.

루츠는 자신의 가방을 뒤졌다.

틸라는 이미 그이 습성을 알고 있었다. 그이는 자신의 잠옷을 먼저 꺼내고 집에서 입을 자기 외투를 꺼내고, 자신의 목욕용 소금을 꺼낼 것이다. 그이는 앞으로 2시간 동안은 따뜻한 욕조 물에 긴장을 풀려고 누워 있을 것이다. 조금씩 더운물을 더 부으면서.

그이가 자신의 소지품들을 꺼내는 동안, 그녀는 새로운 은행권에 대해 배울 지갑을 꺼내 들었다.

그 새 지폐의 이름은 디나르(dinar)였다.

슬리퍼가 카펫 위에 마치 두 마리의 잠자는 새끼 고양이처럼 놓여 있었다.

-나를 휴식하게 만드는 음악 같은 것은 정말 없네요.

-오, 아니, 오늘은 말구요. 600km나 여행했는데요...

루츠는 자신을 아주 급하게 방어했다.

-바로 그 운전이 문제군요. 제가 혼자 저 극장까지 걸어갔다 오면, 그새 당신은 심심하지 않을까요?

루츠는, 몇 년간의 결혼 생활 뒤에도, 틸라의 그런 행동을 놀라워했다.

-당신의 그 활력의 에너지는 도대체 어디서 그렇게 나오는 거요!

-봐요, 극장은 이 집 너머 있어요. 그리고 내가 극장에 혼자 간 경우가 한번은 아니지요. 당신이 욕실에서 나올 때쯤이면 나는 이미 이곳에 이미 와 있을 거고요.

그는 어깨를 으쓱했다. 반대할 필요가 없었다.

목마른 자가 우물을 먼저 찾게 되듯이.

그녀는 곧 그 극장 입구 앞에 서 있었다.

배우들이 사용하는 출입문을 통해 그녀가 극장을 출입한 지 몇 년이 지난 지금, 그녀는 자신이 줄을 서서 표를 구매하는 것이 낯설었다. 그녀는 얼마를 지불해야 하는지 물어야 하는 불편한 상황을 피하려고 충분히 큰 액면가의 지폐를 말없이 내밀었다.

극장 안에서 그녀는 자신에게 우레와 같은 박수를 보내주던 그 초청공연 때 보아온, 천장 아래 높이 달린 넓은 샹들리에를 보면서 살짝 웃었다. 그때 그녀는 무대에서 다른 편에 서 있었다.

그녀는 극장 관람석에 자리 잡고는 차분해졌다. 당시 그 공연에서 그녀는 한밤의 무도회가 끝난 뒤, 자신의 집 화롯가로 돌아온 신데렐라 역을 맡았었다; 그녀는 지금 배우가 아니다. 그녀 언어가, 예술의 상징이 아니라, 바로 갈색 의복의 상징이 되어버렸다.

그녀는 저 조명등 불빛 아래 먼지들이 어찌 춤추는지 바라보고, 자신이 연민에 빠지지 않기를 원했다.

임시로만 그렇게 있었다. 임시로만. 그녀 안에서 뭔가 기도하는 속삭임이 들려 왔다.

곧 막이 올라가고, 자신이 모르는 언어가 그녀에게 퍼졌다. 그녀는, 확신이 없는 프리마돈나와 함께, 2류 극장인 지방 극장의 관람석 가운데 앉아, 자신이 아픔을 느낄 것으로 상상했다. 그러나 그렇게 되지 않았다. 무대의 공연 여배우는 전혀 지방 분위기를 갖고 있지 않았다. 그녀는 감미로운 목소리를 갖고, 무슨 지역 작가가 쓴 비일상적 음모의 언어 폭포수를 들려 주었는데, 이 피로한 여행자에게는 온화한 밤의 빗소리처럼 들려 왔다.

극장을 밝힌 휴식 시간이 되자, 겨우 그때 가서야 외로움의 압박감이 들어섰다. 그녀 자신이 공연하던 베를린 극장에서 "극장에서 유대인 여자를 끌어내!"라는 소리가 들리던 때를 생각하다가, 그녀 자신이 지금 관객으로 있음을 알아차렸다.

그녀는 손수건을 찾으려고 자신의 작은 손가방을 뒤졌다. 손수건에 기대어도 가장 강한 의지의 감정은 들지 않았다.

 그녀는 살롱을 둘러보았다.

 그곳에는 모두 서로를 잘 알고 있는 듯했다. 청중은 극장 커피숍으로 미끄러지듯 내려왔다. 그녀도 뒤따랐다. '상점에서 무슨 언어로 주문하지?'

-도와드릴까요? 청중 속에서 당신을 보다니 이런 영광이! 여기에 동반자 없이 오셨나요?

 문장들이 독일말로 흘러나왔다.

 어느 여성이 기사도 정신을 발휘하며 도와주겠다고 나섰다.

-틸라, 당신을 여기 이 극장에서 처음 봤을 때, 저는 믿지 못했어요. 자그레브에서 《돈 카를로스》 공연 때도, 베를린의 베데킨드(Wedekind)[8] 작품 공연에서도 당신을 보았어요. 당신이 자그레브를 떠난 뒤에도, 그만큼 많은 사람이 당신에 대해 말하고 있었어요. 《돈 카를로스》 공연 뒤에, 당신은, 제가 천박하게 말해도 용서하세요, 여기서는 커피-상표처럼 당신이 유명해 있답니다.

 틸라는 그런 아첨이 그녀의 가슴까지 어떻게 올라오는지 느꼈다. 그녀가 온두라스공화국만큼이나 멀게 느껴진 그곳에, 아무 곳도 기댈 곳이 없는 한가운데서, 누군가, 분명히 학식 있는 누군가가 그녀를 알아보다니.

---

8) *주: Frank Wedekind(1864-1918). 독일 배우이자 극작가. 제1차 세계대전이 일어나기 전 독일 예술계에서 독보적인 위치에 있었다. 현대 부조리 연극의 직계 창시자로 일시적인 사건, 단편적인 대화, 왜곡, 희화화(戱畵化) 등의 요소를 연극에 도입했다.

그녀 앞의 그 여성은, 아무 죄책감 없이, 그녀가 마실 음료수 취향을 묻고 있었다. 틸라는 목이 말랐으나, 온두라스에서의 자신의 청중과의 그 첫 만남에서 코냑 한 잔을 하고 싶다고 고백할 용기가 나지 않았다. 그녀는 자신은 이곳에서 전혀 잊은 사람으로 상상하고 있었다. 겉으로 보기엔 그녀 상상은 맞지 않았다. 보기엔 그녀는 여기가, 가방 속에 온두라스공화국 여권을 두면서 자신이 믿었던 것보다 자신에게는 더 많이 가까이 있었다.

그녀 앞의 그 여성은 그 상황을 이해하려고 활달한 기분이었다. 틸라의 힘들어하는 웃음에 따라, 몇 번 입술에 오르내렸던 손가락을 보면서, 그녀는 곧장 결론을 지었다. 지금 수많은 질문을 하는 것은 좋지 않다고.

그 여성은 자신을 소개했으나, 세 부분으로 나뉘 이어지는 슬라브 민족 이름은, 그 두 사람이 악수하는 동안, 틸라의 귀에서 곧장 날아 가버렸다.

즐라타 루비엔스키 아드로브스키(Zlata Lubienski Adrovski)라는 이 여성은 단번에 객석 조명에 비친 그 배우 옆모습에서, 이 극장에 독일 극장의 가장 유명 여배우가 자신의 이름을 숨긴 채 앉아 있음을 이해했다.

틸라 두리에우스가 그 자리에서 혼자 앉은 모습이 환상처럼 보였다.

극장 대표가 알았더라면 그녀를 귀빈석으로 모셔서 앉혀야 했다. 오늘 밤에 그 대표 모습은 보이지도 않앉다. 그는 지금 자신의 극장에 누가 참석했는지에 대한 아무 생각이 없었다.

분명한 것은, 그 여성 손님이 이름을 밝히지 않음이요, 그녀가 그렇게 지내기를 원했다는 점이다.

-당신 주변에 청중이 모여 있지 않은 점에 놀랐습니다. 당신은 대중 속에서 화장도 전혀 하지 않은, 그런 모습의 가면을 쓰고 싶었군요. 요즘 저희 도시로 피난민이 많이 들어오고 있습니다. 여기서 당신을 보다니요!

틸라는 그 말을 걸어오는 여성을 쳐다보았다. 그녀는 공격적이지는 않았다. 배려의 마음이 그녀에게 내비치고 있었다. 그러나, 틸라는 슬라브인의 도움을 많이 받는 것을 주저하고는, 자신이 익명으로 남아 있기를 더욱 원했다.

즐라타는, 틸라 자신이 다가서기를 주저하는 만큼의 거리를 유지한 채 있음에도, 반가워했다. 그녀는 질문을 더는 하지 않았다.

-만일 당신이 이 도시에서 우연히 더욱 오래 머문다면, 만일 뭔가 도움이 필요하면, 저를 자유로이 만날 수 있을 겁니다. -그녀는 자기 명함 한 장을 내밀었다.

-정말 고마워요! 저는 모르겠어요. 제가 오늘 도착해, 제 남편이 이삿짐을 풀고 있느라 아직 계획은 명확하지 않아요.

-꼭 그리하여야 하는 것은 아니고요! -즐라타가, 자신이 뭔가 강요한 것처럼 비치는 것을 걱정하며, 용기를 북돋아 주었다. -당신은 제겐 언제나 환영입니다.

-당신의 독일어를 듣게 되어 즐거웠습니다.

틸라가 주목했다.

-제가 어린 시절에 선한 도지사 부인을 통해 독일어를 배웠어요. 바로 이곳 출신이거든요. 만일 당신이 독일 사투리로 말한다면, 아마 제가 쓰는 독일말이 사투리로 미끄러질지도 몰라요...

종소리. 악수. 그 좌석까지의 동반.

서로의 살짝 웃음은 친해졌음을 상징했다.

커튼이 다시 올라갔고, 틸라는 그 여성 이름을 기억해 보려고 애썼으나, 성공하지 못했다. 그러나 그녀 목소리의 뭔가가 그녀를 따뜻하게 했고, 아주 좋아하는 사람을 만난 것과 같은 감정도 들었다.

다음 악장 동안, 틸라는 그 여성의 시선이 그녀 살갗 저 위에서 미끄러지고 있음을 여러 번 느꼈다.

화장실을 다녀온 즐라타가 분별력있게 틸라에게 고개를 들어 말했다.

틸라는 그녀가 그 자리서 혼자 있는 것이 더 자유롭다고 신호로 의사를 표현했다.

즐라타는 함께 온 자신의 일행으로 돌아갔다.

즐라타와 함께

- 36 -

틸라는 극장 광장을 지나, 새로 얻게 된 그 집의 정원 안의 아카시아들이 심어진 곳까지 걸어갔다.

긴 열쇠가 대문 자물통 속에서 좀 소리를 내며 회전하고 있었다.

루츠는 이미 작은 불빛 아래 코를 골며 자고 있었다. 그이의 콜로냐 화장수가 방의 연기 사이로 빠져들었다.

틸라가 창문을 열자, 정원의 신선한 습기가 그녀에게 다가왔다. 그녀는 남편 어깨 위로 이불을 덮어 주었다. 그이는 그녀 손을 잡으려고 잠시 깨지도 못했다.

샤워하는 것은 상쾌했다. 오랫동안 그녀는 자신의 짧은 머리카락을 솔질하고, 머리카락들을 통해 솔로 'S' 자 움직임을 연거푸 했다. 그때 그녀는 남편 옆에 누웠다. 그녀가 두 눈을 감고 있을 때, 두 개의 역만(卍) 자를 가진 큰 국기가 어느 기둥 위에서 흔들리고 있었다. '그곳이 베를린이던가?' 그 꿈은 대답을 그려내지 못했다. 그녀 입술은 무관심으로 인해 긴장이 풀렸다. 잠은 관용적이다.

바깥에서는 작은 도시 자그레브가, 지방색과 빗속에 축축함을 드러내고 있었다. 머리는 이미 베개 양털 사이에서 편안하게 홈을 만들었다.

집 안주인의 모노그램9)이 틸라의 한쪽 볼에 스탬프처럼 찍혔다.

마술처럼 국외로의 피난은 그렇게 시작되었다.

---

9) *역주: 모노그램, 합자(合字)(성명의 첫 글자를 모아 만든)

2. 온두라스공화국의 정원

꽃잎 사이로 갓 나온 작은 열매들이 달린 배나무 가지들이 닿는 테라스에 아침 식사가 준비되어 있었다. 그 나뭇가지에는 노랑이 부족했다.

틸라는 만족한 채 자기 자리를 잡았다.

식사로 나온 울퉁불퉁한 작은 빵들은 신선했지만, 버터 조각은 강한 냄새와 함께 너무 볼품없었다. 그녀가 다시 시골에 와 있음을 느낄 정도의, 그만큼의 강한 노랑이 들어있는 달걀노른자. 살구 잼(마아말레이드)은 여름에 약간 단단했다.

풀 먹인 빳빳한 턱 수건과 럼주와 레몬이 섞인 차를 집주인의 취향대로 하녀가 내놓았다. 틸라는 럼이라는 낱말에 살짝 웃음을 보였다.

그녀 할머니가 늘 럼주 작은 병을 자신의 찻잔 옆에 둔 것이 생각났다. 여기서는 남자들은 여전히 차 대접하는 예절을 가르치고 있다. 여기서는 아무도 자신의 찻잔 안에 영국 우유는 아직 볼 수 없다. 그런 아침 식사를 보자, 틸라는 자신의 추억이 떠올랐다.

그녀는 극장에 갔다가 만나게 된 여성을 좀 자랑하고 싶었다.

남편이 담배 연기를 내뿜는 모습으로 보아, 좀 휴식을 취했음을 알 수 있었다. 하지만 어제 운전할 때 처음 본 그이 콧잔등의 주름은 이젠 없애버릴 수 없을 정도로 이미 고정되어 있었다.

-극장에 어제 간 것은 정말 멋진 생각이었어요. 이 도시의 어떤 여성이, 어느 선량한 가문의 귀부인 같아 보였는데, 그녀가 나를 알아보는 거예요. 생각해 봐요, 그녀가 나에게 《돈 카를로스》를 떠올리게 했고, 그녀가 베를린에서 베데킨드 작품 공연서도 나를 봤다고도 했어요. 그러나 그녀는 마냥 공격적으로 말하는 청중은 아니었어요. 어릴 때 공감하던 친척 만난 것 같더라니까요. 금발에, 세련된 블라우스에, 체코산 석류 열매 브로치에. 좀 두툼한 허리였지만, 이를 어찌 숨기는지 그 방법을 아는 여성이었어요. 내가 그녀 초대를 받았거든요. 만일 당신이 언젠가 나를 동행해 준다면요.

-미안하오, 나는 그럴 생각이 없어요. 앞으로 몇 달 동안 재정을 든든하게 해놓으려면 서류 작업을 그만큼 많이 해야 해요. 나는 이 도시에서 어떤 관계에도 끼워 들고 싶지 않아요.

루츠는 친절하게 말했지만, 그의 관심이 누군가의 커진 허리둘레를 어찌 숨기는지를 살피는 일이 되는 것엔 침묵했다.

틸라는 자신의 작은 숟가락으로 낡은 접시에 놓인 달걀 껍질을 깨뜨렸다. 하지만 그녀는 자신의 불만을 표시하지 않으려고 했다. 그녀는 그가 발설하지 않아도, 다른 사람이 알 수 있는 마지막 코멘트를 들었다.

그녀는 그이 옆에서 자주 외로움을 크게 느꼈다. 사람들이 함께 나누고 싶어도, 그 안에 들어서는 것을 전혀 꺼리는 사람에게 느끼는 외로움.

때문에, 그녀는 아침에 거울 속에 Z라는 문자가 왜 자신의 얼굴에 찍혀 있는지를 물어보려는 질문도 삼켰다. 그 부부는 자그레브의 K. Z.의 가정에 머물고 있었다. 나중에 그녀는, 이곳 사람들은 자신의 집을 방문한 손님들에게 가장 광채 나는 이불을 내놓는다는 것을 이해했다... 그리고 여기서 가장 광채 나는 것은 이전 세대에서 나온 것이다. 그 할머니 세대가 만들어 놓은 수예품을 후세대는 전혀 흉내 낼 수 없다. 쿠나리(Kunari) 가문에서는 조피(Zofi)라는 할머니가 유명하신 분이라고 했다.

틸라는 어제 극장에서 만난 그 여성을 내일 당장 만나보고픈 생각이 들었다. 또 그렇게 그 여성을 방문한 성과는 아주 좋았다.

쿠나리 부인은 아침 식사가 끝난 자신의 손님들에게 아침 인사차 와서는 부족한 것이 없는지 물었다.

틸라는 아직 짐도 풀지 못했다고 설명했고, 가방들이 아직도 열린 채로 방에 널려 있어 전쟁터 같다고 설명했으나, 그런데도 그녀는 자동차를 이용한 긴 여행 뒤에 휴식하기보다는 극장을 찾는 편이 더 의미가 있었다고 했다.

쿠나리 부인은 자기 딸 아나(Ana)를 소개했다. 만일 언젠가 틸라에게 도움이 필요한 일이 있으면, 고등학생인 아나가 처리해 줄 거라고 했다. 아나를 잘 활용하라고 했다. 그 딸이 새로 입주한 사람들에게 인사했다. 소녀는 생기있고 궁금함이 많은 성격이고, 아름다운 이도 가지고 있었다. 더 주의를 끌었던 것은 그녀 얼굴에 생긴, 섬세하게 분으로 가린 여드름이었다.

짐을 서둘러 풀어헤쳤다.

틸라는, 자신이 오스트리아 빈의 가정을 떠난 이후로, 또 엄마가 지방 하숙 때도 동행한 이후로, 자신의 온전한 삶은 '여행 가방 안에' 있었다. 엄마는 휴대용 가방에 강한 애착이 있었다. 엄마는 그 가방 속에 길에서 혹시 필요한 것이라면, 그게 실이든 바늘이든, 뭐든 집어넣고 다녔다.

한번은 특별히 성공적으로 마무리한 연극 공연 뒤 어느 레스토랑에서 저녁 식사를 하고 있었다. 공연 팀 전부가 그 도시의 한 기관으로부터 초대를 받았기에, 그곳 악사 한 사람이 그 식사에 참석한 손님들을 즐겁게 해 주었다.

그 악사가 기타와 비슷한 그 지역 특유의 악기를 연주했다. 그런데 그 악사가 머리를 뒤로 젖힌 채 열정적으로 노래를 하던 중 후렴구를 노래할 찰나, 갑자기 그 음악이 중간에 멈춰 버렸다. 그의 기타에 쓰는 피크가 깨져버렸다.

틸라 옆에 앉은 엄마가, 자신이 귀한 손님으로 참석했음에도 불구하고, 급히 그 악사에게 다가갔다.

엄마의 휴대 가방 안에 여분의 레코드판뿐만 아니라 피크도 들어있었다.

엄마는 그렇게 그 콘서트를 마무리를 잘 할 수 있게 해 박수를 받았다.

틸라는 그런 엄마를 유심히 봐 두었다.

-하지만 엄마, 엄마는 피아니스트인데, 어디서 그 피크는 구했나요?

 엄마는 자신의 손 움직임으로 딸을 조용하게 하고는 속삭이면서 설명해 주었다. 그녀는 어느 시장의 진열대에서 그 피크를 구입했는데, 그게 마침 그 가방 안에 들어있었다고 했다. 그래서 그것을 쓸 기회가 생겼는데, 그때 그 피크를 처음 구입하던 그 시장에서 북쪽으로 800km나 떨어진 '*저녁종*'이라는 레스토랑에서. 엄마는 근엄하게 앉아 있었다. 마침내 그녀는 영예로운 아이디어 사례를 하나 갖게 되었다. 모든 것은 늘 지니고 다닐 필요가 있음을.

 틸라는 그런 엄마를 통해 어떻게 여행하고 또 어떻게 정확히 자신의 가방의 숫자를 줄일 줄도 알았다. 그녀가 처음 공연 배우 직업에 나설 때부터, 그녀 스스로의 배역 소품들을 모두 직접 소유해야 할 때도, 그녀의 개인 의복은 가장 작은 가방에 넣어둬야 함도 배웠다.

 틸라는 서둘러 옷장에 넣을 옷을 차례로 다림질하기 시작했고, 휴대해 온 가방에서 다림질해야 할 것들을 분리해 뒀다. 폴(Paul)과 함께 결혼 생활을 하던 시절에 그녀는 그이를 위한 요리사와 하녀를 둘 수 있었다. 하녀 헬레네(Helene)는 별도로 하고. 헬레네가 그녀 무대의상을 정리해 주었다.

 그러나 폴과 함께 한 시절은 쓸쓸하게 끝나버렸고, 헬레네만 남았다.

 그러나 헬레네는 베를린 집에서 그들을 걱정하며, 틸

라의 지시만 오기를 기다리고 있다.

'뭘 지시해야 하는가?'

틸라는 할아버지 흐르들리츠카 초상화를 자기 침대 머리맡의 야간용 서랍 위에 세워 두었다.

할아버지는 당신의 고등학교 졸업 시험을 앞두고, 그 가문의 좋은 취향에 따라, 당신 초상화를 그리게 되었다.

그녀 자신이 1905년 자신의 첫 사진을 찍을 때, 할아버지 무릎에 앉은 채, 청년 시절의 할아버지 모습을 뚫어지게 보고 있었다. 그녀가 어디서 깨든 그곳 머리맡에는 그 청년 얼굴의, 달걀 형의 은색 액자 테두리가 있는 초상화가 놓여 있었다.

그 초상화를 본다는 것은 가정에 머물고 있음을 뜻했다. 처음으로 그 할아버지 초상화가 그만큼 남쪽에, 자신의 출신 도시로 돌아왔다.

남편은 서재에서 조용히 있기를 원했다.

그들이 남쪽으로 미끄러짐에는 관련 문서도 많아, 모두 다 살펴볼 수 없을 지경이다. 그이가 서류뭉치를 들춰보려면 깊은 집중이 요구되었다.

틸라는 어제 말을 걸어온 그 여성에 대해 몇 가지 소식을 알아볼 결심을 했다.

쿠나리 부인은 가장 열변의 원천이었다. 쿠나리 부인 얼굴에는 거리를 유지하려면, 또 어떤 질문을 하지 않으련, 또 자신이 하고픈 이야기를 참으려고 하려면 얼마의 에너지를 가져야 하는지는 보이지 않았다.

틸라는 즐라타라는 이름을 기억해 낼 수 없어, 자신

의 핸드백에 둔 명함을 찾으러 갔다.

-제게 명함은 필요 없습니다. 나는 극장 안의 모든 사람을 알고 있지요. 그녀가 오른편에 앉아 있었지요? 그녀의 평소 좌석이, 그곳에, 아마 제3열일 거에요.

틸라는 잘 기억할 수 없었다.

-검은 여우 모피 옷을 입지 않았던가요?

틸라는 그것도 잘 기억나지 않았다.

-그녀가 입은 모피 옷을 모르는 사람은 없다고요. 그녀 남편은 사냥에만 몰두했었어요. 모피 옷들은 이혼 뒤에 남은 것이에요. 만약 그녀 이름이 즐라타라면, 만일 귀부인처럼 보였다면, 모든 것은 명백하지요. 정말 이 도시에서 그런 사람은 단 1명이니까요. 그녀 가문은 정말 부유한 지주 계층의 귀족입니다. 그들 가문의 딸이 폴란드 백작에게 시집간 경우가 2번이나 있었으니, 그 때문에, 자신들 가족 이름에 폴란드 이름이 두 차례나 들어있습니다. 여러 세대에 걸쳐 그 가문에 속한 사람들이 예술에 관심을 가졌기에, 이 도시에서 가장 부유한 개인 수집가라고 할 만해요. 또 그들은 유명 주교의 개인 수집품도 유산으로 받았구요.

쿠나리 부인의 표정은, 자신이 말하고 있고, 또 자신의 말을 누군가 듣고 있음에 행복했다.

그녀는 이야기하기를 좋아하고, 상세한 것을 엮기를 좋아했다. 지금 뭔가 비밀의 빛이 그녀를 멈추게 했다. 그녀는 그 낯빛에 드러내놓고 싶은 다른 소식이 자신의 혀끝에 맴돌고 있었지만, 여전히 주저하고 있다. 한번 그것이 발설되면, 더는 그것을 담을 수 없을 것이다. 그녀는 비밀을 발설하려고 입을 열다가는 곧장 다시 닫았다. 아니, 지금은 아니다. 저 여성은 이제 겨우 이곳으로 이사 왔는데. 그녀가 이 모든 것을 지금 알 필요는 없다.

틸라는 즐라타라는 여성이 이 도시에서 유명 인물임을 이해했다.

즐라타에게는 형제자매가 둘이 더 있었는데, 알베르트라는 오빠와 어릴 때 죽은 여동생이 하나 있었단다. 그래서 그 자매 이름이 뭔지는 사람들이 오래 더 기억하지는 못했다. 그녀가 말에서 떨어졌다고 했다. 그녀 이름이 마리인가, 아니면 요란다 일까? 그래, 요란다라는 이름이 맞는 것 같다. 요란다가 말에서 떨어졌다고 했다.

틸라는 왜 요란다와 말이 지금 무슨 연관성이 있는지 이해하지 못한 채, 즐거이 그 이야기를 따라갔다.

즐라타는 자기 남편과는 결혼한 지 몇 년 만에 헤어졌다고 했다. 남편은 정말 사냥을 좋아했는데, 자신의 첫아들이 겨우 4살인 때에도 산토끼와 담비의 발자국을 각각 구분할 수 있도록 가르쳤다. 남편은 사냥에만 자신의 온 힘을 쏟았다.

그리고 이곳, 우리에겐, 사람들이 그만큼 처리할 많은 일이 있고, 그만큼 많은 문제가 있었으니, 오로지 사냥에만 집중할 수 없었다. 아마 그의 사냥 습관은 폴란드에서의 청년 시절에 이미 만들어진 것 같았다. 어찌 되었든, 제1차 세계대전 뒤에 아마도, 그들은 똑같은 이불 아래서 더는 잠자지 않았다. 그 남편은 가

출해, 슬로베니아로 가버렸다. 아이들이 어렸을 때, 그는 간혹 집에 들렀지만, 지금, 오래전부터, 아무도 그를 본 적이 없다고 했다.

 이야기의 진실을 말하자면, 즐라타가 자기 남편보다는 여인들을 더 가까이했다는 스캔들 같은 이야기가 있다고 했다.
 지금 즐라타는 자기 자녀들과 함께 살고, 그 가족은 숲 가장자리에 있다고 했다. 즐라타는 자신의 언어 지식으로 먹고산다고도 했다. 마침, 모든 정부에서 여러 언어가 필요했다. 이전에 그녀는 프랑스어 문서를 크로아티아어로 번역하는 일을 했다고도 했다. 지금은 그녀의 독일어 번역도 나아졌다고 했다.
 즐라타는 자신의 가족이 모여 살던 궁전 같은 집을 오늘날 세놓아 살고 있다. 그 궁전은 그녀 엄마가 젊었을 시절에 유산으로 받았다. 그때부터는 그 궁전을 더는 꾸미지는 않았다. 즐라타는 어릴 때는 소년처럼 말을 잘 타고, 군인처럼 총을 잘 쏘고, 매력적으로 악기를 다뤘다.
 그녀 아버지가 정말 쇼팽의 나라 출신이니, 그녀는 가장 훌륭한 여성 음악 선생님을 초빙해 두고 있었는데, 그때 갑자기 그런 스캔들이 터졌다고 했다.
 쿠나리 부인은 거기서 멈추었다.
 쿠나리 부인은 자신이 과장했구나 하고 느꼈으나, 틸라의 미소는 그녀를 더욱 말하게 만들어버렸다.
 여성들에게 관심을 더 두었다는 것과 여성 음악 선

생님에 대한 스캔들을 그녀는 적어도 침묵할 수도 있었을 것이다. 그녀는 이미 입에서 날아가 버린 문장들을 다시 담으려고 했으나, 겨우 포기하는 손동작만이 가능했다.

-진실이 어디에 있는지는 누가 알겠어요? 그녀가 그런 되돌릴 가능성을 받으려고 철학적으로 덧붙였다.

진실은 *요요 장난감*과 같다. 그것은 탄력적인 실에 따라 저 아래로 달렸다가 다시 위로 올라왔다.

침묵.

쿠나리 부인은 그만큼의 독백 뒤의 자신의 폐를 다스리려 공기를 깊이 흡입했다. 그녀는 별로 도움 되지 않는 잡담을 했다며 용서를 구했다.

-당신이 그 댁에 가고 싶으실 때, 아나가 기꺼이 당신을 즐라타 부인 댁으로 안내해 드릴 겁니다. 저는 몇 달 전에 즐라타와 대화를 나눈 적이 있었는데, 그게 가장 최근의 일입니다. 만일 내가 잘 결론을 낸다면, 그녀는 그때 뭔가 독일 문장들을 완성하고 있었습니다.

자신의 자리에서 틸라는 남편이 탁자에서 두툼한 서류를 어찌 풀고 있는지를 잘 볼 수 있었다. 남편은 그 서류에 대해 아무 말도 하지 않았다. 그이는 틸라를 피곤하게 만들고 싶지 않았다. 그이가 지금 낮이나 밤이나 계산하는 몇 퍼센트들은 그녀 자신에겐 인지능력의 범위에서 벗어난 것 같았다.

그이는 어떻게 아내가 아무 불평도 없이 그 엄청난

양의 독백 대사를 어떻게 외울 수 있는지와, 반면에 가장 단순한 퍼센트에 관련된 숫자들을 기억에 담아 둘 수 없음에 감탄하고 있었다.

 -그러나 재산에 관한 그 숫자들은 늘 변하니까요. 그녀가 재치있게 대답했다. 그이가 살짝 웃음으로 영수증을 받은 것처럼 답했다.

 고등학생인 아나는 자신이 가진 독일어 실력이 겨우 발걸음을 뗀 정도였고, 언어 부족이라기보다는 여드름 때문에 고생하는 좀 생소한 동반자였다.

 정원의 포장도로 위의 오솔길 위의 자갈에 섞인 모래가 그 두 사람의 샌들 아래에서 삐거덕거리는 소리를 냈다. 이전의 어느 날, 틸라가 긴 양말도 신지 않은 채, 맨발로, 샌들만 신고 어느 응접 행사장에 나타나 손님들을 놀라게 한 뒤, 정말 세월은 빨리도 지나갔다.

 아직은 잘 모르는 소녀가 틸라를 성당이 들어선 도로의 그 성당 정면이 만들어 놓은 그늘을 따라 안내하고 있었다. 틸라는 성 마르코(Sankta Marko) 성당을 지나가고 있었다. 흥겨움 없이 그녀는 그 건물의 다양한 타일이 덮인 지붕이 마녀가 사는 과자 집을 이야기한 *그림(Grimm) 동화*와 맞겠구나 하는 생각을 했다. 타일들은 지붕에 다양한 문양을 새겨 놓았다.

 집 집마다 떡갈나무로 만든 목재 대문에 철제 자물쇠가 달려 있었다.

 그곳 대문과 자물쇠는 이전 세대가 지금보다 재정적

으로 더 안정된 생활을 해 왔음을 보여 주었다.

나중에 *미로고이(Mirogoj)* 묘역에 묻힌 사람들이 생전에 어린 라일락 나무로 울타리를 만들어 두고 있었다.

-죽는다는 것과 라일락 나무 향기를 맡는다는 것. 나쁘지 않네.

틸라가 정원들을 둘러보았다.

-여기에요.

아나가 담쟁이 넝쿨이 욕심스레 갉아 먹고 있는 어느 울타리 앞에 섰다. 집 보호용으로, 울타리 안으로 설치해 둔 철봉 위로 미늘창들은 이미 자신의 칼 같은 뾰쪽함은 이미 없었다. 긴장한 채, 틸라는 그 울타리 가운데에 쇠를 달궈 만든, 즐라타 이름을 해석해 보려고 자신의 두 눈을 긴장시켰다: 고풍의 서체로 A와 L가 U자 속에 놓여 있다.

그 출입 대문에서 보니, 나뭇가지들로 엮어 만든 가구들이 놓인, 넓은 테라스가 있는 방향에는 노새 한 마리가 보였다.

하얀 앞치마를 걸친 어떤 하녀가 출입 대문 앞에 나타났다. 그녀는 단번에 아나 일행을 보고는, 모든 것은 그녀에겐 분명해졌다.

-두 분은 저기 테라스에 좀 앉아 기다리시겠어요? 저기 그늘에요. 곧 부인께서 나오실 겁니다.

그 테라스에 도착하려면 틸라와 아나는 두툼한 커튼이 쳐진 어두운 살롱을 지나가야만 했다. 틸라는 자신의 구두 아래의 느낌으로는, 그녀가, 카펫 위의 사슴들, 날짐승들과 특정한 틀에 박힌 나무 위를 걷는 것 같아, 마치 그것들은 아이가 그려 놓은 듯하였다. 무거운 액자 테두리를 가진 친근한 유화 그림들이 그 살롱을 장식하고 있었다.

즐라타가 곧장 모습을 드러냈다.

그녀는 격식에 구애받지 않은 여름 의복으로, 머리에 리본을 달았으나, 양말은 신지 않은 채, 죔쇠가 달리지 않은 슬리퍼를 신고 유쾌한 표정이다.

그녀는 두 방문객의 양 볼에 차례로 키스하고는, 틸라가 그녀를 방문해 영광이라며, 그 점에 얼마나 자신은 기쁜지 숨김없이 드러냈다.

-즐라타, 당신은 여기서 영주처럼 사시는군요.

-틸라, 당신은 아직 나와 관련된, 침 뱉는 다른 욕설은 듣지 않았지요? 제가 영주처럼 산다고요? 저기, 예, 이 집은 영주 시절의 것입니다. 하지만, 귀족 같은 손님이 오신 지금, 저희 하녀가 같은 문양으로 된 6점의 접시 세트도 찾아낼 수는 없습니다. 세트로 내놓지 못하고 개별로만 가능하지요. 재산이나 가재도구가 흩어져 있기 때문입니다. 마당의 떡갈나무들만 여전히 완벽하게 그 자리에 있지만, 여름에 천둥 번개가 치면 그들도 위협을 느끼게 된답니다. 건물, 정원, 접시들, 하녀까지도 물려받은 것입니다. 그리고 지금 있는 하녀는 올가을에 시집간다네요. 그러니 저는 그녀가 하던 일을 다른 사람에게 넘겨야 하게 되었어요. 지난달에는 정원사가 저희를 떠나갔답니다. 만일 제가 대형 낫이라도 들지 않으면, 손님들 겨드랑이까지 쐐기풀이 커서 손님들을 간지럽힐지 몰라요.

틸라는 손님의 겨드랑이를 간지럽히는 쐐기풀을 생각해 보는 것이 좋았다.

-터키 사람들이 사바강[10) 남쪽을 5백 년간 지배했지요. 저는 터키산 커피를 좋아합니다. 당신은 우유가 들어있는 비엔나커피가 더 좋은가요? 발칸 반도에서 며칠을 보내게 되면 당신은 정말 비엔나커피 맛이 그리워질 겁니다. 그렇지요? 자그레브는 언제나 오스트리아 빈을 그리워합니다. 이곳은 완전 지방으로 어수선함은 다 안고 살고 있어요. 이곳 사람들은 어렵게 버티고 있지요. 어디든 우리는 발로 걸어 닿을 수 있습니다. 당신은 이미 경험해 보았지요?

-많이는 아니구요. 저희는 어제 겨우 도착했습니다. 제 남편은 여전히 자신의 짐도 다 풀어헤치지 못하고 있어요. 우리는 머무는 것을 아직 결정하지 못하고 있어요. 스위스에 온 제 친구들이 저희를 쿠나리 가정에 소개해 줬습니다. 저희는 *가야Gaja* 거리에 거주하고 있습니다.

-그런 이야기는 하지 않으셔도 됩니다. 모든 것은 당신의 터키 커피잔에서 보게 될 터니까요. 즐라타가 웃으며 말했다. -그러고 그 도로명이 뭔가 유쾌한 것과 연관이 있다고는 믿지 마세요. 그건 그 가문의 이름에

---

10) *역주: 사바강(세르비아어: Cава, Sava, 보스니아어, 슬로베니아어, 크로아티아어: Sava)은 유럽 중남부의 슬로베니아, 크로아티아, 보스니아 헤르체고비나, 세르비아를 흐르는 강이다. 도나우강의 주요 지류로, 길이는 990km, 유역 면적은 95,719km²이다. 슬로베니아 북부의 알프스 산맥에서 발원하여, 슬로베니아 국토 중앙부를 통과한다. 크로아티아 북부 중앙부를 가로질러가며, 크로아티아 수도 자그레브를 지난다.

서 나옵니다. 사람들이 *카요Kajo*라고 하지 않던가요, 아나?

 아나가 그 대화에 억지로 끌려 들어간 느낌이다. 그녀에게 고마움의 인사가 갔다. 왜냐하면, 그녀가 그 고상한 여자 손님을 모셔와 주었기 때문이다.

 커피잔들이 나왔다. 둥글고 작은 것이 마치 만병통치 약통을 준비해 내놓은 듯이.

 -제가 커피를 여러 번 마셨지만, 커피 종류에 대해서는 한 번도 관심이 가 있지 않아요.

 -열망 없이는 모든 게 이뤄지지 않아요. 제가 당신께 보여드리겠어요. 저희 집 하녀 카타가 부엌에서 특별한 도구를 이용해, 그걸로 숯불 위에 커피 원두를 로스팅해 올 겁니다. 놀랍게도, 그 로스팅 할 때 향기가 납니다. 원두가 튀겨질 때, 하녀가 그것들을 터키제 그라인더에 빻습니다. 당신은 나중에 보게 됩니다.

 곧 하녀 카타가 커피 만드는 도구 세트를 들고 나타났다. 창백한 색깔의 원두가 담긴, 이상한 모양의 로스팅 기구였다. 카타가 그 기구를 숯불 위에서 놓고 원두들이 준비될 때까지 돌렸다. 그녀 손에 들린 그 황동 도구가 그 빻는 도구였다. 그것은 구멍 난 가운데를 열어 종이 메시지를 넣는 파발마와 비슷했다. 그 구멍 속에 메시지를 넣는 대신, 커피 열매가 들어간다. 그 기구 손잡이를 돌리자, 잘 갈린 커피 가루가 그 상자의 깊은 곳으로 연속해 떨어진다. 틸라가 한 번 그 손잡이를 잡고서 돌려보려고 해보았다. 쉽지 않았다. 그녀가 그 손잡이를 겨우 힘들여 돌리기 시작하자, 그녀 얼굴에는 경련이 나타났다.

-봐요, 이 도구를 장식한 이는 권총을 치장해오던 똑같은 장인의 손입니다.

이제 카타가 반대편의 황동 기구를 한차례 때리자, 울퉁불퉁한 종이가 나타난다.

-자, 이제 우리는 이렇게 해서 커피 마실 준비를 합니다. 한때 터키는 자신의 반달과 별을 가지고 바로 이곳 부근까지 나타났습니다. 우리 도시에서는 터키에 맞서 싸운 승리를 기념하여 오늘날도 정오를 알리는 대포를 쏩니다.

틸라는, 자신의 온두라스공화국 여권을 자신의 손가방 넣은 채로, 살짝 웃기만 하였다. 그녀는 자신이 이미 유럽에서 미끄러진 감정을 느꼈다.

-그리고 즐라타, 당신의 정원 뒤에는 뭐가 있나요?

-우리 재산은 숲 앞의, 저기 좁은 길까지입니다. 숲 뒤에는 산이 하나 있습니다. *슬례메(Sljeme)*라고 부릅니다. 산정상을요. 산 이름은 *우르사(Ursa), 메드베드니차(Medvednica)[11]*라고 합니다.

-당신은 정말 숲속에 사시는군요.

-단지 부분적으로요. 이 집의 도로 쪽에는 교회가 여럿 있습니다. 제 어머니가 별세하고 나서, 저는 이 집을 몇 개의 거주공간들로 분리해 놨어요. 어머니가 살아계셨더라면, 지금 제가 해놓은 것을 보시고는 놀라

---

11) *역주: Medvednica라는 것은 "곰산", 크로아티아말에서 "medvjed"
= 곰) Sljeme (Sleme)라는 멀은 산정상을 의미하고, 자주 산 전체를
말함.

기절하실지도 모르겠습니다. 하지만 저는 살아야 했으니까요. 1층에는 제 아이들이 살고요. 아이가 둘인데, 딸 아이는 제 아빠와 살고 있어요. 카타는 뒤편에 자기 방이 작지만 별도로 살고 있구요. 2층을 저는 두 가정에 세를 내주었지요. 여름에는 저희는 매일 즐겁고 유쾌하게, 보시다시피, 지내고 있습니다. 그리고 하지만 겨울에는요, 이 큰 집이 큰 얼음의 성으로 바뀝니다. 추위로 인해 우리 유리창에 장미가 꽃을 피우고, 틸라, 당신은 저희가 쓰는 난로에 얼마나 많은 장작과 석탄이 필요한지 상상이 갈 겁니다.

-숲이 있으니 다양한 짐승들을 볼 수 있지요. 뱀도 있지 않나요?

아나가 귀를 쫑긋했다. 그녀는 뱀 모양을 조각 작품에서 보아도 싫었다.

-뱀이라고요?

-무서워하지 말아요. 요즘은 한 마리만 있답니다. 그것은 저 멀리에, 저 꽃밭에 저 멀리에 있으니까요. 그밖에도 그 녀석은 무더운 시절에만 나타납니다.

아나가 인상을 찌푸리고는, 오늘이 그런 무더운 날이 아니라 기뻐했다.

카타가 내어 온 과자는, 손으로 주물러 만든 것으로, 효모가 부풀어 오를 때까지 기다렸다가 만든 카스테라 일종이었다. 작은 바람이 틸라의 코에 레몬껍질의 강한 향을 가져다주었다.

-이 레몬도 당신 정원에서 가져온 건가요?

즐라타는 웃어야만 했다.

-화분에 레몬 나무가 몇 그루 있지만, 그것들은 열매를 맺지 못합니다.

-그럼, 레몬 나무는 겨울에 얼지 않나요?

아나가 약간 전문적으로 물었다. 그녀는 자기 집에서 그 이야기를 들어 알고 있었다.

-그렇진 않아요. 레몬 화분을 정원 안의 유리로 만든 온실에 들여다 놔, 겨울을 나게 합니다.

즐라타 자신은 겨울을 나기 위해 옮겨야 할 필요가 있던 그런 식물을 얼마나 싫어하는지는 말을 아꼈다.

집의 어느 식구도 그 무거운 나무들을 그 겨울을 날 피난처로 옮기는데 도와주려고 하지 않았기 때문이었다. 그녀는 하녀를 시켜 그런 일 하는 사람을 구해 품삯을 지급했다. 왜냐하면, 그 보호의 계절이 오면, 식구 모두 정말 바쁘기 때문이었다.

여자 손님들은 화단으로 향했다. 뾰쪽한 가지가 달린 일단의 키 작은 나무들이 황금빛 구슬들을 매달고 있었다. 햇빛이 그들을 통과하니, 그 열매 그림자가 군데군데 보였다.

-구즈베리 열매이구요. 즐라타가 그것들을 조심스레 바라보고 있는 틸라를 보며, 그 과일나무를 소개했다.

-구즈베리 열매라고요? 틸라가 생각에 잠겨 되풀이했다. 필요 이상으로 '즈-'소리를 길게 끌면서. 필시 그녀가 이 과일을 수십 년간 본 적이 없는 것 같았다. 틸라는 맛보려고 열매 한 개를 손에 잡았다.

-저 열매는 작은 가시의 보호 속에서 햇빛을 받아, 껍질 속에 과육이 들어있습니다.

그녀는 그 열매를 입안에 넣어 보았다.

-입 안 혀에 작은 머리카락을 올려놓은 것 같네요. 제 할머니 댁에서 여름에 먹던 그 맛이네요.

-저는 이 구즈베리를 좋아합니다. 그것들은 뭘 요구하는 식물이 아닙니다. 까치밥 열매와 비슷해요. 우리 3형제 자매가 어렸을 때, 우리는 농촌에, 할머니 댁의 농장에 살았답니다. 할머니는 열매 2~3개를 가시에 찔린 채 따는 것을 허용하지 않았지만, 저희에게 송이 채로 먹는 법을 가르쳐 주었어요. 보세요, 이렇게, 우리나라 방식으로.

-보세요!

그녀는 한 송이를 집어 들고는 그것을 입안으로 집어넣자, 그 줄기 끝이 입술에서 삐져나왔다.

-이제 간단히 이 줄기만 자르면 됩니다.

아나와 틸라는 익살꾼처럼 따랐다.

한 송이에 달린 열매들이 입안의 혀 위에서 굴러다녔다. 부근의 버찌 나무에 앉은 새들이 콘서트를 하고 있었다.

-개똥지빠귀 새들과 검은 방울새들입니다. 저 나무가 열매가 달린 올해 마지막 버찌 나무네요. 여기 지방에서는 지금쯤이면 다른 나무들에 달린 열매는 거의 다 땄을 거에요. 새들이 저녁 먹으러 저렇게 모여듭니다.

틸라는 감동이 되었다. 그녀 자신의 언어에서는 그 새가 검은 방울새인지, 검은 방울새류인지 구분이 잘 되지 않았다.

-당신은 수컷 개똥지빠귀의 부리가 노란색인 것을 알

지요? 수컷들은 자신을 장식하기 좋아하고, 부리 주위에 털이 나 있고 수염도 있고 색깔은 노랗습니다... 이때쯤 새들은 보통 저녁을 먹고, 노래합니다. 저들은 크니게(Knigge)[12]를 알지 못합니다. 저들은 휘파람 소리와 축제를 즐기는 것만 할 줄 알아요.

틸라는 새의 교제술에 대한 암시에 웃어야만 했다.

크니게를 아는 온두라스 공화국 국민은 어떤가? 문화적으로는 그녀는 분명 너무 멀리까지는 여행하지 않았음이 분명했다.

-저게 딱따구리입니다. 버찌 나무의 각질 아래 애벌레들에 대해서는 전문가라 할 수 있겠습니다.

그 나무 아래서 규칙적으로 딱-딱-하는 소리가 들려왔다.

-저게 무슨 작은 기관총 소리를 내는 것 같네요.

즐라타는 버찌 나무에 기댄 채 있는 긴 장대를 하나 잡고는, 그것으로 그 가지 중 맨 꼭대기를 흔들었다. 그녀는 성공했다. 몇 개의 열매가 아래로 떨어졌다. 그녀는 틸라에게 그 열매 뭉치를 내밀었다.

-당신은 나뭇가지에서 올해 버찌를 이미 따 보았지요? 이건 가지십시오, 당신을 위한 귀걸이입니다. 이게 당신의 하얀 의상과 어울리네요.

즐라타는 줄기에 달린 버찌 한 쌍을 내밀었다. 틸라

---

12) *주/역주: Adolph Franz Friedrich Ludwig (Freiherr von) Knigge (1752-1796)는 독일 작가이며, 그가 1788년 쓴 책 『인간관계에 대하여 Über den Umgang mit Menschen』은 독일 가정에 상비할 정도로 유명함. 에티켓을 뜻하는 말로 쓰임. 한국, 일본에서는 『인간교제술』로 번역 출간됨.

는 그것들을 자신의 귀에 걸어 보았다.

즐라타는 다시 그 나뭇가지를 흔들었다. 이제는 다른 귀의 걸이 용이다. 1934년 모델이다.

-직접 한번 해 보겠어요?

틸라가 장대를 잡고, 자신의 발뒤꿈치를 들고서 발가락으로 섰으나, 자기 머리 위의 몇 개의 잎만 건드릴 뿐이었다.

-아, 그렇게 간단히 일이 아니네요. 나는 평생토록 이 일을 연습해야겠네요. 제 나이가 45살을 넘었네요.

틸라는 갑자기 몸이 흔들렸다. 뭔가 소름이 그녀 온몸을 관통했다.

-한기를 느꼈나요? 집으로 들어갈까요?

틸라의 오른쪽 손목에 걸린 팔찌소리가 들렸다.

-뭔가 내 손바닥을 찔렀어요.

그녀는 부어오르기 시작한 붉은 곳을 가리켰다.

즐라타는 탁자에 놓인 요리 칼을 잡아, 수건에 한 번 닦고는, 서둘러 틸라에게 다가왔다.

-즐라타, 당신은 어쩌려고요? 칼은 뭘 하려고?

-상처가 난 곳에 차가운 칼끝을 둘 거에요. 차가움이 도움이 될 겁니다. 그것으로 상처 난 곳을 조심스럽게 누르고 있어요.

틸라는 그 서늘함의 편안함을 느꼈다.

즐라타가 화단에서 잠시 모습을 보이지 않더니, 양파를 한 묶음 가져와, 그중 한 개를 잘라, 틸라 손바닥을 펴보라고 했다.

-용서하세요. 이 즙이 독소를 빼낼 겁니다. 좀 따끔

할 수도 있지만, 그게 도움이 됩니다.

 -당신을 찌른 그 곤충을 본 적 있나요? 벌, 집게벌레, 거미, 등에 같은 곤충이었나요? 진드기는 여기에 없습니다. 그건 손바닥 말고, 친근한 곳을 좋아하지요.

 -따끔하기만 하네요. 그리고 내가 그 곤충을 보았다 해도 많이 도움이 되지 못할 겁니다. 당신은 온갖 곤충을 다 언급하시네요. 저는 벌과 말벌 정도만 겨우 구분할 줄 알아요.

 즐라타는 저녁을 함께 먹자고 제안했지만, 틸라는 고맙다는 말만 했다. 그녀는 남편을 그만큼 무관심하게 두기를 원하지 않았다. 손안의 붓기는 좀 진정되었다.

-여사님은 우리에게 커피잔을 보면 뭔가 미래를 읽어낼 수 있다고 말씀한 것 같은데요.

 아나가 그것이 오늘 방문의 중요사항일지 모른다며 기억해 냈다.

-나는 우리 여자 손님을 지루하게 해 주고 싶지 않네요. 그녀가 뭔가 곤충에 찔렸다는 것만으로도 충분합니다.

-전혀요!

 틸라가 그 놀이에 동참하는 게 좋다고 했다.

-당신은 커피 열매들에서 미래를 볼 수 있나요?

-손님이 커피를 다 마시고 남은 찌꺼기를 통해서요. 그 때문에 사람들은 다 마신 자신의 커피잔을 뒤집어엎어, 잔 받침 접시에 그 찌꺼기가 마르도록 둡니다.

-저는 그 일을 개인별로 합니다, 그룹은 불가능하고요. 한 사람씩 한 사람씩. 아나, 네 차례가 올 때까지

까치밥 열매를 따고 있겠니?

아나가 자신은 꽃밭으로 자기 그릇을 들고 가 있겠다는 약속했다.

틸라와 즐라타는 커피잔을 앞에 두고 앉았다.

틸라는 자신의 부어오른 오른손을 멍하니 보고 있었다. 즐라타는 자신의 손바닥에서 그 찻잔으로 눈길을 주기 전에 말을 꺼냈다.

-자그레브는 당신 남편에게 충분히 안전한 곳이 못 됩니다. 만일 당신에게 뭔가 도움이 필요하면, 저를 염두에 두십시오.

틸라 자신의 처지를 뼛속까지 속속들이 알아보는 즐라타에게 틸라는 눈길을 두고 있었다.

그녀는 그런 이해심에 맞춰 감사 표시로 고개를 끄덕여 알겠다고 했다. 그녀가 이 여성을 만난 지 거의 하루가 지나가고 있었다. 그녀에게 아무 말할 필요가 없었다. 그녀는 모든 것을 느낄 수 있었다.

-만일 필요하다면, 제가 도울 수 있는 여러 관계가 있습니다.

-어찌 감사 말씀을 드려야 할지 모르겠어요.

-여기에 오신 게 감사에 가름하지요.

그때 즐라타는 틸라가 마신 커피잔을 내려다보고, 조용히 생각에 잠겼다. 그녀는 그 찻잔의 외부를 보고서, 우울하게 말했다.

-밤에 당신은 우네요, 낮에는 아닌데요.

틸라는 테라스 의자에 앉아, 허벅지 위에 간지러운 손바닥을 두고서, 말없이 정원으로 눈길을 돌렸다.

아무도 그만큼 빨리 그녀 자신에 대해 즐라타 여인 처럼 빨리 알아차린 사람은 없었다.

한번은 이전 남편 폴이 자원입대한 군에서 문제를 일으켜 갇힌 병사의 처지였을 때, 틸라의 여자 친구가 틸라를 어느 점쟁이에게 데려간 이후로 모든 미신을 비웃었다. 틸라는 베를린의 그 점쟁이 여성의 작은 살롱에서, 자신이 궁금해하는 사항을 적어 그것을 봉투 안에 넣도록 요청을 받았다. 그때 그 점쟁이가 그녀에게 감사하다며, 말없이 돈과 질문지가 든 봉투를 되돌려 주었다. 그녀는 그 봉투 안에 아무 질문에도 답을 하지 않았다.

-그런데 왜 아무 말씀이 없으세요?

틸라가 연거푸 물었다. 두 방문객은 그 점쟁이를 멍하니 보고 있었다.

-정말 아무것도 말할 수 없나요?

-나는 답을 못 찾겠어요.

틸라의 여자 친구가 거듭해서 간청해 보았다.

-당신 물음에 대한 모든 것은, 저 여인이 이미 죽게 되는 시점인, 7월 이후의 시간과 연관이 있습니다.

틸라를 그 점쟁이에게 데려갔던 그 여자 친구는 안쓰러운 마음에 울먹이기 시작했다.

틸라는 그녀를 위로해야 했다.

-내버려 둬요. 모든 게 유치한 일이니!

7월에는 그녀가 그만큼 바빠, 자신의 사망일을 준비하며 자신의 일정을 조절하는 것을 잊을 정도였다.

지금 그녀는 깜짝 놀랐다. 그녀가 밤에 운다는 소식

은, 그녀 자신이 7월에 죽을 거라는 통지보다 더 강하게 그녀를 때렸다.

즐라타는 그 찻잔에서의 미래 읽기를 이어갔다.

-사람들이 철길을 건너고 있습니다. 철길 철책까지 걸어가는 사람들의 모습을요. 돈을 잃었네요. 저 철길은 먼 곳으로 안내하지요. 먼 곳에서 편지가 옵니다. 저 봉투를 보세요. 스탬프가 찍힌 중요한 뭔가가 있는 것 같습니다. 저 길은 구부린 채 있습니다. 멈춰 서 있어요. 종려나무 3그루, 오아시스. 무슨 익살꾼. 줄로 만든 인형. 남자, 여자, 가방들. 그리고 여기, 반달 모양의 낫과 별. 당신은 터키와 관련을 짓게 됩니다.

-뭔가를 알 수 있었나요?

-가진 돈을 잃은 것만.

틸라는 그녀가 밤에 울지도 모른다는 그 말이 그녀에게 꼭 맞다는 것을 숨길 수 있는 재치를 찾은 것으로 기뻐했다.

즐라타는 그 찻잔을 다시 탁자에 놓았다.

-우리가 아나를 부를까요?

틸라가, 그 두 사람 사이의 침묵이 무거워질 무렵에, 물었다.

가정에서는 그녀가 루츠에게 더 열정적이었다:

-제가 정원을 그렇게 잘 가꾸는 곳을 여기서 찾게 되리라는 것을 상상할 수 없었어요. 집 전체에 유화 그림들과 페르시아 카펫과 마을의 마술들로 가득한 집이네요.

-즐라타가 곤충에게 물린 곳을 어떤 식으로 치료하던지 알겠어요?

아나가 바로 그 시점에 한 손에 작은 병을 들고 그들의 방 출입문을 두들기고는, 신비한 낱말을 속삭였다.

-사과 식초래요.

아나가 즐라타의 처방대로 그 작은 병과 밴드를 가져 왔다.

남편 루츠는, 열정 없이, 이 마을에서의 의심과 함께, 산성의 강한 내음을 놀라며 냄새 맡고 있었다.

틸라는 믿음직하게 그 손바닥 주변을 그 향기 나는 밴드로 감았다.

남편은 마침내 그녀 관심 속으로 현실적 정보를 넣기 위한 공간을 찾아냈다.

-확인해 보니, 여기에 1년 치 집세를 지급하면, 우리가 그렇게 결정하면, 우리는 하루에 5개비 이상의 담배를 피울 권한이 없어요. 극단적인 검약만이 우리를 구할 수 있어요.

틸라는 그런 불편한 상황을 받아들이지 못했다. 그녀를 덮었던 정원의 에너지는 아직도 남아 있었다.

-가장 중요한 것은 우리가 뭔가 일을 시작해야 한다는 점이에요. 아무 할 일이 없이는 우리가 여기 남을 수 없어요. 나는 극장 일에 대해 잊어야만 해요. 공연 배우 일은 과거가 되어버렸어요. 히틀러의 독일어를 지금 분리할 수 없습니다. 나는 공연에 관계할 권한이 없어요. 여기서 뭔가 다른 직업을 가져야 해요. 내가 여배우란 무게에서 벗어날 수만 있다면. 우리는 성공

할 겁니다. 당신은 두고 보세요.

그녀는 자신의 손바닥에 사과 식초 밴드를 자주 만졌다. 남편은 여섯 개비째 담배를 연거푸 피우고 있었다.

-어디서 그녀에게 믿게 만드는 에너지가 나왔을까요?

대답으로 눈썹을 치켜들 뿐이었다.

몇 년의 결혼 생활에서 남편은 그녀를 존중해야만 했다. 서류에서 숫자가 그녀에게는 아무것도 말하고 있지 않다. 그녀는 자신의 내부 마음의 확신으로 살아간다. 그 확신들이 모여 그녀를 앞으로 구불구불하게 밀쳤다.

흐르들리츠카 할아버지 초상화의 눈길이 거울 속에서 그녀 자신의 목덜미를 쓰다듬고 있었다. 리본 두 개가 그녀 잠옷의 가슴에 달려 있었다. 그녀는 잠자러 가는 키스로 그의 얼굴에 닿았다.

-실망하지는 말아요!

남편은 한숨을 쉬기만 하고, 방의 가장 작은 전등을 켰다.

틸라는 자신을 잠이 이미 끌어당기고 있음을 느꼈다. 잠과 불면 사이에서, 배경 어딘가에서 꿈과 현실이 함께 합쳐졌다.

더 깊이 잠들면서, 즐라타가 틸라의 찻잔 깊은 곳에서 본 모든 것을 언급하면서 그녀가 암시한 것이 뭔지 분명해졌다. *철길을 건너가는 사람들.* 그것은 그녀가 *에리히 마리아 레마르크(Erich Maria Remarque)*[13]에

---

13)*주: 에리히 마리아 레마르크(1898-1970)는 독일 작가로 제1차 세계 대전을 다룬 가장 대표적인 소설이라 할 수 있는 <서부전선 이상 없

게 온두라스 공화국 여권 비용을 마련하기 위해 팔았던 *반 고흐(Van Gogh)*[14]의 마지막 작품 제목이다.

철길 철책까지 가는 사람들의 모습. 그녀는 왜 당시에는 그 생각은 나지 않았던가?

-이게 얼마면, 그 가치를 하겠어요?

레마르크가 눈썹을 들어, 잠시 멈추었다. 그녀는 자신의 눈길을 그의 매끈하게 면도한 얼굴을 보다가 그의 겉옷에 그려진 사각형 문양으로 내렸다. 그녀는 그의 겉옷의 한 개의 사각형 문양에 온 힘을 집중하고는 자신이 필요한 액수를 말했다.

-또 그 돈, 현찰로 받고 싶어요. 그녀는 모든 것이 분명하도록 덧붙여 말했다.

그 일 뒤에 그 두 사람이 다시 만났을 때, 그는, 자신이 이전에 입던, 검정 사각형 문양이 달린 그 겉옷을 입은 채, 그녀가 원하는 액수를 봉투에 넣어 그녀에게 내밀었다.

그녀 자신은 그 작가 앞에서 지폐를 세고 있었을 때 불편함을 느꼈다. 아마 그 대금은 *메트로-골드윈-메이어(Metro Goldwin Mayer)*[15]사가 그에게 *<서부전선*

다>의 작가로 널리 알려진 인물이다. 18세에 독일군에 징집되어 제1차 세계대전을 겪은 후 <서부전선 이상 없다>를 발표했다.

14) *역주: 빈센트 빌럼 반 고흐(1853~1890)는 네덜란드 화가로 일반적으로 서양 미술사상 가장 위대한 화가 중 한 사람으로 여겨진다.

15)*역주: 미국 영화제작사(MGM).1930년부터 2차 세계대전까지 할리우드에서 규모와 영향력이 가장 컸던 영화사. 영화가 시작할 때 포효하는 사자가 등장하는 로고로 유명하다. 대규모 극장 체인을 갖고 있던 마커스 로(Marcus Loew)가 1920년 제작 배급사인 메트로 영화사(Metro Picture Corporation)와 1924년 골드윈 영화사(Goldwyn Picture Corporation)를 인수한 후 루이스 B. 메이어(Louis B.

*이상없다(En Okcidento nenio nova)*라는 영화 시나
리오를 위해 지급한 액수 중 일부였을 것이다.
 잠이 고픈 그녀에게 더는 현실의 끈을 연결하는 것
을 허락하지 않았다.

 Mayer) 소유의 제작사와 합병하여 메트로 - 골드윈 - 메이어(Metro -
Goldwyn - Mayer)를 세웠다. 엠지엠은 컬버시(市) 소재 골드윈 스튜
디오에서 주로 영화를 제작했으며 메이어가 거의 30년 동안 스튜디
오를 관리했다.
 (https://100.daum.net/encyclopedia/view/99XX32200941)

3. 작은 거울 아래서

틸라는 즐라타의 저택 정원에서 자신의 집으로 귀환한 뒤, 먼저 욕실로 가서 혹시 진드기가 그녀 몸의 푹신한 곳에 들어와 있지 않았는지를 점검했다. 한 손에 작은 거울을 들고서 그녀는 겨드랑이의 몰랑한 여기저기를 검사하기 시작했다. 그녀 초상화를 그렸던 어느 화가도 그녀를 그렇게 자세히 들여다보지 않았다. 지금 그녀는 자신의 온몸의 피부를 꿰뚫는 듯한 눈길로 세심하게 보고 있다. 그곳 낯선 욕실의 빛이 아니라 그늘을 발산하는 전구 아래, 틸라는 욕실 거울 앞에서 목을 길게 늘여 자기 몸의 조각조각을 창백한 불빛에 가까이 대어 보았다.

그녀가 자신의 팔 하나를 들었을 때, 오스트리아 도시 빈의 정원에서 커가던 자작나무가 생각났다. 학교 수업을 마친 뒤, 그녀는 수학 시간에 있었던 일을 정원의 그 자작나무를 향해 알리려고 뛰어갔다. 틸라는 그 자작나무를 '그녀'라고 불렀다. 그 자작나무가 그녀의 엄마 아빠보다 더욱 그녀에게 용기를 북돋우며 그녀 말을 들어 주었다. 자작나무를 통해 틸라가 받은 느낌은, 오늘 그녀 마음을 상하게 한 모든 것을 내일이면 용서해 주는 것이, 정당하다는 점이었다. 당시 틸라는 뭐든 정당한 일인가 아닌가 하는 여부가 중요했다. 그녀가 그 자작나무 앞에 서서, 자신의 두 팔을 '그녀'를 향해 높이 들어 올려, 가지에 달린 나뭇잎을 두 손으로 만지고 있으면, 바람이 정겹게 자신의 겨드랑이를 어루만져 주었다.

틸라는 살갗을 스치는 바람을 좋아하는 8월의 소녀였다.

자작나무에서의 그 바람 뒤, 바람을 한낮에 느끼기란 어렵지 않았다.

20세기 초엽에 연극에 종사하는 공연 여배우들은 자신이 맡은 극 중 인물의 의상이나 소품을 스스로 관리해야 했다. 공연 배우가 되겠다는 딸의 생각에 뺨을 한 차례 세차게 때린 뒤, 엄마는 자기 딸아이를 체코 *모라비아(Moravio)*의 *올로무츠(Olomouc)*[16]에 있는 극장의 제1열에 데려갈 결심을 했다. 의상비에 대해 엄마는 그리 인색하지 않았다. 음식에 대해서만. 엄마는 자신이 저축한 돈 모두를 옷감 파는 사람에게 주었다. 식료품을 사는데 필요한 돈은 아주 조금 남겨두고서. 틸라와 엄마의 우아한 허리는 주로 적게 먹은 덕분이라고 할 수 있다.

굶음은 연극의 첫 몇 해 동안 이어졌다. 그래도 엄마는 그 직업을 바꾸는 것을 종용하지는 않았다. 틸라는 벨기에산 프랄린[17] 초콜릿과 거위 간이 든 크로켓(만두)을 나중에 엄마의 여러 해 말년 동안만 사 들고 갈 수 있었다. 그 과자들을 보신 엄마는 마치 그것들이

---

16) *역주: 올로무츠는 체코 동부 올로무츠 주에 있는 도시이다. 인구는 11만 명 정도이다. 모라비아 강 연안에 위치한 체코의 중요한 역사 도시이다. 11세기에 처음으로 가톨릭 교구가 설정되었고, 모라비아 지방의 중심지가 되었다.
17) *역주: 땅콩을 설탕 시럽에 넣어 만든 과자, 초콜릿.

바람의 시대에 틸라가 받은 첫 급료처럼 좋아했다.

바람은 그녀가 하늘 높이 가 있을 때만큼 가장 아름다운 순간은 없었다.

틸라는 공중에서 날아 보는 것을 좋아했다. *룸러 (Rumler) 형제*가 자신의 비행 도구로 시험비행했을 때, -그녀가 그들의 첫 시험비행 손님이 되었다.

아무에게도 그녀는 자신이 날고 싶다는 것을 말할 용기가 없었다. 그러나 폴이 그날 저녁에 그녀가 가장 하고 싶은 것이 뭔지를 묻자, 그녀는 주저 없이 자신의 비밀을 발설하였다.

그는 그 대답이 좋았다.

-우리가 한 번 날아 봐요.

그는 생각에 잠겨 대답하고는 그녀에게 키스했다. 그의 키스에는 맑은 구름의 내음을 가진 저녁이 담겨 있었다.

그들은 그 주간의 다가온 토요일에 날았다.

풍선 기구로.

그녀는 출발 시각 한 시간 전인 9시에 이미 자신의 비행 복장을 한 채 준비를 마쳤다. 폴이 그녀 옆에 앉아, 자신들의 풍선 기구의 줄을 조종하는 기술자의 등 뒤에서, 그녀 어깨를 포옹하듯이 잡고 있었다.

저 아래에 땅이 보였다. 바람이 얼굴 쪽으로 불어 왔다. 그들은 그 뒤 토요일마다 3차례 더 날았고, 나중에 태풍이 불어, 그들은 그 날기를 그만둬야 했다.

한번은 뮌헨 극장의 공연 뒤에 전보가 왔다.

"베를린행 기차를 타고 즉시 오세요."

그곳에는 놀라움이 기다리고 있었다. 그 놀라움은 충분히 독특했다. 폴이 그녀를 위해 풍선 기구를 이용한 비행을 준비해 놓았다. 폴은 시대를 앞서가는 선물에 대한 감성을 갖고 있었다. 그 선물 중 가장 강력한 것은 분명 -대화가 르누아르(Renoir)로 하여금 그녀 초상화를 그리도록 한 것이다. 그러나, 그들의 첫 몇 년 동안만 그는 그녀가 어찌 즐기는지 보려고 그녀를 동반했다.

그러나 자작나무와 대화하던 시절을 벗어나서는 그녀의 꿈 중 하나가 풍선 기구를 타고 날아 보기였다. 폴을 만나기 전까지는 그녀는 아무에게도 그 꿈을 발설할 수 없었다. 폴은 곧장 이해하고는, 그들은 자주 날게 되었다. 그들은 그렇게 비행하는 것을 아주 좋아했다. 비행 중 사고가 한 번만 있었다. 그 둘이 탄 풍선 기구에 그의 형도 함께 탔던 그때.

거울이 그녀에게 체코의 어느 마을에서 그 풍선 기구가 추락하던 때를 생각나게 하여, 그만 손이 떨려왔다.

갑자기 땅이 보인다는 생각에 아무 준비할 틈도 없이, 그리도 빨리 땅이 다가왔던 그때.

다행히도 그 추락 때 뭔가 크게 부러진 신체 부위는 없었지만, 그들은 각자 타박상을 입었다. 틸라는 자신의 눈에 여전히 닥쳐오는 그 땅을 다시 보지 않으려고 이제 거울을 치웠다.

그 기구의 추락사고 뒤로 세월이 흘렀다. 그새 그녀 주변의 몇 사람이 별세하고 난 지금, 그녀는 다시 손에 거울을 들고, 진드기가, 필시 자리를 잡지 않아 보이지만, 있는지 살펴보았다. 그녀는 그녀 자신을 그린 모든 미술작가의 눈으로 보았다.

살로메(Salome)[18] 역을 할 당시를 그린, 틸라의 첫 유명 초상화. 그 작품은 막스 슬레포크트(Max Slevogt)[19]가 1907년 그렸다. 그녀 머리에 리본이 달려 있고. 막스의 필치는 무게를 느끼지 못할 정도로 가벼웠다.

그녀가 자신의 볼에서 사진관 스튜디오의 라이트(반사경)의 뜨거움을 느낀 때도 있었다. 사진작가 슈엔케러(Schenker)는 틸라 두리에우스의 사진엽서를 제작하려고 6점의 사진을 만들었다. 갈색 뉴앙스를 가진 사진엽서였다. 틸라는 화분 모양의 모자를 쓰고 있다. 틸라는 맨 어깨를 드러낸 채 부비(bubi)라는 이름의 파마머리를 하고. 그 사진작가가 자신의 카메라의 검은 천 아래 자신을 숨길 때, 그녀는 짧은 치마의 가장

---

18) *주: 마르코 복음서 속의 여인. 춤을 추는 능력을 가진 여인. 영국 아일랜드 태생의 극작가 오스카 와일드Oscar Wilder(1856-1900)가 쓴 동명 소설 작품. 살로메(Salome)는 오스카 와일드가 쓴 비극적인 희곡이다. 1891년 원본 연극은 프랑스어로 작성되었다. 3년후 영어로 번역되어 발간되었다. 이 작품은 마르코 복음서에 나오는 헤로데 안티파스의 의붓딸인 살로메에 관한 이야기를 다룬다. 살로메는 헤로데 안티파스 왕 앞에 7개의 베일의 춤을 춘 보상으로, 그녀의 어머니 헤로디아의 기쁨을 위해, 은쟁반에 요한(세례 요한)의 머리를 요청한 이야기를 담은 1막의 희곡이다.

19) *주: 막스 슬레포크트(1862-1932). 독일의 화가이다. 풍경화가로 잘 알려져 있으며, 막스 리버만, 로비스 코린트와 더불어 외광으로 작업하는 독일의 화가로 잘 알려져 있다.

자리 쪽 무릎에서 간지럼이 느껴졌다.

그녀가 베를린 시내 *블라이브트레우스트
(Bleibtreustr)*에서의 어느 레스토랑에 들어섰을 당시,
그녀 팬 중 한 사람이 그 사진엽서를 들고, 사인을 요
청했다.

-지금 제가 부탁해도 되나요?

그녀 테이블로 어떤 청년이 다가와, 사인해달라고 했
다. 청년이 자신의 호주머니에서 그녀 얼굴이 든 사진
엽서를 꺼내 보였을 때, 그가 뭘 원하는지 곧장 이해
하지 못했다. 청년이 그녀 사진엽서에 사인을 요청했
다. 그때, 그녀의 자필 서명을 요청받았던 그때, 그녀
가 처음 놀란 것은 아니었다.

아버지 별세 뒤, 찌든 가난이 겁이 나 거의 미쳐버린
그녀 엄마는 틸라에게 알맞을 직업을 한 가지만 염두
에 두고 있었다. 피아노 여선생님.

교습은 늘 있었다. 그 교습을 견디기 위해서, 틸라는
생각했다. '건반 위에서 난쟁이들이 행진하는구나. 첫
난쟁이들이 서서히 나아가면, 이제 그들은 속도를 더
하고, 한 난쟁이가 광주리와 함께 달려가고, 다른 난
쟁이들은 뒤따른다. 빨리, 빨리, 더 빨리.'

엄마에게 그녀가 공연 배우가 되고 싶다는 것을 말
했을 때, 엄마는 딸의 뺨을 한 차례 때리는 것으로 딸
의 생각과 맞바꾸었다.

엄마는, 지금, *블라이브트레우스트의* 한 레스토랑에
서 겁을 집어먹은 채 다가와, 그 위대한 여배우의 자

필 사인을 요청하는 것이 적절한지 묻는 청년을 바라보면서 흐뭇해했다. 피아노 레슨을 그만큼 많이 받았어도, 그녀는 피아니스트로 크지는 못했다.

엄마의 두 번째 뺨 때림은 없었다. 엄마는 틸라가 1년간 극장 교육을 받고 나서 나중에 가서 한번 보자고 했다.

슬라브인의 충동적 성격인 그 딸이 예술의 환상에 갇히는 것이 아닌지 엄마는 걱정했다. 또 화학자의 딸이 뭔가 더 실제적인 다른 것을 원하지 않는가? 19세기 말에 여성은 자신의 직업을 다양하게 선택할 수는 없었다. 아마 엄마는 자기 스스로 구하고 싶었다.

가정에서도 여전히, 틸라는 방에서 벽돌 화로와 대화하기를 좋아했다. 화로는 이해심이 많고, 용기를 북돋아 주고, 그렇다고 했고, 아니라고도 했고, 아무 의견을 내지 않기도 했다. 그것을 똑바로 바라보고 있는 것만으로, 스스로 질문해 보는 것만으로 충분했다. 누군가 방에 들어섰을 때, 그녀는 서둘러 그 동맹을 발설하지 않기 위해 그 화로를 등지고 몸을 돌렸다. 만일 그녀가 어떤 사물과 대화하고 있다는 것이 누군가의 의심을 사기라도 한다면, 정말 참담한 일이 되기 때문이다.

첫 공연에서, 그녀는 엄마에게서 뺨을 맞던 그 일이 생각났고, 가정에 뭔가 스캔들을 만들고 싶지 않았다. 그녀는 가정에서 쓰는 진짜 이름이 아닌, 다른 예명을 내세웠다. 그녀가 자신을 뭐라 부를지, 자신에게 무슨 이름이 어울릴지... 그런 환상은 너무 멀리까지 가지는 않았다. 위그노족인 아버지 가계를 따라 그녀는 프랑스 이름을 가져 왔다.

첫 연극 프로그램에서 틸롤로(Tirolo) 라는 소년 배역을 위해, 그녀는 프랑스인 할머니 이름을 선택했다. 그렇게 해서 **두리에우스Duriuex**가 그녀 이름이 되었다.

그녀는, 마치 모자를 선택하는 것처럼, 그 이름을 정했다. 그 이름은 잘 맞아야 했다. 그것은 잘 맞았고, 평생 시들지 않았다.

틸라는 거울을 돌려 보았다. 그것은 천장 위에 둥근 신호를 보였다. 진드기는 더는 보이지 않았다. 그녀는 잠옷으로 갈아입고는 즐겁게 남편에게 돌아왔다. 남편은 자신의 짐작으로는, 그녀가 그동안 풍선 기구를 타고 다시 날아올랐음을, 전혀 눈치채지 못했다.

4. 문장들

 즐라타는 자신의 작은 방 안의 위쪽에 종이 카드들에 두고서 문장을 만들 리스트 작업을 하기로 마음먹었다. 그녀가 그 문장 만들기를 통해 만들 책은 진전이 되지 않았다. 출판사에 약속할 때는 그 원고를 봄까지 전해 주는 것이었다. 그녀는 성공할 수 있을까?
 그 봄은 아직 멀리 있지만, 지금 그녀는, 그녀가 그 표현들을 리스트 작업만 하면, 그것들을 그녀만이 할 수 있는 체계로 정렬해야 하는 상황에 와 있었다. 그녀는 자신이 생각한 낱말들이 잘 놓이는 말광을 찾아내야만 했다.
 밤나방이 즐라타 곁에 다가오려고 애쓰면서 자신의 가루를 남기는 동안, 즐라타는 자기 생각을 표현해 담아 놓은 상자 안에 그 리스트에 순서를 매겨 보았다. 오늘은 여성에 대한 것이다.

-그녀는 웃음을 잘 표현하는 예술의 대가였다.
-그녀 머리카락은 물을 살짝 들였지만, 그리 자극적이지는 않았다.
-그녀는 자신이 가진 분량을 늘여보려고 애썼지만, 헛된 노력이 되었다.
-몰래 그녀는 자신의 두 눈에서 눈물을 닦았다.
-그녀는 약속을 끊임없이 되풀이해야만 했다.
-그녀는 자신의 입맛을 다시게 하는 뭔가...의 취향을

갖고 있었다.

-그이가 그녀를 초대하자, 그녀는 곧 그곳으로 가버렸다.

-그녀의 온전한 존재는 청순함을 발산하고 있었다.

-그녀는 그 왕이 위엄하게 행진해도 허무한 감정이 있었다고 감히 말하던 사람이었다.

-키스할 정도의 거리로 그녀는 물러났다.

-그녀는 비웃으며 그 조언을 거절했다.

-그녀 몸은 피가 끓었으나, 그이는 그것은 신경질적 반응이라고 느꼈다.

-그이의 두 눈은 그녀 뒤를 종종걸음으로 따라서 걷고 있었다.

-아가씨들의 치마가 부풀어 올라 불룩해졌다.

-그녀는 한쪽 볼에 보조개를 갖고 있다.

-사람들은 그녀를 …에게 억지로 시집보냈다.

-만족할 때까지 당신은 누워 있음을 즐겨라.

-그이는 아내를 매질했다.

-여성 머리 모양의 유행.

-그녀는 수달처럼 말라 있다.

-그녀는 그이의 목 주위로 양팔을 던졌다.

-그녀의 다채로운 색깔의 브래지어.

그녀는 브래지어라는 말에서 좀 멈추었다. 그렇게 집어넣는 것이 나을까?

1934년이다.

여성들이 그 장밋빛 브래지어를 자신의 등에 두 개의 자개단추로 잠근다. 그걸 넣어 보자! *조세핀 베이*

커*(Josephine Baker)*[20]가 다음 달에 춤 공연을 할 예정이다. 바나나 잎으로 만든 옷을 입고 자그레브에서의 첫 공연이다.

'Menstruo'(생리). 그녀는 잠시 멈춰, 사전에서 그 낱말을 사용한 문장을 찾았다. 아무것도 머릿속에 들어오지 않았다. *생리*는 아무 감동도 없이 그 사전에서는 '*Mensogo'(속임)*라는 낱말 다음에 놓여 있다.

즐라타는 집중해 그 표현들을 살펴보았다.

그것들은 보따리의 뿔처럼 튀어나와, 전혀 질서를 만들어 내지 못했다. 이것들을 차례대로 만드는 공식을 어떻게 찾지? 그 책의 말광 속에 어떤 표현들을 집어넣는다?

침묵.

밤의 나방은 바깥 유리창에서 요란하게 불빛을 그리워한다.

즐라타는 자신의 공책들을 던져 놓고는, 책상 서랍을 열었다. 그녀는, 순간, 검은 잉크가 가득 찬, 대형의, 줄이 쳐진 종이들에 눈길이 갔다. 그 종이 아래에는 말 위에 앉은 헝가리 왕 이스트반(St. Istvan)... 두 개의 뿔이 달린 세관장 마크가 있었다. 헝가리 왕이 자신의 손을 말의 머리카락에 기댄 채 있다. 1915년

---

20) *주/역주: 조세핀 베이커(Josephine Baker(1906-1975) 프랑스 무용수. 미국 태생의 뮤직홀 아티스트이다. 1920년대 브로드웨이와 보스턴 쇼의 합창에서 선을 보인 후, 파리와 런던으로 가서 활약하였다. 검은색 피부를 유행시켰고 구슬 목걸이, 팔찌, 앵클릿 그리고 밝은 색의 글러브, 프린지와 화려한 색깔의 옷을 유행시켰다.

11월 17일이라는 날짜, 또 헝가리 십자가가 선명하다.

대 지방 소유물의 목록표
포스체노Pesčeno, 주 건축물, 정원의 보조건축물들과 정원, 우물, 초지(풀밭), 과실수, 숲 소공원, 목장 4곳, 건축물들, 숲들.
*포드 레바르(Pod Rebar)*의 제 8번 건물, 농장, 숲, 정원, 과수원, 목장, 건초지, 농지. 브르브노에 목장, 숲, 건초지, *푸타코비나(Futakovina)*로 가는 길, *후시네치(Husinec)*에서의 숲, 후시네치에서의 농지, 포도나무밭과 그곳의 건물, 건초지와 방앗간, 목장, 과수원, 제5번 집, 숲, 우물, *니에구스(Niegus)* 포도밭과, 농지와, 포도밭에 딸린 *니에구스* 가옥, 니에구스 포도밭.

그 서류들은 입증했다. 전부가 백작 부인의 소유는 아님을 입증했다. 도시로 편입된 구역들을 그녀는 *크레베르(Kreber)*, *스베트코(Cvetko)*, *크리바크(Krivak)* 등의 마을 공동체와 일정 부분을 공유했다.
갑자기 그 리스트 중에 남작부인 *우누키치(Unukič)*의 딸인, *알베르티나 노블 아드로브스키(Albertina nobl. Adrovsky)*의 서명이 보였다.

즐라타는 한숨을 쉬고, 그 재산 목록 서류를 다시 서랍 속으로 집어넣었다.
그날 그곳의 밤나방은 창문의 빛을 향해 여전히 창문을 때리며 떨고 있었다.

5. *살로메의 혼수품*

-엄마, 제가 지난 토요일에 가족에게 폐가 되지 않도록 하려고 아주 소규모로, 거추장스러운 절차 생략하고, 사귀던 *에우겐 스피로(Eugen Spiro)*[21]와 결혼했습니다. 새 보금자리에 한 번 보러 오시겠어요?

그렇게 단숨에 모든 것을 말해 버렸다.

엄마는 처음에는 기절할 정도였으나 곧 정신을 차렸다. 왜냐하면, 마침내 엄마가, 자신의 피와 살로 자식을 먹여 살려 온 펠리컨과 같은 존재였기 때문이다. 엄마는 그 결혼이 틸라가 *스피로*와 사귄 지 얼마 안 되어 성사된 것을 느꼈다.

화가 에우겐 스피로는 1890년대 말엽에 틸라의 아버지 *리차드 고데프로이(Richard Godeffroy)* 박사의 초상화를 그린 인물이었다. 계란형 모양으로, 초상화 크기는 29x21cm.

혼비백산했다가 정신을 다시 차린 엄마는 그동안 자신이 몰래 준비해 둔 혼수품을 꺼내려고 장롱으로 몸을 돌렸다.

잠옷은 여름용 4점, 꽃무늬가 있는 것 1점, 레이스가

---

21) *역주: Eugene Spiro(Eugen Spiro (1874 Breslau, Silesia - 1972) 독일 화가, 나중에 미국화가. 브로츠와프(폴란드어: Wrocław, 독일어: Breslau 브레슬라우)는 폴란드의 남서부 실레시아 지방에 있는 돌니실롱스크주의 주도이다. 오데르 강(Odra, 오드라 강)이 도시의 중앙을 관통하여 남동쪽에서 북서쪽으로 흐른다. 스피로는 브로츠와프 태생으로 유대인 가문에서 태어났다. 1904년 스피로는 유명 여배우 틸라 두리에우스와 결혼했다.

달린, 어깨와 목이 파인 것이 3점. 겨울용 3점, 긴 소매가 있는 1점, 장밋빛 2점, 푸른색 1점.

수가 놓인 목욕용 타올 6점.

고급 수건 6점.

발이나 린넨으로 만든 보통 수건 6점.

주방용 린넨 수건 24점, 줄무늬가 있는 것 12점, 희고 푸른 정방형의 것 12점.

겨울 이불 6채, T.D.라는 이름의 첫 글자가 찍힌 것.

여름 이불 6채, 꽃 모양의 수가 놓였고, 첫 글자가 있음.

프랑스인 할머니 두리에우스가 쓰던 은제 식기류, 그분 이름만 남아 있음.

또 파란 비로드(우단)이 있는 상자에 담긴 식기들.

프랑스인 시어머니 두리에우스가 새 며느리 -엄마-에게 선물로 주신 정원 장미가 그려진 리모주(Limoges)산 도자기 접시 6점: 그런데 포장을 풀다가 그중 1점이 깨져 버린 수프 담는 접시.

수프 접시가 깨졌다고 그게 나쁜 징조라고 말할 필요는 없다. 접시가 두 동강이 났지만, 혼수품으로 장만한 것엔 접착제를 사용하지 않는 관습이 남아 있었다.

-걱정은 말아요! 아무 나쁜 것은 없어요!

딸인 틸라가 서둘러 위로했다.

엄마가, 그 날 밤, 쉽게 잠들지 못할 것은 분명하였다. 만일 손님 6명이 동시에 방문하면 어찌 대접해야 하는지를 생각해 본다. 수프를 대접해야 하는데, 여섯째 손님은 함께 앉은 탁자의 다른 손님들과는 같은 접시를 사용하지 못한다는 것을 상상해 본다.

은제 소금통은 신혼부부용으로 새것 1세트, 흐르들리츠카 할아버지로부터 물려받은 것 1점.

다마스쿠스에서 제조된 흰색 탁자보 6점.

12인용 대형 식탁보 2점은 손님이 많을 경우, 또 여분의 탁자를 하나로 할 경우에 필요하다.

–흐르들리츠카 할아버지께서 남기신 칼만 한 자루 빠졌구나.

엄마가 장만해 오신 혼수품 상자들을 모두 풀어보라고 명을 내리자, 틸라는 웃었다.

그때 엄마는 중요한 명령을 하나 더 했다. "냅킨용 고리들에 새 약자 'TS'를 새겨라."

틸라Tilla의 T, 스피로Spiro의 S.

틸라는 한 번도 그 이름을 취하지 않았지만, 크게 숨을 내쉬었다. 엄마가, 펠리컨이 된 엄마가 딸의 이 결혼을 예상하고, 새 약자를 만드는 것조차도 잊지 않았다니.

신부는, 시집가면, 저녁에 자신의 어머니가 사는 집으로 귀가하지 않아도 된다.

밤에 푸른 리본이 달린 장밋빛 드레스를 입고, 흐르들리츠카 가문의 무거운 은제 솔로 머리카락을 빗은 신부가 신혼 침실로 향한다는 것은 얼마나 즐거운 일인가.

신혼부부의 수수한 보금자리에는 욕실 수도가 아직 없다. 틸라는 우아한 도자기 주전자에서 길러 온 물을 세면대의 움푹 들어간 곳에 부어 자신의 얼굴을 씻었다. 그리고 몸의 여기저기를 차례대로 씻고, 비단 종이에 싸둔 라벤더 향이 나는 비누로 몸을 문지른다. 그러고는 틸라는 세수하고 나서 빗은 자신의 머리카락을 살펴보려고, 은제 거울을 높이 든다. 또 그 거울에 그녀 자신의 이를 내보였다.

-치솔은 유산으로 받지 못했네.

틸라가 칫솔을 가성소다를 넣은 상자 속으로 밀어넣으면서 익살스럽게 말했다. 소문에는 이 치약이 이를 반짝거리게 만드는 데 도움이 된다고 했다. 그건 그 주교님이 우리 할머니 아나(Ana)의 미소를 보시고서 하신 말씀이었지 하고 틸라는 생각했고, 그때 남편인 에우겐이 여전히 한 번 더 자물쇠에 열쇠를 돌리는 소리를 들었다.

그때가 베를린에서의 1904년이다. 틸라에게는 당시 이미 *모라비아*에서의 올로무츠(그녀와 그녀 엄마가 오스트리아 빈으로 이사하려고 이동할 때 그곳 도로에는 칠면조들이 보였다.)에서의 극장 시즌이 펼쳐졌다. 나중에 틸라는 *브라츠와프(Breslau)[22]* 극장에서 배역을 맡은 뒤로, 떨리는 심장으로 베를린에 입성했다. 베를린이 그녀가 배역 후보가 되는 것에 응답했다는 것은, *막스 라인하르트(Max Reinhardt)[23]* 말고는 아무도 베를린이 응답하지 않은 것만큼이나 센세이셔널한 사

---

22) *역주: 실레지아(영어: Silesia, 폴란드어: Śląsk)의 주요 도시.

23) *역주: 막스 라인하르트(1873-1943) 오스트리아 연극 연출가. 베를린, 잘츠부르크, 뉴욕 시, 할리우드에서 활동하면서 창조적 대 예술가로 세계적 명성을 얻었다.

건이 되었다. 그녀는 거의 믿기지 않은 일처럼 여겨졌다. *브라츠와프*의 다른 극단과는 계약을 깨고, 베를린에서의 배고픔을 받아들이는 것이 필요했다. 그만큼만, 엄마는 어디에나 자신의 매의 눈을 갖고 딸의 뒷바라지를 위해 다녔다.

에우겐 스피로.

그 젊은 화가는, 그녀보다 6살 연상이다. 암염소 같은 수염을 단 그는 이미 자신의 작품에 대한 첫 주문을 여럿 받고 있었다.

그녀에겐 남편 스피로가 엄마의 추적에서 내뺄 수 있는 구원자가 되었다. 틸라는 스피로가 결혼하자는 제안에 충분히 빨리 동의했다. 첫눈에, 그가 엄마의 조종에서 그녀를 구해줄 것으로 믿고.

에우겐은 평소 긴 바지를 입었다. 베를린의 살을 에는 바람이 그의 바지 안의 살갗까지 침입하지 않게 하려면 발목 위쪽의 끝단을 서로 여밀 대님(리본)이 필요했다. 그래도 그의 발은 첫날밤뿐만 아니라 평소에도 아주 차가웠다. 그런 일이 1934년에 다시 기억났다.

1904년, 새 신부는, 자신의 어린 시절에, 아이를 물어가는 황새에 대해 들어 왔기에, 하얀 면사포를 벗고 하얀 장갑을 벗은 뒤에는, 혼돈된 기억을 갖게 되었다. 그녀에겐 고유의 피와 살로 제 자식을 먹여 살려온 펠리컨 같은 존재인, 가정의 엄마를 속였다는 그런 자책감이 많이 들었다. 그 때문에 아무리 해도 자신은 에우겐 스피로의 두 팔에, 재갈이 벗겨진 채, 자유롭게 있을 수는 없었다. 남편이 먼저 인내심을 배워야만 했다.

그녀는, 너무 자유로운 생활을 한다는 엄마의 질책을 듣고, 그이의 벗은 몸에 한 번 기대고, 급히 자신의 손을 결혼 첫날밤에서 물러섰다. 아침에 그녀는 그이 얼굴을 볼 용기가 나지 않았다.

그리고 신랑은 인내심으로 기다렸다.

신랑은 그녀 머리카락을 건드리고는, 의미심장하게 말했다.

-그래도 지금은 당신이 내 아내라구요.

그리고 아무 의심이 없었다. 그의 얼음같이 차가운 발도 그녀 엄마의 냉엄한 성격에 비하면 훨씬 관용적이었다.

밀월에서 가장 강하게 남은 추억은 방광염이었다. 이미 이전에 신혼부부는 동의했다. 진정한 밀월은 그들이 경제적으로 더 여유를 가질 때 있을 것이라고 약조해 두었다. 그때 그들은 밀월여행을 라인강에서 배로 유람하는 것으로 계획하고 있었다.

아침에 신랑 신부는 동물원을 관람할 계획이었으나, 그녀가 아파서 갈 수 없었다. 그녀 방광이 심하게 아파, 그녀는 화장실을 여러 번 이용해야 했다, 똑바로 서지도 못한 그녀는 자신이 웅크리고 있으면 좀 더 낫게 되리라고 생각했다.

틸라는 밀월 기간을 칼로 에는 듯한 통증을 참고서,

온기를 그리워하며, 자신의 침대에서 홀로 보내야 했다.

에우겐은 세들어 사는 집의 안주인을 찾아가, 자기 아내가 어제부터 감기가 들었다며, 난로를 빌릴 수 있는지 요청했다. 안주인은 그를 의미 있는 눈길로 쳐다보고는 아주 명확히 말했다. 그녀가 감기에 걸린 것은 동물원 산책 때문이 아니라고 분명히 알려 주고는, 그런 경우엔 기와를 덥혀 수건에 싸서 몸에 대면 효과가 있다고 알려 주었다. 그 기와를 배 위에 놓아야 했다. 포도나무 차를 마시는 것도 통증 완화에 도움 된다고 했다.

에우겐에겐 그것은 새 소식이 되었지만, 그래도 그 안주인은 자신의 난로를 빌려주었다. 그런 종류의 지식은 그 안주인에겐 부족하지 않은 듯했다. 틸라는 차를 마시는 것보다는 수건으로 싼 따뜻한 기와가 더 맘에 들었다. 그러나 이 2가지 도움으로 그녀는 다행히 그 밀월을 끝냈고, 그런 허약해진 몸으로 극장에 돌아왔다.

일터로 갈 때, 옛날과 차이가 있다면, 그녀는 더는 걸어 다니지 않아도 되었다. 전차 표를 구입하는 것이 자기 아내를 위한 에우겐의 첫 투자였다.

틸라가 돌아왔을 때 *살로메(Salome)*의 초연이 시작되었다.

그 시절의 가장 강한 기억은 *와일드(Wilde)*의 희곡 작품 《*살로메(Salome)*》이다. 먼저 주연으로 결정된 유명 여배우 공연이 7일 전에 이미 매진되었는데, 초연이 있고 난 뒤, 3일 만에 그만 많이 아프다고 알려 왔다.

라인하르트(Reinhardt) 극장 감독은 연습실에서 자신에게 맡겨진 작은 역할을 연습하고 있는 틸라에게 다가와, 간단히 물었다:

-자네가 오늘 저녁에 살로메 역을 할 수 있겠는가?

틸라는 감독을 물끄러미 바라보았다. 공연 시작 6시간 전이었다. 그때 여주인공이 아프다고 사실을 알려 주었다. 그 여주인공은 지난 몇 주간 살로메 춤을 연습해 왔다. 그런데 지금은 공연 1시간 전에 틸라가 그 주인공 춤으로 연습해야 했다.

-제가 해보겠습니다. 내용은 제가 알고 있으니까요.

그녀는 감독에게 자신감으로 말했다. 그러나, 감독이 고맙다며 연습실을 나갔을 때, 저녁 프로그램에서의 배역이 바뀐 스트레스로 인해 위장이 또 탈이 나, 그녀는 연습실의 수많은 커튼 위에 힘없이 누워 있어야 했다.

'어떻게 그녀가 용기를 가졌지? 어디서 저런 무모함이?'

그러나 그녀의 두 발은 그 역할에 맞을 적당한 의복을 찾기 위해 자신의 숙소로 달려가야만 했다. 정말 아무 여분의 의상이 준비되어 있지 않았다. 엉덩이 주변을 두를 수건은 구했으나, 칸막이 좌석에 앉은 비평가들을 자극하지 않으려면 가슴에 뭘 두를까? 여성 머리를 묶는 넓은 띠가 이전의 어느 배역에 쓰고 남은 것이 있었다. 그런 것들을 버리지 않았으니 얼마나 다행인가.

집에서 극장까지의 교통비를 절약하려고 걸어서 필요

한 의상을 준비해 왔다.

　-먹는 거요? 그래요. 아침에 달랑 빵 2개요. 그날 밤에 살로메 대역을 해보라는 대단한 뉴스가 오기 전까지요.

　관객은 주인공 배역이 변경되었다는 소식을 듣자 불만스럽게 술렁거렸다. 그러나 사람들은 아직은 휘파람을 불지 않고, 불평만 했다. 마치 그녀가 얼음산 앞에 서 있는 듯이, 그만큼 검은 객석은 분위기가 냉랭했다. 그때 커튼이 올라갔다. 그녀는 그곳에서 그 불만의 분위기와 정면으로 혼자 서 있었다.

　첫 순간들이 지나자, 그런 불평은 수그러들었다. 객석의 얼음은 더는 냉기를 발산하는 것을 중단했고, 우호의 바람이 어디선가 불어와, 그녀 입술에 탁월한 미소를 지닐 수 있었다. 그것은 그녀가 하고 싶은 저녁 공연이었다. 그 안에서 그녀는 만일 감독이 사자의 역할도 할 수 있는지 묻는다면 어떡한담? 그러나 감독은 살로메 역만 부탁했다.

　어디선가 불어온 끈기의 용기가 그녀를 어둠 앞에 자신있게 서도록 만들었다. 처음으로 그녀는 자신의 역할과 관련해 우레와 같은 박수를 듣게 되었다. 눈물이 눈꺼풀까지 서둘러 나왔다. 그녀는 자신의 가슴에 두 팔을 두고 있었다. 왜냐하면, 그녀 자신의 의복 윗부분을 구성한 그 넓은 띠가 풀어졌기 때문이었다. 감독은 그녀에게 열성적으로 다가왔다.

-자네는 훌륭했어! 이젠 살로메 배역을 교대로 공연해야겠네.

　계약 변경은 아침 식사로 빵 2개보다 더 큼을 뜻했다.

집으로 온 그녀는 살로메 역의 눈화장을 지우지 않은 채 울면서 신랑을 껴안았다. 신랑은 즐겁게 신부의 글라스에 맥주를 부어 주었다. 그녀는 목이 말랐다. 그들은 그녀가 아침에 사 둔 소시지를 함께 나누어 먹고, 남은 것을 종이에 싸 두었다. 그는 그녀가 살로메가 마지막 춤을 추던 옷장 앞에서 기다렸다.

 틸라는 너무너무 기뻐, 그 즐거움은 남편의 마른 붓에 쓰는 희석액 냄새가 나는 그 작은 방과는 비교가 되지 않을 정도로 컸다. 그녀는 탁자 위로 올라가, 그곳에서 춤추며 또 날고도 싶었다. 남편도 그녀 기쁨에 첫 맥주 글라스에만 참여했다. 그녀의 둘째 글라스에서도 기쁨이 끝나지 않자, 그는 불편함을 느끼기 시작했다. 셋째 글라스에서 그는 아내가 한곳에서 고정해 저렇게 자신의 몸을 회전하는 것을 냉정하게 보기 시작했다. 그는 그 기쁨과 즐거움을 함께 나눌 처지가 안 되었다. 그의 질투심인가? 그건 맞지 않았다.
-계약 내용 변경. 당신은 그 뜻을 이해해요?
 맥주가 그녀 양 볼을 붉게 만들어 놓자, 따뜻함은 살로메의 그 비난 없는 눈을 만들어 놓았다.
 그녀는 양말과 의복을 입은 채로 침대로 누웠다.
 남편은 그녀 가슴 위로 자신의 손을 두었으나, 그녀는 이미 깊이 잠들어, 마치 바빌론 탑을 쌓는 일에 온종일 블록을 지고 다녔던 사람처럼 잠에 빠져 버렸다. 남편은 그녀가 엄청 피곤해, 양말을 신은 채, 옷을 입은 채로 자는 모습을 보자, 믿기지 않을 정도였다.
 그녀가, 2시간 뒤, 잠에서 깨어나 보니, 그녀 옆에서 파자마 차림으로 마음이 상해 있는 남편을 보았다. 그녀가 자신의 눈에서 살로메 역의 화장을 다 씻고, 자신의 양말을 벗어 조심해 씻어 두었다. 그 양말은 다음번의 변경 계약을 통해 돈이 나올 때까지 참고 견뎌야 하는 것이었다. 그것이 그녀의 마지막 양말이었다.

살로메 역의 첫 주인공이던 그 유명 여배우가 병에서 회복되어, 살로메 역을 되찾으러 극장에 돌아왔을 때, 그녀는 틸라를 죽일 태세였으나, 그곳에는 이미 다음 달 일정표가 걸려 있었다. 틸라 두리에우스가 살로메 역으로 그 첫 주인공과 하루씩 걸러 저녁 공연을 하게 되어 있었다. 남편 에우겐의 차가운 발과 살로메 공연 이후 그녀 결혼 생활에서 가장 큰 이벤트는 *리베르만(Liebermann)*[24]이었다.

---

24) *주/역주: 막스 리베르만Max Liebermann(1847~1937). 독일의 선구적 인상파 화가·판화가. 가난한 사람들의 삶과 일하는 모습에 대한 객관적 연구로 잘 알려져 있다. 그는 독일의 전통적 미술학계에서 인기를 얻지 못하던 인상주의와 아르 누보 양식을 지지한 미술가 모임인 베를린 분리파 동맹의 설립자 겸 지도자(1898)였음에도 불구하고 베를린 아카데미의 회원이 되었고 나중에는 회장을 지냈다(1899). https://100.daum.net/encyclopedia/view/b06r2956a

6. 소파에서의 머리 포즈

 남편 루츠가 이제부터 우리 부부가 하루에 5개비의 담배만 피울 수 있다고 알려 주자, 틸라는 살짝 웃었다.
 -우리가 성공해서 돈 벌면 되지요!
남편은 아내의 자신감을 물끄러미 바라보았다. 그녀 턱이 스위스 취리히 갤러리(Zurika Galerio)에서의 *헤르만 할러*[25]*(Hermann Haller)*가 조각한 그녀 흉상처럼 고집스럽게 들려 있었다.

 남편은 사방 벽이 모두 초록색인, 명작 <*아를Arles*[26]*의 여인*>을 비롯해 그만큼 많은 *반 고흐(van Gogh)*[27] 작품과 *마네(Manet)*[28] 작품이 걸렸던 빅토리아 거리의 틸라와 폴 부부가 살 때 그 가정에서 틸라의 자신감을 본 적이 한 번 있었다. 그곳에서는 그녀 자신감은 어울렸다. 그러나 하루 6개비 이상의 담배는 검약 생활을 하려면 불가함을 알자, 그녀 자신감은 그에겐 거짓처럼 보였다.

 그러나 자신감은 그녀 안에 자리 잡고 있었다. 1920년대 미술가들이 그린 초상화 작품 중 가장 많이 그려진 여성이 틸라 두리에우스였다.

 *막스 슬레포크트(Slevogt)*는 머리에 리본을 꽂은 그녀 얼굴을 그렸다. 살로메였다. 나중에는 *오스카어 어*

---

25) *역주: 헤르만 할러Hermann Haller (1880-1950). 스위스 조각가.
26) *역주: 반 고흐가 머물면서 300여점의 작품을 그린 프랑스 도시
27) *주: 빈센트 빌럼 반 고흐(1853 -1890). 네덜란드-프랑스 화가. 서양 미술사상 가장 위대한 화가 중 한 사람.
28) *주: 마네Edouard Manet(1832-1883) 프랑스 화가.

코코슈카(*Kokoschka*)[29] 가 그릴 것이다. 흩어진 눈을 가진 자신감 있는 여성, 풍부한 머리카락, 좀 광란의 표정으로, 표현주의 화가들이 요구하듯이. 그녀 남편이 유명 미술가들 -코코슈카, 고린트(*Corinth*)[30], 푸르만(*Purrmann*)[31], 반 카르도르프(*van Kardorf*), 굴브란손(*Gulbransson*)[32], 막스 오펜하이머(*Max Oppenheimer*)[33], 오를리크(*Orlik*)[34]- 에게 그녀 초상화를 그려달라고 주문했다. 오를리크는 섬세한 선을 이용해 그녀의 작은 코를 고집스럽게 위로 향하게 하고, 그녀 두 손으로 포크송(*Haenschen Klein*)[35]을 피아노 건반에서 연주하는 모습을 그렸다.

휴고 레데러(*Hugo Lederer*)[36]와 헤르만 할러(*Hermann Haller*)[37]가 그녀를 조각했다. *헤르만 할러*는 그녀의 고집 스런 턱과 머리를 좀 치켜 올려, 머리를 살짝 돌린 모습을 조각했다. 그녀는 자신이 원하는 바를 정말 알고 있고, 그 점을 그 작가는 잘 표현

---

29) *주: 오스카어 코코슈카(Oskar Kokoschka, 1886-1980). 오스트리아 화가이자 극작가.
30) *역주: 로비스 고린스(Lovis Corinth(1858-1925). 독일 인상주의, 표현주의 화가.
31) *역주: 한스 푸르만Hans Marsilius Purrmann (1880 -1966). 독일 화가.
32) *주: 굴브란손(1873-1958) 노르웨이 화가이자 디자이너.
33) *역주: 막스 오펜하이머(Max Oppenheimer(1885-1954). 오스트리아 화가이자 그래픽 아티스트.
34) *주: 에밀 오를리크(Emil Orlik:1872-1932) 체코 출신의 독일 화가.
35) *역주: 독일음악가 프란츠 비데만(1821-1882)이 지은 포크송(Hänschen klein)
36) *역주: 휴고 레데러Hugo Lederer (1871-1940). 독일 조각가이자 교수.
37) *역주: 헤르만 할러(1880-1950). 스위스 조각가.

했구나 하고 이해했다. *르누아르(Renoir)*가 그녀 초상화를 그렸다.

그녀의 사진 엽서가 발간되자, 베를린 여성계는 그녀 패션 모드를 따라갔다. 실제, *에른스트 바를라흐 (Ernst Barlach)*[38]가 처음 그녀 머리를 조각했는데, 그게 1910년이었던가? 등 쪽으로 머리카락을 감은 머리가 석고와 점토 기술을 바탕으로 전시된 뒤에, 그녀 집에 가져다 놓았다. 정말 그녀는 1917년 자기 머리 조각상이 전시장 살롱에서 전등 조명을 받아 전시되자, 감명을 받았다. 거울에서 자신의 머리를 보는 것과는 사뭇 다른 감정이었다.

아니다. *바를라흐*가 처음이 아니라, 처음으로 그녀를 그린 이는 *카를 리베르만(Karl Liebermann)*이었다.

아니다. 온전히 맨 먼저 한 이는 그녀의 첫 남편. 당시는 물론 친구인 *에우겐 스피로*였다. *프로방스 (Provenco)*[39]에서 그들이 결혼하기 전에 그렸다. 그러나 그것은 그랬다, 그건, 가족 일이다.

그러니 처음으로 진지한 포즈는 *리베르만* 앞에서였다.

*리베르만*이 어느 날, 그들이 사는 곳에 왔다. 그가 자기 명함을 하녀를 통해 전달했을 때, 틸라는 석간신문을 읽고 있는 남편 에우겐 스피로를 쳐다보았다. 틸라는 명함 위에 가는 금박 글씨체로 인쇄된 유명 화가의 이름을 소리 내어 발음해 보았다. 에우겐은 가시

---

38) *주: 에른스트 바를라흐(1870-1938). 독일 표현주의 조각의 제1인자이자 작가.
39) *역주: 프랑스 남부 지역.

에 찔린 듯 벌떡 자리에서 일어나, 대화가가 뭔가 의논할 일이 있어 보통 화가인 자신을 찾아왔다고 믿었다.

그러나, 놀랍게도, 그 유명 화가는, 그들이 사는 검소한 방을 한 번 쳐다보고는, 틸라에게 정중하게 요청했다. 그녀가 그를 위해 포즈 모델이 되어 줄 수 있는지? 그는 *데릴라(Dalila)[40] 머리*를 작품으로 준비하고 있다고 했다. 틸라도 놀라 숨을 쉴 수도 없었다. 그녀 자신도 정말 그 유명 화가가 남편 에우겐에게 볼일이, 심정적으로 남편 경력에 뭔가 변화가 있겠구나 하고 그려 보았다.

하지만, 지금은 그녀 자신이 그 유명 화가 앞에서 포즈를, 그녀 자신의 머리를 내놓으라는 것이다. 그녀는 그 아이디어에 찬동하지 않았다. 프로방스에서 자신이 포즈를 취한 것을 체험한 뒤로 그녀는 에우겐 앞에 포즈 모델이 되었을 때, 여러 시간 꼼짝없이 자세를 유지해야 했던 피곤함을 기억했다. 그러나 이 위대한 작가를 어찌 거절할 것인가? *리베르만*에게 못 한다고 말한다면? 불가능해 보였다. 어제만 하더라도 그녀는 전시회 카탈로그에서 그 화가 작품을, -공원 벤치에 있는 여인의 창모자 위로 햇살이 비치는- 보며 감탄했었다. 지금 에우겐은 아내에게 눈짓으로 자극해, 이 모델 작업이 그의 경력에도 도움이 되기를 희망했고, 말없이 탈라더러 그 제안을 기꺼이 받아들이라고 요청했다, 그녀가 싫어해도 한 번 더 포즈 모델이 되어 주

---

40) *주: 데릴라. 구약 성서에 나오는 인물. 삼손의 머리카락을 잘라 그를 죽게 만든 위험한 인물.

라고!

그녀는 남편 얼굴에서의 그런 요청을 느끼고는 그 화가 요청을 거절하지 않았다.

아직 젊은 그녀는 그 화가의 아틀리에가 어떤 모습인지 궁금했다. 성스러운 하느님, *브란덴부르그 (Brandenburg)* 대교 옆의 파리 거리에 거주하는 그 화가 *리베르만*의 아틀리에 안의 소파에 웅크린 채 앉아 있기, 그 유명화가가 선택한 의상으로 꼼짝없이 있기, 들뜬 생각을 갖게 놔두는 것. 그 모습이 어떻게 비칠 것인가?

포즈 모델로 화가 앞에 선다는 것이 그녀 삶을 부끄럽게 만든 순간이기도 했다. 그 유명 화가는 그녀를 그리면서 그녀와 대화를 나누었다. 그 유명 화가에겐 틸라가 자기 남편 험담이 솔깃했지만, 그녀의 소파 위에서의 머리는 벽에 걸린 미술 작품들을 응시하고 있었다. *에두아르드 마네(Manet)*의 그 유명한 *아스파라 가스 다발*이 그녀 눈꺼풀을 통해 보였다. 저 벽에는 얼마나 많은 인상파 작품이 있는가. 또 아침 식사용 식탁에는 얼마나 많은 은제 식기가 있는가. 그녀는 *리베르만* 부인을 몇 번 만날 수 있었다. 그의 미술가 취향은 프랑스인의 충동에 따라 앞서갔다. 하지만 그의 식탁 취향은 고전적 톤으로 후퇴된 채 남아 있었다. 아니면 그 부인이 그 식탁을 무거운 은제 식기로 장식하도록 지시했는가? 그 부인과의 첫 만남에서 이미 틸라 자신은 부끄러움을 느꼈다. 마치 틸라가 그녀 남편이 작품으로 그릴 작약 담을 주전자가 된 기분이다.

그곳의 아침 식사 분위기는 냉랭했으나, 그것이 아침 식사 식탁의 아름다움을 없애지는 못했다. 그녀에게는 아름다움, 풍부함과 세련미의 조합이 맘에 들었다. 그녀는 리베르만 부인의 차가운 시선이 곧 끝날 줄 알고 있었다.

 리베르만이 '*데릴라의 머리*' 작품을 마지막으로 손질하자, 틸라는 아주 가벼움을 느꼈다. 그 유명화가는 자기 작품에 출연한 대가로 모델에게 자신의 집으로 가져갈 수 있는 작은 미술 작품을 선물로 주었다.

 그녀는 그 화가 아틀리에에서 모델 일을 마친 뒤, 남편을 험담했던 일이 다시 떠올랐다.

 -자, 봐요, 여보! 이게 유명하신 그 *리베르만* 선생님이 소파 위에 앉아 있으라며 내 머리를 그린 대가라고요.

 *에우겐*은 망치를 찾으러 갔으나, 저울을 들고 왔다. 그 저울로 그는 못을 박기를 결정했다. 그걸 어디에 건다? 그 두 사람은 유쾌하게 그 작품이 가장 잘 어울릴 곳을 찾으러 이 벽 저 벽으로 즐겁게 돌아다녔다. 벽을 배경으로 햇살이 가장 따사롭게 비쳐, 그 작품을 돋보이게 하고, 동시에 그 작품을 상하지 않을만한 곳이 어딜까? 저 작품이 가장 빨리 잊힐 곳이 어딘가? 그녀가 얼마나 큰 대가를 받았는지를 가장 빨리 잊게 되는 곳이 어딜까?

 그러나, 사실, 그렇게 받은 *리베르만* 작품을 시작으로 곧 다른 미술품들이 오게 되고, 아주 세련된 예술품 수집이 시작되었다. 그녀가 *브라츠와프* 지방을 과감히 떠나, 예술가들이 염원하는 중심지 -베를린- 에 입성했기 때문에 그 미술품들이 오게 되었는가?

벽에는 *리베르만*과 함께 있자, *브라츠와프*가 이미 여러 해 뒤로 물러난 것 같았다. 그녀는 13세기에 지은 *브라츠와프* 옛 시청 건물, 또 그 건물의 지붕 아래의 장식과 *슬레지오(Slezio)*[41]에서 떠나 이곳으로 석탄을 싣고 온 아침 나절의 화물선을 보기를 좋아했다. 그녀는 *오데르(Oder)*[42] 강변에 너무 오랫동안 남아 있을 권리가 없었다. 그녀 엄마가 이미 불평했기 때문이다.

틸라를 피아니스트로 키우려고 오스트리아 빈 시절부터 꿈꾸어 온 엄마의 불평 습관은 시도 때도 없었다. 엄마의 희망 고문을 벗어나려면, 틸라는 난쟁이들이 산책하는 건반 위에 있는 것을 머릿속으로 더 좋아했다. 난쟁이들은 언제나 도왔다. 모든 난쟁이는 다른 식으로 짐을 지고 있었는데, 각자가 다른 광주리를 갖고 그 광주리 안에 뭔가, 필시, 그녀 위치에서는 그 내용물이 붉은 사각 천으로 덮여 있어 그 내용물을 잘 보지 못했다. 한번은 그 난쟁이들이 달리기 시작했다. 그들 옆에 달린 광주리들은 더 빨리 날아, 틸라가 그 안에 뭐가 들어있는지 보지 못하게 잘 덮여 있었다.

나중에 엄마는 틸라가 피아니스트가 아닌 여배우가 되겠다는 결심에 딸의 **뺨**을 한 대 때린 일은 잊었다.

---

41) *역주: 실레지아(영어: Silesia, 폴란드어: Śląsk 실롱스크, 독일어: Schlesien 슐레지엔)은 폴란드 서남부와 체코 동북부(프로이센 시대의 독일 동부 일부 포함)에 걸친 지역의 역사적 명칭이다. 오데르 강 중부와 북부 유역 및 주데텐 산맥을 따라 위치한다.

42) *역주: 오데르강(독일어: Oder) 또는 오드라강(폴란드어: Odra, 체코어: Odra)은 폴란드, 체코, 독일 국경을 흐르는 강으로 길이는 854 km.

엄마는 한 번도 제대로 양보한 적이 없었지만, 엄마는 그 지방에서 딸이 한 시즌을 시험 삼아 극단 일을 해 보라며 상황을 살펴보기로 했다. 엄마는 동행할 것이 다. 딸의 의상을 바느질할 것이다. 또 다림질도 해 줄 것이다. 틸라의 재봉사 역할도 할 것이다. 엄마는 딸 이 다음 날 아침까지 자기 목소리를 되살리기 위해 밤에는 따뜻한 양파 수프를 요리할 것이다. 그러면서 도 온종일 엄마는 자신이 희생자이고, 자신의 피땀으 로 자식을 먹여 살리는 펠리컨이 되었다며 불평할 것 이다. 그 불평은 언제나 되풀이되었다.

-그리고 그들의 *간계와 사랑(Kabale und Liebe)*[43]를 위한 주름 장식은 말의 털로 만든 좋은 메트리스 만 큼이나 비싸네. 또 후작 부인 역에 쓸 금발 가발은 *타 우보우스키(Taubwska)* 부인 댁 부근의 주요광장 앞 에서 주문한 거위 털로 만든 좋은 이불 한 채만큼이 나 비싸네.

 좋은 가문 출신의 자기 딸을 위해 모든 엄마는 혼수 품을 준비한다. 계란 굽기용 프라이팬, 돼지고기와 쇠 고기 빻는 육고기 기계, 견과류 빻는 믹서기, 딸아이 이름의 첫 글자로 문장을 만든 반짝거리는 은제 식기, 백포도주를 부은 물에 무릎까지 발을 담궈 씻는, 천사 가 조각된 족욕용 물통. 엄마는 진열장에서 아주 좋은 도자기 반상기를 보았지만, 불가능하다, 지금, 아직은

---

43) *역주: 독일 고전주의 문학을 대표하는 작가 프리드리히 실러의 초 기 대표 작품 초기 대표작인 「간계와 사랑」을 말함. 이 작품은 신분 이 다른 연인이 간계로 인해 비극적인 최후를 맞는 이야기로 당대 귀족 사회의 타락과 모순을 날카롭게 비판한 시민 비극이다.

배역에 맞는, 세련되고 고리 달린 하얀 장갑을 구입하는 것이 먼저다.

엄마는 여러 해에 걸쳐, 딸이 어느 대형 연애 스캔들에 '*인 플라그란티(in flagranti)*[44]에 빠지지 않게 하려고 그 딸을 붙잡아 두려고 틸라를 따라 다니며 도왔다. 딸과 만나는 모든 남자를 의심했다. 틸라가 눈길을 향하고 있는, 항구에서 석탄을 내려놓고 그 날 오후 떠나는 배 선장까지도. 그녀가 그 배를 보고 있지, 그 선장을 본 것이 아니라고 해도, 엄마는 다른 의견을 가졌다.

에우겐 스피로가 틸라에게 나타났을 때, 그것은 틸라에게는 간단히 구원이었다. 정말 그의 이름이 들숨이자 날숨이 아닌가. 틸라가, 자기 여자 친구 *클라라(Klara)*의 도움으로, 숨을 크게 내쉬어, 그들이 함께 그런 엄마에 대항해 모의를 하고, 결혼 계획을 세웠다.

그러나 그런 용 같은 어미를 피해 달아나는 딸이 되기가 그리 쉬운가? 클라라는 틸라가 계획하는 일을 도와 주었고, 모든 것을 조직해, 틸라더러 엄마에게 결혼식을 올렸다고만 간단히 알리라고 했다. 그 말에 대한 악몽은 반복적으로 되풀이되었다.

틸라는 엄마가 먼저 기절할지 모를 것에 대비했다. 그리되었고, 엄마는 이상한 소리를 내며 불평을 늘어놓고, 그것은 일정 시간 지속되었다. 틸라가 두 손에 물컵을 들고 가까이 갔으나, 소용이 없었다.

엄마는 이미 그 혼수품을 내놓을 준비를 하느라 자

---

44) *주: 라틴 말로, 신선한 행동에 사로잡힘.

리에 앉았다. 왜냐하면, 엄마는 언제나 자식을 돌보는 펠리컨이었으니. 1934년 지금의 관점에서 보면, 그들이 하루에 담배를 5개비만 필 수 있다는 남편 루츠의 통보 뒤에, 그 한숨은 광주리를 달고 달려가는 난쟁이들과 함께 치던 비엔나 피아노 레슨만큼이나 그렇게 저 멀리서 창백하게 들려 왔다.

7. 붉은 장미색 블라우스를 입은 저녁

북위 52도, 남경 13도의 베를린은 20개의 대형 기차역이 있고, 시외로 가는 121개의 기차 노선이 있고, 도시철도가 14노선, 27개 노선의 순환선이 있다 -그렇게 즐라타는 베를린에 대한 글을 책에서 읽었다.

틸라는 달그락 소리를 내며 뜨개바늘 5개를 이용해 양모 양말을 짰다. 고양이 *미치/Mici*가 위대한 독일 여배우이자 여왕이자 콩새이자 희생자이자 어릿광대인 틸라 품 안에 앉아 그곳에서 자신의 오른 다리로 입술 주변의 털을 매끄럽게 하고 있다. 틸라도 고양이 미치도 조용하게 있었지만, 즐라타만 계속 불평을 늘어놓았다.

*루츠(Lutz)*는 어제 자동차 공장을 협의하러 자신의 새 사업 파트너가 있는 *오파티아(Opatija)*[45]로 떠났다. 그는 처음에는 이 나라를 가난한 나라로 평가했으나, 그래도 이 나라에 교통편으로 버스가 더욱 필요하다며, 버스 제조 회사 주식이 가장 좋은 투자처라고 확신하고 있었다. 1934년 당시 버스는 편리한 교통수단이었고, 그 모습은 등산화 모습을 갖추고 있었다. 버스 꽁무니에서 지옥에서 내빼는 것처럼 검은 연기가 뿜어져 나오고 있었다.

밤비가 내렸으나, 정원은 오존 향기를 내뿜고 있고, 하늘은 밤새 천둥 번개로 모든 구름을 모조리 쓸어

---

45) *역주: 크로아티아 해양 휴양 도시

가버렸다.

-1927년 베를린에서 48,742명이 죽고, 사산아를 제외하고, -즐라타는 그렇게 읽었다 -4,570명은 폐결핵, 6,443명은 암, 5,656명은 심장병, 4,816명은 혈관계 질병, 5,140명은 뇌졸중, 2,419명은 폐렴, 또 941명은 백일해로, 562명의 유아가 디프테리아, 123명의 아이가 성홍열, 93명이 홍역으로 죽었다. 전체 인구 중 3,640명이 젖먹이 때 죽었다. 1927년 베를린에서는 42,696명의 아이가 태어났다고 해요.

-자살로 죽은 사람에 대한 자료는 당신이 말하고 있지 않네요. -갑자기 틸라가 끼어들었다.

즐라타가 미안하다고 했다. 즐라타가 여전히 책에서 베를린에 대한 항목을 읽고 있었다. 왜냐하면, 즐라타는 그런 베를린 정보로 틸라를 놀라게 해 주고 싶지만, 틸라에게 아무 생각 없이 들어 와, 틸라 자신은 곧장 이전 남편 폴의 죽음으로 향하리라고 추측하지 못했다.

틸라는 자신이 들고 있던 뜨개질 재료를 내려놓고 고양이 미치를 잡았다. 틸라가 인형극 공연에 자신이 만든 인형들에 영혼을 불어넣어 줄 사람들에게 걸음걸이를 어떻게 할지 가르칠 때의 교재처럼, 그 고양이는 단숨에 매달렸다. 그러고는 틸라는 자신의 팔 하나를 높이 들었고, 자신의 발걸음은 인형 앞으로 갔다. 인형은 그녀 손가락 세 개 위에 섰고, 그녀 팔꿈치까지 그 인형 옷에 가려졌다. 인형 옷은 틸라가 소유한 옷을 잘라 바느질한 것이다. 그 옷은 폴과 마지막으로 함께 한 해인, 1926년 새해 때 장만한 것이다.

이곳에 배우러 오는 학생들은 평소 열정적으로 틸라가 움직이는 팔 동작에 눈길이 간다. 그녀는 요정처럼, 노인처럼, 술 취한 사람처럼 걸었다. 인형은 그녀 손가락 위에서 그녀가 하는 모든 걸음걸이 동작들을 흉내 내고 있었다. 매력적으로. 고양이 미치는 오늘이 일요일이 아니라, 학생들이 오지 않아, 뭔가 기분이 썩 좋지 않은 채로 공중에 매달려 있다.

잠시 뒤 고양이는 서둘러 자기 네 발로 땅에 착지하고는, 우아하게 정원 어딘가로 숨었다.

틸라는 달력을 한 번 쳐다보고, 폴과 그녀가 처음 만난 날이 오늘임을 우울하게도 알았다. 1908년의 오늘.

화가 리베르만에게 살로메 작품을 위해 자신의 머리를 성공적으로 빌려준 틸라가, 어느 날, 예술가들의 모임에 초대받았다. 그 초대장은 필시 친절하게도 *리베르만*이 보낸 것이다. 틸라는 그런 초대를 받으면 언제나 우울했다. 왜냐하면, 그녀에게는 그런 행사에 입고 갈만한 의상이 따로 없기 때문이다. 그녀가 선택한 블라우스는 장미색이고, 그건 엄마가 주신 생일 선물이었다. 엄마는 자극적인 색을 좋아했다. 또 그 장미색은 눈에 확 띄는 딸기색의 뉘앙스를 갖고 있었다.

남편 *에우겐 스피로*는 만일 자신도 가도 된다면, 아내에게 그 미술가 모임에 자기도 데려가 달라고 졸랐다. 그는 그런 기회가 그의 화가 경력에 터닝 포인트가 될지 모른다고 이해했다. 틸라는 흥미 없이 그런 간청을 받아들였다. 그녀가 *리베르만*에게 포즈를 서는 것을 받아들였던 방식대로.

그녀는 말없이 *리베르만* 댁에서, 그 화가의 아내가 그녀를 석고상 모델 일부처럼 여기는, 공포의 아침 식사들을 참아내고 있었다. 틸라는 차를 조금 마시고는, 리베르만 부부의 아침 식탁의 여러 식기 예술품들에 찬사를 보냈다. 틸라는 사치가 그 부인의 맛의 취향과 얼마나 어울리는지 알 수 있었다. 틸라는 그와 비슷한 방식으로 아침 식사를 준비해 보려 해도, 집에서는 아주 검소하게 지내야 했다.

모임 행사장인 그 빌라 가까이 어느 계단에서 틸라는 자신의 한 손을 남편 손에 의지하여 기댄 채 가고 있었다. 그 젊은 부부가 그 집 안으로 들어섰다. 그녀는 자신 뒤에서 떠들썩한 발걸음 소리를 들었다. 그녀 뒤에서 그만큼 자신만만하게 웃던 한 남자가, 몇 분 뒤, 그녀에게 자신을 폴 *카시러(Paul Cassirer)*[46]라고 소개했다. 그녀는 이전부터 미술품 전문판매상으로 그의 이름 정도는 알고 있었다. 그가 베를린 미술 취향에 혁명을 불어 넣은 사람이고, 프랑스 인상주의의 숭배자이며, 예술 후원자이며, 미술사 전문가이며, 다소 유명 출판인임은 그녀가 당일 저녁에야 알았다. 그 미술품 판매상 매장에 자기 작품이 내걸리기를 당시 미

---

46) *역주: 폴 카시러 (Paul Cassirer:1871. 2. 21-1926.1.7)는 베를린 예술가와 프랑스 인상파와 포스트 인상파 작가, 특히 빈센트 반 고흐 (Vincent van Gogh)와 폴 세잔 (Paul Cézanne)의 작품을 홍보하는 데 중요한 역할을 담당 한 독일 미술 딜러이자 편집자.

술가라면 누구나 염원한다는 것도 알게 되었다. 그 매장은 *빅토리아 거리(Viktoriastrato)*에 있다. 남편 얼굴을 한번 쳐다보니, *카시러* 매장의 미술품 수준이라면 가장 엄선된 권위의 상징으로 이해하기에 충분했다. 남편 *에우겐*은 살짝 틸라의 팔을 눌렀다. 그 누름은 도움을 요청하는 소리로 느껴졌고, 그 권위에 등을 돌리지 말라는 요청을 의미했다.

저녁 내내 틸라는 그 유명 권위자의 바로 옆 좌석에 배정받았고, 그 권위자는 자신의 화제를 하나하나 웃기게 표현했다. 그러고는 갑자기 틸라가 입은 블라우스의 장미색에 초점이 맞춰졌다. 바로 그 블라우스는 여러 달 동안 옷장에 들어있었다. 왜냐하면, 틸라는 그걸 정말 싫어했다. 그리고 오늘 저녁에야, 평소 축제 때 입던 하얀색 블라우스의 팔꿈치에 구멍 난 것을 보이지 않으려고 오늘 저녁에야 그 옷으로 바꿔 입었다. 그 미술비평가 신사는 그녀의 색상 취향에 암시적으로 호의적이었다. 살짝 웃음들. 그녀는 사자처럼 자신을 방어했다. 요청하지 않았지만, 그녀는 자기 남편 취향도 방어했다.

-이게 제 취향이라고는 생각하지 마세요, 존경하는 선생님. 저와 제 남편은 간단히 우리 취향에 맞는 의복을 살 돈이 없어요. 그리고 우리는 선물로 받은 옷을 존중하며 입을 뿐입니다.

그녀 두 볼은 그런 방어의 열정으로 붉어졌다.

카시러 씨는, 적은 수효의 사람이 미안하다고 말해야 함을 요청하는 소리를 듣고, 자신의 주장을 펴려다 그

말을 중단하고는, 부끄러움을 느꼈다. 그의 시선은 그녀를 피했다. 그 남자는 교훈을 얻었다. 그 비난은 그를 깊이 뚫었다.

그녀는 그날 저녁에 자기 남편을 대변하기 위해 싸웠으나, 그곳에 앉은 남편이 그렇게 초라하고 무의미한 그림자로 있음을 일찍이 본 적이 없었다. 그리고 그녀는 그 비평가가 미술품에 대한 자신의 관점을 얼마나 자신감 있게 변호하는지를 듣는 동안, 그녀는 이제 미술의 주요 흐름을 파악할 수 있었고, 이제 남편은 저 강의 반대편에 남아 있음을 느꼈다.

남편 *에우겐*은 아직 무슨 일이 벌어지는지 이해하지 못했다. 남편은 그녀 마음을 상하게 한 그 남자가 그녀에게 푹 빠져 있음도 추측하지 못했다.

그녀는 남편과 함께 그 행사장의 다른 방에 서 있었지만, 카시러 눈길은 그녀를 향해 있고, 그녀는 자신의 기운 양말이 그의 눈길에서 떠나지 않음을 느꼈다.

*카시러*가 그날 저녁 행사의 왕이었다.

그의 비평은 논쟁을 불러올 수 없을 정도였고, 그의 농담은 가장 정확했으며, 최고 권위자로서 토론하지 못하는 주제가 없었다.

그녀는 어서 집으로 가서 이 빌어먹을 장미색 블라우스를 벗어던지고 싶었으나, 이 저녁이 끝나는 것만은 원하지 않았다. 그날 저녁에 그녀는 그만큼 흥미로운 이야기를 많이 들을 수 있었다. 그녀 인생에서 한 번도 결코 이와 비슷한 뭔가를, 예술을 주제로 하는 그런 소용돌이에 자신도 이미 그 속에 빠져들고 있음을 경험하지 못했다.

그리고 그들 부부가 작별인사를 하고 자신들의 작은 방으로 돌아왔을 때, 그렇게 집에서 그녀는 남편을 멍하니 쳐다보았다. 그는 자신의 왼발을 자신의 발톱 무좀을 치료하러 무슨 염료에 담그고 있었다. 틸라는 여전히 공중에 떠 있는 기분이고, 그이 무좀에 관심을 되돌릴 수도 없었다.

남편은 아무것도 눈치채지 못하고 자신의 무좀을 완화해 줄 물에 여전히 몰두해 있었다.

틸라는, 침대에서 곁에 남편을 두고서, 그날 저녁 일을 다시 생각해 보았다. 그녀는 자신이 더는 폴 *카시러*를 볼 기회가 없으리라고 곧 자각했다. 그런 폴은 그녀가 맞서기에는 아무것도 가진 것이 없는, 그런 에너지로 다가왔다.

다행히도 *도이체스 극장(Deutsches Theater)*[47]은 바로 그때 그녀의 풍부한 에너지를 쓰고 있었다. *막스 라인하르트*가 그녀가 온종일 집중할 재치있는 일거리를 갖고 있었다.

그러나 밤에, 남편이 코를 골며 작은 콧소리에 빠져 있는 동안, 대단한 신사처럼 보이는 폴 카시러 얼굴이 되살아났다. 정반대로 그에 대한 신상 정보가 속속 모였다: 그이는 부유한 집안 출신이고, 뮌헨에서 공부했고, 베를린에서 한 번 결혼했고, 지금은 이혼남이다. 그이의 아들 *페테르(Peter)*는 엄마와 함께 살고, 그이

---

47) *역주: 독일 베를린에 있는 극장. 1850년 완공됨. 오늘날도 공연한다.

에게는 딸 수세(Suse)가 있다고 했다. 포츠다머 플라츠(Potsdammer Platz)에서 멀지 않은 곳에 그의 예술 살롱이 있다. 그는 1901년 뒤의 악평이 아직 남아 있었다. 왜냐하면, 그는 독일에서 프랑스 인상주의 화가의 작품을 전시한 것이 문제였다. 세잔느(Cezanne)를 전시한 일로 해서 빌헬름 2세가 그 P.C. 라는 자가 독일에 프랑스의 미천한 예술을 가져다 놓았다고 악평한 일이 벌어졌다. 독일에 처음으로 세잔느 작품을 소개한 그는 어느 은행가 부인에게 미술품 한 점은 꼭 사 줄 것을 청했다. 그 살롱에 '팔린 작품'이라는 쪽지가 붙일 수 있게만 해달라고 요청했다. 그 은행가 아내는 그 제안을 받아들였다. 그녀는 여러 그림을 보고는 너무 오래 기다리지 않아도 자신이 가져갈 작품을 선정했다.

독일에 남은 세잔느의 첫 미술품은 그 은행가 부인에게는 250마르크에 팔린 '꽃다발'이라는 작품이었다.

틸라는, 자신의 의도와는 달리, 그이에 대한 수많은 소문도 듣게 되었다. 카시러 두 형제가 전선 케이블 공장을 여럿 소유하고, 맏형은 신경 전문의였고, 폴과 함께 출판사를 공동경영하는 사촌이 있고, 또 다른 사촌은 철학가란다.

카시러는 분리파(secesistoj)[48]의 예술 방향에 속해

---

48) *역주: 분리파 혹은 세세션(Secession)은 19세기 말 독일과 오스트리아 각 도시에서 일어난 회화, 건축, 공예 운동이다. 과거의 예술 양식에서 분리하여, 생활과 기능을 연결한 새로운 조형예술의 창조를 목표로 삼았다. 과거의 모든 예술 양식에서 분리하여 새로운 시대의 획기적인 공간조형을 지향했다.

있었다. 과거의 예술 양식에 반기를 드는 그룹이다. 그들은 자신의 반란이 반복적으로 노출되기를 좋아했다. 그는 베를린 예술가들의 취향에 새 바람을 불러왔다.

*분리파(Secesio)*에서 무도회 초대장을 보내 왔다. 틸라는 본능적으로 자기 부부를 초대한 이가 누군지 알았다. 그녀는 자신의 무도복을 수선했다. 남편 *에우겐*은 그 무도복 뒤편의 리본을 끈으로 묶는 일을 도왔다.

아름다운 귀족 부인들, 재치 있는 의상들, 예술가들의 원작 작품으로 그 무도회장 살롱의 사방 벽을 장식했다. 틸라 자신은, 의식적으로, 엄마가 사 준 장미색 블라우스를 더는 입지 않을 정도로 당당했다. 그녀는 자신의 취향에 맞는 무도복을 입었다.

*폴 카시러*가 다가와 틸라와 그녀 남편에게 인사했다. 그는 곧 그들 모임에서 모든 초청자를 일찍 돌려보내는 능력도 발휘했다. 그녀 남편까지도. 나중에는 틸라와 *폴 카시러*, 그 둘만 그 살롱 중앙에 남았다. 그는 그녀를 위해 몇 가지 제안을 했다. 부족함이 많았던 1907년, 틸라는 새 무도복을 입은 그 무도회 살롱을 폴과 함께 떠날 준비를 하였다.

자정이 되기 전, 남편이 그녀에게 집으로 갈 것인지 물으려고 다시 나타났다. 고개를 끄덕임, 약한 웃음들. 가정에서는 현실.

그녀는 그것을 할 권리가 없었다.

그녀는 폴의 예술 살롱을 방문하겠다고 약속했으나, 그녀는 가지 않을 것이다. 그녀는 그와 산책 약속을 했다. 그러나 그녀는 산책하지 않으리라. 그녀가 폴에게 약속한 아무것도 그녀는 할 권리를 갖고 있지 않다. 그녀는 3일간 참았다.

그때 *사무엘 피셔(Samuel Fisher)* 출판가로부터 초대장이 왔다. 그 대단한 출판가의 집으로 들어가 보는 것은 초대 받은 자들만 가능하다. 에우겐 스피로는 초대자 명단에 없었다. 초대받은 이는 그가 아니라 틸라였다. 그러나, 부부 동반을 허락하는 초대였다. 그날 저녁의 주 스타는 *작가 게르하르트 하후프트만(Gerhardt Hauptmann)*[49]이었다. 남편 *에우겐*도 빛이 났다. 왜냐하면, 그도 함께 참석 권한이 있었기에. 틸라가 우연히 *카시러* 씨 옆좌석을 배정받았다. 그녀 팔은 늘 카시러와 닿아 있었다. 그 팔이 들리는 경우는 거의 없었다. 그 팔은 *카시러* 팔꿈치에 가까이 있는 것이 좋았다. 그녀 의복은 그와 한번 숨 쉬면 닿을 정도였다.

폴은 *에우겐*에게 예술 살롱으로 부인을 한 번 데리고 올 수 있는지 물었다. *에우겐*은 그 제안에 감사하며 받아들였다. 그는 그걸 이미 자기 경력의 터닝 포인트로 보았다. 정작, 그때 터닝 포인트를 잡은 이는 그가 아니라, 틸라였다.

---

49) *주: 게르하르트 하후프트만Gerhardt Hauptmann(1858-1921) 독일 극작가. 1912년 〈해뜨기 전〉이라는 작품으로 노벨문학상 수상자.

며칠 뒤 그녀는 남편에게 자신의 심적 고통을 말했다. 그는 듣고 싶지 않았다. 고백의 불쌍함. 남편은 상황을 고려해 그녀가 조용한 요양처에서 며칠 쉴 수 있도록 돈을 빌렸다. 그녀의 연극감독 *막스 라인하르트*가 우울한 그녀 모습에 놀라, 그녀에게 며칠의 휴가를 허락했다.

에우겐은 틸라를 그 요양 병원까지 동행해 주도록 자신의 여자친구 *클라라*에게 부탁했다. 클라라는, 틸라가 의사와 상담하는 동안, 울었다. 틸라는 고집스레 말이 없었다.

그녀는 그곳에서 이틀을 보낸 뒤, 베를린행 기차를 어떻게 타야 하는지 파악하고는 그 요양소를 빠져나와 피신했다. 탁자 위에 자신의 모자와 장갑, 옷장 속에서의 가방도 놔둔 채. 그녀가 마치 멀리 가지 않고 가까이 있는 듯이.

그녀가 탄 기차는 이미 베를린을 향해 달려가고 있었다.

오후 6시에 호텔 문지기는 자신 앞에 그녀가 나타나자, 모자를 벗지 않고도 그녀 머리부터 발끝까지 살펴보고는, 그녀에게 열쇠를 주고, 방을 안내해 주었다. 그 객실에서 생각해 보니, 그녀 차림새에 맞을만한 작은 방을 그녀에게 내어주었구나 하고 알아차렸다. 그렇게 길을 잃은 틸라는 좀 주저하며 누워, 자신의 외투로 덮고, 9시까지 잠을 푹 자고는, 그때 시계의 시침들이 어찌 움직이는지 바라보았다. 품위있게 살아가는 폴에게 10시 정각에만 전화할 수 있다.

그는 그렇게 오는 전화 수화기를 자신의 갤러리에서

직접 들었다. 그는 틸라가 베를린에 이미 와 있음을
알고 있었다.

베를린 사람들은 그녀의 발병 상황을 걱정하고 있었다.

-어디라고요? '*붉은 매*' 호텔이라고요?

호텔 문지기는 틸라에게 새 삶을 살 수 있도록 자리
를 제공한 일로 대단한 팁을 받았다. 변호사가 에우겐
과의 파혼을 서둘러 준비하였다. 극장에서는 밤에 연
극 감독 막스가 주목하기를, 그녀가 더는 기침하지 않
을 것을 알았다. 그녀는 무대에 사용할 자기 신발의
끈을 묶었다. 마치 아무 일도 일어나지 않은 것처럼.
그러나 일은 벌어졌다. 폴은 근본부터 그녀 삶을 변화
시켰다. 그 자신의 삶도 마찬가지로.

그들의 첫 휴가는 네덜란드였다. 해변 모래 언덕의
여러 채의 하얀 집 중 작은 집 한 채가 폴의 것이었
다. *루벤스(Rubens)*[50]*와 프랑스 할스(Frans Hals)*[51]
의 미술품을 감상하러 가 보기도 했다. 독일도 그를
가장 웅변 있는 미술사 연구가로 인정하였다.

미술사 전문가인 폴이 그녀 손을 잡았다. 말타기 수
업. 귀부인처럼. 불평은 그녀에겐 허락되지 않았다. 그
러면 폴이 그 여성 강사를 해고할 것이기에.

저녁에 그는 러시아문학, *톨스토이*와 *도스트에프스키*
를 읽었다.

-틸라, 배움이 가장 필요하고 중요해요.

창가 아래에 갈매기들.

---

50) *주:Peter Paul Rubens(1577-1640) 플란드라 화가
51) *주:Frans Hals(1580-1666) 네덜란드 화가.

8. 1914년 르누아르(Renoir) 곁에서

틸라는 남편 폴이 대화가 *르누아르*[52])에게 그녀 초상화를 그려달라는 요청을 할 생각이 어떻게 생겨났는지 더는 기억할 수 없다. 그것은 폴의 과감한 시도였다. 1914년까지 그 부부의 집에는 수없이 많은 작품이 벽에 걸려 있었다. 파리 화가들과 그만큼 자주 협상하고 귀가한 어느 날, 폴은 간단히 집에 들어와, 아내에게 말했다.

- '*드라기치카*'(*Dragička*)[53])!

슬라브어 낱말 중 이 낱말은, 틸라가 몇 번이나 폴에게 말하기를, 자신의 할아버지 댁에서는 식구들이 뭔가 좋은 소식을 선언할 때 하는 말이라고 설명해 주었다.

-*드라기치카*라고 말해 보세요!

-*드라기치카*!

-르누아르 화가 선생님이 동의했어요.

깜짝 놀란 그녀 손이 입으로 날아갔다.

-르누아르 선생님이 '*블러바드 로슈슈르 Boulevard Rochechourd*'에 있는 자신의 아틀리에로 당신이 왔으면 한다고 했다고요!

폴은 새 소식을 알려주는 것을 좋아했고, 그것을 알려주면서도 평소 표정을 지었다. 틸라는 슬라브어에서

---

52) *주: 오귀스트 르누아르(Auguste Renoir(1841-1919). 프랑스의 대표적인 인상주의 화가.
53) *역주: 좋은 소식

의 그 말이 주는 기쁨에 휩싸였다.

행복감에 휩싸인 틸라는 자신의 얼굴에 두 주먹을 세게 대고 펄쩍펄쩍 뛰기 시작했다. 그 염원이 그렇게 쉽게 실현되리라고는 믿기 어려웠다. 정말 틸라 자신은 그 위대한 화가 앞에 앉을 수 있을까? 그 화가 붓으로 그녀는 장미색 피부의 생기발랄한 여성으로 남는 것이 가능할까? 그녀는 서둘러 남편을 껴안고 탁자 주변을 계속 춤추며 돌았다. 탁자 주변을 한번 회전할 때마다, 그녀는 그에게 다가가 포옹하고는 다시 한 바퀴 돌았다.

-당신은 믿어요? 당신 없이는 이 일이 불가능해요!

그녀 열정에 남편은 자신의 짐짓 내비치는 개의치 않는 표정을 진지한 표정으로 바꾸었다. 그러나 폴은 곧 아내에게 주의해 말하기를, 르누아르 선생님은 이미 아주 손힘이 미약해 있다고 했고, 그분을 돌보는 간호사가 정기적으로 그의 손에 붓을 끈으로 묶어 줘야 한다고, 그래야 그 붓이 떨어지지 않는다고 했다. 르누아르 선생님은 계속 작업하지만, 이제는 예전처럼 더 많이 또 자주 초상화 작업을 하지는 않았다.

1914년 7월, 이제 4년째 폴의 아내인 틸라는 베를린의 *빅토리아 거리(Viktoriastr)*에 그 자신의 거주지를 완전히 마련했다. 남편 사업이 성공 가도를 달리고 있고, 남편이 경영하는 미술전시실, 출판사, 고전 작품 보관소는 매끄럽게 기능했다. 적은 수효의 사람들만 그와 같은 지식과 능숙함을 가지고 있었다. 프랑크푸르트의 고대 유물 소장가들이 밝혀낸, 그의 유럽 내 첫 소장품들인 배냉[54] 국에서 반출된 작품들은 아직 그리 인정받지 못해도, 이제는 자신이 알고 지내는 은행가의 부인들에게 아직 알려지지 않은 신생 파리 미술작가들의 작품을 판매하면서 그 파리 작가들이 그린 작품을 한 점이라도 구매해 달라는 요청 전화를 걸지 않았다. 그 부인들은, 이제는 그 베를린에서의 프랑스 작가 전시회 뒤에는, 폴이 충동적으로 그 작품들이 소장자의 재산 형성에 도움이 된다고 말하지 않아도, 이미 자신에게 필요한 작품을 선정하고 구매하는 능력을 갖추고 있다.

-틸라, 밤에 입는 옷만 사러 가는 것 말고도 다른 목적으로 파리로 갈 일정을 한 번 잡아 봐요.

 남편의 그렇게 콕 찌름은, 그녀가 *피그말리온 (Pygmalion)*에서 구매해 온, 최근의 그녀 옷을 염두에 두고 있었다. 그녀는 이미 자신의 가방 안에 프와레Poiret[55]의 그 유명한 흰 치마를 구매해, 자신의 초상화를 그릴 때 포즈 용으로 쓰려고 넣어 두었다. 옆면에는 금색 은색 실로 무늬를 두드러지게 짠 어두운 빛깔이고 보랏빛 백합들이 수 놓인 비단 치마. 폴은 틸라가 그 옷의 모양뿐만 아니라, 그 치마가 유명 상

---

54) *역주: 베냉 공화국(프랑스어: République du Bénin 레퓌블리크 뒤 베냉), 줄여서 베냉(프랑스어: Bénin)은 서아프리카에 있는 국가로 수도는 포르토노보이다. 기니 만으로부터 120km 정도에 달하는 폭으로 내륙 방향으로 길게 뻗어 들어가 있다.
55) *주: 폴 프와레 Paul Poiret(1879-1944) 프랑스 패션 디자이너. 20세기 초기 20년간 프랑스 최고의 패션 디자이너.

표 '프와레'라 좋아하는 것도 알고 있었다. 상점을 나온 틸라는 단숨에 그 옷을 입어 보고 싶기도 하고, 또 그렇게 입은 모습을 남편에게 보여주고 싶기도 해서 그들이 투숙한 호텔로 서둘러 왔다.

-다른 구두들과도 잘 어울리네요. 나쁘지 않아.

그는 틸라가 그 옷을 입은 모습을 보고 한 마디 응수했다.

-물론이지요, 다른 구두도요.

파리 여행에 고용된 운전기사가 그들 자동차를 운전해 주었다. 프와레 상표 옷이 그녀 옆에 포장된 채 놓여 있었다. 그녀 심장은, 승용차에 앉은 뒤로, 곧장 강하게 뛰었다.

스스로 운전하기를 아주 좋아하던 남편은, 자신의 자동차로 이동하면서, 기분이 썩 좋지는 않아, 불평을 연거푸 늘어놓고 있었다. 나중에 그는 그 불평이 잦아들었지만, 르누아르 선생님이 거주하는 거리에 도착할 때까지 끊임없이 이어졌다.

-당신 말이야, 그 초상화는 작은 사이즈 말고 대형의 것을 요청해야 해요.

명령하듯이 그가 갑자기 말했다.

그녀는 폴을 한 번 쳐다보았다. 그는 자신이 그 화가와 이미 협의해 놓았다고 했다. 그래, 이번은 모델로서가 아니라며, 천 캔버스도 여러 장 준비해 놓았다고 했다. 그런 대화를 통해 자신의 취향대로 그려 달라고도 요청했다.

-저는 아무것도 요청하지 않을래요. 그 화가 선생님이

직접 결정하도록 놔둘 거예요.

폴은 그녀의 그런 고집을 허락하지 않았다.

화를 내며 그는 그 초인종을 당겼다.

수수한 차림의 하녀가 그 대문을 반만 열었다.

틸라 자신은 *리베르만*의 작품 '*데릴라*'를 위해 포즈를 취하던 때 알게 된 그런 호화로운 아틀리에를 상상했으나, 르누아르 선생님의 아틀리에는 거미줄이 건물 기둥에 여럿 있었다. 사방 벽만 그의 작품들로 빛나고 있었다. 작품 중 몇 점은 다양한 크기로, 특히 여성들을, -덜 긴장되고 생동감과 기쁨을 표현하는 여성들을- 그린 작품이었다. 외부세계에서 들어온 틸라는 아직도 자신의 몸에 긴장감을 느꼈다.

하녀는 그들을 아틀리에로 안내했다. 작은 크기의 천 캔버스가 이미 긴 다리의 이젤 위에 놓인 채, 붓의 터치를 기다리고 있었다. 이젤 다리는 묵직한 목재였고, 마치 매달려 있는 도구처럼 보였다. 그 도구는 쉽게 움직이지 않았다.

틸라는 주변을 살펴보았다. 미술 관련 책들이 놓인 서가, 움직일 수 있는 의자, 또 앉을 수 있는 자리가 달린 접이식 의자. 바닥에도 넓은 서가가 여럿이다. 벽에 걸려 있는 액자 속의 좀 뚱뚱한 여인들의 움푹 파인 주름만 그 눈길을 온화하게 만들었다. 사각형 거울에는 깃이 달린 모자를 쓴 여인의 초상화가 비쳤다.

폴은 곧장 작은 사이즈의 천 캔버스 쪽으로 눈썹을 들어 올려, 틸라에게 신호를 보내기를, 저 작은 사이즈는 안 된다고 암시했다. 그의 표정은 더 큰 사이즈의 캔버스에 끈질기게 가 있었다. 그러나 여 조수가 이제 와, 폐병 환자처럼 깡마른 얼굴의 그 위대한 작가 선생님을 안락의자에 살짝 부축해 앉혔다. 르누아르 화가는 생각에 잠겨 자신의 입으로 손가락을 갖다 대었다. 머리 위에 놓인 작은 천 모자는 지금 그에게 산책할 계획이지, 그림 그릴 계획은 없는 듯한 표정을 보였다. 안락의자의 큰 앞바퀴들이 끼익- 소리를 냈고, 뒤편의 작은 바퀴들이 그를 따랐다. 인사하고 난 뒤, 그 여조수는 말없이 화가의 왼손을 팔레트에 고정해 두고, 그 화가의 오른손에 끈으로 붓을 묶기 시작했다.

틸라는 자기 남편의 눈길의 방향을 이해했다. -더 큰 사이즈로 요청해요! 그녀는 자신의 머리를 아니라고 흔들었다.

그녀는 그 늙은 화가 선생님의 손에서 붓이 떨어지지 않도록 끈으로 묶는 것을 보고는 마음이 짠했다. 그녀는 옷을 갈아입을 장소를 찾으러 물러났다. 그녀는 자신이 가져온, 계획했던 매력적인 옷을 옷상자에서 꺼냈다. 여전히 흥분되어 그녀는 가리개 뒤에서 그 우아한 옷을 입었다. 그곳 바닥은 제대로 청소도 되어 있지 않았다. 그녀는 그 가리개 뒤에 좀 더 서 있으면서, 그 화가 선생님이 그녀를 부르기를 기다렸다. 아무 인기척이 없었다. 그녀가 나왔다. 화가 선생님은 자신의 손으로 그녀가 어디에 앉아야 하는지 가리켰다. 프랑스어 한마디조차도 그녀는 발설할 수 없었다. 위대한 작가의 움푹 들어간 두 눈이 그녀를 향했다.

폴은 그곳의 출입문을 닫고 그곳을 **빠져나갔다.**

르누아르는 그녀를 스케치하기 시작하고, 천 캔버스 위에 첫 번째 선들을 몇 개 그렸다. 아주 엄숙한 장면이고, 사람들은 그가 붓을 끌고 가는 것만 들을 수 있었다. 틸라는 겨우 숨을 쉴 용기도 나지 않았다.

그때 갑자기 화가가 자신의 동작을 멈추고, 여 조수를 불렀다. 틸라는 무슨 일이 일어날지 기다렸다. 그는 조용히 뭔가를 그녀에게 지시했다. 그 여조수는 무거운 이젤에서 그 작은 천 캔버스를 떼 내어, 그곳에 더 큰 사이즈의 캔버스를 갖다 놓았다. 르누아르는 다시 붓을 들어 스케치했다.

폴은 어느 커피점에서 이미 만족해 웃고 있었다, 텔레파시로 그는 자신의 염원을 해결했기 때문이었을까?

틸라는 그날부터 2주간 매일 오전과 오후에 이곳을 오갔다. 한번은 영상팀 종사자들이 그 위대한 작가의 작업을 필름에 담으러 왔다. 폴이 그 영상 작업을 주문했고, 그 점에 대해 화가의 허락을 받아 두겠다고 했다. 초상화가 어떻게 그려지는지를 기록하는 것도 그에겐 흥미였다. 르누아르도 동의했다. 영상 작업을 할 때 그 화가는 자신이 지금 독일 배우 틸라 두리에우스의 초상화를 그리고 있다고 알려 주었다. 카메라맨은 캔버스에 그녀 얼굴이 어떤 모습으로 그려지는지 보려고 카메라를 설치했다. 그 얼굴은 장밋빛과 붉음을 이용해 마치 장미꽃잎 같았다.

그 화가는 자신의 화실에 있는 꽃병에 꽂혀 있는 장

미를 가리켰다.

-그걸 머리에 꽂아 봐요.

틸라는 그 장미꽃을 왼쪽에 꽂았다. 그녀는 자신을 집시여인 *<카르멘>*(Carmen)56)처럼 느꼈다. 카메라는 그녀의 귀 뒤편에 꽂힌 장미가 어떻게 자라 있는지를 기록했다. 프랑스 필름 보관소에는 그 첫 작업의 순간을 찍은 필름이 아직도 소장되어 있다.

그 초상화 작업의 둘째 주에서는 좀 더 우호적인 분위기였고, 그녀의 프랑스어도 긴장이 풀렸다. 카메라맨들도 이제 철수하고 없다.

매일 몇 시간씩, 아틀리의 모든 것이 조용했고, 그녀는 아무 소리도 들을 수 없었다.

그때 갑자기 화가가 말을 걸어왔다. 그는 뮌헨에 있었다고, 그에게는 하얀 소시지와 독일 맥주가 좋았다고 했다.

틸라는 이 천재 작가의 영양에 도움을 준 하얀 소시지를 생각하며 살짝 웃었다. 용기를 내어 그녀는 그에게 강한 독일 악센트로 대답했다. 곧 대화가 소시지에서 독일 작가들의 음악으로 넘어갔다. 그로서는 *바그너*(Wagner)57)가 너무 위협적으로 보인다고 고백했다.

---

56) *주: 카르멘(Carmen)은 조르주 비제Georges Bizet(1838-1875)가 작곡한 4막의 오페라에 나오는 여주인공이다. 프로스페르 메리메의 동명의 이야기를 기초로 뤼도비크 알레비와 앙리 메이야크가 프랑스어 대본을 완성한 이 작품은 한 불같은 성격을 지닌 아름답고 유혹적인 집시 여인, 카르멘에 관한 이야기이다. 1875년 3월 3일 파리 오페라 코미크 극장에서 초연되었다.

57) *역주: 독일의 작곡가 리하르트 바그너(Richard Wagner, 1813~1883)

그 위대한 거장 자신은 모차르트가 좋다고 했다. *모차르트를 보면 그의 미소는 결정화된 눈물이란다. 또 아픔이 미소로 변한 그 순간이 아픔의 절정을 표현된다고 한다.* 그렇게 고딕 조각품들을 살펴보면 알 수 있다고 했다.

틸라는 듣고 있었다. 그런 정의가 자신의 마음에 와 닿았는지, 그녀 두 눈에 눈물이 흘러내렸다.

그녀는 자신이 오른 무대에서 자신의 배역과 공연에 대해 수많은 악평에 시달린 적이 있었다. 왜냐하면, 그녀가 무대에서 여성 동료들의 탄식 소리가 싫다고 말했기 때문이었다. 그들은 위대한 감정을 그런 식으로만 표현할 수 있었다. 그녀를 두고서 대중은 그녀 감성이 부족하다고 비난했다. 왜냐하면, 그녀는 그들에게 너무 분명하게 이를 표현했기 때문이었다.

지금 르누아르가 그녀에게 슬픔을 정의했다. 그녀는 눈물 속에 살짝 웃음을 지었고, 그 눈물은 옅은 웃음으로 바뀌었다. 모두가 그 차이를 구분할 능력자는 아니다.

이제 작별하면서 그녀는 그 화가에게 그 특별한 인간의 감성을 가르쳐 준 것에, 그로 인해 오늘 하루가 풍부해짐에 대해 감사의 인사말을 작은 소리로 말했다. 그 위대한 화가는 그 감사의 인사에 어린 소년처럼 어찌할 바를 몰랐다.

복도에서 그녀는 인근 인쇄소에서 무슨 자료를 들고 나오는 소년을 만났다. 그가 들고 있는 바구니 안에는 큰 노란 포스터가 들어있었다.

포스터는 그녀가 언제나 좋아했다. 특히 극장 포스터는.

그녀는 그 포스터의 주제가 뭔지 궁금해 멈춰 섰다. 이번에는 극장 포스터는 아니었다.

세계에스페란토 대회, 파리, 1914년 7월. -그녀가 노란색을 배경으로 하여 에펠탑과 다른 건물이 아름답게 그려져 있는 포스터를 바라보며 읽었다. 그녀는 눈을 껌벅였다. 그 포스터는 이미 두툼한 종이통 안에 담겨 있었다.

극장용이 아니네 라고 틸라는 생각했고, 그녀는 자신의 발걸음이 쉽게 나아가고 있음을 느꼈다. 르누아르의 아틀리에에는 이제 그녀 초상화 작품이 말라 가고 있었다. 거의 준비가 되었다. 가장 유명한 화가 선생님이 손으로 그린 것이다.

-선생님 생각에는 이 작품을 제가 언제 운반해 가면 좋겠어요? 그게 다 마르는 데는 얼마나 걸리나요? -틸라는 포즈 일정의 마지막 날 오후에 질문했다.

그 거장은 정확하게는 못 들었다.

-이걸 가져간다고요? 다음 주에 가능할 것입니다.

아쉽게도, 남편에게 르누아르에게 얼마를 지급했는지 그녀가 물어보았지만, 그에 대해 남편은 말이 없었다. 결코 그는 그녀에게 그 값을 말하지 않았다. 그러나 대신 그는 틸라에게 많은 것을 요구했다.

-보상으로 당신은 독일어를 끝까지 배워야 할 거요. 그가 툭 쏘았다. 그는 언제나 강조하기를, 그녀 독일

어는 *좋지 않다*고 주장했다. 여러 해 동안 그녀의 오스트리아 빈 악센트를 고쳐 주는 사람이 없었다고, 그런 상태로 이 도시 저 도시로, 또 이 시즌 저 시즌으로 돌아다녔다고, 그러니 이제는 그녀가 적절히 구사할 수 있고, 표현하는 그 언어를 잘 갈무리해야 한다고 했다.

그들의 운전기사가 자가용 차를 대기한 주차장에서 그들을 기다렸다가, 그들에게 알려 주기를, 그들은 곧장 귀가해야 한다고 했다.

폴은 웃었다. 이 기사가 오늘은 정말 감히 말하네, 이 사람이 언제 무엇을 해야 하는지 행동을 지시하기조차 하네 하고.

그래도 그 기사는 조용히 있지 않았다.

-대표님, 뭔가 정치적인 사-건-이 벌어졌나 봐요. 모든 독일 차량이 여기서 **빠져**나갔어요.

폴은 머리를 오른편, 왼편으로 돌아보았다. 정말, 그 주차장은 거의 비어 있고, 프랑스 차량만 남아 있고, 외국 차들은 한 대도 없었다.

그는 곧 오늘 발간된 신문을 하나 샀다.

사라예보에서 오스트리아 왕위계승자의 피격 사망[58)] -제목이었다.

1914년 7월 29일이다. 사라예보라는 지명을 그는 대

---

58) *역주: 이 사건은 같은 해 6월 28일 사라예보에서 일어났다. 프란츠 페르디난트 황태자 부부가 암살되었다. 이 사건으로 제1차 세계대전의 도화선이 되었다. 이로부터 한 달 뒤인 7월 28일에 오스트리아-헝가리 제국이 세르비아 왕국에 선전포고했다.

학생 시절 뒤로는 듣지 못했다. 보스니아의 책략에 따른 오스트리아 왕위계승자 *프란츠 페르디난드(Franz Ferdinand)*의 존재에 대해 그는 아무 지식이 없었다. 어느 세르비아 중학생이 쏜 총알 하나가 나중에 얼마나 많은 생명을 앗아갈지에 대해 폴은 상상하지 못했다.

그는 그만큼 예술가들에게만 관련되어 있어, 그는 최근엔 위엄스럽게 신문 읽는 일은 못 했다.

-틸라, 우리는 부정확한 나라에 와 있어요. 곧 전쟁이 일어날 것 같아요.

-하지만 그 초상화는 다음 주에는 마른다고 했는데!

틸라는 그것 없이 파리에서 떠날 수 없다고 생각했다.

-그럼, 좋아요. 그걸 우리가 말립시다. 우리는 저 태풍이 지나가고 나면 우린 그걸 가지고 옵시다. 우리 왕이 휘두를 칼의 음악에만 관심을 가져 봅시다.

많은 사람이 예상하듯이, 그도 먼저 전쟁이 일어날지 상상하지 못했고, 다만 어느 정도 칼을 들어 시위할 것으로 여겼다.

또한, 전쟁이 선포되자, 그는 그 전쟁이 두 달 안에 끝나겠지 생각하고는 그때쯤엔 르누아르 아틀리에의 틸라 얼굴에서의 붓이 남긴 선은 온전히 잘 마르겠지 하고 여겼다.

그러나 그것이 제1차 세계대전의 시작이었고, 4년이나 걸릴 것으로 생각하는 이는 아직 없었다.

서둘러 작별하기.

르누아르 화가 선생님에게 마지막으로 작별인사를 한 독일인은 틸라와 폴이었다. 그 화가는 자신의 손을,

틸라가 고마워하며 잡았을 때, 약하게 웃었다. 그들은 그 작품이 마르면, 얼마 안 있어, 가져갈 것이라고, 그들은 그렇게 동의했다. 전쟁에 대해서는 전혀 고려 없이. 폴은 수많은 친절한 말과 행동으로 지폐를 전해 주고 싶었다. 르누아르는 별로 중요하지 않다고 가볍게 손을 내저었다. 폴은 화가 앞에 놓인 탁자에 그 봉투를 존중하듯이 내려놓았다. 그 화가의 손은 그 봉투에 가지 않았다.

곧장 그들은 네덜란드를 거쳐 집으로 가기로 했다. 집에서는 하녀 헬레네가 그들 가방을 들고 뒤따를 것이다.

작은 기차 역사 안에는 수많은 여행자가 원거리로 이동할 도움을 찾고 있었다. 모든 기차가 멈추어 섰기 때문이었다. 자동차로 승객과 화물이 여기저기로 옮겨 주고 있었다.

운전기사가 기차역 옆 주유소에서 석유를 넣는 동안, 틸라가 고개를 돌려 보니, 어떤 키 작은 사람이 자기 아내 가방을 들어 주는 일을 돕고 있었다.

아무에게나 친절하게 말을 걸지 않고 언제나 다른 일행 앞에서 군림하기만 하던 남편이, 지금은 연료통의 기름이 가득 찰 때까지 기다리면서, 어떤 부부와 프랑스어로 몇 가지 낱말을 친절하게 교환하고 있었다.

-그들이 어디로 가고 싶은지 당신은 파악했나요?

-바르샤바로요. 그들이 파리를 목표로 했지만, 모든 기차가 멈춰섰다고 해요.

-그런데, 바르샤바는 그리 쉽게 도달할 수 있는 곳이 아니에요.

틸라는 자신의 매니큐어 칠한 손톱이 어찌 벗겨지기 시작하는지를 보고 있었다.

그들 자동차는 다시 여행할 준비가 되어 있었다. 운전기사가 그들을 다시 차에 타도록 요청했다.

가정에 돌아온 그들을 기다리는 것은 떠들썩한 독일이었다.

-전쟁이 일어날 거라고 해요!

폴은 일반적 열정에 사로잡혀 있었다.

-나는 곧 자원입대하러 갈 거요. 그리고 당신은 병원에 일거리를 알아봐요. 전쟁 동안에는 배우가 더는 필요하지 않을 거요. -폴이 계획을 세웠다. -우리가 그 작품을 되찾을 수 있을 때 그때 다시 만나면 되구요.

그녀더러 클레오파트라 역의 공연을 끝내고 르누아르 앞에게 포즈를 잡은 일을 한 뒤, 그녀가 의사의 여 조수가 된다는 생각은 그녀 머릿속에 들어가 있지 않았다. 그러나 그녀는 곧 폴의 생각에 복종했다. 그것은 그녀가 치르는 첫 전쟁이었다. 그녀는 전쟁에서 상처 입은 군인의 다리 절단 수술 때 곁에서 도와야 하는 것을 곧장 알게 된 것은 아니었다.

독일은 전선의 곳곳에서 승전을 이어갔다. 반면에 그녀는 부상병들을 돕는 코스에 등록해 다니고 있었다.

Jeder Schuss -ein Russ'
Jeder Stiss- ein Franzos'
Jeder Tritt -ein Britt'[59]

　이런 말들이, 식사가 차가워지는 동안, 모든 숙박업소에서 되풀이되었다.

　폴은 미술품 계약 때 사업상 만나오던 모든 프랑스인들과 접촉해보려고 애썼다. 그런 대화 중에 누군가가 '*국익 앞에서*'라는 말을 하면 대화의 선이 끊겨버렸다.

　그 국익을 위해 그는 자원해 참전하기를 선언했다. 베를린에는, 전쟁 초기의 몇 주 동안에, 사람들이 군대에 도움을 주러 자신의 자동차를 내놓으려고 줄을 섰다. 자원입대하려면 높은 기관에 좋은 접촉이 필요했다. 모든 장소가 자원자들로 충분히 이미 들어서 있다. 당시에는, 전쟁에 대해 사람들은 충분히 로맨틱한 생각을 가졌다: 황급히 그 경험에 참여하는 것이 필요하다고 여겼다. 왜냐하면, 그 독특한 것은 결코 되풀이 되지 않을 것이라며. 곧 폴은 자신의 첫 편지를 벨기에 전선에서 보내 왔다. 그는 *이에페르(Ypern)*[60] 부근에서 있다고 했다. 틸라는 그 편지에서 남편이 입

---

59) *주: 총은 -러시아인에게.
　　찌름은 -프랑스인에게.
　　뚫음은 -영국인에게.

60) *역주: 이퍼르, 또는 이프르는 벨기에 서부 도시. 제1차 세계 대전에서 독일 제국과 연합국 간의 격전지였던 곳.

대할 때 가졌던 그 열성을 더는 읽을 수 없었다.

그렇게 르누아르에게 포즈를 취하면서 제2주째에 남편을 위해 모차르트의 멜로디를 흥얼거렸고, 그로부터 한 달 뒤에는 *부흐(Buch)* 병원에서 전장에서 후송된 부상병을 받을 준비를 하면서 창문을 청소하고 있었다.

9월이 되었다.

20개 병상이 비어 있는 채로 부상자들을 기다리고 있었다. 어느 성질 사나운 뚱보 아줌마가 병원 침대에 시트를 어떻게 씌우는지를 그녀에게 알려 주면서, 여기는 극장이 아니라고 놀리기도 했다.

그 첫 후송은 저녁에 왔다.

병실은 20명의 다양한 고통 소리로 가득 찼다.

그녀는 침을 삼켰다. 병원에서는 수술실로 그녀더러 곧장 도우러 들어오라고 했다. 그녀를 담당한 외과 의사가 부상병 환자의 다리를 잘라, 이를 그녀에게 저 모퉁이로 옮기라고 건네자, 그때야 그녀는 자신이 어디에 왔는지를 알게 되었다. 그 다리가 그녀 뒤에서 흥건하게 핏자국을 남겼고, 그녀는 그것을 안타깝게도 가제 덩어리로 그 핏자국을 지워야 했다. 그 첫 다리의 무게를, 그녀가 한 손에 들었던 그 한쪽 다리 무게를 그녀는 영원히 기억할 것이다.

틸라의 좀 상기된 얼굴이 담긴 작품은, 르누아르가 그린, 풍성한 피부를 가진, 책 읽는 여성과 목욕하는 여성과도 좀 유사한 모습이었다. 그 작품은 여전히 아틸리에의 끈에 고정된 채, 독일 주문자의 배송 지시를 기다리고 있었다. 르누아르 아틀리에의 청소를 즐겨 하지 않던 여 조수는 7월의 마른 장미를 9월에야 내던져버렸다. 그 거장과 함께 아픔을 토론했던, 초록 비단에 수놓은 짙은 보라색 백합들과 함께 한 그 모델 여성은 이달에도 침착하게 그 병상 환자들의 부은 상처에 생긴 고름을 끈기 있게 씻어내고, 그 날 저녁에는 그 부상병들 옆에서 온종일 서서 일할 내일을 위해 차가운 붕대로 자신의 발목에 감아야 했다.

 1914년 7월에 르누아르 화가가 자신의 붓으로 독일을 취급한 마지막 프랑스인이었다. 그런 독일과 프랑스의 관계에서 일반 사람들은 다른 도구들을, 더 화력이 센 것들을 선호했다.
 가을에 비가 내리자, 르누아르는 기침하기 시작했고, 손에 붓을 묶은 것도 이젠 더는 할 수 없었다. 그 묶인 손은 이제는 더 일할 수 없게 되었나 보다.
 르누아르 화가의 집 앞에서 만났던, 에스페란토 행사 포스터들을 포장하던 그 소년도 징집되었다. 그가 나눠줘야 했던 행사 포스터들은 창고에서, 포장이 뜯기지 않은 채로 남아 있었다.
 1914년이었다.
모든 미래의 참호 속에도 가을이 왔다.

9. 전쟁 자원 입대자들

폴이 전선에 가 있는 동안, 틸라는 베를린 인근 *부흐* 병원에 의료 보조 봉사자로 일하였기에, 그들이 소장한 예술 작품들이 가득한 집은, 그 부부가 자리를 비운 채, 비어 있었다. 하녀 헬레네만 17세기에 제작된 도자기 불상들과 마른 과일을 담는 고전 그릇들의 먼지를 들어냈다. 헬레네는 창문을 열어, 불상 얼굴에 바람을 한차례 씌웠다. 마치 오늘 저녁에 이 집 주인들이 돌아올 예정이라도 된 듯이: 그녀는 불상의 손안에 든 불사의 복숭아를 문질러 윤이 나도록 했다. 그리고 그 불상의 의복 위로 떠도는 구름을 바라보며 생각에 잠겼다.

헬레네는 *베냉*과 *이스터섬*(Paskinsulo)[61)]에서 수집해온 예술품들도 세심하게 문질러 두었다. 비록 그녀가 그 작품들에 관심이 없어도. 그녀가 보기엔 이스터 섬 출신의 선조 모습이 너무 유치했다.

그녀는 그것이 수집된 과정은 잘 모른다:

어느 수더분한 아프리카 사람이 이미 시간이 지난 프랑스 신문에 싸인 꾸러미를 펼쳤을 때, 프랑크푸르트의 골동품 판매하는 미술상은 그 안에 무엇이 들어있는지 뭐가 펼쳐질지 몰랐다. 그는 받을까 말까 주저했지만, 그래도 그 가져온 사람에게 약간의 보상을 제

---

61) *역주: 이스터 섬(Easter Island, 스페인어: Isla de Pascua 이슬라 데 파스쿠아)은 태평양에 위치한 칠레 섬.

안해 그 물품을 구매해 두었다.

 몇 주 뒤에 폴이 그 골동품 상점에 들어섰다. 그는 자주 이곳에서 뭔가를 구매했고, 그는 그 골동품 진열 장에서 자신이 관심 가질 만한 것이 있는지 스스로 찾아볼 정도가 되었다. 어느 탁자 보 아래에서 그는 자신이 소유하고픈 것을 곧장 보았다.

 폴의 두 눈의 광채가 그 골동품 상인을 주저하지 못 하게 하였다. 그 상인은 골동품을 대하는 그 신사의 절대적 취향을 잘 알기에, 그 상인은 급히 자신이 아 프리카 사람으로부터 사들인 금액의 4배를 불렀다. 왜 그는 그 아프리카 사람에게 더 많은 물품을 갖고 오 라고 요청하지 않았던가?

 헬레네는 그 저택의 큰 살롱에서 깃털 뭉치로 된 먼 지떨이로 *고흐* 작품들과 *마네* 미술품들의 액자들을 건 드렸다. 그녀는 조용히 노래도 불렀다. 그 살롱에 걸 린 작품 중에 그녀는 <*아를의 여인(Arlesanino)*>를 가장 많이 좋아했다.

 헬레네는 남편 *게오르고Georgo*와 함께, 그 폴과 틸 라 부부가 사는 곳 위층에 이미 거주해 있다. 헬레네 의 남편 게오르고에 대해서는, 지금은 잘 해결되었지 만, 결혼하기 전에 큰 스캔들이 있었다.

 게오르고는 연극 《*클레오파트라*》 공연 때의 틸라가 속한 극단에 특별 고용된, 아주 재능있는 무대 담당 전기기사였다. 게오르고는 헬레네와 사귀면서 그녀에 게 청혼했으나, 그녀가 이를 받아들이지 않았다: 그녀로서는 그가 싫지 않았지만, 만일 그녀가 결혼하게 되면, 두리에우스 여사 댁을 떠나야 하기에 그 결혼을 주저하고 있었다. 게오르고는 성질을 강하게 부려, 연극 단원들에게 드러내놓고 엄포를 놓았다: 만일 헬레네가 자신의 청혼을 받아들이지 않으면, 그는 오늘 저녁 공연 때 나일강 강가에 전깃불을 공급하지 않겠다고 했다. 그 이야기를 들은 단원들이 그의 입장을 비난하며 알리러 틸라가 머무는 의상실로 달려갔다.

그 연극의 첫 악장은 10분 뒤에 막을 올려야 한다. *게오르고*가 나일강 강가에서 자기 일인 전선을 설치하는 것을 거부하고 있다고 전했다. 틸라는 클레오파트라 역을 준비하는 자기 의상실에서 그 메시지를 전해 주는 단원을 한 번 쳐다보고는, 마침 집에 있던 남편에게 전화했다.

-헬레네가 결혼하면, 그녀 남편과 함께 우리 집에 같이 사는 거 당신이 허락할 수 있는지요?

폴은 자신이 지금 왜 전화로 의사를 말해야 하는지, 또 그건 나중에 처리해도 되지 않는가 하며 불평할 준비를 시작했다.

-그건 불가능해요. 지금 *게오르고*가 극장 조명 켜는 것을 거부하고 있다고요. 그는 헬레네가 자기와 결혼해 줄지 말지 당장 알고 싶다고요. 만일 그걸 알지 못하면, 조명을 안 켜겠다고 해요.

폴은 웃음을 터뜨렸다.

그는 무엇보다도 그 청혼자의 그런 재치가 마음에 들었지만, 그런 엄포성 발언은 다소 싫었다.

그날 저녁, 그 나일강 강변의 조명은 결국 밝혀졌다.

 지금 헬레네는 집주인인 폴이 전선에서 돌아오는 그 순간까지 이곳을 지키려면 어디서 소시지를 사야 하는가를 꿈꾸고 있다.
 그 집주인은 그런 소시지에 관심이 없었다.
 그는 당시 이미 병원에 입원해 있었다. 그는 마시는 것도 먹는 것도 거부하고 있었다. 군대 당국에서는 그의 아내를 불렀다. 틸라는 의사 선생님과의 대화의 첫 순간에 그건 사소한 일임을 알게 되었다.
 -만일 오늘 단식투쟁하는 남편이 오늘 저녁에도 아무것도 먹지 않겠다고 하면, 그를 정신병원으로 보내야만 합니다.
 가서 보니, 그 말은 폴과 관련한 사항이었다. 그녀는 깡마른 채 고집을 부리는 남편을 만났다. 남편은 자신에게 아내가 가져온 음식도 거들떠보려고도 않았다.
 가져온 선물을 열게 하는데 그가 확신하려면 온갖 연극이 필요했다. 작지만 접는 글라스를 가져가는 것이.
 그래도 남편은 흥미를 갖지 않았다. 안타깝게도 그녀는 그 글라스 안의 물은 보통 물과는 좀 다른 맛이 난다고 설명했다.
 '그이가 그녀를 병원 정원의 우물까지 데리고 갈 것인가?'
 그녀가 먼저 즐거이 한 모금 마셨다.
 -그럼, 한번 마셔 보지요.
 그녀는 그이의 고집에 단단히 준비하고 있었다. 그이

는 자신의 고집을 꺾고 그 액체를 넘길 것이다.

그래도 그이는 그 글라스를 잡고 그 내용물을 자기 입에 부으려 하지 않았다. 창문 너머에 하얀 의사 가운이 보였다. 그녀는 폴이 뭔가를 삼킬 때, 그이 목이 움직이는 것을 보았다.

-봐요, 내가 신발장에서 예전에 사둔 신발을 찾아냈어요. 아마 내가 한 번도 이전에 신지 않았던, 그만큼 새것이에요.

그녀는 그이 군화 옆에 자신의 작은 신발을 놓았다.

-아름다운 짝이지요? 내 것과 당신 신발이.

그는 말이 없었다.

-당신의 구내매점에서 뭘 구할 수 있나요?

-모르겠오. 나는 먹지 않으니.

-제가, 부흐 병원의 보조간호사인 내가 뭘 사 올까요? 당신은 내가 먹는 동안 밖에 앉아 있는 것이 더 좋겠어요? 바깥에서 기다리는 것, 우물 옆 벤치에 있으면, 내가 곧 돌아올게요. 아니면 우리가 함께 갈까요?

그들은 한 모퉁이에 앉았다. 틸라는 접시 1개만 가져왔다. 그녀는 빵 한 조각을 집어 꼭꼭 씹으면서 말하기를, 갤러리에서 팔려고 내놓은 *아돌프 멘젤(Adolf Menzel)*[62]의 작품에 가격을 어찌 정해야 하는지 물었다.

-내가 다음번에 올 때는, 당신에게 그 작품을 가져와, 당신이 평가해 가격을 매겨 줄 수 있도록 할까요?

자신이 입원한 병원에서 그 미술품을 보는 것은 그에겐 어울렸다. 그녀는 그이가 있는 병원에 도착하려

---

62) *주: Adolf Menzel(1815-1905) 독일의 유명 역사화가.

면, 그의 군대 동료들을 위해 수많은 위문품을 기차에 싣고 가야 하고, 기차도 4번이나 갈아타야 하고, 함께 여행하는 중대원의 무기들이 그 미술품에 가까이 와 있음을 잊고 있었다.

-좋아요, 다음번에 *멘젤* 작품을 가져오겠어요. 더구나 모든 것은 어떤 식으로 당신 없이 흘러가고 있어요. 직원들이 새로 들여놓은 물품의 가격을 스스로 결정할 수 없다는 것만 빼고는요.

밥은 여전히 그녀 접시 위에 그대로 있었다. 그 예술 후원자는 자신이 먹지 않았음을 잊고 있었다. 음식이 담긴 포크가 어떤 식으로든 그이의 입안에 가게 했다. 그이가 미술품으로 서로 토론하다가, 겨우 씹기 시작했다.

틸라는 자신이 그때 그 정신병원에서 남편을 구했다는 것을 알았다.

그녀는 네덜란드에서 남편의 첫 질병 신호를 기억하지 못했다. 그녀가 잠에서 깨어보니 남편이 침대에 보이지 않았다. 남편이 발코니에서 잠옷만 입은 채로, 바람에 맞서 있었다. 그이는 그때 바람이 멈추기를 원했다. 이제 그 바람은 더욱 말을 듣지 않았다.

남편은 그녀가 일하는 병원으로 펜으로 수많은 편지를 보내 왔다. 그이는 그녀를 비난하고, 그녀를 책망하고, 그녀가 자기 병의 원인이라고 했다.

그랬을까? 정말로 그이는 그녀 없이 더 잘 지냈는가?

그런 생각은 두렵게 했다. 누구에게 조언을 구한다?

그녀 주변에는 열심히 사는 여성 보조간호사들과 탄식만 하는 환자들이다. 그녀는 도움을 받을 수 있는 사람으로 친하게 지내는 의사 선생님을 선택했다. 그가 폴의 형님이다. 그녀는 그 병증을 알려주었다. 그녀는 시아주버니에게 한 묶음의 비난 편지들을 가져다주었다.

그 형은, 그날은, 의사이기보다는 형이었다. 형은 그녀가 폴과 이혼하는 편이 어떤지에 대한 열정을 숨기지 않았다.

-하지만, 이혼은 안 돼요. 폴은 그걸 거론하기는 했지요. 저는 의학적으로 그이를 도우려면 어찌해야 하는지 조언을 들으러 왔습니다.

-동생과 대화하도록 기회를 주세요.

-대화는 하되, 이혼은 화제로 올리진 말아 주세요.

하지만 그 말은 친척 모임을 통해 이미 날아다녔다. 폴은 새벽에 스스로 그녀 방에 위협하며 나타나, 아내를 총으로 죽일 것이라고 위협했다.

그가 그날 아침 거론한 위협하던 그 총으로, 10년 뒤 자신이 이혼 서류에 서명한 직후, 자살을 택한 것이다.

남편의 입원 병원에서 그녀는 극장으로 돌아왔다. 극장의 레퍼토리는 관용을 몰랐다. 아침의 그녀 방에서의 총이, 저녁에는 *샤우스피엘하우스 베를린 (Schauspielhaus Berlin)*[63])에서의 *메데아(Medea)*에

---

63) *역주: 베를린 콘서트 홀을 말함. 1802-1817년에는 국립극장, Das Schauspielhaus. (~1821년) Königliches Schauspielhaus (~1919

서. *메데아(Medea)*64), 여자 배신자.

사람들이 그녀를 *브뤼셀*로 초청했다. 군사령부에서의 공연. 그녀는 그 공연을 받아들였다. 그녀는 브뤼셀을 좋아했다. 고위급 장교 중에 몇 명의 지인이 있었다. 그리고 공연이 시작되자, 벨기에 사람은 한 사람도 그 극장 안에 앉아 있지 않음을 알았다. 모두 자신을 숨겼다. 실망한 채, 저 닫힌 창문 뒤에서.

군에서 다시 폴을 소집했다.

독일사람들 모두가 비트(사탕무)만 먹고 있던 때, 그녀는 헬레네의 도움으로 거위를 1마리 잡아, 폴과 함께 근무하는 25명의 동료 사병을 위해 거위와 감자 요리를 준비하였다. 그녀는 25개의 숄을 만들려고 양털을 샀고, 폴 동료들의 동상을 막아 줄 양말을 짰다.

여관 숙소의 크리스마스 저녁 식사 때, 많은 중대원과 함께, 그녀는 남편 폴이 어제, 질병 때문에 군에서 징집해제가 된 소식을 들었다.

년) Preußisches Staatstheater, (~1984년). 그 이후 Konzerthaus Berlin)콘체르트하우스 베를린(독일어: Konzerthaus Berlin)은 독일 베를린 잔다르멘마르크트에 위치한 연주회장이다. 칼 프리드리히 싱켈(Karl Friedrich Schinkel)이 디자인한 고전주의 건물로 최초에는 극장으로 건설하였다. 1821년 상설 극장으로 문을 열었고, 1919년부터 1945년까지는 프로이센 국립극장이었다. 2차 대전 당시 심각한 훼손되었다가 1984년 복원과 리모델링을 통해 다시 문을 열었고, 1994년 지금의 이름 "콘체르트하우스 베를린"으로 바꾸었다. (https://ko.wikipedia.org/wiki/%EC%BD%98%EC%B2%B4%EB%A5%B4%ED%8A%B8%ED%95%98%EC%9A%B0%EC%8A%A4_%EB%B2%A0%EB%A5%BC%EB%A6%B0)

64) *주: 메데아Medea- 그리스 신화에 나오는, 사랑 때문에 범죄를 저지를 준비가 된 마녀.

그러나 남편은 군에서 떠나려 하지 않았다. 왜냐하면, 그는 정말 자기 동료들에게 크리스마스 저녁 식사는 함께한 뒤, 그걸 마지막으로 하고 군을 나가고 싶었기 때문이었다.

질병으로 제대한 폴은, 자신의 점포를 팔고, 자신의 그림으로 비즈니스를 했다. 그동안 틸라는 그이를 자극하지 않으려고 애쓰면서 그이 곁을 지켰다. 그녀는 자신의 어떤 문제도 그이를 자극하지 않으려고 그이에게 보이지 않으려 했다. 또 그 문제들은 적지 않았다. 그녀는 이 모든 것을 상자 속에 가둬 두었다. 자물쇠를 두 겹으로 채우고서.

폴이 전장에서 돌아옴을 계기로 그 부부의 집에서 문화 행사의 저녁도 함께 돌아왔다. 한번은 모인 대중이 300명에 달했다. 그녀가 *레온하르트 프랭크 (Leonard Frank)*[65]의 전쟁을 반대하는 평화 소설을 낭독했다. 대중은 열정적으로 자리에서 일어나 평화를 호소하기 시작했다!

---

65) *역주: 레온하르트 프랭크(1882-1961). 독일의 표현주의 소설가 극작가. 1904년 뮌헨에서 그림을 공부하여 상업미술가로 일한 후 문학으로 방향을 바꾸었다. 제1차 세계대전에 대해 공공연히 반대 입장을 취했기 때문에 1914년 스위스로 도피해야 했다. 같은 해 그의 첫번째 책 〈도둑떼 Die Räuberbande〉(1914)를 발간했다. 이 소설은 이상적인 사회를 만들기 위해 노력하지만 '착한 시민'으로 끝나고 마는 반항적인 젊은이들의 이야기인데, 중산층의 편협함을 익살스럽고 사실적으로 폭로함으로써, 그의 주요주제를 구체화시키고 있다. 스위스에 있는 동안 억압적인 교육제도를 비판하는 〈동기 Die Ursache〉(1915), 전쟁을 극렬하게 비난하는 〈인간은 선량하다 Der Mensch ist gut〉(1917)를 펴냈다.

*지성인들의 평화(Pacifismo de intelektuloj)*는 신문에서도 읽을 수 있었다.

남편 폴이 군대에 다시 소집되었다.

이번에는 *라테나우(Ratenau)* 병원에 보내졌다.

신경성 질병, 밤에는 고함. 창문을 뛰어넘어 가려는 시도, 극약을 삼키려는 시도.

그녀는 아침마다 남편의 수중에서 약병을 빼앗고, 저녁에 오페라에서 *박쥐(vesperto)*[66]를 노래했다.

폴이 다시 병원에서 퇴원했고, 스위스로 떠나버렸다.

사람들은 폴이 전시 재판에 회부되었다고 경고했다.

전시 재판에? 왜인가?

그녀는 그 이유를 물어보고, 또 사방으로 수소문해서 뭔 일인지 알아보니, 전시 중 동료들에게 저녁 식사를 제공해, 함께 먹은 것은 뇌물 공여라고 했다: 당시 초대받은 장교는 오기를 거부했고, 그가 제공하는 미술품을 거절했다.

틸라는 남편을 따라 스위스로 갈 생각이었다. 그러나 그녀에게 여권이 발급되지 않았다. 그녀가 한 요청을 당국이 거절했다. 그녀는 다른 방도를 찾아 나섰다.

그녀는 그 방도를 찾았고, 그녀는 그이를 따라 스위스로 들어섰다.

---

66) *역주:오페레타 〈박쥐〉는 가브리엘, 아델레, 로잘린데가 거짓으로 얻게 된 하룻밤동안에 일어난 이야기이다. 프랑스 대중예술 보드빌 《한밤중의 만찬》을 원작으로 상류사회에 대한 풍자와 인물간의 묘사를 유쾌하게 풀어낸다.

10. 1916년의 스위스

상봉은 눈물로 시작되었다. 우는 사람은 그녀였다.

그이가 아파서가 아니다. 식탁에 마련한 아침 식사에서 식어버린 우유 주전자 때문이다. 따뜻한 우유를 담은 우유 주전자가 그녀 두 눈에서 눈물을 펑펑 쏟게했다. 그녀는, 말도 꺼내지 못한 채, 조용히 자신 앞의 접시에 놓인 버터 한 조각을 집어 들었다. 그녀가 빵 조각의 표면을 칼로 자르는 동안, 눈물은 그녀 블라우스 위로 방울방울 떨어졌다.

-지금 이게 무슨 일이요?

폴은 좀 정신을 좀 차렸다. 눈물을 그는 두려워했다. 그는 건강하고 활달한 성격의 사람을 좋아했다. 틸라의 심중의 병에 대해서는 그는 전혀 고려하지 않았다.

-어디 아픈가요? 뭐가 부족한가요?

-부족한 것은 없어요. 너무 많아서요.

틸라는 갑자기 울먹였다. 우유 때문이기도 하고, 우유 맛도 모른 채 커가는 아이들을 생각해 보니. 그녀는 그이에게 자기가 요청한 스위스행 여권이 거부당했다는 것을 말하기 시작했다.

지금 그녀는 그이가 군사 법정에 고소된 사건을 말할 필요가 있겠다. 그러나 그녀는 더는 발설하고픈 기력이 없다. 폴은 입술을 꽉 다문 채 듣고 있었다. 지금 남편은 아내 때문에 화를 내고 있지는 않았다. 그것 때문이다. 아마, 이 세상이.

그이는 자신의 손을 뻗어 둘째손가락으로 탁자 위로 흐르는 눈물을 닦았다.

그 손은 한때 위로의 손길을 생각나게 해 주었다. 그것은 그 부부가 네덜란드의 작은 집에서의 여명의 따뜻한 키스와 여전히 관련 있었다: 그녀의 움푹 파진 목의 모든 피부에 흔적이 남아 있는가?

그녀는 활발해졌다.

당시 스위스로 자신들의 은신처를 찾아온 수많은 독일 지성인이 모여들었다. 시인, 화가, 미술 연구가와 음악지휘자들이다. 그녀는 그곳에서 *프랑크 베데킨트 (Frank Wedekind)*[67], *프란츠 베르펠(Franz Werfel)*[68], *슈테판 츠바이크(Stefan Zweig)*[69] 와 같은 독일 작가들을 다시 만났다.

어느 테이블에서 폴은 아내에게 2명의 러시아 정치가를 가리켰다: *레닌*과 *트로츠키*.

-나는 저 트로츠키를 기억할 거에요.

그녀는 그 두 사람을 더 잘 보려고 고개를 좀 더 돌렸다.

그이는 거리낌이 없는 사람 같아 보였다.

남편 폴은 그가 여전히 병환 중임을 보여주는 의사진단서를 발급해, 그것을 군 당국에 보냈다. 그 문서

---

67) *역주: 프랑크 베데킨트(Benjamin Franklin Wedekind, 1864~ 1918). 독일 극작가.

68) *역주: 프란츠 베르펠(Franz Werfel, 1890 ~1945). 오스트리아의 유태계 극작가.

69) *역주: 슈테판 츠바이크(독일어: Stefan Zweig, 1881년 11월 28일 ~ 1942년 2월 22일)는 오스트리아의 소설가·저널리스트·극작가·전기 작가이다.

들은 거짓을 말하지 않았다. 그는 정말 그 안에 써진 대로 정말 고통 속에 생활하고 있었다.

그는 친구 *라셔(Rascher)*와 공동으로 평화 관련 출판사를 설립하기를 결정했다. 그걸 하려면 그는 독일에 있는 자기 재산을 가져와야 했다. 그것은 당국의 동의 없이는 불가능했다. 그는 왜 그만큼의 돈이 필요한지 설명하기 위해 독일 대사관의 소환을 받았다.

그는 더 자세히 설명하지 않았지만, 그 출판사를 언급하기만 했다. 그에 대응한 당국은 집요했다: 그가 출판사를 하려면 독일 정부의 재정 지원을 받으라고 했다. 폴은 그 제안을 거절할 아주 친절한 낱말들을 골라야 했다. 고위급 관리는 정부 자금을 사용하는 것을 폴이 거절할 때마다 덜 세련된 낱말들을 선택했다.

필요 자금을 충당하려면 법을 위반하는 것이 필요했다. 그럼 해보자!

출판사 `*Rascher& Comp.*'가 설립되었다. 폴은 어떤 식으로든 그들의 독일 집에 있는 아름다운 미술품들도 옮겨 오는 데 성공했고, 스위스의 사무실 벽을 장식했다.

-뭐가 왔는지 보러 와요! -그이는 그녀를 불렀다, 그녀가 호텔 테라스에서 커피잔을 앞에 두고 앉아 있을 때였다. 그녀는 스위스의 거주지 안의 침대 옆에 놓인 `*아를의 여인*'을 보다니, 기절할 지경이었다.

-그런데, 어떻게? 어떻게 이 작품들을 가져올 수 있었나요?

-알 권리는 당신에게 없어요. 만일 안다면 당신은 공모자가 될 것이니. 어떻게 라고 묻지 말아요.

그녀는 매일 자신에게 남편이 하는 일에 대해 말하도록 요청했다. 그는 비밀을 숨기느라 즐거웠고, 운송 방식에 대해 아무것도 밝히지 않았다. 그때 다시 그에게 군대에서 재소집 통지서가 왔다. 만일 그에게 정신병이 있다면, 군 당국은 정신질환을 다루는 병원에서 그를 만나기를 원했다. 정신병원 *프라이부르크 (Irrenanstalt Freiburg)*[70)]가 그때 군 당국에서 그를 만나보기를 원하는 곳이었다. 그것도 즉시.

독일 영사관에서는 그에게 여권을 내어주는 것을 피했다. 그 사이에 독일 외교부에서는 이미 그를 다가올 평화 조약을 대비한 프랑스와의 접촉에 참여 인물로 염두에 두고 있었다. 폴 자신의 풍부한 프랑스사람들과의 접촉이 유용하리라고 봤다. 한편으로, 독일 편에 아주 작은 승전 소식이 들리자, 그 조약 서명에 대해서 아무도 더는 말하지 않았다. 그것에 대한 모든 언급은 위험으로 여겼다. 그렇게 승리와 패배가 지그재그로 갔다. 폴을 스위스로 떠나 있게 해서는 그 조약의 협상 정보들을 너무 많이 알고 있었다.

틸라의 무릎 통증도 그사이 심해져 그녀가 결정적으로 다리를 절뚝거렸고, 수술이 불가피했다. 그래서, 그녀는 절뚝거리면서, 국경까지 그이를 동행했다. 남편은 그런 상황임에도 개인적으로 정신병원에 출석해야만 했다.

그녀는 독일로 향하는 스위스 국경에 섰고, 그의 발걸음이 멀어지는 모습을 보고 있었다. 그들 사이의 거

---

70) *역주: 독일 바덴뷔르템베르크주에 있는 도시.

리가 커갔다. 1미터에서 백미터, 1킬로미터, 50킬로미터로 멀어져 갔다.

사람들은 그녀를 요양병원에 입원하게 했다.

폴은, 어느 날 아침, 요양병원에 있는 그녀 병실 문을 두드렸다. *프라이부르크(Freiburg)*에서의 의사가 그에게 서류를 작성해 주었는데, 그가 더는 군대 입대에 적합하지 않다는 내용이었다. 의사는 거짓말하지 않았다.

그녀는 그만큼 행복해, 어느 루트를 이용해 지금까지 자신들의 베를린 집에서 인상파 화가들의 미술품들이 스위스의 자신들 거주지 방으로 이송되는지를 다시 묻는 것도 잊어버릴 정도였다.

제네바에서 위대한 스위스 화가 *페르디난드 호들러 (Ferdinand Hodler)*[71]가 전시회를 열었다. 그는 1918년 5월 18일에 별세했다.

틸라는 병원에서의 수술 뒤에 여전히 힘이 없는 채로 그 화가의 미술품을 관람하러 남편 폴과 함께 제네바로 서둘러 갔다.

폴은 화가 호들러의 아들과 알게 된 기회가 생겼다. 동물보호 단체, 그곳에 화가의 아들 *헥토르 호들러 (Hector Hodler)*[72]가 회원으로 있었다. 폴은 동물과 아이들을 특별히 좋아했고, 또한 그들의 새 거주지 *슈베르트 호텔*에서도 늘 개를 한 마리 이상 데리고 다녔다. 소문엔 *카사노바(Casanova)*[73]가 그 지역의 어

---

71) *역주: 페르디난트 호들러(1853-1918) 스위스 화가.
72) *역주: 세계에스페란토협회 창립자 중 한 사람.

떤 아가씨와 뭔가 염문을 일으킨 곳이 바로 이 호텔이고, 또한 작가 *괴테(Goethe)*[74]가 *로마 엘레지 (Romiaj Elegioj)*[75]라는 작품을 쓰면서, 로마에서 돌아오는 길에, 어느 미인의 등에 육보격의 자신의 시를 써 주었던 곳이기도 하다.

화가 페르디난드 호들러의 아들은, 충분히 알려지지 않았지만, 학창시절부터 국제어 에스페란토 사상에 관심이 많아, 지금도 중립국 스위스에서 그는 전시의 양쪽 전선에서 포로들에게 도움을 주는 지원-네트워크를 만들고 있었다. 폴은 그 동물보호단체의 대화 중에 그 화가의 아들 *헥토르(Hector)*가 자신의 국제어 에스페란토 단체를 통해 그 사람들을 보호할 목적의 협회를 설립하고 싶다는 의사도 듣게 되었다.

지금은 페르디난드 호들러의 전시장으로 가는 길이다.

폴은 헥토르를 제외하고, 가족 구성원 중에 다른 누군가가 아버지 *페르디난드(Ferdinand)*의 풍성한 작품을 유산으로 받을지 흥미를 갖고 있었다. 그러나 틸라는 그 순간 그의 이야기에 관심을 따라가지 않았다. 왜냐하면, 그녀는 기차의 창을 통해 수선화가 피어 있는 들판을 보고 있었다.

-저길 봐요, 여보, 수선화들이에요! -그녀가 작게 소리쳤다.

폴은 자신이 말하는 동안에, 절대로 다른 사람이 끼

---

73) *주: Giovanni Giacomo Casanova(1725-1798) 이탈리아 모험가.
74) *주: Johann Wolfgang Goethe(1749-1832) 독일 작가이자 사상가.
75) *역주: 1790년에 지은 괴테의 작품

어드는 것을 허락하지 않았기에, 더는 호들러와 관련한 주제를 건드리고 싶지 않았다. 수선화 벌판이 그녀의 두 눈에 가득 찬 시점에는.

그녀 자신은, 아이디어가 풍부한 남편의 말을 부적절한 장소에서 한번 끊었지만, 끈질기게 말이 없었다. 그녀의 턱은 좀 고집스러움에 올라가 있었다. *헤르만 할러(Hermann Haller)*[76]의 조각품에서처럼.

할러는 호수 저편에 아내와 함께 거주하고 있고, 그는 때로 틸라에게 포즈 모델로 한번 서 달라는 요청을 하러 왔다. 당시 틸라는 기분이 좋지 않았다. 어제 독일서 메시지가 왔는데, 그녀가 여러 독일 잡지에서 간첩 협의로 비난받고 있다는 소식이었다. 그녀는 자신이 아주 처참한 지경이었으나, 할러의 요청을 어찌 거절한담?

나중에 취리히 *쿤스탈레(Kunsthalle)*[77] 측에서 아침나절에 할러가 호숫가의 자기 정원에서 제작한 틸라 조각상을 구입했다. 틸라는 단 한 번 그 조각가 앞의 토기 무더기로 내려다보았다. 그 속에 그녀 얼굴이 보였다.

그만큼 넓은 수선화 꽃밭을 뒤로하고, 그녀 고집을 나타내는 머리는 화가 호들러의 작품들이 있는 전시장을 향해 그만큼 가까이 다가서 있다.

---

76) *역주: 헤르만 할러(1880-1950) 스위스 조각가.
77) *역주: 독일어권 지역에서 Kunsthalle 또는 Kunsthaus는 미술관과 유사한 미술 전시회를 개최하는 시설. Kunsthalle은 종종 비영리 Kunstverein에 의해 운영되며 관련 아티스트, 심포지엄, 스튜디오 및 워크샵이 있다.

11. 변호사 곁의 총소리

-나는 그이가 극약이나 권총을 이용하거나 창문을 뛰어넘는 행동에 대해 내가 할 수 있는 만큼 그이를 지켜내려 했어요. 이혼에 대한 생각이 그이를 정기적으로 마치 열병처럼 닥쳤어요. 그이는 신경과민 상태이고, 그이의 신경성 질투심은 이를 현실처럼 여겨, 모든 것에 대한, 특히 나를 향한 증오심을 쏟아냈어요. 20년이 지난 지금 그 점을 말하기가 어렵습니다, 하지만 그때는…

즐라타는 아무 말이 없었고, 아무것도 묻지 않았다.

틸라 남편 폴이 극약을 삼키는데 한 번은 성공했다. 베를린 집에서 일어난 일이었다. 틸라가 밤에 공연을 마치고 집에 돌아온 뒤, 헬레네가 여느 때처럼 주방에서 그녀 앞으로 저녁 식사를 내어놓았을 그때 일어났다.
폴이 갑자기 달려와, 그녀 앞으로 접시 한 개를 와장창 깨뜨리더, 틸라와는 더는 함께 살 수 없다며, 곧 극약을 마실 것이라고 소리쳤다.
틸라가 그이 손에 든 작은 유리병을 발견하고, 탁자 주변에 서 있는 그이를 뒤쫓아 뺏어 보려고 달렸다. 그는 서둘러 이미 뭔가를 삼킨 뒤라 곧장 쓰러졌다.
틸라는 소리를 지르며, 두려움으로 창백해진 채, 헬레네를 불렀다.

-의사 선생님을, 또 *카시러* 형제들을 좀 불러 줘요.

형제들은 깜짝 놀라, 동생을 탈라에게 떼어놓았고, 그녀가 방문하는 것도 허락하지 않았다.

그러나 폴이 정신을 차리고서 말을 할 수 있게 되자, 곧 그이는 그녀를 자신에게 오게 하고는 용서를 구했다. 그이는 그녀더러 절대로 자신을 떠나면 안 된다고 요구했다. 또 그때부터 그녀더러 자신과 함께 아니면 잠자러 가면 안 된다고 했다. 그녀는 약속했다. 죽음이 가까이 옴에 대한 겁도 나기도 했지만, 감동도 되었다. 왜냐하면, 그것은 사랑에 대한 선언처럼 들렸기 때문이었다. 언제나 그녀는 그 약속을 지켰다.

미래에는, 저녁에는 그녀는 그이가 피곤해짐을 기다렸다. 한번은 그이가 참석한 유쾌하게 지내는 사교 모임이 다음날 새벽 시각까지 이어져도, 그녀는 손에 뜨개질 도구를 든 채 있었다.

-나는 그이 옆에 그렇게 앉아, 그이의 남녀 친구들 사이에서, 밤새도록 뜨개질하고 또 뜨개질만 했지요.

뜨개질하는 도구들이 서로 닿는 소리는 그녀를 안정시켜 주었다.

-지금도. 나는 스웨터들을 만들려고 뜨개질하고, 검정 양털로 때로는, 어느 저녁의 독서등 불빛 옆에서 뜨개질했고, 그래서 그때 그 작은 그물코 위에서 시력을 잃었고, 검정 양털은 아주 예민했어요. 나는 그이의 동료들에게 수많은 양털 옷을 선물했지요. 이미 전쟁 중에도 나는 그이 동료들을 위해 숄 25개를 뜨개질했어요. 정말 그 숄은 군인들을 기쁘게 했고, 그들

모두는 세찬 바람이 부는 크리스마스날에 목에는 아무 것도 걸치지 않은 채로 있더군요.

-그럼, 틸라, 당신은 한때 직접 뜨개질한 것을 팔지는 않았어요? -즐라타가 갑자기 물었다.

-팔았다고요? 예, 자그레브의 어느 시장에서 지난겨울에 양털 양말 한 켤레를 어느 아주머니에게 판 적이 있어요. 그녀는 내가 뜨개질한 양말이 *리카(Lika)*[78]산 양모 털로 짠 다른 뜨개질과는 사뭇 다르다고 하더군요. 하지만 지금은 그 사실을 남편 루츠에겐 말하지 말아요. 내가 혼자서 그걸 팔려고 그곳에 갔으니까요. 그이는 위엄을 아직도 좋아하고 있어요. 뭔가 그것은 그가 허용할 수 있던 것보다는 더 컸으니까요, 나는 그리 느꼈어요.

즐라타는 자신의 손을 뻗어, 틸라의 머리카락을 쓰다듬어 주었다. 그날 저녁 식사 때 남편이 삼킨 극약이 생각난, 또 20년이 지나서 양말 뜨개를 팔게 된 틸라를 위해.

전쟁이 끝난 뒤의 그들 삶은 많이도 변했다. 예술후원자인 폴은 이제 단순한 미술 상인이 되어야 했다. 그것은 그를 과감하게 했을 뿐만 아니라 수치스럽게 했다. 신흥 부자들의 취향은 그를 화나게 했다.

틸라는 자신이 남편이 추구하는 가장 위대한 예술 작품이라는 것을 알고 있었다. 그러나 그녀는 어떤 식

---

78) *주: 리카Lika는 크로아티아의 중앙크로아티아 지방을 구성하는 지역 가운데 하나로 면적은 5,000km2. 면양과 그곳의 덜 세련된 양모(wool) 산업으로 유명함.

으로 무의식적으로 자신이 그이의 조언을 넘어섰음을, 또, 그녀가 이젠 그이에게 더는 배울 게 없음을 느꼈다. 그녀 자신은 최대한 그이의 영향력에서 벗어나, 순회공연 때 혼자서도 표현하는 그런 역할을 가장 좋아했다.

그이의 그런 우울증세는 그이의 가까운 친구들과도 멀어지는 계기가 되어버렸다.

하지만, 나중에, 1925년, 그이의 화냄은 더욱 자주 일어나, 또 틸라를 대상으로 해서 집중되었다.

-나는 어디든지 구출되고 싶고, 피난하고 싶었어요. 침묵 속의 어딘가로 물러나 있고 싶었어요. 나는 평안을 찾기 위해 어느 작은 호텔 방 하나를 빌렸어요. 폴은 나를 찾는 방법을 알고 있고, 나에게 상처 주는 방법을 알고 있었어요. 연락을 해주러 사람들이 오기 일쑤였고, 나에게 그이 선물을 대신 가져다주기도 하더라고요. 위로를 위한 선물인가? 처음에는 그런 심부름 하는 사람들이 왔을 때 그렇게 생각했어요. 그 생각은 부분적으로만 맞았어요: 그 보따리 안에 그이가 한때 내게 준 선물이 들어있었는데, 열어보니, 그게 망치로 때려 부숴 산산 조각난 채로 있었어요. 내가 그만큼 좋아했던 *아우구스트 골(Gaul)*[79]이 조각한 포크, 노르*드비크Noordwijk*[80]의 해변의 모래 언덕 위의 집에서 나를 반겨주던 푸른 귀걸이. 프라하 순회공연 때 선물

---

79) *역주: August Gaul (1869-1922) 독일 조각가, 인상주의 화가. 베를린 세세시온 파의 회원.
80) *역주:네덜란드 서남부 도시

한, 체코산 화강암으로 만든 개 모양의 브로치 - *이게 당신을 지켜주길.* 우리가 풍선 기구로 비행한 뒤 처음으로 성공적으로 착지한 기념으로 골동품가게에서 구입한 호박 머리핀. 클레오파트라 역에 쓴 목걸이를 담는 상자. 그러고 찢겨진 편지에는 한때 가장 귀한 선물이었던 것들, 이 모든 것들이 산산 조각난 채로 따라 왔답니다.

이전부터 남편은 자기 아내에게 준 모든 선물을 반환할 것을 요구했다. 그녀는 그이의 요구대로 했다. 선물로 받은 예술품을 모두 그이에게 돌려주었다. 그녀는 그이가 원하는 바대로 모든 것을 해주었다. 그녀는 자신의 변호인에게 그의 뜻대로 해주라고 하자, 변호사는 그녀 의도에 씁쓸한 표정을 지었다.

틸라가 그들 관계의 몰락에 있어 온전히 혼자는 아니었다. 그녀에게 도움을 계속 주던 남자가 있었다. 그는 무슨 일이 일어나고 있는지를 이해했다. *루드비히 카첸엘렌보겐(Ludwig Katzenellenbogen)*[81]가 그이 이름이다. 그는 당시 아내 *에스텔라Estella*와

---

81) *역주: 루드비히 카첸엘렌보겐(1877-1944). 이 작품에서는 '루츠'로 나오기도 함. 폴란드 태생의 독일 사업가. 1920년 의사의 딸 에스텔라 마르쿠제(1886-1991)와 결혼 후 이혼. 사업가 아버지의 사업을 물려받아, 양조장 업계의 사무총장이 됨. 1930년 그는 여배우 틸라 두리에우스Tilla Durieux와 결혼. 1933년 그는 틸라와 함께 스위스의 아스코나로 피신하여 1935년 크로아티아 자그레브로 이주. 그곳에는 아내의 먼 친척집에 거주. 이들은 베오그라드에서 미국으로 가는 이민 비자를 얻으려고 노력했으나 1941년 4월 베오그라드에 독일군 공습으로 남편과 아내는 떨어져 살아야 했다. 그는 1941년 게슈타포에 의해 살로니키에서 체포되어 베를린 북쪽의 삭센하우젠 수용소로 끌려가, 그곳에서 사망했다.
(https://de.wikipedia.org/wiki/Ludwig_Katzenellenbogen)

- 150 -

함께 틸라 부부의 사교모임에 참석하는 회원이었다. 사실, 그는 유명 재정전문가라, 틸라 남편 폴의 예술품 판매의 투자자문역을 하기도 했다. 폴의 투자자문에서, 평소처럼, 틸라를 위로하는 역할을 자임했다. 폴은 자신의 날카롭고 예민한 신경이 추측하기를, 틸라와 루츠[82]를 이해하며 이를 받아들이기 훨씬 이전부터 자문하는 루츠와 틸라, 그 둘 사이에 뭔가 엮여있다고 추측했다. 곧장 베를린 신문에서 이것을 스캔들로 여겨 그 발자국을 추적하기 시작했다.

틸라에게 지금 명확한 것은, 유일하게 이 상황을 벗어나는 것은 -이혼 -이라는 점이다. 변호사가 자신의 사무실에 틸라 두리에우스와 폴 카시러의 회합을 주선했다. 폴은 오는 것에 동의했다.

예정 시각.

틸라가 잠을 설치고 수치스러움으로, 보랏빛 눈으로 들어섰을 때, 폴은 이미 그 사무실에 와 있었다. 변호사가 그들에게 앉기를 권했을 때 그의 입에서 뭔가 경련이 일었다. 서류들이 탁자로 놓였다. 변호사는 곧장 그 사건에 집중했다. 이혼 서류라는 말에, 폴은 자신은 죄가 없다고 중얼거리고는, 자리에서 일어나, 다른 방으로 향했다.

변호사는 틸라를 바라보았고, 그녀는 탁자 위의 서류를 내려다보고 있었다.

갑자기 옆방에서 총소리가 들렸다.

틸라가 그 변호사보다 먼저 폴에게 달려갔다.

---

82) *역주: 루드비히 카첸엘렌보겐의 애칭

그녀는 그것이 그이가 시도한 익숙한 장면 중 하나라고 생각할 겨를도 없었다. -그는 이미 흥건한 피를 흘린 채 쓰러져 있고, 그녀에게 경련이 일었다:

-당신은 내게 남아 있을 거요!

사람들이 그를 병원으로 이송하는 동안 그녀 손바닥에 피가 흥건했다. 그녀는 함께 갔다. 그는 그녀 손을 잡고 있었다.

병원에서의 밤. 그녀는 그와 함께 병실에 있을 권리가 있다. 때로 그는 자신의 두 눈을 떠서, 병상 옆에 선 여간호사에게, 저 여인은 늘 그에게 착한 사람이었다고 말하기도 했다.

그는 자신의 베개 옆으로 그녀가 머리를 가까이하기를 청했다.

틸라는 뭔가 불명확한 기도를 중얼거리고 있었다. 그이의 생사에 대한 걱정은 그에 대한 지금까지의 모든 분노를 없애 주었다. 그이가 다시 살아 있기만 한다면! 그이가 다시 살아 있을 수 있기만 한다면!

그러다가 그가 잠에 빠져들었다. 그녀는 두 눈을 감은 채, 그이 옆에 있었다. 한밤의 창문 밖에는 베를린에 1월의 눈이 내리고 있었다.

침묵.

그녀는 머리를 들었다. 너무 조용했다. 그녀는 그를 쳐다보았다. 그는 이제 더는 숨을 쉬지 않았다. 그녀는 급히 외치며 의사를 불렀다. 의사는 그녀가 느낀 바를 확인해 줄 뿐이었다.

그 응급 환자는 아주 깊이 잠들었다. 아무도 더는 필시 괴롭히지 않을 것이다.

장례식은 1926년 1월 10일에 있었다.

베를린의 문화 인사들이 폴 캐시러와 작별하러 *빅토리아 거리(Viktoria str)*의 그의 예술 살롱으로 왔다. 그의 농담과 그의 익살과 비평이 넘치던 그곳에 그의 마지막 전시회가 열렸다.

붉은 장미꽃으로 에워싼 관.

시가 측 가족은 그이를 죽음으로 몬 여인은 하관식에 오지 말라며 방해하려고 노력했다. 그러나 그녀는 왔다. 아무도 그에게 손을 내밀지 않았다. 그녀는 그렇게 섰다. 검은 면사포 아래, 자신의 가장 힘든 시간에.

보통은 힘이 더 약한 사람이 총을 쏜다.

희생자는 호화로운 관에 누워 있었다.

다른 희생자는 그 관 옆에서, 베일 아래서 침울했다.

그런 공포의 날은 끝나지 않으려고 했다:

카시러 가문에서는 장례식을 마치고는 그 죽음을 강요했다고 하는 여인과 전쟁을 벌였다. 정말 그녀 남편 이름과 자살 사건을 빗대어 회계사 부인이라며. 먼저 그녀에게 상속을 주지 않으려고 했다.

틸라에 대항하여 폴의 동생, 폴 *에이미 수잔(Paul Aimée Susanne)*이라는 딸, 시누이들, 사촌들이 싸웠다.

그 긴 리스트에는 폴 *한스 페테르(Paul Hans Peter)*라는 아들은 빠졌다.

그는 전쟁이 끝난 직후인 18세 나이로 권총으로 자

살했기 때문이었다.

동물원에서 자살.

틸라는 그 당시 뮌헨의 한 병원에 입원해 있었다. 그러나 사람들은 그 아버지의 운명과 아들의 운명도 그녀가 영향을 미쳤다며 비난했다.

틸라는 그 늪에서 빠져나오기 위해 머리를 높이 들었다.

그녀를 도운 인물은 처음으로 그녀 머리를 조각한 조각가 *에른스트 바를라흐(Ernst Barlach)*[83]였다. 그는 그녀에게 위로의 편지를 썼다. *그녀 자신의 슬픔의 깊이는 운명처럼 커서, 더는 작아질 수는 없다고.*

만일 틸라의 운명이 덜 크다면, 그녀는 자신의 운명을 더 쉽게 옮겨 갈 수 있는 것에 맡겼을 것이다.

거리에서 옛 친구도 그녀에게 더는 인사하려고 하지 않았다. 극장 동료들이 그녀를 위로하듯 바라보기도 했지만, 어떤 여성 동료들은 악의적으로 바라보기도 했다.

1926년 상반기 공연 스케줄은 그녀가 이미 이전에 계약서에 서명해 두었다.

이제 극장에서 웃고, 극장 공연으로 여행하고, 또 그 사이 그녀가, 흥분하며, 거의 따라잡을 수 없는 그녀 변호사의 복잡한 이야기도 들을 필요가 있었다.

그게 얼마라고요?

그녀는 수표에 서명을 이어갔다.

---

83) *역주: 에른스트 바를라흐(1870-1938). 독일 조각가.

그녀는 이미 이혼남이 되어 궁금해하는 시선에서 멀어진 그 사람을 파리에서 처음 만났다.

그러나 그녀에게 파리는 폴이 르누아르에게 안내해 준 도시이고, 화상 폴 *두랑-루엘(Paul Durand-Rue l)*[84]에게 안내해 준 도시였다.

그리고 지금의 루츠와의 첫 만남은, 아무 예술적 배경 없이, 그녀 상처를 더욱 심하게 만들었다.

파리라는 무대 배경은 도움이 되지 않았다.

새로운 관계를 만들어가는 것을 그녀는 더는 원하지 않았다.

---

84) *역주: 폴 뒤랑-루엘(1831-1922). 프랑스 화상.

12. 세 번째 신부 부케

 1927년, 그녀는 자신의 단조로운 일상의 삶을 벗어나는 데 성공했다. 뭔가가 그녀를 좀 움직였다. 그녀가, 그녀가 전남편 폴의 사망 뒤에 영원히 무관심해질 것이라고 믿었다 하더라도. 지금 그녀를 휘감고 있는 것은 *에르빈 피스카토어(Erwin Piscator)*[85] 감독의 극장 일이었다.

 틸라는 극단에 대한 그의 정치적 생각을 존중했다. 그녀는 이미 4반세기를 독일 무대에 서 있었지만, 그녀는 언제 새로움이 올지를 감지할 줄 알았다. 그리고 그녀는 극단적으로 그 새로운 것을 지지할 준비가 되어 있었다.

 -감독님, 당신 극장이 생기있게 뜻을 펼치려면 얼마의 돈이 더 필요한가요?

 피스카토어는 그 물음에 어찌 답할지 몰랐다. 그는 자신의 생각을 실현하는데 얼마나 많은 자금이 필요한지 정확히는 모르고 있었다. 그녀는 되풀이해 자신이 극장에 재정 지원을 하지만, 그곳 임원은 하기 싫다고 말했다. 그 극장이 새로 발전하는 일에만 그녀가 돕고 싶다고 했다.

 그녀가 서명했던 그 수표에는 아주 인상적인 숫자가 들어 있었다. 500,000 마르크.

 *피스카토어*는 그녀의 그런 기부의 행동에서 말을 잇

---

85) *주: 에르빈 피스카토어(1893-1966) 독일 극단 감독

지 못했다.

루츠는 아내 *에스텔라*와 이혼하고, 그녀와 자식들에게 그들이 공동으로 살던 빌라, 공동으로 수집한 미술품 절반과, 물론 그가 폴 *카시러*를 통해 구입한 예술품들까지도 이혼 비용으로 썼다.

*카젠엘렌보겐*이라는 사람이 남편과 사별한 유명 여배우를 위로하고 다닌다는 소문은 신문들의 가십난에 불확실한 채로 있기를 원치 않았다.

폴과 사별한 4년 만에, 그녀는 런던에 있는 루츠에게 '예'라고 말할 것이다.

그 결혼식은 대중의 눈길을 피해, 독일 대사관에서, 독일 대사가 그 여배우의 새 삶의 증인이 되었다.

루츠와의 중요한 결혼식을 앞두고, 틸라는 자신과 폴의 결혼식에 대한 추억이 되살아났다.

결혼식을 위해 그녀는 그 순회공연 중간에 빠져나와, 열차 안에서 밤새 자신의 머리 모양이 흐트러지는 것을 막으려고 컬핀(머리 지지는 도구)을 자신의 머리맡에 두었던 기억.

폴은 초록색 벽으로 된 살롱에서 기분이 우울하고, 씁쓸한 표정으로 서 있고, 액자 만드는 사람들을 대놓고 욕하면서 예술품들을 벽에 걸고 있었다.

헬레네가 틸라가 입을 하얀 드레스를 준비하고 있었다. 이미 그 순회공연이 있기 전에 그들은 느끼길, 그들은 혼인 신고하러 사무소로 걸어가는 것에 동의했다. 결혼을 증명해줄 사람들이 말끔하게 차려입고 왔다.

틸라는 양 볼에서 눈물이 흘러 화장이 잘 먹지 않았다.

-그런데 폴에게 무슨 일이 있나요?

-아무 일도요.

-그런데 왜 저이는 그만큼 씁쓸한 표정인가요?

-나는 모르겠어요.

폴은 자신 뒤에서 *뭔가*를 챙기려 빠른 걸음으로 함께 갔다. 그 뭔가는 그가 스스로 주창한 그들 관계의 공식화를 위한 표현이었다. 그녀는 이제 꽃도 들고, 마른 수건도 꼭 쥐고 있었다.

-이제 우리 두 사람은 만족해요?

폴은 혼인 서명이 끝난 뒤 우울하게 물었다.

공식 키스가 뒤따랐다.

도로 위에서 다시, 그는 로얄 호텔에 이미 예약해둔 결혼기념의 아침 식사에 가는 것을 거부했다. 그는 일하러 가고 싶었다.

-일하러요? 지금? 그럼 원하는 대로 해요.

그녀로서는 그것이 중요하지 않다는 인상을 주지 않으려 하면서, 무거운 마음의 양보가 이제 시작되었다.

틸라는 가정으로 2명의 결혼을 증명해 준 사람을 초대했다. 그들은 그 초대를 받아들였다.

그런 시각에 새 신부를 혼자 두는 것은, 그게 시대를 벗어난 행동이고 적절치 않았다.

그날 오후 폴이 사무실에서 일을 끝내고 귀가했다.

그는 자신의 씁쓸한 기분에서 평정심을 되찾은 뒤, 용서를 구하고는, 그렇게 모인 모두를 로열 호텔에서의 어느 날 아침 식사에 초대했다.

그 결혼은 앞으로 굴러갈 권리가 있다.

틸라는 그 추억들을 밀쳐내려고 했지만, 그것들은 되돌아오기를 좋아했다.

새 남편 루츠는 신혼 첫날을 위해 자신의 이에 묻은 담배 냄새를 칫솔질로 없애려고 했다. 먼저 그이가 새 신부를 위로해야 한다는 것은 예측하지 못했다. 눈물이 이미 방석에까지 있었다. 그이는 그녀가 가장 듣고 싶은 가장 귀한 이야기들이 그이의 어린 시절 이야기임을 알고 있었다. 곧 그 위로의 이야기가 펼쳐졌다. 그이는, 그녀를 한번 안아주고는, 동화를 말하기 시작했다.

-그가 사용한 필기구들은 가장 값나가는 *코히누르 (Kohinoor)* 제품이고, 가장 세련된 쇠가죽 책가방에, 잉크병이 우연히 쏟아져도 그 안의 잉크가 흘러나오지 않게 되는 최신 영국제 잉크병이었음이 분명했다고 해요. 동급생들은 그가 자신의 생일날 삼촌으로부터 받은 샌드위치 담는 도시락이 은제 도시락 그릇임을 믿었어요. 왜냐하면, 그것은 니켈로 도금이 되어 번쩍거렸기 때문이었지요.

틸라는 루츠의 삶의 속속들이 많은 것을 이제 알게 되었다.

그이는 언제나 자신의 환경 속에서 탁월했다.

학업을 마친 직후 자기 아버지가 운영하는 회사 사무실에 근무를 시작해, 상업에 종사했다. 곧 그이는 그 회사의 상세한 것도 처리하게 되어, 회사 이사회는 그이 없이는 작동되지 못할 정도였다. 그 젊은 전문가는 *에스텔라 뉴마이어(Estella Neumayer)* 라는 어느 우호적인 회사의 딸과 결혼식을 위하여 봄날 휴가를 받았다.

그녀가 가져온 혼수는, 그의 아버지가 자식들을 위해 지어준 *쿠르퓌르스텐담(Kurfüurstendamm)*[86]에서 멀지 않은 곳에, 사과나무 한 그루가 있는 정원이 달린 집을 자랑스럽게 채워 놓았다.

결혼 직후 신부 *카젠엘렌보겐*는 자신의 작은 코에 너무 자주 분을 바르지는 못했다. 왜냐하면, 임신하게 되었다. 쌍둥이!

아빠가 될 그이는 음료수들을 올려놓은 선반에서 음료수 한 병을 꺼내, 자신을 위해 축배를 들고, 자신의 소년 시절을 끝내려고 했다.

무엇 때문인지 모르지만, 그이는 더는 그만큼 능숙하지 못했다. 삶은 그이를 아주 빠르게 다른 사람으로 만들어갔다.

그이 부부와, 폴과 틸라 부부가 제네바에서 뮌헨으로 함께 여행한 적도 있었다. 당시 폴은 기꺼이 자신의 재정 상태에 대한 그의 조언을 들어 주었다. 기차의 1등급 쿠페에서는 자신의 눈길을 틸라 얼굴을 자주 두던 그 남자가, 남편과 사별한 직후의 틸라에게 청혼하리라고는 아무도 예측하지 못했다. 쿠페에서 그이 시선은 그녀 자신에게보다 더 자주 물렁한 사슴 가죽으로 만든, 그녀 자신의 손지갑에 미끄러져 있었다고 했다.

그런 이야기를 털어놓자, 틸라는 다시 활달하게 되

---

86) *역주: 베를린의 번화가 중 하나.

고, 흘러내린 눈물도 이제 말랐다. 이제 유쾌한 기분도 되돌아왔다.

그녀는 루츠 얼굴을 한번 쓰다듬기 위해 손을 뻗었다.

눈썹 저 위로 향하던 그녀 손가락이 그이의 작은 농포를 보더니, 균형을 잃었다.

-제가 이 검은 농포와 결혼했어요?

틸라는 매처럼 집중해, 그이 살갗 위에서 그이를 괴롭히는 그 농포를 짓누르기 시작했다.

루츠는 저항할 용기가 생기지 않았다. 그 검은 농포가 많은 분비물을 내며, 자신의 동굴에서 나왔을 때, 틸라는 가벼워짐을 느꼈다.

-그래요, 이제 보세요, 얼마나 미남 얼굴이 되었는지를!

-아직은 기다려요. 나는 우리의 공식 첫날밤에 대한 전혀 다른 상상을 하고 있었어요! 먼저 나는 당신에게 내 학창시절 벤치에서의 동화를 이야기할 것이고, 나중에 화장하는 살롱에서 희생자 역할을 할거에요.

틸라는 살짝 웃었다.

그녀는 그이의 눈썹 위에서 검은 딱지를 문질러 없애고서, 결혼을 시작할 권리가 있었다.

-나의 첫 런던 결혼식이네! -틸라는 갑자기 유쾌하게, 마치 그녀가 베를린 가십난을 언급하는 것처럼 말했다.

루츠는 자신의 목에 기댄 그녀 머리카락을 만지는 것을 좋아했다. 다시 베를린으로 돌아온 틸라는 아름다운 임무를 가지고 있었다.

그들의 새 가정을 꾸리는 것.

루츠는 그녀에게 모든 것을 독자 결정을 하도록 맡겼다. 그는 자신이 혼자 쓰게 될 자신의 4개 가구만 구입하면 되었다. 집에서 돈은 부족하지 않았다. 예술 취향도 같았다. 경험이 많았으니. 곧 1930년에 베를린 거주지 중 가장 아름다운 거주지가 마련되었다.

　틸라의 새 남편은 그녀 사교 모임에서도 관심을 불러 일으켰다. 남편은 외모적 우아함뿐만 아니라. 옷에 관심이 많고, 남편 옷장에는 옷으로 가득했다. 매번 있을 여행을 위해 그이의 하녀가 조심스레 그이 양말을 색깔별로 싸 두었고, 그이 호주머니에서도 실크 손수건을 마련해 두었다. 재봉사들이 만들어 놓은 비옷이 그의 우산과도 조화로웠고, 회색의 두툼한 외투는, 이름하여 '크롬비(Krombi)' 제품은, 그이의 갈색 낙타 머리칼의 색깔 같은 머리카락과 함께, 가죽 소매가 달린 검정 축제옷과 같이 여행했다. 그의 옷장에서 단지 부족한 것은 스포츠용 옷이었다. 그는 그런 것들은 허용하지 않았다. 스포츠 이벤트 중에서 자신이 정직하게 달리는 사람들이라고 이름 지은 경마 경기만 그는 관심이 있었다. 만일 그이가 뭔가를 증오하는 종목이 있다면, 그것은 축구였다.

　그의 하인 게오르고는 완벽히 그 신사의 의견과 조화로웠고, 내일 일정을 위해 바지와 조끼를 준비하면서 자신의 코멘트를 능숙하게 전할 줄도 알았다.

　-대표님은 아침에는 옥스포드[87]나 울스터(ulster)[88]

---

87) *역주: 옥스포드 천은 직조된 드레스 셔츠 직물의 일종으로, 때때로 옥스포드 셔츠라고 불리는 드레스 셔츠를 캐주얼하게 또는 정식으로

가 어울릴 겁니다, 그죠?

 그는 그 신사 눈의 껌벅임을 통해 그 신사가 내일 옷 선정이 마무리되었음을 추정할 수 있게 있었다.

 틸라의 여성 동료들은 그런 틸라 남편을 그이의, 직물에 대한 거의 여성 같은 감각뿐만 아니라, 주로 그의 재정적 조정 능력을 높이 샀다. 틸라는 자신의 높은 개런티를 가장 잘 투자할 줄 아는 여배우이고, 그걸 옆에서 코치해 주는 이가 남편이라는 것은 비밀이 아니었다. 그런 투자가 그녀 사치의 비밀이었다.

 만일 사람들이 루츠에게 묻는다면, *에르빈 피스카토어*는 절대로 자기 극장을 위해 수표를 받지 않을 것이다. 그런 종류의 놀음을 그가 동의하지 않았을 것이다. 그러나 그 당시, 틸라는 그의 조언을 고려하고 있지 않았다.

 그들의 첫 부부싸움은 *두리에우스-카젠엘렌보겐 Durieux- Ktzenellenbogen*의 집에 손님맞이를 준비한 때로부터 한 달 뒤에 터졌다.

 은행 쪽 사람들이 전부 축하하러 왔다. 그날 밤은 틸라의 눈을 뜨게 해 주었다.

 파산은 1년 뒤에 닥쳤다.

입는 데 사용함.

88) *역주: 울스트 외투는 20세기초의 영국 패션. 망토와 소매가 달린 빅토리아 시대의 근무용 외투. 울스터는 망토의 길이에 의해 인버네스와 구별된다: 울스터에서는 이 망토가 팔꿈치에만 닿아 팔뚝의 자유로운 움직임을 허용한다. 일반적으로 오랜 기간 악천후로 야외에 앉아 있을 사람이 착용했지만 말 고삐를 잡기 위해 팔을 사용할 필요가 있었다.(위키페디아에서).

13. 베를린에서의 마지막 공연

 베를린 광장에 유대인의 책들이 불살라지던 1933년 5월 10일[89] 있기 두 달 전에, 틸라는 편두통을 앓았다. 그녀는 의상실에서 옷장 사용 때문에 동료들과 다투었다. 그만큼 오래 배우 생활을 하고도, 그녀는 의상실에서 자기만의 옷장을 아직도 가지지 못했다. 그녀 의복은 다양한 창문 옷걸이에 걸려 있고, 마침내 그녀는 이를 더는 참고만 있을 수 없었다.

 그녀는 그 상황을 좀 과장해, 만일 자신을 위한 옷장이 따로 당장 준비되지 않으면, 그녀는 제3악장 공연 못 하겠다는 위협적인 언사를 했다. 옷장이 하나 마침내 왔는데, 제2악장이 끝난 직후였다. 그 안에 자신의 옷을 가득 채우고, 또 하나둘씩, 무대 공연에 맞도록 정리해 두었다. 이 얼마나 정리하는 즐거움인가!

 하지만 다음 날 아침에 보니, 어제 마련한 옷장이 다시 없어져 버렸다. 다른 공연자가 그 옷장을 다른 곳에 필요하다고 가져가 버렸다. 어제만 임시로 그녀 불편을 해소할 의도로만 그것을 가져 왔었다. 그녀 무대 의상이 다시 창문 옷걸이들 위에 걸려야 했다. 그 바람에, 주변 사람들은 지금까지 한 번도 그녀가 그만큼

---

89) *역주: 이날에 베를린 분서 사건. 1933년 독일의 정권을 잡은 히틀러의 나치당은 5월 10일 베를린에서 분서 사건을 일으켰다. 독일의 선전장관 괴벨스는 국민들의 획일화와 세뇌를 위해 '비독일인의 영혼을 정화시킨다'는 명목으로 책을 불태우자고 선전했다.

화를 낸 모습을 본 적이 없었다.

-나를 초보 연기자 취급하는 거네!

그녀는 스타다운 목소리로 화를 벌컥 냈다.

무대에 선지 벌써 30년이 지났다.

갈색 셔츠에, 무릎까지 오는 양말을 신은 채, 짧게 머리를 자른 사람들이 도시를 이미 행진해 가면서 유대인 배척한다며 보이콧을 외치고 있었다.

개인용 옷장을 얻기 위한 그녀 애착도, 당시 사회의 질서와 적합에 대해 보자면, 작은 사치였다.

베를린 도로에는 궁핍과 실업으로 가득 차, 수많은 사람은 히틀러 신기루 앞에서 자신이 움츠러드는 것을 어찌할 바를 모른 채 있음은 전혀 놀람이 아니었다. 히틀러가 그해 1월 30일에 수상에 취임했고, 3월 5일 선거가 있고, 유대인들을 배척하는 행동[90]은 1933년 4월 1일 선포되었다.

세 번째 초인종 소리를 듣고서야, 진정하고 난 틸라가 의상실에서 나왔다. 그녀가 독백 역을 공연하던 중간에 감독이 다가와, 갈색 옷을 입은 사람들이 배우 *엘스(Else)*와 그녀를 지목해 찾고 있다고 알려 주었다. 감독은 내일 공연 취소를 결정하고, 그 해당 여배우들은 그 추적의 손아귀에서 벗어나려면 지금 당장 떠날 것을 조언했다.

-프라하로 가세요. 수많은 사람이 지금 그곳으로, 서로의 충돌을 피하러 그곳으로 갔답니다.

---

90) *역주: 독일내 유대인 사업체 불매운동

공연은 10시 45분까지 계속되었다. 틸라는 그 중간 휴식 때, 호텔에서 묶고 있던 루츠에게 여성 분장사를 보냈다. 그 분장사가 루츠에게 메시지가 담긴 종이를 전해주었다.

"당신은 서둘러 가방들을 싸서, 23시 정각 프라하행 기차에 탑승해 있으세요. 나는 극장에서 마지막 악장이 끝나면, 즉시 극장을 나서 그 기차로 가겠어요.

루츠는 그렇게 서두르는 이유를 알지 못했지만, 그 메시지에 따랐다. 그는 자신의 호텔 방에 놔둔 옷들을 가능한 여러 가방에 집어넣고, 기차 역사로 향했다. 그곳에서 그는 섰다. 그 가방들 옆에 좀 혼돈되어 선 채, 그 역사 정면에 걸려 있는 대형시계를 바라보았다. 틸라가 자신의 얼굴에 분장을 지우지도 않은 채로 기차 출발 5분 전에 그 자리에 나타났다.

그 열차 칸의 쿠페에는 익숙한 얼굴들로 넘쳐 있었다: 극장의 지도자, 유명 수필가, 화가, 변호사, 언론인과 작가.

베를린역에서 출발하는 ***드레스덴-프라하*** 열차는 그 도시의 예술 진수를 날아다 주었다.

그 사람들이 떠날 때, 1인당 200마르크를 휴대할 권리가 있었다. 남편은 서툴게 가방들을 쌌다. 틸라는 그중 하나에서 자신의 잠옷 셔츠 끝단이 보이는 것을 보았다. 루츠는 언제나 자신을 돕는 하인을 두고 있었고, 최근까지도 그는 실생활의 첫 기초 일을 배우고 있었다. 가방 운반 수업도 그에게는 새로웠다. 그가 지금 독일에 있는 자신의 전 재산을 가져간다는 것,

그것을 그는 예측할 수 없었다. 그가 피난민으로서 돌아올 수 있을지는 전혀 상상할 수 없을 것이다.

실제로 루츠와 틸라는 이미 여러 번 그 점에 대해서 말해 왔다. 그들이 베를린에서 떠나야 할지도 모른다는 것에 대해서. 그러나 그 주제에 대해 그들은 한 번도 최종 결론을 내지는 못했었다.

어디로?

그녀가 미국으로 갈 것을 제안했다.

그러나 그는 거절했다. 결론은 언제나 거절이었다. 하지만 서둘 필요는 없는 것 같았다. 점점 더 많은 사람이 "*귀부인의 동백나무 밴드*"를 착용할 것임에도 불구하고, 어느 사람은 재치있게 히틀러 추종자들의 팔뚝에 멘, 흰 천에 쓰인 거꾸로 쓴 만(卍)자 상징을 그렇게 불렀다.

틸라는 쿠페에 달린 거울을 통해 공연의 마지막 악장에 출연한 자신의 화장한 얼굴을 보았다. 그녀는 자기 의상실 출입문에 열쇠를 놔두고 왔다. 마치 그녀가 내일 돌아올 듯이. 그녀는 그 극단의 시즌을 마치려면 프라하에서 며칠만 쉬다가 돌아올 예정이었다. 지난해에 이미 극단의 봄철 순회공연이 스위스로 예정되어 있었다. 그 동백 완장 없이도 그 나라에서 편안함을 추구할 수 있을, 아름다운 우연성을 기대하고서.

그 가방들의 내용물과 지갑 형편으로는 그들이 프라하를 주말 방문하는 정도였다.

그 주말용이라고?

그렇게 떠남이, 그녀에게는, 실제로, 베를린을 떠나

20년간 타지에서 머물게 된다.

게슈타포(GESTAPO)[91])가 1941년 틸라 남편을 테살로니키[92])에서 체포했다. 한편 미국행 이주를 위해 터키에 안착하려고 한 그 부부의 무진 노력도 허사가 되어버렸다. 그 남편은 1943년 독일의 유대인 병원에서 죽게 된다. 그녀가 맥주병 속에 담은 파르티잔 서류를 즐라타 저택의 정원 화단에 묻을 작정인 1944년의 어느 날, 그 정원에서 남편 사망 통지서를 받았다.

처음에는, 여느 부자인 피난민들처럼, 그들은 프라하의 고급호텔 *에스플라나데(Esplanade)*에 정착했다. 틸라는 욕조 안으로 물을 받으면서, 커튼이나 수건들을 바라보았다. 그것들을 보니, 금세기 초기의 멋을 느낄 수 있었다.

나중에는, 여느 나쁜 시기에서처럼, 먼저 그녀가 욕조 안에 물을 담으려고 노력했다. 욕조에 물을 채우는 일은 앞으로의 일정을, 생각할 수 있는, 좀 더 깨끗해질 수 있는, 계획을 만들 수 있는, 실수까지도 포함해서 생각해 볼 수 있는 신호이다.

-이제 어디로? 어느 방향으로? 베를린은 이젠 영원히 뺏긴 곳이다. 그녀가 가진 모든 것은 사라져버렸고, 그녀가 그 의상실 자물쇠의 열쇠 구멍에 열쇠를 놔둔 채 공연하던 시절의 삶은 이제 영원히 사라졌다. 그녀의 따뜻한 손가락의 자취가 그열쇠에 남았지만,

---

91) *역주: 게슈타포(1933-1945): 나치 독일의 비밀 국가 경찰이다. 나치가 집권한 1933년 프로이센 주의 내무장관이던 헤르만 괴링이 프로이센 주 경찰의 정치 경찰을 모태로 창설했다. 1945년 해산됨.
92) *역주: 그리스의 제2도시.

기관차는 이미 기적 소리를 내고 있었다.

프라하의 호텔 에스팔라나데의 욕조에서 결정한 것은, 이제 위험이 좀 완화되면, 자신은 베를린으로 돌아갈 계획을 세웠다. 그녀는 베를린 극장의 막바지 공연도 해야 하고, 감옥에서 루츠를 **빼**내려고 애를 쓴, 그 지난번 재앙 뒤에, 그들 집에 남은 작품들을 벽에서 떼어내러 가야 했다.

그녀 남편은 자신의 스위스 친구 집에서 그녀를 기다릴 것이다. 순회공연이 끝난 뒤, 그들은 함께 *아스코나(Ascona)*[93]로 갈 것이다. 그곳에서 베를린에서 가져온, 팔 수 있던 것 모두를 판 대금을 회수할 수 있을지도 모른 채, 팔 것이다.

다행히, *에릭 마리아 레마르크(Erich Maria Remarque)*[94], 그 위대한 작가가, 자신의 영화들이 성황리의 성공을 거둔 뒤, *마조레(Maggiore)* 호수[95]가에 거주하고 있었다. 그에게 틸라는 남편 폴과 함께 생활하던 시절에 사둔 *반 고흐* 작품, 자신의 한때의 초록의 베를린 방에서 가져온 그 작품을 놀랍게도 팔 수 있었다. 그녀는 그의 높은 눈썹을, 레마르크의 우아한 재킷 위의 검은 사각형을 쳐다보면서 그 두 사람은 그 작품 가격에 대해 의논했다. 그는 스위스에 있는 그녀에게 대금을 지급할 것이다. 그는 베를린에서 보낸 그 작품을 성공적으로 손에 넣고 나서 해당

---

93) *역주: 스위스 도시이름
94) *역주: 레마르크(1898-1970) 독일 소설가.
95) *역주: 스위스와의 국경지대에 자리한 이탈리아에서 두 번째로 큰 호수.

액수를 지급할 것이다.

사실, 레마르크에 대해, 틸라는 곧 이해하지 못했다, 그가 독일을 떠났을 때, 그가 처음 떠났기에, 다른 예술가들이 그를 뒤따르는 것을 즉시 이해하지 못했다. 그의 작품 『*서부전선 이상없다*』[96]은 가장 유명한 독일 출판사 대표 *피셔(Fisher)*에게 거절당했다. -거절 이유가 *독일사람들은 전쟁에 관해 더는 뭔가를 읽기를 원하지 않는다*고 피셔가 말했다.

그뒤 그 작품은 1928년 *울스테인 베를라그(Ullstein Verlag)*[97] 사에서 출간했다. *루이스 마일스톤(Lwis Milestone)* 사에서 할리우드 버전으로 영화로 그 작품을 만들어 1929년 베를린에 도착했지만, 독일에서는 상연되지 못했다.

1931년 이후 레마르크는 스위스에서 마조레 호수의 스위스 쪽의 아름다운 이탈리아 까사몬테 타보르(*Casa Monte Tabor*)[98]에 정착했다. 그가 독일에서 나온 뒤 2년 만에, 그 많은 문화 인사가 떼를 지어 피난해야만 했다.

몇 달 동안 레마르크에게 팔게 될 반고흐 작품은 가져오는데 성공 여부가 불분명했다. 그랬다. 그러나 그 계획은 성공했다.

그렇게 미국 영화사 MGM이 『*서부전선 이상없다*』라는 그의 작품을 영화로 제작하던 때의 투자금

---

96) *역주: 레마르크의 1929년에 발간한 작품
97) *역주: 1877년 울스타인이 설립한 출판사로, 독일 최대 출판사 중 하나.
98) *역주: 이탈리아 로마 내 호텔 이름.

100,000달러 중에서 아주 소액이, 스위스에 있는 틸라와 루츠의 새 삶에 도움을 주었다.

독일에서 팔려나간 일부 작품의 대가가 무의미한 책자 속에 끼워진 채 지폐로 도착했다. 베를린에서 발송된 모든 카탈로그에는 뭔가가 들어있었다. 그것이 국경선을 넘어 스위스로의 진입이 성공할 것인가?

수많은 소포가 다행히도 도착했다.

그 호숫가의 작은 집에서 계속 살 수 있다는 것이 얼마나 기쁨인가! 몇 달의 안락함 속에서, 루츠는 집에서 그녀가 공연하며, 이 도시에서 저 도시로 순회공연 뒤의 생활을 위해 돈을 절약해야 함에 유의하면서 순회공연 동안 자신의 숙소에서 기다렸다.

그녀 출연료는 베를린에서 그만큼 높이 올라, 그녀는 이제는 절약이라는 것이 뭘 의미하는지 잊고 있을 정도였다.

지금은, 저녁에, 극장 프로그램을 적어 놓은 종이 뒷면에 그녀 자신의 작은 지출도 기록해야 하고, 다시 봉지의 밑바닥으로 미끄러져 들어갔던 동전을 찾으려고 봉지 내용물도 들춰봐야 하는 정도가 되어버렸다.

다시 그녀는 시중 물가에 관심을 가지기 시작하고 자주 물었다.

-우리가 이걸 사도 될까요?

그녀는 스위스에서의 호텔 생활이 그녀의 극장 시즌의 마지막이 됨을 모르고 있었다.

마침내, 그 초청공연의 그 어려운 시기가 끝났다.

이제는 삶이 편안해질 것이다. 다가오는 시간을 위

한 기초 자금은 그들이 보유하게 되었다. 루츠는 조금 활달했고, 자신의 자본 중에 투자를 좀 해볼 결심도 했다: 유고슬라비아 자동차 공장 주식을 사서 스위스에서 그 이자를 누릴 수 있을지 계산해 보니, 그게 호의적인 것 같았다.

그 부부는 중립국에서 확고한 자리를 찾은 것 같았다.

어느 날 아침, 우편함에서 꺼낸 편지가 간단히 당국에서 틸라 남편인 루드비히 카제넬렌보겐에게 스위스 체류 기간 연장 불가를 통지받았다. 그녀는 정말 여전히 남아 있을 권리가 있었다. 그녀를 사람들이 추적하지는 않을 것이다. 그녀는 유대인이 아니었으니.

그들의 첫 몇 해 동안의 신혼생활에 들어선 시점에, 그녀가 겨우 은행업자인 그이의 지루한 세계에 들어선 시점에, 그 부부는 각각 피난해야 하고 또다시 자기 삶의 먼지를 뒤집어써야 하는 것에 부끄러웠다.

지금, 분명히, 그녀는 그이를 더는 떠날 수 없을 것이다.

그녀는, 그들의 집에서 은행업자로서의 그이의 세계를 받아들인 뒤, 처음 한 부부싸움이 생각났다.

-나는 그 사람들과 사교하느니 그들 옷이나 *빨래방 망이로 두들기러* 가는 편이 낫겠어요.

대꾸하는 대신 그는 어쩔 수 없다는 듯이 두 눈썹을 치켜들기만 했다. 그는 틸라가 그 세계를 그만큼 받아드리기 어려워할지는 몰랐다. 그렇게, 끝내 절충한 거주지 규칙에 따라, 그 안에서 더는 못을 박지 않아도 되었다.

그게 그들의 첫 부부싸움이었다.

크고 위협적으로, 다른 사람의 옷을 씻는다는 것. 그녀는 빨래를 업으로 하는 여성들을 기억하기 위해서 *방망이로 두들기러* 라는 사투리를 사용했다.

그러나 남편과 함께 일하는 동료 사업가들의 예술 취향을 허락하지 않은, 사랑스런 아내의 압박은 그리 오래 이어지지는 않았다.

그이의 사회생활에 그녀가 더는 개입할 겨를이 없었다. 왜냐하면, 폭포수 같은 현실의 힘이 그녀를 물에 잠기게 해버렸기 때문이었다.

남편이 소유한 모든 은행, 맥주 공장, 시멘트와 직물 공장의 파산은 회계 부정을 저질렀다는 고소장과 함께 평행하게 들이닥쳤다.

그이가 체포되었다.

더 큰 수치는 겨우 상상이 될 것이다.

-당신이 집에 오지 못한다는 것이 무슨 소린가요? - 그녀는, 남편이 감옥에 갇혀 있다는 것을 어렵게 설명하자, 물었다.

그이는 변호사가 그녀에게 모든 것을 설명하러 갈 것이라고 되풀이해서 말했다.

그이의 변호사는 그 부인에게 사실을 알릴, 쉬운 임무를 갖고 있지 않았다. 그러나 곧 그녀는 행동을 개시했다.

틸라는 감옥에 있는 남편을 빼내려고 변호사에게 지급할 돈을 마련하려고, 또 그이의 법정 공방 동안에 터져버린 그이 쓸개를 치료하기 위해 닥치는 대로 팔

아치웠다. 그녀가 세련되게 모두 세심하게 선택한 그들의 새 보금자리의 남은 의자를 어느 처분권자가 가져가 버렸다.

저녁에 그녀는 그 집에서 반 고흐 작품과, 이와 관련한 미술품 몇 점을, 식기를, 능직 식탁보를, 손수건을, 그녀가 자신의 첫 혼수품으로 받았던, 흐르들리치카 Hrdlicka 할아버지의 은제 숟가락들을, 처분권자의 손에 가기 전에 빼놓았다.

그녀는 도둑처럼 그것들을 자기 친구들의 집에 밤새 숨겨 놓았다.

아침이면 이미 처분권자들이 출입문에 서 있다.

그녀는 자신의 삶을 사람들이 어떻게 해체하는지를 보고 있었다. 한 가지 일은 싸웠다: 그 처분자가 그녀 손가락에 끼고 있는 반지를, 오스트리아 빈에 거주할 때 받은 그녀 반지를 두고서.

결국, 그녀는 극장으로 다시 왔다.

모든 재앙 뒤에 그녀 목소리는 그녀가 동굴에서 나오는 듯 웅-웅-거리듯 들려 왔다. 그녀는 의상실 거울에서 얼굴을 어렵사리 배역에 맞추었다. 그녀는 *멕베드 부인(Lady Macbeth)* 역[99]을 공연했다. 공연 중간의 휴식 때 의상실 모퉁이에서 자기 손의 오른손 둘째손가락 위에 큼지막한 검정 보석 반지에 눈길을 주었다.

이제 그녀는 그만큼의 삶의 풍파에 부대끼어 더는 청년 여성 배역을 못 할 것만 같았다.

---

[99] *주: Macbeth- 세익스피어(William Shakespeare)의 같은 이름의 비극 작품 <멕베드>의 주인공인 11세기 잔인한 스코틀랜드 왕.

그럼에도 그런 배우로서 맡아 본 여러 배역은 생활의 놀라운 치료제가 된다.

다른 삶으로 들어간다는 것. 다른 사람의 재앙들을 빨아들인다는 것, 저녁에는 그 의상을 벗는다는 것, 재앙을 벗어난다는 것.

그에 비하면 그녀가 가진 문제는 더 작고 통제가능한 것 같았다.

그녀가 소송 관련한 변호사들에게 지급하고, 그이의 쓸개 치료와 신경 치료에 진료비를 의사들에게 지급하고 보니, 남은 것이라곤 그렇게 많던 재산 중 일부였다.

그 부부는, 자신들에게 남아 있던 유일하게 팔리지 않은 재산인, 베를린 교외의 작은 농장에 살고 있었다. 비 오는 날 연극 공연이 끝나면, 늦은 밤에는 그 집에까지 어렵게 도착했다. 그래서 한번은 그들은 공연 뒤 베를린의 어느 호텔에서 여러 밤을 지내야 했다.

그날 밤에, 철도업자들이 베를린역 제1 플랫폼에서 *프라하* 행 기차를 세웠던 밤에, 남편은 호텔에서 아내를 기다리고 있었다. 그렇게 오페라 감독이 무대로 달려와, 갈색 셔츠를 입은 사람들이 그녀를 꼬치꼬치 캐묻고 다닌다는 알려주었을 때, 그 부부는 쉽게 그 열차 출발 시각에 도착할 수 있었다.

그래서 남편은 가방 2개만 들고 나왔고, 자동으로 떠날 준비가 되었다. 함께 운반할 모든 것에 대해 아무 의심이 없었다. 그들이 그 호텔에 그날 밤에 지니고 있었던 모든 것을.

그녀는 당시, 그 기차가 출발하자 무거운 마음을 갖게

된 함께 여행한 사람들의 얼굴을, 그 밤을 기억했다.

그렇게 기차로 이동 중에 드레스덴 역을 앞두고, 자신들의 쿠페로 무장 청년들이 들어와, 그렁대는 목소리로 신문했다.

-종교 중 교파는?

-종교 중 교파라니요?

그녀는 자신을 가톨릭이라고 선언했다. 루츠는 프로테스탄트라고. 두 사람은 정확하게 말했다.

청년들은 그녀를 모르고 있었다.

다른 쿠페에서 그들이 남자 2명을 끌고 가, 기차에서 내리게 했다. 그 두 사람은 떨며 플랫폼에 남고, 한편 그 야간 기차는 다시 동체를 흔들며 *프라하*를 향해 출발했다.

-저 플랫폼에서 남게 된 두 남자에게 무슨 일이 일어났을까? 틸라는 안전한 스위스의 침대에서 몇 달 지낸 어느 날 밤에, 자신의 턱 아래의 잠옷의 실크 리본을 여미면서, 갑자기 그들이 생각났다.

누구나, 그 사람들처럼, 기차에서 언제든지 내려야 될 상황을 맞을 수 있었다. 그런 생각에 그녀는 잠을 못 이루었다.

조용한 삶을 시작하기 위해 피난처를 결정해야 하는 의무감보다 더 피곤하게 만드는 것은 아무것도 없었다. 남편과 함께 어디로 간다? 어디에 평안이 있을까? 그녀는, 그 평안을 제외하고도, 예술 관련 장소를 찾고 싶다는 생각을 할 용기조차 갖지 못했다.

그녀는 예술 없이도 살아가는 삶을, 그녀가 지금부터

살아야 하는, 예술 없이도, 그런 곳을 생각하기 시작
했다.

그녀는 독일어로 말하는 공연 배우이다. 독일어는 지
금 히틀러를 상징한다. 그와 동일시 한다는 것은 그녀
는 받아들일 수 없었다.

자신의 염원 속에는 너무 자주 나타나는 낱말은 안
정이라는 것이다.

파시즘이 그녀를 1933년 스위스로 내쫓기 바로 1년
전에, 여러 나라의 초대 순회공연에서 그녀는 한번은
유고슬라비아 자그레브에서 공연한 적이 있었다. 그녀
에겐 그 도시가 맘에 꼭 들었다. 그녀 취향에는 그 도
시가 좀 너무 무관심한 채 있는, 좀 토속적이고, 좀
가난한 도시로 보였다.

그녀는 이곳에서 법학을 공부하시던, -아마 1870년
쯤이겠지 -할아버지 *흐르들리치카*를 기억했다.

그녀는 구원의 지푸라기라도 잡으려고, 루츠에게 자
그레브를 제안했다. 그녀는 새로 사귄 지인들에게 그
곳이 거주할 수 있는 곳인지? 어디인지를 물었다. 그
지인은 자그레브에서의 주거를 중개해 주기를 제안했
다. 그 축축하면서도 수수한 도시를 두고 스위스의 유
명 배우가 자신의 향후 거주지로 고민하고 있다는 것
에 대해서 아무도 몰랐다. 거주 가능성이 보이자, 그
녀는 더는 오래 고민하지 않았다. 피난처로 그녀는 자
그레브를 선택했다.

그곳 관료주의에 대해 그녀는 아무것도 몰랐다. 건물
몇 개의 정면을 바라보고서, 극장에서 우레와 같은 박

수를 받던 자기 아내에게 남편이 맥주 글라스를 내미는 동안, 종업원의 행동거지를 보면서 그곳 사람들을 판단하지는 말자.

그러나 그들의 작은 자동차는 이미 자그레브를 향해 첫 바퀴를 굴렸다. 슬라브 세계로 가는 도중에 그들은 온두라스공화국에 대해, 자신들이 소유한 여권에 대해 자신과 어떤 연관성이 있는지를 배웠다.

-자그레브에는 온두라스 영사관이 없으리라고 기대합시다. 나는 온두라스 사람들을 만나지 않았으면 해요.

그래서, 그들은 처음으로 자신의 국적이 담긴 여권 국가에 관한 공부를 좀 해 두자.

온두라스를 그들이 배웠고, 울어야 할지 웃어야 할지 몰랐다. 반면에 그 두 사람은 자신들이 지금 소속된 그 새 나라에 대해 더 자세한 것을 기억해야 했다.

112,088 평방 킬로미터의 면적, 지폐는 *램피로 (lempiro)*, 수도는 *테구치갈파(Tegucigalpa)*, 스페인어를 사용하고 테두리가 파랗고 흰 바탕의 별 5개를 가진 국기, 한때 마야 문명이 지배했던 중남미 도시, 카리브해, 니카라과에서 동쪽에 위치하고, 남으로는 엘살바도르, 서쪽에는 과테말라가 있다.

돋보기 아래 그들은 그 여권의 첫 페이지에 있는 국가 휘장을 검토했다. 그 휘장의 어떤 경사면에 소나무가 있는 것을 알려고 했다. 잡지에서 그들은 *티부르시오 안디노(Tiburcio Carias Andino)* 장군[100]에 대해,

---

100) *역주: 티부르시오 안디노Tiburcio Carías Andino(1876-1969). 온두라스의정치가로, 제39대 대통령(임기: 1933년 2월 1일 ~ 1949년

정당과 조합의 불허에 대해, 또 그들이 피난한, 소문에 따르면, 그 정치 상황에 대해 완벽해지기 위한 모든 자세한 것을 읽었다. 그들은 온두라스의 연합 과일 회사의 소유물에 대해 알아둬야 했다.

-온두라스공화국은 라틴아메리카에서 가장 겸손한 문학을 가진 나라라네요, -루츠가 틸라에게 읽어주었다.

-바로 그런 나라가 우리를 구해 주었네요. -틸라는 무슨 이유인지 *비르기니아 돌로레(Virginia Dolore)* 교회 이름을 기억할 수가 없고, 그 뇌는 끈질기게 *테구치갈파* 라는 수도 이름이 잊혀지기를 원하고 있었다.

그들은 기도했다. 그들이 온두라스공화국 사람은 아무도 만나지 않기를, 정말로 그 온두라스공화국이라는 세계에서 온 사람 아무도 만나지 않기를 기원했다.

전시의 여러 해 동안에는 적어도 이 점에 있어 관용적이었다. 온두라스의 아무도 그들은, 자신들이 자그레브에서 온두라스 국민으로 살아가던 몇 년 동안에는, 만나지 않았다.

전쟁이 끝났을 때, 틸라는 정말 온두라스공화국에서는 유대인에게 관용적임을 이해할 것이다; 그 나라는, 볼리비아와 마찬가지로, 전시에 수많은 유대인을 받아주었다... 그런 이민자의 직업이 수공업인 경우에 한해.

2월 1일).

14. 맥주 공장 이후 다섯 개비 담배

자그레브에 온 첫 며칠간, 그녀 남편은 그들의 새 주거지에서 전혀 밖으로 나가보려고 하지 않았다.

그이는 자신이 가져온 가방에서 은행 관련 서류들을 꺼내 놓고, 탁자에 웅크리고 있었다.

맥주 공장에 대해 모든 것을 알고 있던 그는 지금 선언하기를, 엄중한 검약 생활이 필요하다고 했다. 물론 틸라가 이미 예상하였지만, 그 마지막 통보는 공포처럼 다가왔다:

-우린 낮에 5개비 이상의 담배를 피울 권리가 없어, 당신이 다섯, 내가 다섯.

-정말요? 그렇게 되어버렸나요? 그녀가 살짝 웃었다.

그녀의 약한 웃음이 그이의 의기소침한 기분을 전환해 보려 한 시도이지만 실패했다.

틸라는 루츠의 손을 다정하게 잡았다.

그러나 그이는 그녀 손을 물리쳤다. 그이는 하루에 5개비라는 의식이 비참한 상황의 가장 고통이 되는 교훈이고, 스스로 그것을 이겨내야 함을 느꼈다. 또 다른 수치스러움이 얼마나 잔인하게 뒤따를지, 한때 베를린의 기업 엘리트였던 그이는 추측하지 못했다.

-내가 당신과 연을 맺었을 때, 극단 사람들 모두가 나를 당신의 금전 수완에 대해, 또 당신의 맥주, 시멘트, 직물공장들에 대해 부러워했다고요. 우리가 *실러(Schiller)*[101]의 작품을 연습하는 최근에도 나는 그런

부러움 가득한 이야기를 들었어요. 내가 당신으로 인해, 돈에 있어서 마술가인 당신으로 인해, 부러움을 샀다고요, 여보.

 -하지만 가난에 대해선 15살 때부터 알고 있어요. 아버지가 별세하시던 때를, 당신은 알아요? 내가 이야기해줬던가요? 엄마는 아버지가 별세하자, 가난으로 인해 거의 미쳐버릴 정도였다는 걸 당신에게 말한 적이 있나요? 오스트리아 빈의 유명 화학자이셨던 아버지는 실크 제작 공정을 그토록 많이도 실험하시며 연구하셨던 것을 내가 말했나요? 더구나, 정말 아버지가 돌아가시기 얼마 전에, 누군가 아버지 실험실에 몰래 들어 와, 아버지가 해놓으신 연구 결과물을 훔쳐 가는 바람에, 모든 서랍이, 엄마가 나중에 확인해 보니, 텅 비어 있더라고요. 아버지 자료들을 훔쳐 간 사람이나 그 자료의 행방에 대해선 아무 자취가 없었어요. 그래, 아마도, 그 서랍에는 실크 제작공정의 방법들이 놓여 있으리라고 어렵게 상상해 볼 수 있을 겁니다.

 나는 아버지가 어떻게 실크를 생산하려고 했던지 전혀 모르고 있었어요. 목재로 만드는가? 이런 생각만 했지요. 당시에는.

---

101) *역주: 요한 크리스토프 프리드리히 폰 실러(Johann Christoph Friedrich von Schiller:1759- 1805) 독일 고전주의 극작가이자 시인, 철학자, 역사가, 문학이론가. 괴테와 함께 독일 고전주의의 2대 문호로 일컬어진다. 그의 작품들은 인간의 자유와 존엄성을 바탕으로 하여, 1800년대와 1848년 혁명기의 독일인들의 자유를 얻기 위한 투쟁에 많은 영향을 끼쳤다. 그의 작품에는 베토벤의 <제9 교향곡>에서 노래한 <환희의 송가>와 역사극 《돈 카를로스》, 《발렌슈타인》 3부작, 《빌헬름 텔》 등이 있다.

-그래요, 하루에 5개비 담배도 많아요. 어떤 의미에는, 내가 체험해 온 바로도 많아요. 당신은 알아야 해요. 올로무츠 뒤에 내 극단 경력의 첫 몇 달 동안에, 나는 *보로츠와프*에서 말 그대로 배를 곯았어요. 하루에 빵 2개로요. 그 빵을 아주 작고 얇게 조각내어, 그것을 하나하나 오랫동안 씹어야 했다고요. 그것이 나의 낮의 첫 식사이고, 손가락 끝으로 나는 남은 빵부스러기도 집어, 핥아 먹어야 했어요.

당신은 기억할 겁니다. 내가 당신에게 말했으니, 내가 베를린에서 처음으로 극장 감독님 댁을 방문할 기회가 생겼을 때, 온종일 나는 내 몸에 맞는 단추를 단단히 여미는 일에 매달려야 했어요. 그 단추를 꿰매어 블라우스 소매들이 온전히 들여다보이는 것을 없애려고요. *볼프(Wolf)* 감독님 아내는 나중에 나의 친한 여자친구가 되었지만, 그날 저녁에는 그분들 모두가 나를 이상한 사람으로, 겨우 움직일 줄 아는 기계 인간으로 믿었어요. 내가 내 옷 단추들을 너무 단단히 여민 바람에, 주린 배에서 꼬르륵- 소리가 나지 않으려고 얼마나 신경을 썼는지요. 그분들에게, 내가 그날 밤, 그 자리에서, 정말 배가 고팠다고, 또 여러 달 따뜻한 식사 한 끼 한 적이 없고, 식탁에 지금 차려진 그 휘황찬란한 요리가 내 눈앞에서 머리를 빙- 돌게 할 지경이 되었다고 고백할 수 있는 우정의 단계에 도달하기까지에는 몇 년이 더 걸렸어요. 당시 나는 그 음식을 급하게도 게걸스럽게 먹지 않기 위해 정말 참아야 했어요. 겨우 그날 저녁 동안 나는 입맛을 참느라 고생고생하였어요. 정말 나는 그런 초대를 고대하고 있었지만요. 나는 그 접시에 뭔가 따뜻한 걸 먹기를 염원했기 때문이었어요.

그것은 그만큼 그녀의 이전 삶을 말하고 있었다.

-그러니, 걱정 마요! 5개비 담배 -5개비 담배는 두 개의 빵보다 더 많아요. 사치라구요! 아니면? 그 사이 빵의 양도 이제 고정되어 버렸나요?

그는 조용히 그녀를 쳐다보았다.

-물론, 가장 나쁜 일은, 그 처음의 2개의 빵에 비해 지금은 당신의 맥주 공장들, 시멘트 설비들, 내 인상파 화가들의 작품들이 있다는 것이에요. 왜 돈이란 것이 긴 시간 나에게 온전히 붙어 있기를 원하지 않을까요? 나는 언제나 급히 그걸 써야 하니 말이에요.

-당신은 즐라타가 내게 말해 준 이야기, 즉 그런 남슬라브지역에서는 공포의 저주가 있다는 말을 알고 있나요? 그것은 이렇다고 해요: *가져라, 하지만 나중엔 잃게 되리라 Havu kaj poste malhavu.*

-당신은 이해하나요? 만일 당신 삶이 뭔가를 가지고 있었는데, 그걸 당신이 못 가지게 되면, 그때야 당신은 그 없다는 공포를 이해합니다. 만일 당신이 모든 것을 잃어버린 채 있다면, 중요하지 않아요, 당신은 빵 2개에 익숙해지고, 더는 공포가 아닙니다. 여기서, 즐라타의 이야기 속에 그 못 가짐에는 -정말 - 아이와 관련이 있다구요. 아이를 가져요! 나중에 그 아이를 잃을 수도 있지요. 그 아이가 죽을 수도 있겠지요. 그 불행이 뭔지 보게 될 거예요. 왜냐하면, 소유의 행

복을 경험했으니까요.

-우선 맥주 공장을 가집시다. 나중에 이를 잃읍시다.
-그렇게 그는 겨우 말했다. -당신에게 문제는, 빵 2개
의 추억만 모르고 있었다는 거네요. 당신은 늘 갖고
있었지요. 사실, 나도 때로는 가지고 있었지요.
-내가 *에르빈 피스카토어*에게 그만큼 큰 액수를 투자
한 지 겨우 몇 년이 지났어요. 나는 그의 극장이 성공
하리라 믿었고, 내게는 그의 정치적 의사 표현 도구로
극장을 보는 시각에 감동했지요. 내 스스로 그를 찾아
갔어요, 그 공연 뒤에요, 내가 그에게 돈으로 도와줄
수 있는지 직접 물었어요. 얼마라고요? 그는 내가 제
안한 것을 믿기 어려워했어요. 그러나 그땐 그 돈을
줄 수 있었어요. 나는 그걸 가지고 있었어요. 얼마였
지? 500,000. 우리가 호주머니에 그만한 돈이면 오늘
뭘 할 수 있는지 상상해 봐요. 이제 5개비의 담배를
피우는 시절로 다시 돌아왔네요! 하지만 우리는 이 모
든 것을 헤쳐 나아갈 겁니다, 우리는 보게 될 거예요.
 루츠는 그녀를 말없이 바라보았다. 그녀의 *가져라 하
지만 나중엔 잃게되리라* 라는 말이 폭포수처럼 되풀이
되었지만 그녀의 낙관주의는 이미 불타버린 양초를 잡
을 수 있는 것 같았다. 어찌하면 그녀는 다시 일어설
수 있는가?
 그이는 그녀의 좋은 기분에서 자신도 영향을 받도록
놔두었다. 하지만 그것은 감염병이 아니었다. 그것은
그에게 달라붙으려고 하지 않았다. 그녀에게만 그 말
은 효과가 있었다. 그이에게는 자신의 코 위의 주름만

더욱 깊어갔다.

틸라는 그런 낙관주의를 연극에서 표현할 수 있는가? 그녀는 공포스런 장면도 보여줄 수 있는가? 그는 그 문장을 말로 표현하지 않았지만, 틸라는 똑같은 순간에 자신의 손을 뻗어, 좀 세게 자신의 두 발의 발목을 문질렀다. 발목들이 정말 가난해서 시렸다.

-그럼, 우리가 싸워 봅시다! 처음이 아니니!

그녀 목소리는 갑자기 체육 교사의 목소리처럼 들려왔다. 루츠는 그녀를 부러워했지만, 그걸 표현하지는 않았다. -*가져라, 그리고 나중에는 잃게 되리리라!* 공포의 비난. 공포스런 욕설은 나는 듣지 않았어요.

그녀는 *자신이 잃게 되리라* 라는 말을 했을 때, 또 이혼의 칼날이 그 미소 속으로 파고들었을 때, 둘째 남편 폴이 생각났다.

-만일 우리가 베를린에 둔 예술수집품 중에서 뭔가 숨겨 놓은 것을 꺼내 올 수 있을까요? -그녀가 한숨을 내쉬었다.

베를린엔 어떤 식으로든 돌아가, 나중에 그 예술품들을 들고 독일을 빠져나올 수 있을까? 그러나 그 가능성이 거의 없어 보였다.

틸라는 자신의 할아버지 초상화를 쳐다보았다. 호프라트(법원행정관) 흐르들리치카(Hofrat[102] Hrdlicka), 젊어서는 자그레브에서 법학을 전공하고, 오스트리아 *빈*에서 활동한 이후 *제문(Zemun)*[103]에서 은퇴하신

---

102) *주/역주: 황제 법원 협의회(약어 : HR)는 오스트리아와 독일뿐만 아니라 신성 로마 제국에서 공식 또는 명예 직함.

할아버지 초상화를 쳐다보았다. 그녀는 여행하면서 언제나 가죽 상자 속에 작은 목형 예수 십자가상과 이 청년 초상화를 가지고 다녔다. 그 상자 갈색은 이미 세상을 따라 자주 나들이한 덕분에 반들반들했다. 그녀가 어디에 가든, 그곳에서 그녀는 그 가죽 상자를 열어, 예수상과 그 초상화를 꺼내 놓았다. 붉고 푸른 예술적인 돌이 박힌 십자가.

예수상 옆에 그녀는 청년 시절의 할아버지 초상화를 두었다. 그 초상화를 보면, 그 얼굴에서 빈 시절의 법원 행정관의 미소가 나타나리라고는 전혀 생각지 못할 것이다. 그것은 이미 30년 뒤에, 회색 턱수염도 자랐다.

당시 이 청년을 유화로 그린, 그 붓을 잡는 이가 누군지는 알려지지 않았다. 틸라는 자신이 6살 때 그 할아버지 품 안에 앉아 있는 동안에 그 할아버지의 무릎 압박을 기억하고 있다.

-이제 좀 가만히 있어 보거라, 틸라, 저길 봐. 새들이 날아가고 있어! -할아버지가 손녀의 눈길을 검은 천 아래로 사라진 사진사에게 가도록 했다. 그녀는 할아버지 옆의 삼촌의 글라스에 포도주를 따라 주는 숙모의 글라스가 어찌 딸랑거리는지 듣고 있었다. 틸라만 사진사를 향해 보고 있고, 다른 사람들은 자기 일에 바빴다. *카를(Karl)* 삼촌은 포도주 술병에서 포도주가 어찌 흐르는지를 보고 있고, 엄마는 뭔가를 이야기하고, 삼촌은 엄마를 쳐다보고, 자신의 파이프 담배에 불을 붙이려고 성냥을 쥐고 있었다. 틸라는 *부다페*

---

103) *주: 베오그라드 인근 도시.

스트에서 온 삼촌을 좋아했다. 삼촌은 자신의 바지 호주머니에 들어있는 아주 두꺼운 줄이 달린, 때로 몇 시가 되었는지 보려고 회중시계를 꺼내기도 했다. 호주머니에서 나온 회중시계를 삼촌이 열자, 그 시계는 재깍재깍 아름다운 소리를 냈다. 틸라는 그 삼촌 호주머니에서 시계가 또 언제 나올지 보려고 삼촌을 보고 있지만, 시계는 필시 호주머니 안에서 이미 잠자는 것 같았다.

틸라는 그때 자신의 혀가 자주 입안의 젖니에 미끄러져, 그 이빨 아래로 인내심 있게 파고 있었다.

틸라는 젖니 중 첫 이가 하나가, 그날, 허물어졌다. 그래서 이번에는 틸라 혼자 그 이를 빼내려고 했다. 엄마가 그 이를 뽑지 않아도 되도록 했다.

사진사가 검은 천 아래에 있을 때는, 아무도 틸라의 그런 상황을 눈치채지 못하였다. 그녀는 글라스들이 놓인 탁자를 덮은 비단 식탁보의 실을 한 줄 당겼다. 그것은 좋은 행동이 아니었다. 온 식탁보가 틸라의 움직임에 따라 움직이기를 결심한 것 같고, 포도주 글라스도 하나가 그 실을 따라가고 싶었다.

-넌 뭘 하는 거니! -식구들이 그녀에게 크게 소리 질렀고, 포도주가 이미 쏟아져 붉은 바다를 만들어 놓은 그 글라스를 집어 다시 세웠다. 틸라는 스스로 그 이를 빼서, 그 이를 엄마에게 방석 아래 두도록 말할 의도였다. 왜냐하면, 그 이가 밤새 방석 아래 있으면, 다음 날 아침이면 토끼가 이미 새 이를 가져다준다고 했기 때문입니다. 그렇지 않으면, 이가 다시 나서 자

라려면 오래 기다려야 한다고 했다.

그녀는 왜 자신이 그 실을 잡아당기려고 했는지를 말하지 않았다. 그러고는 그것을 자신의 손에서 흘러내리도록 흔들었지만, 그 실은 따뜻한 손바닥에 착 붙어 있었다.

그녀가 제문의 정원에서 만든 그 사진을 보고 있으면, 할아버지가 생각나고, 그 쏟아진 와인 생각이 나고, 삼촌 호주머니 속 회중시계 생각이 났다.

얼마나 많은 사건이 오스트리아-헝가리이던 나라의 *제문*에서 일어났는지 그 회중시계는 알았을까? 그 나라가 나중에 1918년 *유고슬라비아*로 변한 나라의 제문에서, 장소도 바뀜 없이, 얼마나 많은 일이 벌어졌는지를 그 회중시계는 알았을까?

틸라는 자신이 그 날, 4개비째 담배를 피웠다. 다섯째 담배 개비는 탁자 위의 폴의 은제 담뱃갑 속에 놓여 있었다. 그 담뱃갑에 독일 분리주의 학파 중 한 화가가 가장 자주 그린 붓꽃 문양이 들어있었다.

자그레브에 저녁이 왔다.

황혼은 먼저 붓꽃의 칼 모양의 풀잎 가장자리로 들어섰다.

15. 주교의 저택

*유르예브스카(Jurjevska)*거리 27이 주소지인 저택은 웅장한 공원으로 둘러싸여 있었다.

두 팔을 맨살로 드러낸 두 여인이 정원에 서 있었다. 즐라타는 자신의 전문 분야를 아주 좋아하고, 그 분야의 정보를 잘 알고 있는 박물관 지도자 같은 평상심으로, 다른 여성 틸라에게 한 가지 사실을 말해 주었다.

-저 집을 이곳의 유명 건축가 *쿠노 바이드만(Kuno Waidmann)*[104]이 역사주의 스타일로 1881년 설계했다고 해요. 이 스타일로 지은 그분의 가장 유명 건축물은 이 건물 말고도 *인민신문사(Popola Gazeto)* 자

---

104) *역주: 쿠노 바이드만(1845-1921).크로아티아 유명 건축가. 역사주의자 건축가.

리였는데, 지금은 *사전편찬연구소(Leksikografia Instituto)*가 있는 아름다운 건축물이에요. *프랑코판스카(Frankopanska)* 거리와 *데젤리체바(Deželićeva)* 거리가 만나는 십자로에 있어요.

틸라 눈길은 그 저택 발코니의 두툼하게 벼려진 쇠난간을 따라 올라갔다. 그녀는 마당을 배경으로 서 있는 떡갈나무들을 좋아했고, 그 마당은 즐라타의 저택 식구들이 금세기 초에는 볼링 게임을 하며 놀았던 곳이다.

여인들의 긴 옷이 살랑거리고, 줄이 있는 바지를 입은 신사들이 볼링공을 던지기 위해 몸을 멋지게 숙였던 곳이다. 집 하인들이 오후의 정원에 양귀비 빵과 커피를 내어놓았다. 아가씨들은 섬세한 동작으로 땀이 난 이마 앞의 흐트러진 고수 머리카락을 바로 하려고 자신의 섬세한 레이스가 달린 손수건을 누르고 있었다. 신사들은 자신의 호주머니에서 크고 하얀 손수건을 꺼내 자신의 목덜미를 닦았다. 하녀가 은제 설탕 그릇을 내밀었다.

그녀 눈길은, 뒤의 산 쪽으로, 인근 숲에 연결된 정원의 비탈을 따라가 보았다.

-이 집 전체가 원래는 자그레브 세르비아 코뮌의 권력자인 부(副)바누스(부총독) *요반 지브코비치(Jovan Živković)*가 살던 곳이라고 해요.

-이 집이 건축되기 전에, 여기에 이 지역의 유명 시인 *이반 드 트른스키(Ivan de Trnski)*[105]가 자기 포도밭

---

105) *역주: 이반 트른스키(Ivan Trnski(1819 -1910). 크로아티아의 작

을 지키는 집을 한 채 지었다고 해요. 그곳에서 시인은 저녁 구름을 바라봤겠지요.

틸라는, 의도와는 달리, 즐라타의 문장에서 뭔가 슬라브식 이름이 나타났을 때 언제나 눈을 한 번 껌벅였다. 즐라타는 그 이름들을, 자신의 치열 곁에서 혀를 멈춤 없이, 들숨 날숨처럼 정말 자연스럽게 표현했다. 틸라는 베오그라드 인근 *제문* 출신인 자기 할아버지 *흐르들리치카*의 언어를 전혀 말할 수 없다. 빈에 살던 그녀 가족은 체코 출신의 하녀들을 통해서만 슬라브말을 들을 수 있었다. 그녀 엄마는 빈의 독일어를 제외하고는 다른 어떤 언어도 배우지 말아야 한다는 생각으로 그 딸을 지키고 있었다. *후겐트(Hugent)* 가문인 아버지의 프랑스말조차도 겨우 조금만 배우게 되었다. 그녀에겐 모든 슬라브 낱말 중에서 가장 귀한 것은 *드라기치카(dragîčka)!* 라고 이름이 불리는 어떤 마술 낱말이었다. 그 말 뒤에는 좋은 소식들이 정기적으로 왔다. 그 낱말을 알리는 것만으로 충분했다.

-*드라기치카*라고 말해 봐요!

-드라기치카!

-*드라기치카* 라고 한번 더 말해 봐요!

-드라기치카!

-저기요, 길게 말하지 않으렵니다. 1894년 이 집을 구입하고, 구조 변경해 건축한 분은 *요시프 유라이 스트로스마예르(Josip Juraj Strossmajer)*[106]라는 주교님

가, 번역가, 퍼즐 디자이너였다.위대한 시인이자 애국자로서 동시대인들로부터 추앙을 받은 시인.

이셨어요.

즐라타는 이제 걸음을 멈춰, 그 말을 하고는 틸라를 쳐다보았다. 그녀가 낱말 하나하나가 저 앞산에 부딪힌 것처럼 소리 나는 슬라브어의 복잡성에 틸라가 지겨워할까 걱정하면서.

그런데, 그 이름을 듣고도 틸라는 많은 설명이 더 필요하지 않았다. 그 이름은 슬라브어도 아니고, 그녀에게 멀리 있는 언어도 아니었다.

-*스트로스마예르* 주교님, 제 친척이라고 했어요! -그녀가 소리쳤다.

-그래요? -즐라타의 의문문에서의 '요-'라는 말이 좀 길어졌다. -제 친척인데요.

두 여인은 서로를 궁금해하며 쳐다보았다.

-그건 우리가 친척이라는 말이네요! -틸라는 참을 수 없을 정도로 웃음을 내보였다.

그녀는 아주 우연히 이곳 자그레브 극장에 관객으로 왔던 즐라타를 알게 되고, 이를 계기로 그녀를 자신의 여자친구를 만들었다.

그들이 서로 친척인 사실이 이제 밝혀졌다.

-당신은 그분과 어떤 관련이 있나요?

-제가 그분의 종손녀이에요. 우리는 그분을 *그로스온켈(Grossonkel)*이라고 부릅니다. *종조부Grandonklo* 님이세요. 할아버지의 형제분! 그분 누이인 *막달레나*

---

106) *역주: 요시프 유라이 스트로스마예르(1815-1905). 크로아티아 정치인, 로마가톨릭 주교. 후원자. 그에 대한 초상화는 'http://www.arhiva.croatia.ch/tjedan/141128.php'에서 볼 수 있다.

(Magdalena)가 제 할머니에요. *막달레나 푸피치-스트로스마예르(Magdalena Pupić-Strossmayer)가* 우누키치(Unukić) 남작에게 시집갔지요. 그러고 당신은요?

-난 그리 간단하게 대답할 수 없어요. 자세한 것은 좀 부족해요. 제 조부모가 이 주교님과 친교가 있었어요. 제 할머니 *아나(Ana)는,* 할아버지 *흐르들리치카의* 아내가 되구요. 저는 진실이 뭔지 모르겠어요 …나는 입증할 아무것도 갖고 있지 않아요. 안개 속의 정보만 갖고 있어요.

즐라타는 틸라가 당황해하는 것을 놓치지 않았다.

-소문이 여럿 있었지요. 주교님은 여성의 아름다움에 대해 보는 눈이 있었다고 해요, 우리 지역에 그분의 제자들이 살고 있습니다. -그렇게 즐라타는 그쪽 주제로 안내했다.

-그래서, 한번은, 내가 듣기로는, 엄마에겐 진짜 아주 존경하는 아버지가 계셨다고 해요, 제 할아버지 *흐르들리치카* 말고요. 그분이 바로 그 존경하는 주교님이세요! 당신은 이 비밀이 7개의 베일로 가려져 있음을 이해할 겁니다. 가톨릭 아이들 앞에서 사람들은 어떤 주교님이 사랑을 즐겼다느니 하는 이야기는 하지 않습니다. 제 엄마는 끈질기게 그와 관련해 말하는 것을 거부했고, 그 주교님께 누가 되는 일이라고 하시면서요. 그 생각 자체가 불경스럽다고 하였고요. 그분 일이 우리 가정에 다소 죄를 짓게 된다고 하시면서요.

즐라타는 웃음을 참을 수 없었다.

-나는 그 이야기를 잘 알아요. 나는 그분, 종조부님에 대해 자랑스러워합니다. 수많은 사람이 그분이, 그 유명한 주교님이, 1870년 자신의 활기찬 설교에서 *제1차 바티칸회의(La Unua Vatikana koncilo)* 때, 에큐메니즘[107])을 옹호하는 발언을 하셨어요. 많은 사람이 그분은 열정적으로 예술품을 좋아하셨다는 사실을 알고 있습니다. 충분히 널리 소문이 난 것은, 그가 좋은 예술품에 저항하지 못했듯이, 여인의 매력에도 저항할 수 없었다고 하셨다고 해요. 여인들이 그분에겐 짐짓 온전한 미학적 취향이라는 충동 그 이상의 것에 움직였습니다. 바람처럼 떠도는 소문 중에는 그분이 어느 귀족 가문의 아이 아버지가 되어 주셨다고 해요. 그분은 위대한 예술 후원자였고요. 하지만 그분은 예술품만 좋아한 것이 아니라, 가구도, 특히 하얀 색깔의 가구를 자신의 살롱에 배치하는 것을, 마당에도 하얀 닭들을, 또 어여쁜 얼굴의 금발 여인들을 좋아했어요. 그게 당시 소문으로 그분 취향을 알 수 있답니다. 또 그분이 하얀 가구와 하얀 닭을 좋았음은 저도 개인적으로 기억하고 있답니다.

-그 금발에 관련해, 제 할머니 아나도 금발 머리였어요.

-나는 몇 번 가족이 하는 말을 들은 적이 있어요. 그 내용은 주교님이 어떤 유쾌한 모임에 손님으로 오셨는데 좀 취하게 되자, 그분 친구들이 그분에게 어떤 장난을 하셨다고 해요. 그분이 탁자에서 술에 취해 그만

---

107) *역주: 범세계적인 그리스도교의 일치와 협력을 지향하는 운동이나 경향.

잠이 들자, 그 친구들이 좀 과한 놀이를 생각해내, 그
분을 어느 후작 부인의 침실로 들어 옮겨 그분을 그
곳의 침대에 눕혔대요. 그분이 아침에 일어나시면, 깨
어날 때 놀라게 하려고요.

-그런데 당신은 어떻게 그분이 당신 할아버지라는 생
각을 하게 되었나요?

-흐르들리츠카 할아버지 고향에서 온 어느 귀하신 분
이 자신의 부인과 함께 오스트리아 빈/에 가족이 살
때, 저희를 한 번 찾아왔어요. 당시 엄마는 이미 남편
과 사별하고 과부가 되었어요. 그 귀하신 분은 어느
고위 세관 공무원이었는데, 그분 아내가 빈의 어느 의
사 선생님께 진료를 받으러 왔답니다. 그 부부가 저희
엄마를 방문했답니다. 대화에서는 여러 번 그분들이
유명 생수를 마시던 어느 휴양 온천을 언급했어요. 위
장병에 도움이 되고, 근육 경련을 완화해주는 마그네
슘이 풍부한 그 온천수 자랑을 많이 하시더라구요. 그
부인은 온천수 이야기를 자세히 말하기를 좋아했고,
그 물의 기적을 열렬히 늘어놓았습니다. 그런 대화 중
에, 우리 집 출입문에 누군가 초인종을 눌렀고, 우리
집 하녀가 재깍 출입문을 열지 않았지요. 엄마가 못
열어줄 일이 없다며, 무슨 일이 있는지 보려고, 그 방
을 잠시 나간 사이였어요.

-그리 자세히 말하지 않아도 되어요. 그 부인이 바로
주교님의 딸이요. 그 부인은 그 온천수를 잘 알고 있
었으니까요.

-그 부부 중 남편이 동행한 아내에게 조용히 말했어

요. 저는 옆방에 있었어요, 그분들의 등 뒤의 방문에서요. 나는 우리집 하녀가 바깥의 초인종 소리에도 왜 반응이 없는지 궁금해 나가보고 싶었어요. 그런데, 내 의지와는 달리, 그분들이 내 등 뒤에서 하는 이야기를 듣고 말았어요. 이런 말을 하시더군요.

"그녀가 벽에 할아버지 *흐르들리츠카* 초상화를 걸어 둔 것은 정말 탁월한 선택이네요. 저분이 이 가족에게 아이를 준 게 아니지만, 그 아이 이름을 정말 지어주었거든요."

그 신사는 조용해졌고, 살롱으로 내 엄마가 돌아오기만 점잖게 기다리고 있었어요. 나는 발가락끝으로 그 방 안으로 물러나, 그 문을 열어 둔 채 두었지요. 그러나, 더는 그 내용을 들을 수 없었습니다.

그분들이 장갑을 집어 들고, 작별인사를 하고 가신 직후, 나는 엄마에게 물을 준비를 하였어요.

엄마가 집안으로 돌아와, 그 지겹게 하는 사람들은 이제는 더는 괴롭히지 않게 되었다며, 만족해서는 하녀를 부르려고 탁자의 초인종을 눌렀습니다. 손님들이 가고 난 뒤라 과자 접시들이 아직 탁자에 놓여 있었고요. 나는 이미 물어보려고 서둘렀습니다:
-엄마, 저 손님 부부는 왜 엄마를 주교님 딸이라고 말하셨어요?

그 말을 듣고서 엄마는 황급히 제 뺨을 그만큼 세게 때렸어요. 나는 뒤로 물러설 기회도 없을 정도였습니다. 엄마 손톱이 내 살갗을 터지게 해놓았어요. 나는 아파서 고함을 질렀어요.

-넌 그 소문을 절대 발설하면 안 된다.

-말 안 할게요, 그분들이 한 말을요.

나는 열이 난 내 볼 위로 내 손을 만졌다.

-넌 뭔가 잘못 알고 있는 거야, 우리 가문은 주교를 친구로 둔 것은 진실이야. *스트로스마예르* 주교님은 네 조부의 친구분이셔. 그녀는 위엄스럽게 말하고는, 우리 가문에 떠도는 스캔들을 허락하지 않았지요.

그리고 그 주교님은 우리 가문에 아무런 비밀을 만든 것이 없음을 강조하기 위해, 엄마는 이 말을 덧붙이더군요.

-그런데 그분은 *자코보(Djakovo)*[108]에서 *제문*에 사는 우리 집으로 말 2필로 끄는, 잘생긴, 하얀색 *리피차(Lipica)-말*[109]이 끄는 마차로 오셨는데, 그분은 손수 마차를 몰고 오시는 걸 좋아하셨지.

그때 엄마는 내 얼굴에 난 상처에 약간의 브랜디를 바르라고 내게 시켰지요. 나는 끈질기게 이런 처방을 하지 않으려고 했지요. 상처에 술을 바르는 처방이 당시 *흐르들리츠카* 할아버지 시대에는 가정에서의 민간처방이었지요. 그게 엄마와 관련된 그 주교님에 대한 마지막 대화이구나 하고 느꼈고, 제가 뭔가를 여전히 듣기를 원했지만, 저는 엄마가 언젠가 주교님을 그 뒤로 본 적이 있는지 물을 용기가 나지 않았지요. 그 주

---

108) *역주: 자코보(Đakovo). 크로아티아 오시예크바라냐 주의 도시. 크로아티아의 주요 도로가 지나가며 사라예보와 부다페스트를 연결하는 철도가 지나감.

109) *주: 리피차(리피잔)Lipica - 비엔나에 있는 합스부르크 왕가를 위해 말을 훈련시키던 곳으로, 슬로베니아의 한 지역이름.

교님에 대해 엄마는 더는 언급하지 않았어요.

-저기로 한 번 가, 뭘 좀 봅시다.

즐라타는 자신의 집 복도에서 멈춰 서서 열쇠꾸러미가 걸려 있는 멋진 금속 열쇠 걸이 앞에 멈추었다. 그녀는 오랫동안 이것저것 고르더니, 마침내 어느 굽은 것을 골라냈다.

그들은 위층으로 올라갔다. 틸라가 이 저택에서 아직 한 번도 방문하지 못한 곳이었다. 즐라타는 그 출입문 자물쇠를 열었다.

-이곳이 우리 가정의 *스트로스마예르* 살롱입니다. 1905년 자코브에서 주교님이 별세하신 뒤, 우리가 물려받은 것입니다.

사방 벽에는 초상화들이 가득 차 있었다.

비엔나 화가 프란즈 *스트로츠베르그(Franz Schrotzberg)*[110]가 1850년, 당시의 젊은 주교를 그렸다. 하얀 옷 칼라의 사제복장으로, 주교의 큰 두 눈이 틸라를 위에서 아래로 내려다보고 있었다. 그 입술은 꽉 다물고 있었다.

-그분이 여기서는 젊네요.

-저 작품을 그린 년도가 그분에게는 중요했습니다! 그분이 *보스니아-시르미아(Bonsnio-Sirmio)* 교구 주교로 임명되셨거든요. 그 임명식을 크로아티아 총독 *요시프 옐라치치(Josip Jelačić)*[111]가 주재했고, 황동색

---

110) *역주: 프란즈 스트로스베르그(1811-1889) 오스트리아 화가
111) *역주: Count Josip Jelačić von Bužim (1801 - 1859. 다르게는 Jellachich, Jellačić 또는 Hungarian: Jellasics; 크로아티어: Josip grof Jelačić Bužimski) 는 1848년부터 1859년 사이에 크로아티아

말 옆에 선 그분은 자그레브 시민들이 언제나 만나는 인물이에요. 당시 종교(신에의 존경)교육부 장관이었던 *백작 레오 툰(Leo Thun)*[112]이 그분의 임명을 지지했다.

-나는 즐라타, 당신이 말하는 바를 듣기를 좋아합니다! 총독, 종교(신에의 존경)라는 말도...

-당시 총독은 크로아티아의 서열 2위인 부왕(副王)이 됩니다. -즐라타가 이해하기 쉽게 말했다.

즐라타가 '*그로스온켈*'(*종조부*)이라고 평생 불러 왔던 그 주교의 삶을 이야기할 때, 그녀의 입가에 고운 이가 보였다.

-저 미술품들은, 어느 날, 어느 수도사가 가져다 주었어요. 그분은 *스트로스마예르* 주교님이 주고받은 편지들이 들어있던 두툼한 가방 2개도 들고 왔어요. 영업용 마차로 그걸 가져다주었어요.

-저 유화를 보세요. 1850년 9월 26일, 그 미래의 주교님이 고향인 *오시에크(Osijek)*로 오셨는데, 그때는 주교로 임명되시기 며칠 전이었다네요. 그때 *프라뇨 드레시(Franjo Dresy)*[113]가 그렸어요.

-하지만 1892년에 그린, 그분의 가장 아름다운 초상화는 *블라호 부코바츠(Vlaho Bukovac)*[114]가 만들었습니다. *두브로브니크(Dubrovnik)*에 살던 그 위대한

의 총독이자 정치가, 유명한 육군 장군. 1848년 혁명과 농노폐지를 주도한 인물.

112) *역주: Leopold Graf von Thun und Hohenstein (1811 - 1888).오스트리아 정치가.

113) *역주: 크로아티아 화가.

114) *역주: Vlaho Bukovac (1855 -1922). 크로아티아 화가.

화가가, 한 번은, 자신의 아내와 함께 *자코브*에 계시는 그 주교의 관저에 초대받아 일주일간 머물렀답니다. 그때 그 주교님이 포즈를 취하는 모델을 하셨다고 해요.

-즐라타, 당신은 그분을 기억하고 있나요?

-그렇습니다. 그분은 저희에게도 자주 오셨어요. 제 기억에는 제 머리에도 그분이 손을 얹어 주셔서, 그분 손바닥을 기억하고 있습니다. 그분은 어린애들을 축복하며 쓰다듬어 주셨어요. 그분은 먹성도 좋고, 와인도 즐겼고요, 그분, *그로스온켈*이 오셨다고 집안에 알려지면, 하녀들이 서둘러 뛰어다니기 바빴어요. 서둘러 집에 있는 은제 식기들을 반짝이게 하고, 수프를 만들기 위해 아스파라거스를 구해놓기 위해서 바삐 움직였고, 하얀 거품 크림을 만들기에도 바빴어요. 들어 보세요, 그분을 위한 아스파라거스 수프가 흰색인 것을요, 흰색을 좋아하는 그분 취향이 맞기도 하지요.

-제 할머니는 모든 대답을 죽음으로 봉인했어요. 그녀는 그분과 관련된 어떤 것에 대해서도 말하는 것을 허락하지 않았어요.

-하지만 만일 그분을 지금 뵙는다면, 수십 년이 지난 지금, 공원에 자신의 주교 법복 차림으로 앉아 계시는 조각상 모습에서 옆쪽 머리카락들이 좀 더 흐트러지고, 머리 중앙은 좀 더 벗겨진 채로 있을 겁니다.

-아마 그분은 어릴 때의 우리를 더 자주 다정하게 안아주셨겠지요.

 -그리고 당시 엄정한 풍속의 시대에는 할머니들이

한 번도 그분에 대해 속삭이는 법이 없었을 겁니다. 열병 속에서도, 죽음의 침대에서도.

　-연애라든지 아이 출산은 우리 가문에서는 언제나 금기시되어 있었어요. 저는 기억하고 있어요, 한번은, 베를린 공연에서 어느 미친 관객 하나가 *게르하르트 하웁트만(Georg Hauptmann)* 115)의 공연 때 산모의 어려운 출산 때 쓰는 의료용 수술 도구를 들고 온 겁니다. 그게 그 관객 자신을 괴롭힌다면서요. 공연에 참여한 어떤 여배우가 그 극 중 내용처럼 무대 뒤서 아이를 출산했다고 하면서요.

　-물론, 저를 이 세상으로 데려다준 것은 황새라던데요.

　-저는 좀 놀랐어요, 제가 겨울에 어떻게 태어났는지, 그땐 황새들이 대개 이집트로 날아가는 시기라. 하지만 아마 겨울의 아이를 날아 주기 위해 그곳을 지키며 남아 있던 황새도 있었겠지요.

　-자신의 그런 생각을 말로 표현할 수 없던 질문들이 그만큼 많지요.

　-보세요, 이것은 그분 엄마 초상화인데요. 이 작품을 아들인 *스트로스마예르*가 정말 좋아하셨어요. 저 어머니를 그린 분은 오스트리아 *빈*의 *게오르그 발트밀러(Georg Waldmueller)*116)이셨어요. 어머니 이름이 '아나(Ana)'라고 해요, 한 개의 'n'으로 된 아나. 그분의

---

115)　*역주: 게르하르트 요한 로베르트 하웁트만(Gerhart Johann Robert Hauptmann, 1862 -1946). 독일 희곡 작가. 1912년 노벨 문학상 수상자. 독일 자연주의 연극의 형성과 발전에 기여했다.

116)　*역주: Ferdinand Georg Waldmüller (1793-1865). 오스트리아 화가이자 작가.

가족 명은 *에르델야치(Erdeljac)*입니다.

-모두는 주교님이 *비더마이어(Biedermeier)* 양식의 어머니 초상화[117]를 아주 좋아하셨음을 알고 있어요.

틸라는 햇살이 들어오는 어느 모퉁이에서 그 초상화를 한 번 자세히 보려고 가까이 다가갔다.

-당신이나 나나 저분과 좀 닮은 구석이 있긴 하네요.

즐라타의 고양이가 그사이 틸라 몸에 기어올라, 그 초상화를 함께 바라보았다. 틸라는 자신의 목덜미에서 그 고양이를 만져 주었다. 그녀는 그 고양이가 야옹하며 기분 좋은 소리를 내는 술책을 알고 있었다.

-제가 베를린에서 진짜 많은 동물을 키웠어요. 저는 그 녀석들을 아주 좋아했어요. 개, 고양이, 앵무새도요. 오, 나를 당황하게 만드는 말만 졸졸 따라 하던 녀석도 있었네요. 당시 남편 폴은 조각가 아우구스트 골의 아주 좋은 친구였는데, 그이는 동물과 노는 걸 아주 좋아해, 그만큼 많은 동물을 키웠어요. 그게 육지 것이든 바다 것이든, 움직이는 것이든 뭐든 좋아했어요. 나는 움직이는 녀석들을 바라보는 것을 좋아했어요. *조각가 아우구스트 골은* 동물 그림을 정말 잘 그렸어요. 즐라타, 당신 방에 둔 나의 수집품에는 동물형상도 일부 있어요.

틸라는 고양이를 한 번 쓰다듬어 주고는, 자신의 생각은 저 멀리 날아갔다.

즐라타의 생각은 *스트로스마예르*에서 떠나지 않았다.

---

117) *주: Biedermeier -19세기 중엽의 중유럽의 예술 양식. 비더마이어 양식의《19세기의 간소한 가구 양식》

-여기에는 *스트로스마예르* 전체 컬렉션 중 이 고양이 상이 한 마리가 있습니다. 그것은 이집트의 18세기 왕조의 고양이인데, 나중에 제가 알게 되었지만요. 사실은 제가 그 점을 제가 이 방에 처음 드나들 시절부터 알게 되었어요. 아마 *그로스온겔*이 저희에게, 저희가 어렸을 시절에, 가져다 놨어요. 사람들은 자주 우리에 설명하길, 이집트인들이 고양이를 아주 좋아했다고 해요. 저는 어린 시절에는 이해하기를, 이집트사람들은 고양이를 위안을 주는 동물로 여겼어요. 그들은 신의 영물로 생각했다고 이해했어요.

  황동 고양이가 그 말을 듣자, 좀 더 강하게 귀를 쫑긋 세우는 것 같았다. 그 고양이의 두 눈은 여자 손님의 품 안에서 기쁘게 야-옹 소리를 내는, 살아 숨 쉬는 고양이를 향해 있었다. 그것은, 당시 영물로 알아주던 자신의 고국에 대해 더 알고 싶은 것만 같았다. 그러나 지금, 수십 년 동안 그 고양이는 이 주교의 3점의 초상화와 함께 그분 방에서 단조로운 이 도시에 여전히 살고 있다.

-어떻게 저 이집트 고양이가 이곳으로 오게 되었나요? -틸라가 궁금해서 물었다.

-제게는 아무 정보가 없어요. 우리 집에서는 제가 태어날 때부터 저 고양이상을 보아 왔으니까요. 저는 주교님의 그 마지막 소장품만, 그분의 사제복만 수집을 위해 개인적으로 받아 놨어요. 그리고 서신 자료를요. 모든 다른 것은 내가 태어난 집에 놔뒀어요.

-내 엄마가 좋아하시던 그분을 한 번 볼까요.

즐라타는 장롱에서 회색 앨범을 하나 꺼냈다. 묵직한 서체로 쓰인 표지에, 첫 페이지에 그분 이름이 씌어 있었다. *주교 중의 주교.*
-우리 엄마는 그분에 관한 것이면 보이는 문서마다 찢어 없애버렸어요.
앨범의 상태는 천지창조 이전의 무질서 그 자체였다.

틸라가 읽어나갔다.

축복을 온전히 받은 크로아티아인이자 역사적 비전의 힘으로 동시대들을 매료시킨 세계적 지성, 20세기를 향한 관측소를 세워 19세기 내내 위대한 발걸음을 내디딘 인물. 그분은 가장 위대한 민족 계몽기관들의 설립자이자 건설자이자 아낌없이 내주신 보호자이셨습니다.

틸라의 눈길을 급히 미끄러졌다.

1815년 2월 4일에, 문맹자이자 말(馬)상인 이반 스트로스마예르(Ivan Strossmmayer)의 부인.

그곳에는 문장의 끝이 없었다.

이반(Ivan)은 린즈(Linz)출신이자 사병으로, 오시에크에서 결혼한 폴 스트로스마예르의 아들이다. 그의 가문은 수많은 가지로 번성했고 곧 크로아티아인이 되었다.

엄마 *알베르티(Albertina)*는 자신의 날카로운 서체로
어느 페이지에 정치인 *마르코 미그해티Marco
Mighetti*[118]를 언급해 놓았다.

*내가 아는 사람 중에 우리와 다른 종족에 속한다는
그런 인상을 받은 두 사람이 있다. 그 두 분은 비스마
르크(Bismarkck)*[119]*와 스트로스마예르이다.*

앨범 가운데에 즐라타는 그분 일생을 정리하려고 결
심하고는, 항목별로 −정치, 문화, 가톨릭 성당 관련
일, 사회 관련 −구분해 놓았다.

*학술원과 대학교의 설립자, 자코브에서의 대성당의
건축자, 문학 후원자이자 −크로아티아 전 지식노동계
의 지도자. 그분이 좋아했던 국민가요 2곡, 또 함께
붙여진 3개의 이솝 우화.*

그분은 자주 유럽과 미국 잡지의 표지에 실렸다.

그 문장이 전체 페이지에 붙여져 있었다. 어디서 그
녀는 그것을 오려 왔는가?

---

118) *역주: Marco Minghetti(1818 − 1886).이탈리아 경제학자이자,
제5대 수상.
119) *역주: 오토 폰 비스마르크 후작(Otto Eduard Leopold Fürst
von Bismarck-Schönhausen, 1815- 1898)는 독일을 통일하여 독
일 제국을 건설한 프로이센의 외교관이자 정치인.

부다페스트에서의 첫 박사 학위, 빈에서의 둘째 박사 학위. 그는 가장 좋은 학점으로 모든 시험에 합격하셨다. 그분은 부다페스트 대학교에서 교의학 강좌를 넘겨받아야 했고, 나중에는 빈에서 그분 지도교수 페이거럴(Feigerle)[120]이 초청해, 가톨릭 예배당 전속 신부가 되었다.

머리도 꼬리도 없는 항목이 있다.

그분을 휘어잡은 것은 수도원의 오스트리아-슬라브주의에 대한 환상이었다. 독일에서 압박받은 서구라파의 슬라브 사람들과, 짜르 러시아에서 압박받은 동구라파 슬라브인들은 슬라브인들이 자신들의 결정적 말을 가질 수 있도록 평등한 민족들의 연방으로 오스트리아를 변화시켜야 한다.
-잘못 쓰인 것도 보세요!
알베르티나Albertina가 스트로스마예르는 아버지 *patro* 라고 썼다가, 급히 그 아버지라는 낱말을 신부 *pastro* 로 고쳤다.
스트로스마예르는 크로아티아 좌익에 속하지 않는 신부였지만, 자신의 신념을 그는 전 생애에 걸쳐 지키려고 했다.

틸라는 종이 위에 수십 년을 통해 화석화된 그 실

---

120) *역주: 이그나즈 페이거럴Ignaz Feigerle (1795 -1863). 가톨릭 신학자였으며 산크트 포텐 교구의 주교.

수에 웃었다.

남슬라브 민족의 가장 위대한 과업은 사회화하는 것,
조화를 유지하는 것, 그리고 하나가 되는 것이다.
제1차 바티칸 공의회(Vatikana Koncilo)[121]가 있기
이전의 100년을 스트로스마예르는 관용을 위한 전사
였다.
수천 건의 장학금을 나눠 주신, 희귀한 사회적 매력의
소유자이자, 대공의 매너를 갖추신 분이다. 라틴어, 독
일어 또 프랑스어에서도 풍부한 언어와 말투가 빠르신
분이셨다.
오시에크에서의 프란시스카 김나지움, 자코보에서의
세미나, 신학을 연구하러 부다페스트로 18년의 세월.
유럽에서의 국민적 깨어남, 4년 뒤 철학 박사 학위를
갖고 페스트로 귀향. 페트로바라딘(Petrovaradin)에서
전속 신부(사제) 서품. 동의된 빈에서의 연구를 계속하
려는 그분의 요청, 성 아우구스티네스 수도회. 신학
박사 학위 취득. 빈에서 자코보로 귀환. 축제와 시장
방문. 빈의 왕정 전속신부.
빈은 당시 체코, 슬로바키아, 세르비아, 슬로베니아,
크로아티아의 지도적 대표자들의 회담 장소였다. 그는
팔라츠키(Palacky), 리게르(Rieger), 샤파릭
(Shafarik), 카라드지(Karadĵi)'와 접촉했다. 여행을

---

121) *역주: 바티칸에서 두 차례에 걸쳐 열린 가톨릭교회의 공의회.
    1869년의 제1차 공의회는 교황의 무오류설(無誤謬說)과 수위권(首位
    權)을 확립하였다.

좋아함. 빈, 부다페스트, 로마, 카를로비 바리(*Karlovy Vary*).

나는 1층의 두 개의 방을 임대하기를 요청함. 하나는 내 봉사원을 위한 방, 하나는 내가 쓸 방.

그 층에 해당하는 낱말을, 그분은 *바닥*이라는 낱말을 썼다. 그 문장에서 읽을 수 있었다.

프랑스 카톨릭 신문(*L'Univers*)는 그를 성당에 써야 할 돈을 비종교적 목적으로 썼다고 고발했으나, 그는 국민의 것을 국민에게 되돌려 준 것 뿐이라고 반박했다.

세르비아의 그리스정교 신부들과 친구가 됨.

남슬라브인의 화해를 위한 중심인물.

동방과 서방을 연결하려는 노력 때문에 의심을 받음.

사회적으로는 보수주의, 인상파 화가들이 세상을 이미 지배했을 때에도 예술에서는 옛것을 고집한 사람.

틸라는 그 마지막 문장을 보고 웃고는 그 앨범을 즐라타에게 돌려주었다. 마른 4개의 잎 클로버가 그녀 품속에 남아 있었다. 이게 어느 페이지에서 있었지?

-즐라타, 당신은 그분을 한 번도 찾아가 뵙지는 않았나요?

-아, 저희는 방문했지요. 그분 정원에 정말 수많은 동물이 있더라고요! 마굿간에는 하얀 리피차-말이 여러 필이 있었지요. 제게 인상으로 남은 것은, 담비들이 장작 속에 있다가도, 똥을 쌀 때는 그분 이름의 첫 글자인 'S' 모양으로 싼다는 그 봉사원 이야기였어요.

내 엄마가 들었던 어떤 스캔들도 있었어요. 내가 정원의 어느 악동 같은 봉사원이 한 말을 듣고, 자그레브로 돌아와, 그 말을 엄마에게 되풀이하던 때의 스캔들이긴 하네요.

그분은 저희를 너무 좋아해, 저희와 놀아주시고, 그분이 예술품을 사러 베네치아를 다녀온 여행 이야기도 해 주셨는데, 비가 억수같이 왔다고 했고, 천둥 번개도 치고 했대요. 그때 그분 봉사원이 자기 어깨에 그분을 목마 태우듯이 태워, 물이 넘실대는 도로를 통과해, 호텔까지 옮겨다 주었다는 이야기도 해주셨어요.

-그게 당신은 상상이 되어요? 주교님의 검은 사제복이 봉사원 어깨 주변에 걸쳐있고, 두 다리는 가슴 앞에 매달려 있었다는 것이. 그리고 그분 저 위로 천둥 번개가 치고.

-저희는 그런 장면을 좋아했어요. 하지만 그분이 주시는 크리스마스 선물도 좋았어요. *알베르트(Albert)*가 쌍안경을 받았고, *마리(Mary)* 언니는 자개가 붙은 도미노 패를 받았지만, 그 언니는 긴 머리카락이 달린, 내가 가진 도자기 인형을 더 가지고 싶었다고 해요. 그 언니를 슬프게 한 것은 자신이 더는 인형 놀이를 하면 안 된다는 엄마의 눈길이었지요.

-저희가 마지막으로 그분 댁에 왔을 때는, 엄마는 그분에게서 그때 작은 숟가락들을 받았는데, 그게 어제 나무딸기 크림 먹을 때 당신이 사용한 그 숟가락이에요.

-조가비 모양이 들어있던 그것들인가요? -틸라는 자신의 혀에서 그 조가비가 양각된 그 숟가락 느낌을

기억했다.

-저희가 그분과 함께 도미노 놀이를 할 때는, 그분은 자신이 이기지 않으려고, 지려는 태도를 유지하셨어요. 저희는 즐거웠어요, 사람들이 저희에게 말하기를, 그분이 태어났을 때, 태어난 후 곧 숨을 거둔 쌍둥이 형이 있었대요. 그 부모님은 그 자녀 중 *유라이(Juraj)* 라는 아이가 죽었는지, *요시프(Josip)*라는 아이가 죽었는지 잘 모르셨대요. 그 쌍둥이 아이들이 너무 닮았으니. 그렇게 해서 그분은 그 두 아이 이름을 갖게 되었대요.

-봐요!

즐라타는 어떤 장롱을 열었다. 그리고 수많은 편지 묶음이 산더미처럼 쌓인 것을 보았다.

-수천 통은 되는 편지이겠어요. 제 어머니가 주교님께 1천 통 이상을 보냈어요. 엄마는 그분을 너무 좋아하셨고, 그분과 모든 일을 상의하셨어요. 농장의 어느 땅에는 뭘 심어야 하는지, 아픈 돼지를 어찌 치료해야 하는지, 이번 겨울에는 소시지 만들 때 소나 양념을 어떻게 조화롭게 넣어야 하는지를요. 그분은 저희 정원의 어느 땅에 무슨 식물이 자라는지, 또 그 아이들이 지난주에 어떤 재미난 일을 벌였는지를 편지로 받았지요.

즐라타는 장롱 속으로 앨범을 다시 밀어 넣고, 그 사제복이 걸려 있는 곳으로 걸어갔다. 사제복은 인형이라는 이름 부르는, 어느 목제 모델 위에 고정된 채 걸려 있었다. 마치 그 주인이 조심스레 벗어 두고, 내일 그 의복을 다시 입을 수 있도록 했다. 그는 너무 자주 다림질하는 것을 피하려고 했고, 그 때문에 그 방을 청소하는 이는 그 옷걸이 위로 그 예복을 조심해 정리할 책무가 있었다.

즐라타는 그 예복에 다가가, 그 위엄스런 의복 주름에 손을 가져갔다. 그녀는 몇 개의 마른 잎을 떼어냈다.

-저는 저 의복을 좀이 슬지 않도록 조심해 보관하려고 합니다. 견과 나뭇잎이 좀이 슬지 않게 하는데 도움이 될지는 모르지만, 저는 한 번씩 호두나무의 싱싱한 잎을 저 옷 아래에 가져다 두기도 합니다.

틸라는 말없이 즐라타가 그 주름들 사이에서 어떻게 파고 들어가는지를 관찰하였다. 그녀 열정이 좀과의 싸움으로 줄어들었다.

틸라도 호두 나뭇잎을 하나 집어 들고는 그 잎의 향기를 맡아 보았다. 그녀는 그것을 또다시 맡아 보았다. 그게 무슨 기억을 가져다줄 것인가? 그녀는 그것을 손바닥에 문질러 보니, 녹황색의 흔적이 남았다.

그녀는 어떤 추억을 소환하기 위해 그 내음을 깊이 음미해 보았다. 그 내음은 어디에서 알게 되었을까? 추억은 나타나지 않았다.

틸라는, 자신의 손가락 사이에 구겨진 잎사귀를 문지르면서, 선 채로 기다렸다.

아무 일도 일어나지 않았다. 추억의 사라짐은 그것을 되살리는 염원보다도 더욱 고집스러웠다.

16. 주교가 남긴 앨범

엄마 *알베르티나의* 손길이 더는 그 앨범을 건드리지 않은 이후, 그 앨범 바깥으로 느슨하게, 처음에는 함께 끼워 둔 게 분명한 사진 한 장이 삐져나와 있었다. 조각가 *바트로슬라브 도네가니(Vastroslav Donegani)*[122]의 스트로스마예르 흉상 조각 사진이었다. *'1865년 로마, 카라라Carrara*[123]*산 대리석'*. 그 인상적 조각 사진에 다른 언급은 없었다. 그분 가슴에는 대리석 십자가.

다른 사진은 *스트로스마예르의* 기도 의자였다. 목형 조각이 되어 있고, 2개의 계란형 미술품과 *믿음과 조국을 위해 모든 것을* 이라는 그분의 인생좌우명이 쓰여 있는 문장이 함께 있다.

셋째 페이지에는 *무에츠케(F. Muecke)*의 스트로스마예르의 유화 초상화 사진이 있었다.

색이 바랜 사진도 보였다.

무명 사진작가가 자코보에 있는 그분의 저택 거실을

---

122) *역주: Donegani (Rijeka, 1836 - Dakovo, 1899), 크로아티아 조각가. 크로아티아에서 일종의 예술적 퇴폐와 조각 활동이 중단된 19세기 중반부터 활발한 활동을 하고 있는 리예카(Rijeka) 조각가 계열의 예술가로, 주로 오스트리아 안톤(Anton)과 같은 외국 조각가들에게 조각 의뢰를 맡겼다. Dominik Fernkorn과 이탈리아 Antonio Canova. 그러한 상황에서 그는 Ivan Rendić가 속한 여러 개인과 함께 공부하기 위해 해외로 갔고 크로아티아로 돌아와 JJ Strossmayer 주교의 작품으로 두각을 나타내고 크로아티아의 후기 나사렛 아카데미즘의 주요 대표자 중 한 명이 되었다.
123) *역주: 이탈리아 중북부 토스카나 지방 마사카라라 주에 있는 도시. 세계에서 품질이 가장 뛰어난 대리석 산지.

찾아왔다. 그곳, 침대 위의 주교가 별세한 채 누워 있었다. 무슨 이유인지, 당시 사람들은 그 주교의 죽은 시신을 긴 소파에 길게 눕혀 놓았다. 꽃도 촛대도 없다. 그분은 수가 놓인 실내화를 신은 채, 한 손은 위로 들린 채 마치 인형처럼 누워 있었다. 바로 그 사진이 찍힌 시점에 사람들이 시신에 십자가를 놓아, 그 시신의 손이 십자가를 쥐게 해, 마치 전시관 속 인형이 십자가를 잡은 듯한, 그런 모습이다.

 그분은 창문 옆에 누워, 하얀빛이 창밖에서 들어 와, 그분을 비추고 있었다. 그분 바지의 하얀 대님이 실내화를 거의 닿아 있다. 그 대님이 가장 생기있게 보였다. 의자 셋이 벽 쪽에 비치되어 있었다. 심장 모양의 등받이가 달린 의자들의 팔걸이는 시골 의자를 기억나게 했다. 그것들은 삶을 소환하고 있다. 그 시신의 움푹 들어간 양 볼에는, 백 살 나이에서 10년 정도 모자라는 노인 모습을 보였다.

 틸라는 필시 즐라타가 앨범 끝에 둔 몇 페이지짜리 서류는 결코 보지 못했다. 그 서류는 영어로 되어 있고, 투명 종이에 타자기로 찍은 글자였다.

 즐라타는, 그것들을, 1969년 4월, 자신이 죽기 몇 년 전에야 찾아냈다. 그 서류는 1941년 영어로 발간된, 가장 아름다운 여행책 <검은 어린 양, 회색의 매>를 쓴 작가 레베카 웨스트(Rebecca West)[124]의 글이었다.

---

124) *역주: 레베카 웨스트(Rebecca West) 또는 데임 레베카 웨스트
    (Dame Rebecca West)로 알려진 데임 시칠리아 이사벨 페어필드
    DBE(Dame Cicily Isabel Fairfield DBE, 1892 ~ 1983). 영국의 작
    가, 언론인, 문학평론가, 여행 작가. 그녀의 주요 작품으로는 유고슬

그 서류에는 자그레브 7(VII)이라는 이름이 붙어 있었다.

제107페이지에는 처음 몇 줄이 부족했다.

-우리는 위대한 크로아티아 애국자이자 주교인 스트로스마예르를 조각한 메슈트로비치(Meštrović)[125]의 작품을 아직 보지 못했다. 그 조각상은 일반 공원에 있고, 바로 우리 호텔 너머에 있다. "우리는 그 조각상 보러 지금 갑시다." -내 남편이 말했다. 우리는 옷을 챙겨 입고, 복도 청소하는 여성 복무원에게 미안하다고 말하고는, 아직 어둠이 채 사라지지 않은 이른 아침의 어두운 관목들 사이에서 그 주교상을 발견했다. 그분의 아름다움은 ...오로지 빛이었다.

-인물사 자료로는 충분하지요!

즐라타는 틸라의 손에서 그 앨범을 넘겨받았다. 즐라타는 아래층 자신의 살롱에서 2개의 크리스탈 잔 속에 신맛의 체리 주스를 부었다.

주스는 향긋했다. 내일이면 독일에서 2통의 편지가 올 것이다.

편지 하나에는 틸라가 관세를 내야 한다면서, 그 관세를 자그레브 독일영사관에 즉시 지불하라는 통지를

라비아의 역사와 문화에 관한 『검은 양과 회색의 매콘』(1941)를 비롯해 많다. 타임 지는 그녀를 1947년에 "분명히 세계 1위의 여성 작가"라고 불렀다. 그녀는 헨릭 입센의 『로스메르스홀름』의 반항적인 젊은 여주인공 "레베카 웨스트"를 필명을 썼다. (https://en.wikipedia.org/wiki/Rebecca_West)

125) *Ivan Meštrović (1883 -1962). 크로아티아 현대 조각가.

담고 있었다. 그녀가 관세 문제로 접촉해야 할지도 모르는 사람은 *괴링(Goering)*이라는 인물이었다. 이 이름은 그 일을 그리 아름답게 만들지는 못했다. 저녁에 그녀는 신경이 날카로워 잠을 이룰 수 없었다. 그녀 자신은 지금 수입이 없어, 관세를 면해 달라고 요청할 결심을 했다. 침대에서 몸을 이리 저리로 뒤척거릴 때마다 그녀는 다른 방식으로는 그 관세 지급이 불가능함을 어떻게 말할지, 이렇게도 해보고 저렇게도 해 보았다. 마침내 날이 밝았다. 위장에 돌을 안은 듯이 불편한 채로 그녀는 괴링 씨에게로 향했다. 무겁게도 그녀는 계단을 따라 자기 발을 움직였다. 다행히도 그 괴링이라는 이가 동정심이 있는 공무원이라, 그녀 이야기를 통해, 자기네 부부는 지금 충분한 수입이 없음을 믿게 했다. 틸라는 루츠와 포옹하러 힘껏 서둘러 날 듯이 귀가했다. 그 서둘러 알릴 행복이란 −괴링 씨에겐 이제 관심을 가지지 않아도 된다는 것이다.

그녀는 그 상황을 해결한 그 기분이 좋았다... 다음번의 관세 지급일까지는.

또 다른 한 통의 편지는 여자친구가 보낸 것인데, 그 속에는 어느 신문에 바람직하지 않은 인물 알림난에 틸라 사진이 실렸다고 알려 왔다. 틸라는 이 일이 자신 뒤에, 7개의 대양 만큼이나 멀리 있기를 원했다. 그러나 그렇게는 아니었다.

그녀는 자신의 피난처로 자그레브를 믿으려고 했다. 즐라타가 어느 날 틸라에게 설명한 적이 있는데, 자그레브에 살던 일단의 사람이 시대마다 서방으로 피난

갔다고 했다. 정치적 또는 경제적 이유로, 예술 때문에, 또 사랑을 찾아. 하지만 틸라는 지금 이곳을 자신의 고향 집으로 생각하고 있었다. 즐라타는, 그러면서, 몇 명의 주요 인사는 틸라 이전에도 여기로 와, 여기에 정착했다는 말도 빼놓지 않았다. 모두가 그 도시를 떠나 다른 나라로 피난 간 것은 아니었다.

-당신은 들어 보았나요? 당신이 *자그레브*에서 이주해 온 유일무이한 베를린 예술 여성이 아니라는 것을요.

-또 누가 있었나요? -틸라는 그게 궁금했다. -그 여성은 무슨 이유로 이곳으로 피난했나요?

-그녀는 전혀 피난하지 않았어요. 그녀는 우연히 여길 왔어요, 그리고 누군가를 만났고, 여기에 남게 되었지요.

즐라타는 자신의 입으로 커피잔을 가져가, 몇 모금을 마시고는 말을 이어갔다.

-1834년이었어요. 베를린 궁전의 여가수 *에네스 (Ennes)*라는 이가 자그레브에 손님으로 초청받아 온 적이 있었어요. 백작 가문인 *에로디(Erdődy)*라는 분이 그 여가수에게 자기 딸 *시도니야(Sidonija)*를 소개해 줄 목적으로 자신의 집에 초대했어요. *시도니야*는 부푼 기대를 안고 그녀에게 노래를 배웠어요. *에네스*는 그만큼 *시도니야* 노래에 열성이었고, 그렇게 그 여가수는 노래를 가르치며 여러 달에 걸쳐 머물렀어요. *시노니야 루비도 에로디 바카스(Sidonija Rubido Erodődy-Bakacs)*[126]가 그 여성의 전체 성명입니다.

---

126) *역주: Countess Sidonija Rubido Erdődy (1819-1884). 크로아

그녀가 최초로, 크로아티아어 노래로 대중을 위해 콘서트를 열었던 인물이었어요. 그녀 이전에는 사람들이 언제나 독일어로만 노래했지요. 크로아티아어로 노래한다는 것은, 뭔가 상상이 되지 않은, 지방색을 가진 뭔가로 생각했을 때니까요.

틸라는 그 궁정 여가수가 크로아티아의 문화적 삶에서 독일어를 내쫓는 일에 협력했다는 소식에 매력적으로 웃었다.

-이제, 그래요. 작곡가 *리바디치(Livadić)*[127]가 그녀를 위해 첫 노래를 작곡했답니다. 열정적으로 대중의 박수 소리는 끊이지 않았어요. 그때 *시도니야*는 둘째 노래를 더하기를 결심했답니다. 그게 그 유명한 노래 *'아직은 크로아티아는 사멸하지 않았다네'*의 초연이었어요, 아마 당신은 들은 적이 있어요.

즐라타는 자신의 커피에 쓰던 스푼으로 그 노래의 리듬을 지휘하더니, 틸라에게 그 유명한 크로아티아

티아 최초의 오페라 프리마돈나. 크로아티아 민족 독립 운동인 일리르스키 포크레트(Ilirski pokret)의 선구자이기도 했다. 일리르스키 포크레트 운동이란 근대 초기에 뿌리를 둔 범남슬라브 문화 및 정치 캠페인으로, 1835~1863년 경인 젊은 크로아티아 지식인 집단에 의해 언어적, 민족적 단결을 통해 오스트리아 - 헝가리에 크로아티아 국가 설립을 목표로 했으며, 모든 남부 슬라브의 문화적, 언어적 통일을 위한 토대를 마련했다.
(https://en.wikipedia.org/wiki/Illyrian_movement)
127) *역주: Ferdo Livadić (Ferdinand Wiesner) (1799 - 1879).크로아티아 작곡가. 19세기초엽 크로아티아 민족부활운동의 선구자. 그는 크로아티아 민족부활운동(일리르스키 포크레트)의 애국가인 'Jo Hrvatska ni propala'의 곡을 썼다. 피아노 작품들 중 가장 좋은 것은 F 샤프 마이너의 야행성일 것이다. 그의 작품은 민족주의 크로아티아 작곡가 바트로슬라브 리신스키와 이반 자크를 위한 길을 준비했다.

노래의 후렴을 불러 주었다.

 *시도니야*를 위한 다른 크로아티아 오페라는 *바트로슬라브 리신스키(Vatroslav Lisinski)*[128]의 오페라 <*사랑과 악동>(Amo kaj malico)*이었어요.

 *에네스*는 베를린으로 돌아가는 길에 *시도니야*의 노래도 가져갔어요.

 *시도니야*는 크로아티아 민족의 독립운동에 선봉에 섰고, 정치가들은 그녀를 국민 계몽을 위해 정치적으로 이용하기도 했지요.

 틸라는 즐라타의 이야기에 즐겁게 동참했고, 그것이 몇 분간 틸라의 걱정을 내쫓는 일에 성공했다.

 그렇다고 그 걱정이 돌아오지 않은 것은 아니었다.

 유령처럼.

---

128) *역주: Vatroslav Lisinski (1819 - 1854) 크로아티아 자그레브 출신의 작곡가. 리신스키는 최초의 크로아티아 오페라인 '사랑과 악동'(Ljubav i zloba, 1846년)를 작곡. 크로아티아 민족 독립 운동인 일리르스키 포크레트(Ilirski pokret)의 선구자.

17. 호텔 경영인

틸라가 즐라타와 함께 자신의 오후 시간을 보낸 뒤, 규칙적으로 쿠나리 씨의 집에 거주하는 남편 루츠에게 돌아왔다. 그러던 어느 날, 그들은 다시 짐을 꾸려야 했다.

쿠나리 씨의 대학생 아들이 오스트리아 *빈*에서 자그레브로 귀환해, 자신의 거주공간을 다시 이용하려고 했다. 아쉬움 속에 쿠나리 씨의 부인은 자신의 손님이자 임차인들에게, 더는 임대 계약을 연장할 수 없다고 통보했다.

틸라는 자신과 루츠가 거주할 새 거주지를 찾아야 했다.

틸라는 이미 그 이야기의 배경을 알고 있었다. 젊은 아들이 돌아온 것은, 빈에서의 학업에 그가 더는 흥미가 없어서가 아니라 두려움 때문이다. 그 젊은 자그레브 유학생이 마음에 둔, *빈*의 한 아가씨의 오빠가 그 유학생을 심하게 괴롭혔기 때문이었다. 틸라는 어깨에 붕대를 한 채 도착한 그 젊은 대학생을 보았다. 리볼버 권총에 총상을 입었으나, 다행히도 완전 치명상은 아니었다. 그 소문이 그 도시에 돌았다.

공식적으로는 그는 스키를 타다가 어깨 탈골이 생겼다고 했다. 자그레브에서 그런 소문을 숨기기란 어렵다.

즐라타가 자신의 저택 안에 루츠와 틸라가 함께 거주할 공간을 마련해 놓겠다고 틸라에게 제안했다. 틸라는 어쨌든 즐라타 저택에서 정말 자주 자신의 오후 시간을 보내고 있으니. 루츠가 불평할 이유는 없었다.

당시 그는 이미 다시 한번 파산을 경험했다. 왜냐하면, 그가 투자했던 스위스 버스 사업이 그리 희망적 투자는 아닌 것으로 판명 났다; 그래서 그는 다시 재산 일부를 더 잃게 되었다. 이삿짐 꾸리는 것은 서둘러 이뤄졌다. 곧 그들은 즐라타 저택의 처마 아래 자신의 서재를 갖추었다.

그런데, 루츠 자신은 최근 뭔가 다른 일이 관심을 두고 있었다. 버스 회사에 루츠와 함께 투자했다가 실패한 사람인 그 사업 파트너와 함께. 그는 이탈리아 관할인 아드리아해의 해안 소도시인 *아빠지아(Abbazia)*[129] 의 어느 호텔을 경영하는 사업을 떠맡기를 결정했다. 즐라타가 크로아티아 사람들은 그 도시를 '*오파티야*'(*Opatija*)라고 부른다고 했다. 틸라에게 *오파티야*에 대해 많이 이야기할 필요는 없었다. 그녀는 남편이 *케르트너(Kertner)*라는 그 사업 파트너와 함께 다시 일한다는 생각이 썩 내키지 않았지만, 오파티야 사업을 거절할 수는 없었다. 즐라타와 함께 그녀는 이탈리아 그곳으로 한때 소풍을 간 적이 있고, 그녀에겐 옛

---

129) *역주: 오파티야(크로아티아어: Opatija, 이탈리아어: Abbazia)는 크로아티아 서부 이스트라 반도에 위치한 도시로 행정 구역상으로는 프리모레고르스키코타르 주에 속하며. 아드리아해 크바르네르만 연안과 접하며 리예카에서 남서쪽으로 18km 정도 떨어진 곳에 위치한다. 오파티야에서 남서쪽으로 약 82km 정도 떨어진 풀라와는 도로로 연결되어 있고 오파티야에서 북서쪽으로 약 90km 정도 떨어진 이탈리아 트리에스테와는 철도로 연결되어 있다. 여름, 겨울 휴양지로 유명한 도시.

날식 빌라들 옆의 해변을 산책하면서 맡은 소금 내음도 매력적이었다.

그녀는 그곳에서 오스트리아 *빈* 여성의 감성이 깨어났다. '*Abbazia*'라는 이름 아래 *오파티야(Opatija)*는 자신이 어릴 때부터 익히 들어 온, 빈 엘리트들의 주요 휴양지였다.

그녀가 루츠와 함께 자신들의 온두라스 여권에 비자를 받아 도착해 보니, 그들이 사업할 호텔을 한 번 관찰하러 왔을 때, 그녀는 곧 자신의 추억 속에 남아 있던 합스부르크의 휴양지에 대한 상상은 곧 잊어야만 했다.

*크리스탈(Kristal)*라는 이름의 그 호텔이 지금은 빈대가 우글거리는 곳이 되어 있었다. 그 호텔에 이름을 준 크리스탈 램프들에는 파리똥이 덮여 있고, 해풍에 호텔 창문틀의 색깔은 탈색되어 있었다. 카펫들은 더 행복했던 어느 시절의 구두에 닳아 구멍 난 것도 수선하지 않은 채 회색이 되어버렸다.

그러나, 틸라는 주저할 수 없었다.

여성이자 여주인공이었고, 콩새이자 순교자 같은 그녀는 자신의 소매를 걷어붙이고는, 호텔 경영인으로 변신했다.

시작!

틸라는 청소하는 여성을 여럿 고용했으나, 모든 것은 그녀 자신이 작업복을 입고 할 때가 더 잘 굴러갔다. 그녀가 자신이 원하는 바를 잘 알고 있었다. 몇 주간 벽에 페인트 공사를 하니, 그 내팽개쳐졌던, 바람이

휑하니 불던 장소가 오파티야에서 가장 매력적인 호텔 *크리스탈*로 변신하게 되었다.

곧 103개 객실 전부가 곧 만실이 되었다. 오파티야가 유명해졌다. 그러나 그 호텔을 가득 채운 이들은 단순한 휴양객이 아니었다. 주로 이탈리아를 통해 유럽을 떠나려던 유대인 여행자들이었다.

독일 여배우 *틸라 두리에우스*가 그 호텔을 경영한다는 소문이 퍼졌을 때, 그것으로 더욱 그 호텔에 사람들이 모였다.

그해의 다가오는 겨울에는 틸라와 루츠가 부다페스트에서 보냈다. 그곳에서 터키 방식의 유황 온천탕에서 자신의 *류마티즘*을 치료했다. 그곳에서 그녀는 오스트리아의 오페라 학술원에서 초청 강연하러 온, 한때 잊고 지내던 친척 한 사람의 초대도 받았다. 늘 그녀에게 그리운 것은 극장이었다. 삶의 고통을 그녀는 말로 다 표현할 수 없었다. 그녀는 고통을 당하고 있었다. 이제 독일말은 히틀러의 독일말일 뿐이었기에.

오파티야의 자신의 가정으로 돌아온 루츠가, 어느 날, 아주 지나가는 말투로, 아무 일도 아닌 듯이 말하기를, 경찰이, 아내가 오스트리아에 가 있던 동안에, 자신의 온두라스공화국 여권을 압수해 갔다고 했다. 그들은 뭔가 확인한 뒤, 그 여권을 돌려줄 의도라고 했다. 뭔가 확인을 위해서만, 그는 순진하게 그 말만 되풀이했으나, 틸라는 자신의 두 눈에 깜짝 놀람을 숨기려고 애썼다.

그 부부의 초대를 받아 오파티야를 방문한 즐라타

가 알려 주기를, 자그레브 국립극장이 중년에 별세한 배우 *요시프 파피치(Josip Papić)*[130] 흉상을 건립했다고 했다. 틸라는 그 위대한 배우에 대해 다른 배우 *디브라브코 두이신(Dubravko Dujšin)*가 했던 말이 생각났다. *요시프 파피치*는 유대인이라며, 만일 사람들이 국립 중앙 극장에서 그의 흉상을 세웠다면, 자그레브 유대인들은 무사하다는 말이 된다. 틸라는 자그레브를 자신의 거주지로 삼음에 따른 장점에 대해 너무 섣부른 결론을 내렸다.

그런데 즐라타가, 자그레브에서 일어난 이런저런 사건을 이야기하면서, *즈보니미로바(Zvonimirova)* 거리의 어느 유대인 상점에 이런 경고문이 걸렸다고 했다: *"조심해: 여긴 유대인이 사는 곳! -물건을 사지 말자!"*

즐라타는 여전히 다른 나쁜 소식도 갖고 왔다.

'작은 크로아티아 괴벨스'란 별명을 가진 *다니엘 크를렌(Danijel Crljen)*이 서명한 명령서가 하달되었는데, 내용인즉, 특정 시각에 모든 중학생은 *막시미르(Maksimir)* 스타디움에 나오라고 했다. 그곳에서 사람들은 그 명령을 입으로 말했다:

-유대인들을 내쫓자!

첫 청년들이 그 스타디움을 **빠져나와** 건너가기 시작했다.

-우리 모두 가자!

청소년들이 유대인들이 사는 구역으로 넘어갔다. 그

---

130) *역주: Josip Papić (1881 -1927). 유고슬라비아 배우.

날에는 아무도 구속되지 않았다. 경찰은 그런 지지에 대해 준비가 되지 않았다.

틸라는 '유대인 여자들은 떠나라!' 라는 그 슬로건을 기억하고 있었다. 그 슬로건 때문에 그녀가 쫓겨났다. 당국에서 비록 임시로라도 루츠 여권을 압수했다는 사실은, 그가 이곳, 이 이탈리아 *아빠지아*에서는 더는 안전하지 않다는 것을 의미한다. 틸라는 곧장 짐을 꾸리라고 루츠에게 다그쳤다. *오파티아*에서 더는 거주할 수 없다. 그곳에서 그들은 너무 눈에 띄었다.

어디로 피신한다?

다시 스위스로 가야 하나?

그들은 자그레브와 이탈리아를 여전히 몇 주간 시계추처럼 왔다 갔다 했다. 그때 루츠가 아내에게 알려주길, 자신도 마침내 미국행 이민에 동의한다고 했다. 그렇게 해서 그녀의 위대한 승리는 쟁취되었다.

루츠는 아내가 베를린에서 처음 그 제안을 했을 시절부터, 프라하행 기차를 타러 가기 전에도 수백 번 미국행은 안 된다고 고집했기 때문이었다.

-나는 당신이 한 제안을 이제 받아들일 순간이 왔다고 봐요. 우리는 미국으로 가는 수밖에 없어요.

그에겐 그것이 대단한 투항이었다.

틸라는 불평을 말하는 것을 참았다.

1941년 1월이다.

더는 유럽에서 미국행 이주는 쉽지 않았다. 만일 그이가 그것을 더 일찍이만 알려 주었더라면!

그래도 그 가능성을 연구할 필요가 생겼다.

스위스에 있는 루츠의 전처 루츠 *에스텔라(Lutz Estella)*가 그들의 미국 여행을 위해 배표와 보증금 확보를 위해 거들었다. 그러나 이들보다 앞서 시도해 성공한 사람들은 모두 이미 떠났다. 지금은 이탈리아를 통과해 미국으로의 이주는 불허되었다. 하나의 다른 가능성은 터키를 통해서이다. 터키에 도달하려면 터키와 그리스 양국 비자, 상호 연계된 비자가 필요했다.

즐라타가 틸라 비자 신청하는 일을 베오그라드에 있는 자신의 지인들을 통해 도우려고 했다. *유르예브스카 (Jurjevska)* 거리에서 짐을 다시 싸는 일이 벌어졌다.

루츠와 틸라는 이곳에 자신의 소장 예술품들은 남긴 채, 주요한 것만 들고 갈 것이다. 그들이 상호 자신에게 그 문장을 되풀이했음에도 불구하고, 어떤 식으로든지 11개 가방이 자그레브를 벗어날 준비가 되었다. 2명의 유럽 사람의 인생에서, 4번의 다양한 결혼 -그녀가 2번, 그이가 1번, 또 1번은 공통으로 -생활로 인해 짐이 늘어났다.

18. 미국행 이민

1937년 이후 유고슬라비아 자그레브에 거주했고, 1941년 3월 미국행 이민을 결정한 온두라스공화국 국적의 그 부부는 서둘러 짐을 쌌다. 즐라타의 자녀인 *블라스타(Vlasta)*와 *보리스(Boris)*와 함께 한 저녁들이 이제 과거가 되었다.

루츠는 틸라가 극장 공연을 하지 못해 고통스러워함을 보았고, 즐라타 집이 그래도 어떤 식으로든 예술과 연관성이 되어 있음을 보았다.

그런데 그들이 지금 가려는 그곳, 그곳에는 뭐가 그들을 기다릴까?

-그럼, 미국에 가서 루츠는 뭘 한담? 나는 미국에 가도 내 언어로 연극을 하며 먹고 살 수 없는 배우가 되어버렸다. 독일어로 지금 어떻게 공연을 해? 히틀러 야심 때문에 나는 극장에서 쫓겨났어. 나는 소용없는 사람이 되었네. 내 남편이 유대인이 아니라 해도 나는 피난을 가야 해. 나는 피난을 해야 해. 내 언어가 이젠 대중을 잃어버렸어.

누군가 즐라타의 저택 큰 대문을 두들겼다. 그곳에서 초인종 소리가 아주 시끄럽게 들려 왔다.

즐라타의 전 남편이다.

그 저택의 하인들이 *루비엔스키(Lubienski)* 백작이라 부르던 남자가 그 대문 앞에 서 계신다고 알려 왔다.

그이는 이혼한 뒤, 슬로베니아에 거주했다. 그리고 그곳에서 농사를 지으며 살았다. 즐라타는 자신이 앉았던 자리에서 일어나, 진심으로 그이를 포옹했다. 그녀는 자녀들을 부르러 달려갔다. 모두 모였다. 존경의 눈길로 다 큰 자녀가 그 많은 세월이 흐른 뒤, 자신들의 저택에서 다시 아버지를 만나뵙게 되었다.

전 남편 *아담 루비엔스키(Adam Lubienski)*는 슬로베니아 감옥에서 출소했다. 그는, 감옥에서 출소한 뒤, 곧장 즐라타를 찾아왔다. 그녀가 이젠 모두의 피난처가 되어버렸다.

즐라타는 주저하지 않고, 하녀 카타를 불러 전 남편이 이용할 작은 방을 마련할 것을 지시했다.

곧 알게 된 사실은, 그가 즐라타 곁에서 삶을 마감하러 왔다는 것이다. 그의 몸은 이미 암이 발병해 3주간 갉아 먹고 있었다. 가족 구성원들 눈에서는 그가 눈송이처럼 녹아내렸다. 지난주에는 갈라진 모세관들로 인해 붉은 손바닥이 보였다. 그는 폴란드에 자신이 있음을, 폴란드말로만 속삭인다는 환각에 갇혀 있었다. 죽음에 이르러 그는 두려웠고, 그의 모든 환각 속에는 집시들이 그를 쫓아 오고 있다고 여겼다. 즐라타는 그이의 이미 부풀어 오른 손가락을 잡고, 폴란드말로 그이에게 용기를 북돋우며 다독여 주었다.

가방들을 이미 싼 틸라와 루츠는 떠날 준비가 되어 있지만, 출국에 꼭 필요한 비자 서류는 아직 준비되지 않았다.

틸라는 *아담 루비엔스키*의 사망진단서를 발급해 줄 의사를 부르러 갔다.

이상한 소음이 집 바깥에서 들려 왔다.

-저게 뭐요?

-톱이라고요. 즐라타의 저택에 들어선 사람은 목재를 켜는 일꾼이라고 했다. 겨울을 나는 장작을 충분히 준비해 두지 못한 사람은 그런 목재 켜는 사람을 다시 고용해야 한다. 겨울은 아직도 톱니가 필요했다.

즐라타는 별세한 전 남편 아담 때문에, 또 틸라 때문에, 또한 목재를 켜는 사람을 보고 울먹였다.

루츠는 겨울날의 그 사나운 이빨을 이해할 수 없었다. 틸라는 창문으로 그 목재 켜는 사람이 두툼한 나무들을 어찌 톱질해 나가는지 쳐다보았다. 추운 날씨 때문에 그녀는 자신의 척추를 덥히려고 벽돌로 된 벽난로에 다시 왔다.

전 남편의 하관식은 즐라타 엄마의 가족 묘지에서 3일 뒤에 거행될 것이다.

톱질해 놓은 장작 사이로 그 주검을 염습하는 여성 장례 도우미가 도착했다. 마부가 관을 싣고 와, 그 관을 저택 안으로 마치 장난감처럼 가볍게 들고 왔다. 두툼한 손으로 그 마부가 관 뚜껑에 마지막 못질을 했다. 큰 저택에 망치질 소리가 울렸다.

틸라는 침을 삼키고, 촛대에 놓인 새 양초에 조용히 불을 붙였다.

모두가 가까운 묘지로 향했다. 슬픈 종소리가 관이 묘지로 출발한다고 알리고 있었다.

즐라타는 전 남편 *아담*의 친구인, 사냥을 업으로 하는 사람에게 장례식에서 장송곡 연주할 사람을 불러 달라고 부탁했다. 그는 일단의 트럼펫 연주자들을 데리고 왔다. 한 번도 틸라는 그렇게 우울한 음악을 들어 본 적이 없었다. 그 뒤, 모두가 흙 한 줌씩을 던지러 몸을 숙였다. 그녀도 그렇게 몸을 숙였다. 틸라는 마치 자신의 묘에 흙 한 줌을 던지는 것 같은 느낌을 받았다.

마지막 손님들이 고인을 기리며 글라스를 다 마시고 떠난 저택에서, 즐라타는, 장롱 속 이불 아래 놔둔 돈을 꺼내, 용감하게 말했다:

-그리스와 터키 방문 비자 서류를 확보하는 것은 정상 방법으로는 불가능해요. 나와 같이 베오그라드로 가봐요.

그리스 대사관 사람들은 그들이 먼저 받아 둔 터키 방문 비자 서류를 먼저 보자고 했다. 외국 여행을 위한 기차표는 통과하게 될 나라들의 양측 비자를 보여주기 전에는 구할 수 없었다. 그 일은 좀 오래 걸렸다. 그 일을 처리하기 전, 즐라타가 아직 자그레브에서 틸라와 함께 머물렀던 날짜는 3월 27일이다. 그 날에 틸라와, 아직 상중임을 표시하는 옷을 입은 즐라타는 베오그라드 시내의 거리에서 "*Bolje rat nego pakt*"[131]라며 아주 열정적 시위를 벌이는 군중 속을

---

131) *주: (세르비아말) "협정보다는 전쟁을"이라는 독일에 대항하는 1941년 3월 27일의 거리의 시위자들의 슬로건. (1941년 3월에는 나치 독일, 이탈리아 왕국 등 추축국 진영이 유고슬라비아를 침공하는 과정에서 대규모 폭격이 전개되었다.)

뚫고 바삐 걷고 있었다. 세르비아 군대가 유고슬라비아 정부를 무너뜨렸다[132].

즐라타는 먼저 접촉할 만한 사람을 물색해야만 했다. 왜냐하면, 기대했던 그녀의 여자 친척 한 사람은 틸라의 일에 전혀 도움이 되지 않음을 알았기 때문이었다. 즐라타가 어느 젊은 관리에게 찔러 준 비자금이 더욱 효과를 냈다: 터키행 여행 비자가 확보되었다고 했다.

틸라가 베오그라드를 보니, 그 분위기가 좋았다. 이 도시가 이 세상에서 유일하게 히틀러를 반대하는 도시이고, 그것을 크게 외치는 도시였다.

틸라는 그녀에게 도움을 주리라고 생각했던 그 왕궁의 왕비가 자기 남편인 왕과 마찬가지로 쫓기는 신세가 될 줄은 미처 생각할 겨를이 없었다.

그리스행 여행 비자는 그들이 스코페(Skopje)에서 받게 될 거라는 통지를 틸라는 듣게 되었다.

스코페가, 그녀 자신의 지리적 감각으로는, 그리스 국경 가까이 있고, 그리스야말로 미국으로 향하는 그들 노정에 있음은 진실이다. 베오그라드 역에서 기차가 그 나라를 향해 가려고, 탈 수 없을 정도로 수많은 사람을 싣고서 출발했다. 틸라 부부에게는 자신들의 몸 외에도 11개의 짐이 함께 있었다. 왜냐하면, 그들의 행

---

132) *역주:1941년 3월 27일 베오그라드의 반란(군사 쿠데타)이라고도 함. 이 쿠데타는 제2차 세계대전의 전환점이 되었다고 한다. 비록 그 나라가 독일군에 의해 몇 시간 만에 빠르게 진압되었지만, 이 때문에 히틀러의 러시아 침공 일정표가 심각하게 폐기되었다. 1941년 3월 27일 초 베오그라드에서 일어난 군사 반란은 이틀 전에 나치 독일과 협정을 체결한 유고슬라비아 정부를 전복시켰다. 피터 2세가 완전한 주권을 선포했다. 비록 몇 시간이지만.

선지가 아주 먼 미국 뉴욕을 목표로 하고 있었다.

틸라와 즐라타는 베오그라드에서 벅찬 포옹으로 작별 인사를 했다. 즐라타는 울지 않으려 했으나, 눈물이 먼저 정말 빨랐다.

-당신 같은 친구는 이 세상에 더는 가질 수 없을 것입니다.

틸라가 베오그라드의 플랫폼에 기관차가 들어서자, 그 난리 통에 남편 루츠와 잠시 떨어졌고 자신의 가방 중 일부를 분실했다.

그녀는 아이들과 함께 열차 창문을 통해 손을 흔드는 데는 성공했지만, 그녀 목적지까지 수 시간을 꼼짝할 수 없었다.

놀랍게도, 그녀는 스코페 역의 군중 속에서 그 기차를 탔을 때 잃어버린 가방들과 이를 들고 있는 루츠를 발견했다.

그이가 이야기하길, 자신이 침대칸에 들어가는 데 성공했다고 했다. 왜냐하면, 오파티야의 동업자 *케른트너(Kerntner)*가 그를 도우러 왔기 때문이었다. 그 동업자도 똑같은 길로, 똑같은 이유로 피난한 것으로 알려졌다. 그이에게는 한 가지 더 다행인 것은 있었다. 그이는 자신의 호주머니에 터키를 통과할 그리스행 여행 비자도 가지고 있었다. 그이는 팔레스타인에 도달하려는 비자를 갖고 있었다.

이제 터키의 소도시 *카사보(kasabo)*에서 틸라와 루츠는, 우울한 접시들을 앞에 두고, 지금 뭘 해야 할지 의논하고 있었다. 스코페에서 비자를 받을 수 있다는 그 이야기는 거짓으로 판명되었다.

 비자를 받으려면, 그들이 또 다시 베오그라드로 되돌아가야 했다. 틸라 혼자 그 도시로 되돌아가도록 의논했다. 그녀는 신체 건강한 사람이니. 류마티즘으로 고생하는 루츠는 아내가 돌아올 때까지 가방을 갖고, 스코페에서 기다리기로 했다. 그녀는 자기 부부를 위해 그리스로 들어가는 비자 서류를 받을 수 있도록 남편 여권도 함께 가지고 갔다. 그녀는 작은 가방 속으로 그 여권들을 넣고는 그와 포옹했다.

-희망은 아직 잃지 말자구요!

 그녀가 탄 기차가 출발하기까지 3시간이나 지연이 되었다. 그녀는 이미 나가고 싶었다. 그러나 비자 없이 그들은 계속할 수 없다. 그래서, 그녀는 베오그라드에 가야만 했다. 그녀는 자신의 입술을 깨물고, 여전히 열차 안에 남아 있었다.

 마침내 출발한 열차는 느리고 느렸다. 그리고 모든 자신의 계획을 망쳐 놓았다. 그녀는 베오그라드 역에서 내리면 곧장 대사관으로 가려고 했다.

 그러나 그녀가 베오그라드에 도착했을 때는 늦은 밤이었다. 그녀는 '*러시아 짜르 곁에(Ĉe la Rusa Caro)*'라는 호텔에 방을 구해, 여권들을 손에 넣었던 그 접촉 인사도 만났다. 그녀는 내일 아침이면 자신의 여권과 비자 서류도 받을 수 있으리라 희망했다. 그녀는 아침 6시에 일어나, 대사관 앞에서 줄을 설 계획이었고, 그렇게 전날 저녁에 침대에 들어가면서 그 계획을 세웠다. 그렇게 서류를 발급받으면 그녀는 곧장 *스코페*

에 있는 루츠를 만나러 첫 열차로 되돌아갈 것이다.

그런데 그녀를 일찍 깨운 것은 지진이 아니라 폭격이었다.

1941년 4월 6일, 독일이 유고슬라비아를 침공한 것이다. *호텔 러시아 짜르 곁에서*의 지붕이 그 폭격에 불탔다. 그녀는 먼지 속에 대사관 건물을 찾을 수 있었지만, 그곳도 포격에 맞아, 그 안의 문서들이 재가 되거나, 종이들이 찢겨 진 채 폭발한 출입문을 통해 날아다녔다. 베오그라드 바람이 날카로운 유리 파편들을 그녀가 달려가는 화염의 도로를 따라 불어왔다.

독일 여성인 그녀가 잠시 머문 베오그라드를 공습하던 비행기는 독일 비행기였다.

세르비아말을 그녀는 할 줄 몰랐다. 그녀의 온두라스 공화국 여권과 루츠의 여권도 분실되었다. 그녀 가방 안에 남은 모든 서류 중에는 작은 사진 1장만 달랑 남게 되었다. 다음 포격 때, 그녀는 자신의 가방을 자세히 살펴볼 것이다. 그녀의 동일성을 증명해 줄 무슨 서류를 찾기 위해서.

그녀가 누구라는 것을 입증해 줄 수 있는 서류는 전혀 없었다. 그녀 자신 주변에 수많은 사람과 함께 은행 건물의 집단 대피소이자, 질식할만한 지하실로 피신해야 했다. 구겨진 채로 있는, 그녀의 베를린 주소가 담긴 명함 1장. 그때 그녀는 터키 여행 비자를 기억해 냈다. 이게 그녀의 주요 입증 자료이다.

그녀는 온갖 방법을 동원해서라도 루츠에게 돌아갈 결심을 했다.

공습을 당하는 도시에서 기차역에 가기란 쉽지 않다. 포탄이 떨어질 때는 기차는 멈춰 선다. 그걸 1941년 4월에 베오그라드에서 경험해야 했다.

그녀와 루츠 사이에 600km의 암흑이 놓여 있다.

텅빈 객차 안에서 여러 시간을 기다린 끝에, 기관차는 움직였고, 틸라는 자신이 어디 있는지 알아보려고 그 역들을 통과할 때마다 기웃거렸다. 만일 그녀가 어떤 역을 설명하는 표지판이라도 본다 해도, 그곳에는 그녀가 이해하지 못하는 키릴 문자로 되어 있어 당황스러웠다. 그 때문에 그녀는 그 기차 차장이 발음하는 낱말을 잘 듣고 이해하기 위해 귀를 쫑긋해야 했다. 그녀는 스코페 역에 도착하기까지는 수많은 시간이 더 필요함을 알고 있었다. 지나치는 역들의 이름은 그녀가 어디에 있는지를 아는데 도움이 되지 않고, 그녀가 루츠에게 더 가까이 간다는 느낌만 도움이 되었다. 열차 차장이 밤의 창밖으로 나와, 역이름을 하나하나마다 외쳤다. *레스니크(Resnik), 피노사바(Pinosava), 리파니(Ripanj), 클레녜(Klenje).*

틸라는 이해했다. 그녀가 그 기차 안에서 유일한 여성 *슈바보(ŝvabino)*[133]가 아님을 알게 되었다. 오스트리아 출신의 두 여성이 남으로 함께 피신하고 있었다. 그녀는 그들에게 프랑스말로 말을 걸어 보기를 결정했다. 독일이 공격하는 그 나라에서 독일어로 말한다는

---

133) *역주: 슈바보- 그렇게 남슬라브사람들은 독일어를 말하는 외국인들을 그렇게 부른다. 가장 수많은 독일사람들이 이주했던 그 독일 지역과 연관해서 이름을 지은 것임.

것은 쉽지 않았기에. 그러나 그녀는 조용히 있으면서 엿듣기만 더욱 원했다.

믈라데노바치(Mladenovac), 코바체바스(Kovačevas), 라브로바스(Rabrovas), 쿠사닥(Kusadak), 라타레(Ratare), 글리보바치(Glibovac), 팔란카(Palanka). 그 낱말은 즐라타에게서 들은 적이 있다. 그 말은 뭔가 지방적인 뭔가와 관련이 있다. 글리보바치는 그녀가 이해하지 못했다. 그것은 은신처를 의미했다. 글리보바치를 통과해 미국으로 간다. 너무 역설적으로 들렸다. 말라 플라나(Mala Plana), 벨리카 플라나(Velika Plana).

기차는 그만 한밤중에 멈춰 선 채, 움직일 생각을 하지 않았다.

큰 고함을 통해 기차 안의 모든 승객은 내쫓겼다. 밤에 기차에서 내리는 것.

그녀는 무슨 일이 일어났는지 겨우 이해했다. 기차는 더는 가지 않을 것이다. 기차는 여기에 남을 것이다.

그러나 그녀는 스코페로 꼭 가고 싶었다.

―스코페? 지금은 그곳을 불가리아가 점령하고 있답니다. 그쪽으로는 여행할 수 없어요. 지금은 전쟁 상황이라구요.

그녀는 다른 2명의 외국 여성에게 다가갔다. 그들 중 한 사람은 자신의 베를린 시절에 알던 사람이었음을 알게 되었다.

아침이 되면 그들을 간첩으로 여겨 총살할까? 그녀는 정말 난처한 상황에 놓여 있었다. 그만큼의 빛 뒤에, 아무 도움도 받지 못한 채 미친 사람처럼, 아무도 모르는 질곡에서 죽는다는 것.

그들을 총살하기 전에, 어느 군인 장교가 프랑스말로 그들에게 말을 걸어왔고, 가까운 마을로 피신하라고 했고, 상황이 안정될 때까지 그곳에서 기다리라고 말해 주었다.

틸라는 자신의 구멍이 난 신발을 보고는, 이게, 농촌에 피신하는데 말고, 미국 대사관에 그대로 보여주면 자신이 뉴욕행 비자를 요청하는데 적당한지 생각해 보았다.

그녀가 독일 간첩으로 오인해 총살당할 뻔한 상황을 벗어난 날, 그날 아침의 *벨리카 플라나*[134]에는 눈이 내렸다.

그녀와 함께 간 두 여성은 양말과 부츠까지 제대로 차려입은 배려심이 많은 사람임이 밝혀졌다. 그들이, 가진 게 부족해도, 큰 목소리의 세르비아말을 하면서 이미 도로 가의 가게에서 틸라의 것도 조금 사 주었다.

그 세 사람은 큰 산을 향해 걸어가기 시작했다. 그곳의 어느 농민이 기꺼이 그들에게 자신의 마차에 태워 주고, 나중에 자신의 시골집의 방을 숙소로 제공해 주었다. 그 집 아내는 주조 난로에 불을 지폈고, 틸라는, 눈보라가 치던 때에 그 집에서처럼, 그렇게 따뜻한 순간을 느껴 보지 못할 정도였다. 또 마찬가지로 그 불이 나중에는 멈춘 그 날 밤이 이 세상에서 그렇게 추웠던 것을 또한 느껴 보지 못했다.

---

134) *역주: 오늘날 세르비아 포두나블레 구에 위치한 도시.

멀리서 대포 소리가 들려 왔다.

틸라는 자신의 위장에 탈이 나 있었다. 며칠 전에는 그녀의 온두라스 여권과 루츠의 여권이 들어있던 가방도 구멍이 났다: 그녀는 마을 사람들에게 머문 대가를 지급했고, 양파가 많이 들어간 세련된, 따뜻한 수프로 그녀는 자신의 허기를 달랬다. 그 음식이 그녀의 우울함을 어떻게 녹이는지 쳐다보면서.

어떡하지? 그곳에는 더는 머물 수가 없었다. 스코페에 가는 것도 불가능했다. 루츠는 틸라가 어디에 있는지 살아 있는지 알려면 어떤 식으로든 즐라타에게 연락을 취할 것이다. 그렇게 그녀는 자신을 위로했다.

자그레브가 그녀에게 도달해야만 하는 파라다이스처럼 보였다. 먼저 2명의 오스트리아인 일행과 함께 다시 베오그라드로 가기를 결정하고 그녀와 함께 그 큰 산에서부터 마차에 타서 역으로 향했다.

만일 그녀가 *글리보바치*에 도달한다면, 그녀는 이미 베오그라드로 더욱 가까워지고, 나중에 400km를 더 가면, 그녀는 자그레브에 닿을 수 있을 것이다.

기차들은 시민 여행객들을 날아다 주지 않았다.

그녀가 이미 기차로 이동한 *글리보바치*를 비롯한 마을들의 전체 리스트는 북쪽에 보였다. 그녀는 군인들이 가득 실은 첫 기차를 선택해, 자신들도 태워 달라고 요청했다.

어느 독일 장교가 이번에는 그 제안을 거부하지 않았다. 그녀는 장래의 독일 영웅들 속에 앉아, 그녀 자신이 이미 1914년에 알고 있던 똑같은 문장들과 똑같은 노래를 기억해 냈다.

Jeder Schritt ein Britt':
Jeder Schuss ein Russ',
Jeder Stoss ein Franzos'...

그녀는 자신이 이젠 아주 늙었구나 하고 느꼈다. 왜냐하면, 이 모든 것을 그녀는 이미 보았기 때문이었다. 그리고 그녀는 당시 4년간의 전쟁 뒤에 그 군가 소리가 어떻게나 비참한 맨발로 끝나게 되는지 이미 그 경험을 알고 있었다. 양털을 아무도 오늘날에는 더는 찾지 않는 시절에, 그 군인들이 추위에 자신의 떨고 있는 목을 덥힐 숄을 누가 짜 줄 것인가?

이제 그녀는 점잖게 자신을 둘러싼 독일 군인들에게 살짝 웃으며, 파괴된 베오그라드까지 동승한 자신의 구원자들에게 감사를 표했다.

그곳 *베오그라드의* 전체 시민은 가능하면 모두가 기차로 서방으로 도피하고 싶었다.

이틀이나 그녀는 역에서 자신의 표를 기다렸고, 자신의 기차를 기다렸다.

대중 속에서 그녀는 자그레브에서 온, 알고 있던 유대인을 보게 되었다. 권위 있는 터키 영사 *마리치 (Marić)*를 만나게 된 것이다.

그가 그녀에게 다가와, 그녀가 어디로 가고 싶은지 물었다. 그녀는 스코페에서 남편과 만나기로 했었는데, 못 만났다고 말했다. 그가 자신의 지갑을 열어,

그녀더러 몇 장의 지폐를 가져가도록 요청했다. 그 돈으로 그녀는 몇 시간 뒤에야 마침내 작은 창구로 다가가, 기차표를 살 수 있었다.

마침내 기차가 자그레브 중앙역에 멈추어 섰을 때 아침 안개가 옅어졌다.

그녀는 자신의 슬라브제 시골 부츠를 신고서 *유르예브스카(Jurjevska)*를 향해 서둘러 갔다.

독일군 차량 2대가 이미 그 저택 정원에 주차되어 있었다. 그렇게, 자그레브는 벌써 독일군이 점거해 있었다.

'이 저택에 살아남은 사람들은 누구일까? 무슨 일이 있었나? 그녀 자신은 이 저택에서 누구를 만날 수 있을까?'

저 위로 창가에서 하녀 *이브키차(Ivkica)*의 얼굴이 얼핏 보이더니, "틸라 부인"이라는 말소리가 입가에 나오자 곧장 그녀 얼굴이 곧장 사라지는 모습을 틸라는 보았다.

즐라타도 틸라가 돌아온 것을 자신의 두 눈으로 보고서도 믿어지지 않았다.

자기 앞에 브랜드 글라스을 두고, 따뜻한 물통에 발을 담근 채, 틸라는 그동안 무슨 일이 일어났는지를 즐라타에게 계속 이야기해주었고, 한편 즐라타는 그 물통을 새로 데운 주전자로 자주 갈아 주면서, 몸의 피로를 풀어주는 보리수꽃도 자주 물에 함께 넣어 주었다.

그녀는, 그 절망적인 여행길의 마지막 나날에 가서, 베오그라드에서 그리 머지않은 *벨리카 플라나* 인근 마을에서 피신하면서, 그 마을 사람이 부활절 축일을 맞아 그녀를 데려다준 교회에서 울음을 터뜨렸다고 했다. 그곳 사람들의 관습에 따라, 그녀에게 한 가지 색으로 칠해 둔 부활절 계란을 어떻게 다른 계란에 맞히는지를 가르쳐 주었다.

지금은 이 저택에서 안전하게 있다고 생각하니, 눈물이 펑펑 쏟아졌다.

-우리가 루츠를 찾아봅시다! 우리는 모든 할 수 있는 일은 다 해 봐요. 당신이 여기 있다는 것이 중요해요.

그들은 정말 루츠에 대한 정보를 찾아낸다.

그로부터 3년이 지난 뒤, 그이의 전처 *에스텔라*가 보낸 한 편지에서 그이가 *스코페*에서 체포되어 독일로 이송된 뒤, 독일에서 사망했다는 소식이 왔다.

-붙잡힌 곳이 어디라던가요? 베오그라드에서 출발하는 첫 여객 열차가 도착하기를 기다리던 스코페 역이던가요?

그 생명 매듭의 그 측면을 틸라는 아무것도 풀 수 없는 것 같다.

에스텔라는, 몇 년 뒤에, 틸라에게 알려 줄 게 있다고 했다.

루츠가 독일로 갈 때 그이는 *테살로니키*에서 이송된 것만 알고 있다고 했다.

그 매듭은 풀어지는 것을 원하지 않았다.

19. 집 안의 독일군

틸라는 슬픔 속에서, *유르예브스카*의 마당에 서 있는 2대의 독일 차량이 뭘 하는지는 자신의 수프 접시를 앞에 두고 살펴 보았다.

1941년 4월 10일 크로아티아는 크로아티아 독립국가로 스스로 공포했다. *우스타샤(Ustaŝoj)*[135]가 이 나라를 지배하기 시작했다.

안테 파벨리치(Ante Pavelić)[136], 우스타샤의 리더인 그가 이탈리아에서 귀국하였다. 독일군이 이미 자그레브 도시의 관할권을 넘겨받아 진주하고 있었다. 독일 장교들은 자그레브의 좋은 주택들을 자신들의 거주지를 징발했다.

-우리 집으로 독일 군인이 다음 주에 온다고 해요. -즐라타가 알려주었다.

틸라는 긴장해 듣고 있었다.

우스타샤 운동에 대해서 그녀는 1934년 *마르세유*에서 유고슬라비아 왕 *알렉산드르(Aleksandro)*가 살해되었을 때 충분히 들은 바 있다. 크로아티아 낱말 우스타샤라는 낱말은 반란자, 봉기자를 의미한다. 1929년 헌법 정지로 유고슬라비아[137] 왕 알렉산드르가 지

---

135) *역주: 제2차 세계대전 중 크로아티아 독립국을 지배한 극단적인 크로아티아 민족주의 조직. 크로아티아의 반유고슬라비아 분리주의 운동 조직. 파시즘과 가톨릭이 섞인 결과물로 2차대전 이전인 1929년 파시스트 안테 파벨리치(Ante Pavelić:1889~1959)에 의해 창설되었다. 우스타샤란 말은 '서다', '오르다'라는 뜻의 'ustati'에서 나왔으며 반란을 뜻한다.
136) *역주: (1889-1959). 크로아티아의 파시스트 지도자·혁명주의자.

배하자, 정치 상황이 엄중해져, 정치가 독재정치로 가자, 우스타샤 조직은 독일과 이탈리아로 피난했다. 그런데 이탈리아에서 *안테 파빌리치*를 비롯한 지도부는 대접을 잘 받았다. 왜냐하면, 이탈리아 *무솔리니 (Mussolini)*의 파쇼 사상과 그들의 사상이 가까웠기 때문이었다. 헝가리에도 우스타샤 훈련소가 있었다. 틸라는 이미 *얀카 포즈타(Janka Puszta)*[138]라는 곳의 훈련소 이름은 들어 알고 있었다.

유고슬라비아 왕 알렉산드르를 암살한 사람도 우스타샤가 지시한 작품이었다고 그렇게 그녀에게 설명해 주었다. 즐라타는 틸라에게 우스타샤가 칼을 숭배함을, 피와 무력에 대한 그 조직의 고집스러움을 설명해 주었다.

이탈리아를 떠나 자그레브로 귀국한 뒤, 우스타샤는 자신을 위해 필요한 것이면 뭐든 징발했다. -처음에는 유대인 가옥을, 그러고는 곧 세르비아인의 가옥을. 정말 우스타샤의 핵심인물 *디도 크바테르니크(Dido Kvaternik)*[139]는 신설된 자그레브시 치안책임자로서,

---

137) *역주: 1918년 제1차 세계대전에서 오스트리아-헝가리 제국이 패배한 후 크로아티아는 다른 남슬라브족 영토와 함께 세르비아-크로아티아-슬로베니아 왕국(1929년에 유고슬라비아로 개칭)을 이루었다. 크로아티아와 세르비아 군주들 간의 관계는 결코 원만하지 않았다. 제2차 세계대전 중 유고슬라비아가 추축국들에게 점령·분할당하자 1941년 4월 10일 자그레브에서 크로아티아가 독립국가임을 선포했고, 4일 뒤, 독일과 이탈리아가 이를 승인했다.

138) *역주: Janka-Puszta 또는 Jankovac는 1931년 우스타샤 테러 조직을 위 한 훈련 캠프. 이 캠프는 헝가리의 Zala 카운티에 위치하고, Murakeresztúr와 Belezna 마을 근처 유고 슬라비아 왕국의 경계에 가까웠다.

139) *역주: (1910-1962). 우스타샤 대장이자 크로아티아 독립국의 내

치안을 책임지는 내무부 장관으로, 자신들의 정치적 임무와 관련해, 유대인들을 어떻게 처리할지 그 방법을 연구하러 *힘러(Himmler)*[140]를 방문하기도 했다.

-우리 집에 거주할 독일인을 우리가 선택할 수는 없는가요? 아무나 파견하나요?

-그렇게 오는 독일인이 한 사람이기만 기도하고 있어요, 왜냐하면 우리와 같은 이 큰 집으로서는 여러 명의 장교가 거주할 가능성이 있기 때문입니다.

틸라는 이미 즐라타의 가정에서 첫 밤을 지내면서 이해했다. 즐라타는 틸라 자신이 스코페에 있던 여러 날 동안, *붉은 도움(Ruĝa Helpo)*의 주요자금을 넘겨받았고, 그것을 자신의 방에 갖다 놓았다.

유르예브스카가 자그레브 저항운동의 자금원이 되었다. 전쟁이 끝날 때까지 이 조직은 *붉은 도움*, 나중에는 *인민의 도움(Popola Helpo)*라는 이름을 가졌다. 그 자금은 바로크 양식의 장롱 속에 숨겼다. 그 *붉은 도움*을 보호한 것은 부르주아의 장식품들이 든, 장롱 속 서가들이었다.

만일 이 집에 새 독일인이 온다면, 곧 어디론가 그 자금을 숨겨 놓을 필요가 있었다. 어디로? 그 자금은

무부장관.

140)＊역주: 하인리히 루이트폴트 힘러(Heinrich Luitpold Himmler 1900-1945). 독일의 SS로 약칭되는 친위대 SS국가지도자로서 SS와 게슈타포를 지휘했다. 힘러는 유대인 대학살의 실무를 주도한 최고 책임자. 나치 강제수용소와 학살대인 특수작전집단을 창설한 사람이자, 최종 지휘 책임자로서, 600만~1200만에 이르는 사람들을 산업적 규모로 학살한 책임자. 연합군에 의해 주요 전범으로 체포되자 자살함.

정말 즐라타의 집에 가져다 놓았다. 왜냐하면, 그녀의 집은 의심을 받지 않았기 때문이었다.

틸라는, *자그레브*에서 루츠와의 지난 마지막 만남 이후 몇 달 동안에 거의 아무도 방문하지 않은 틸라가 이웃들로부터 가까운 토요일에 축제에 참석해 달라는 초대장이 오자, 이제 흥미를 갖기 시작했다.

즐라타가 그녀에게 설명해 주기를, 그 이웃들이 자그레브로 독일 탱크들이 들어서면, 꽃과 오렌지를 들고 주요 광장에서 환영하는 사람들이라고 했다. 사람들이 꽃을 들고 독일군을 환영하러 모여야만 했다.

정상 상황이라면, 틸라는 자그레브 주재 독일 대사로 온 *지그프리드 카세(Sigfried Kasche)*를 축하하는 저녁 행사에 참석 의무감에서 벗어날 궁리를 뭐든 찾았을 것이다.

그러나 지금은, 새 상황에 대해 알게 될 기회가 생긴 것이다. 그녀는 용기를 내서, 축배의 순간이 왔을 때, 자신의 잔을 용감하게 잡았다.

그러나 그런 수치심도 때로는 도움이 되었다: 그녀는 새로 독일사람들을 알게 되었고, 그들 중 가장 지식이 높고 가장 온화한 사람이 즐라타의 저택에 거주해 주었으면 하고 언급했다. 그 사람은 이미 이 나라에서 거주지를 갖고 있는가? 그녀가 뭔가 추천할 수 있으리라.

독일 동맹국인 크로아티아독립국가는, 틸라가 미국행 가방들에 싸서 아쉽게도 *스코페에서* 분실된 것을 제외하고는, 자신의 수집 예술품들로 가득한, 즐라타 저택의 틸라 자신을 위한 방을 다시 받은 때, 그로부터 2주간의 시일이 지났다. 틸라가 손수 그 독일 장교의 방을 갖추기 위해 이부자리들을 들고 왔다.

-이 집에 그런 손님이 옆에 있으니, 우리는 2배로 주의를 해야 해요.

즐라타가 속삭였다.

위험 가까이에 있으니 그녀 배가 자주 경련을 일으켰다. 숲속의 배달꾼들이 밤에 테라스를 통해 서둘러 잠입했다. 준비된 자료가 담긴 작은 보따리를 꺼내, 숲으로 돌아가는 것은 불가능했다. 위경련을 느끼면서 그녀가 숲에서의 배달꾼의 축축해진 몸을 덥힐 따뜻한 음식과 따뜻한 물을 준비하고, 깨끗한 의복도 준비했다. 만일 위험이 크지 않으면, 여인들은 숲으로 되돌아갈 배달꾼을 곧장 돌아가게 하지 않았다. 몇 사람은 그 집에서 잠을 잘 수도 있었다. 그때 집 전체가 산토끼가 쉬는 가벼운 잠의 공간이 되었다.

그 저택의 지하실에서 사람들은 숲에서 온 배달꾼을 위해 *아인프렌(ajnpren)*[141] 수프를 요리했고, 서둘러 수프의 밀가루 냄새를 없애려고 환기를 서둘렀다. 틸라의 방이 주모임 장소였다. 그녀 탁자 위에는 숲으로 떠날 배달꾼들을 위한 서류들이 준비되었다. 그녀는 그것들을 병 속에 담아, 밀봉해 두었다. 틸라는 *퓨마(Puma)*라는 다른 이름을 사용했다. 퓨마가 그 병들을 숨겨 두었다.

틸라는 알고 있었다,

---

141) *역주: 계란을 깨뜨려 만든 수프

그녀와 즐라타에 대해 사람들의 원성이 높다는 소문을 알고 있었다. 그 두 사람이 레즈비언(동성애자)이라는 나쁜 소문이 난무함도 알고 있었다. 스캔들의 주제다. 그것보다 더 중요한 것은 정원 화단의 비밀을 유지하는 것이다.

틸라는 이미 알고 있었다.

틸라가 자그레브 공연 무대에서 처음 본 여배우 *이브카 루티치(Ivka Rutić)*가 자신의 남편 *요시프(Josip)*와 함께 숲으로 떠났다는 것을. 여배우들 - *에타 보르톨지(Etta Bortolzzi), 미라 주판(Mira Župan)*- 도 마찬가지로. 남자배우 *믈라덴세르멘트(Mladen Šervent)*와 *스르잔 플레고(Srđan Flego)*도 그랬다. 나중에 그들이 *Teatar narodnog oslobodjenja* -인민해방극단의 핵심이 되었다.

여배우 미라가 입던 잠옷이 파르티잔들의 어떤 놀림의 대상이 된 일화가 *유르예브스카까지* 들려 왔다. 숲에서 보통 그곳에서 생활하는 사람들은 이슬이 덮인 관목들 사이에서 장화를 신은 채 잠을 잤는데, 미라는 숲에서 생활하려고 잠옷까지 갖고 왔다고 했다!

전쟁이 끝나고 몇 년이 지난 뒤, 스르잔 플레고(Srđan Flego)가 국제에스페란토극단을 조직하러 자신의 동료들을 불러 모았다. 미라의 어머니가 솔직히 반대했다.

-*스르잔*이 너를 또 숲으로 끌고 가네!

2차 대전 후에, *스르잔의* 숲은 자신의 본부를 파리에 두고, 1962년에 코펜하겐에서의 *팔코너 테아트렛*

Falkoner teatret[142])를 위한 공연을 준비했다.

틸라가, 어느 날 아침, 자신의 겉옷의 호주머니 안에 지시문이 들어있는 종이를 손에 쥐고, 자신이 키우는 토끼에게 줄 풀을 베러 갔다가 점령군 독일군 슈미트 (Schmidt)를 우연히 만났는데, 그 메시지는 그 밤의 숲의 축축한 습기도 함께 배달되었다.

-이 집에서 지금 즐라타가 키우는 토끼가 몇 마리 정도 되나요?

-만일 그녀가 틀리지 않았다면, 75마리 정도 됩니다. 그 독일 군인은, 이 지방의 자기 친척 집에서, 이런 야만성 속에서, 토끼 키우는 일에 열심히 관심을 두는대 여배우를 보고는 실로 놀랐다. 그녀는 토끼 키우는 일에 정말 열심이었다. 그래, 그렇다.

그녀의 삽으로 토마토가 자라지만, 그녀가 관리해야 하는, 발견되지 않도록 보관문서 범위도 늘어났다.

즐라타는 *자그레브* 역에 *코자라(Kozara)*[143]) 출신의 세르비아 아이들을 태운 기차가 도착한 것을 알고는, 가톨릭으로의 개종하겠구나 짐작하고, 틸라는 화단에 그 아이들의 진짜 이름이 적힌 원본 리스트를 파묻었

---

142) *역주: Falkoner Centre (Falkoner Center)는 덴마크 코펜하겐의 Frederiksberg 지구에 위치한 호텔 및 컨퍼런스 단지. Falkoner Teatret는 1970년대와 1980년대 콘서트에서 매우 인기 있는 장소였다.

143) *주: 코자라는 보스니아-헤르체코비나의 북동부에 있는 산 이름인데, 이곳에서는 제 2차 대전 때 수많은 전투가 벌어졌다. 그런 공습을 받은 뒤, 그곳에 남게 된 부모를 잃은 고아들이, 즉, *코자라의 아이들이* 다양한 가정에 입양되었다. 자주 그 아이들은 자신의 아이덴티티, 이름, 종교를 잃게 된다. 원래 그리스정교도인 세르비아 아이들은 가톨릭 가정에 입양되어, 개종해야 하는 상황이 되었다.

다. 그것이 유용하도록 관공서에서 일하는 어느 협력자가 그 리스트를 파내 가져갔다. 땀을 흘리며 틸라가 자그레브의 가장 방대한 자료를 숨긴 곳 옆에 뛰노는 집토끼들에게 물을 주었다.

틸라 앞에서 즐라타는 아무 비밀이 없었다. *루비엔스키 백작* 저택은 독일 당국으로부터 의심을 받지는 않았다. 우스타샤 정부는 그 백작 생각이 얼마나 붉은 이들의 생각과 차이가 큰지 잘 알고 있었다.

자신의 고유의 정치적 신념에 더하여, 즐라타는 정말 수많은 세월 폴란드사람의 며느리였고, 또한 히틀러가 그녀 시댁 나라인 폴란드와, 또 자신의 조국에 자행한 모든 것이 그녀에게 어떻게 행동해야 하는지를 더 깊이 각인시켜 주었다.

틸라는 가능한 의심을 받지 않으려고 그 집에 온 독일사람들에게는 친절을 다하는 역할분담의 주요 임무를 갖고 있었다.

틸라는 자신이 모르는 다른 도우미에게 전해 줘야만 했던 그 서류를, 자신이 들고 갈 꽃다발에 지지대처럼 묶어, 앞서 약속된 장소까지 일요일에 걸어갔다. 그 만날 사람은 그 분수 주변에 산책하고 있을까? 그는 모자를 쓰고 있을까? 그가 혼자, 아니면 둘이서 올까? 그가 고개를 숙인 채 그녀에게 인사를 할까? 미소를 띤 그 남자는 조심조심 그 꽃다발을 전해 받아, 손에는 메시지를 단단하게 잡고서 그녀와 작별했다.

1943년, 1944년 두 해에 *유르예브스카* 27번지의 정원엔 꽃이 풍성했다.

모든 꽃다발을 전부 다 전해 줄 수는 없었다. 가져간 꽃을 도로 들고 틸라가 되돌아와야 하는 경우도 종종 있었다. 위험이 가까이 와, 밧줄로 목을 죄는 상황이 되어.

가장 많이 틸라는, 사람들이 *체니라니예(ceniranje)* 라는 말을 할 때면, 겁에 질려 있었다: 경찰이 특정 구역을 봉쇄해 모든 행인과 그 구역 안의 거주자를 수색했다. 만일 누군가를 숨겨준 것이 발각된다면, 그 가족은 죽임을 당할 처지였다. 만일 누군가 소명 증명서가 없다면, 그에게도 똑같은 운명이 된다.

일요일 아침에, 그들의 예술 살롱으로 대학생들이 왔다. 예술 강의가 음악과 시학 시간이 연이어 배치되어 있었다. 틸라는 피아노를 쳤고, 즐라타의 어머니가 치시던 그 피아노는, 놀랍게도, 그 집에 생기를 불러일으켰다.

일요일에, 독일 장교가 당직을 서고 있을 때, 틸라는 학생들에게 *하이네(Heine)*[144]의 시를 낭송했다. *유르예브스카* 27번지가 반(反)독일 서류가 보관된 장소이자 동시에 가장 정확한 독일인 목소리의 낭송 프로그램이 있던, 유럽에서 단 한 채의 건물이었다.

1층에 거주한 독일 장교는 그녀 서재의 출입문 뒤에

---

144) *역주: 하이네(Heinrich Heine:1798-1856). <노래책>(1827)으로 국제적인 명성과 영향력을 얻었다. 곡이 붙여진 것은 주로 이 노래들이지만 만년에 쓴 음울한 시들도 높이 평가되고 있다. 유대인 부모를 둔 그는 대학에서 법률을 전공하면서 시, 문학, 역사 공부에 몰두하여 법학학위를 취득한 후 진로를 문학으로 전환했다. 그의 낭만주의적 신념, 즉 삶과 세계를 시로 표현하면서 독일 후기 낭만주의의 위기에서 주요 대표자가 되었다.

서 *릴케(Rilke)*[145]의 시의 낭송을 간혹 들었다. *하인리 히 하이네(Heinrich Heine)*의 시가 그 문턱 아래서 흘러나왔다.

그 위대한 여배우가 베를린을 떠날 때, 그 작가들의 작품이 불태워졌다. 그녀는 그 작품들에 호의적이었다. 그녀 머리 안에는, 그 불의 연기가 그들을 건드리기에 앞서, 완벽하게 기억된 싯구절로 보관되어 있었다.

틸라가 자신이 사는 집에서 독일 문학 강의를 마치고, 이미 자신의 젊은 학생이자 손님을 배웅해 떠나보냈을 때, 그 독일 장교가, 용서를 구하면서, 그녀 자신의 방 출입구에서 그녀를 멈춰 세웠다.

그녀 심장은 신경이 날카로운 채 뛰고 있었다. 그것은 평소 독일이 정복한 도시에서 독일 장교가 듣는 그런 레파토리는 아니었다. 그러나 그는, 감사를 표하고는, 그런 시 낭송을 들을 수 있어 감사하다고 했다. ―존경하는 부인, 아무것도 없는 한 가운데서, 이곳에서처럼, 당신의 입에서 울려 퍼진 독일어가 그렇게 아름다운 적은 없었습니다. 나는 아침에 이곳을 떠날 것입니다. 내가 거주하던 방에는 *지그프레드 본 베르너 (Siegfred von Werner)*라는 대위가 대신 올 겁니다. 만일 내가 조언을 줄 수 있다면, 당신은 더욱 조심해야 할 겁니다. 모든 독일 장교가 당신의 그 예술적 취향에 대한, 그만큼의 감각을 갖고 있지는 않으니까요.

---

145) *역주: 라이너 마리아 릴케(Rainer Maria Rilke, 1875-1926)는 오스트리아의 시인이자 작가이다. 20세기 최고의 독일어권 시인 중 한 명.

인사를 하는 그의 뒷발꿈치가 함께 합쳐졌다.

'그가 이 모든 것을 아는 것인가? 테라스에서의 배달꾼에 대해서도? 숙소에서의 *붉은 도움*의 자금에 대해서도?'

새로 도착한 대위 *폰 베르너(Von Werner)*에게, 틸라는 곧장 자신이 그의 의복을 세탁하는 일을 봉사하겠다고 제안했다. 그 집안에서의 하녀가 기꺼이 대위 의복을 세탁해 줄 것이고, 그 대위가 그들 곁에서 편하게 지낼 수 있게 하겠다고, 또 그가 입는 셔츠를 다리는 일도 또 양말 기우는 일도 그녀가 개인적으로 관여할 것이라고 했다. 그런 봉사는 그렇게 해서 밤에 테라스 난간을 뛰어넘어 흔들리는, 그 숲속의 배달꾼 발걸음이 문제가 없도록 하려는 사실을 숨기게 될 것이다.

그 집에 새로 입주한 그 독일 대위는 그녀를 신임했다. 그는 *히틀러유겐트(Hitlerjugend)*[146]를 조직하라는 특수 임무를 갖고 이곳으로 왔다.

-그래서 무슨 일이 있었나요? 그걸 당신은 믿을 수 있나요? 내가 그들과 함께 자리해야 하는 장소에 아무도 나와 있지 않았답니다. 아무도! 당신은 그 점을 이해할 수 있나요?

-믿기지 않는 일이네요.

---

146) *주: 히틀러 유겐트. 1933년 아돌프 히틀러가 청소년들에게 나치의 신조를 가르치고 훈련시키기 위해 만든 조직. 히틀러의 청년 조직.

익살스레 놀라면서 틸라는 그에게 완벽하게 다림질한 의복을 되돌려 주면서 말했다.

'내일이면 당신은 이곳 주둔 사령부에 아무도 없을 겁니다.' 그녀는 그의 얼굴을 향해 미소를 띤 채 생각에 잠겼다.

곧 그가 급히 돌아가야 했던 아침이 왔다. 무기를 가득 실은 차량으로.

-이곳 주둔 사령부에는 이제는 아무도 보지 못할 겁니다.

그는 틸라를 신임하며, 그녀가 지금 하는 생각을 되풀이하면서, 틸라에게 알려 주었다. 그는 진심으로 왜 그곳에 아무도 발견할 수 없을지 알 수 없었다.

틸라는 말없이 장롱에서 그에게 셔츠를 내밀었다.

5년 내내 날마다 그녀와 즐라타는 그 독일인들이 짐을 싸서 떠나기를 기다렸다. 이제 그 순간이 왔다.

20. 문학과 예술을 배우는 학생들

어느 일요일, *보리스(Boris)*가 자신의 집으로 몇 명의 동갑내기 친구들을 초대했다. 그 초대에 깡말랐으나 눈빛이 총롱한, 하지만 너무 넓은 바지를 입은 *라도반(Radovan)*이 왔다. 자신의 아버지에게서 물려받은 재킷으로, 깔끔하게 재봉질한 복장의 *블라도 (Vlado)*도 왔다. 그는 이미 자신의 목에 회색 실크 수건을 두르는 것에 익숙해 있었다. 쉰듯한 목소리를 가진 *믈라덴(Mladen)*도 왔다. 사실 그들은 이날 보리스 생일을 축하하러 왔다.

그들은 즐라타와 틸라, 두 분 선생님을 매력적으로 칭송할 줄도 알았다. 그들은 초콜릿 케이크를 먹은 뒤, 그 케이크를 어떻게 자르는 것이 좋을지 모르지만, 넷째 조각을 믈라덴에게 먹으라고 요청하자, 믈라덴은 친절하게 또 쉰듯하면서 묵직한 목소리로, 모두가 그 예술의 집에서 아주 잘 지냈다고 고마움을 표시했다. 유쾌하고 젊은이답게. 즐라타가 전쟁의 소용돌이에 있는 도시에서 어떻게 초콜릿을 구했는지 아무도 자세히 알지 못했으나, 그것은 이 안에서 무사히 잘 지내고 있는 것에 비하면 아무것도 아니다.

-하지만, 주방에서는 너희들은 우리 예술 진귀품 중 일부만 보았거든. 만일 너희가 원한다면, 우린 내 방으로 자리를 옮겨 이야기를 계속해도 되거든요.

틸라는 이 남학생들에게서 예술적 본능이 움트고 있

음을 이해하고서 그들에게 제안했다.

-오호, 그 작품들을 설명해 주시면서, 너무 지루하지 않게만 해주시면 되어요. 그땐 저희는 카드놀이가 더 나은데요! -보리스가 제안했다. 그는 지난 해에 학교 권투 챔피언이었다. 권투는 가난한 도시의 스포츠였다. 모두가 이곳에서는 권투를 배운다.

-학생 손님들이 결정해요.

손님들은 보리스의 불만을 알지만, 먼저 예술품을 감상하고, 나중에 카드놀이를 하기로 했다. 그들의 독일말은 아직도 서툴렀지만, 틸라는 기뻤다. 그들은 틸라 방에 모여, 틸라가 장롱 속에서 꺼내 놓은 지도를 함께 보았다. 궁금해하는 그 학생들은 방을 빙 둘러보았다. 한 번도 그 남학생들은 뭔가 그런 예술품을 본 적이 없다. 라도반은 *에른스트 바르라흐(Ernst Barlach)*[147]의, 도자기에 그려진 수녀를 한 손으로 잡고서 떨고 있었다. 그 수녀는 자신의 도자기의 수단(신부의 길고 검은 평상복)을 부풀게 하는 큰 걸음으로 걸었다. 그는 예술 갤러리에서처럼 좀 멀리서 그 수녀를 보고는 감탄했다. 한번도 그 남학생들은 *파스크 섬*에서 출토된 얼굴 형상을 본 적이 없었다.

그 생일축하 행사를 계기로 아무도 수강료를 지불하지 않아도 되는 *유르예브스카* 27번지에서의 개인 미술학교가 업무를 개시했다. 젊은 학생들은 틸라가 펼

---

147) *역주: Ernst Heinrich Barlach (1870 - 1938). 독일 표현주의 조각가.

쳐놓은 예술가들의 삶을 알려주는 지도를 쳐다보고, 그녀가 전하는 말을 들었다. 틸라는 그들에게 독일어로 읽어주었다. 유럽 전체에서 독일어가 멸시되고 있는 그런 시기에.

왜냐하면, 그 언어가 히틀러의 언어였다.

그러나 여기서 그 독일어는 예술의 언어처럼 매력적인 언어가 되었다. 창문 아래서 일요일에 *글라이세 본 호르스테나우(Glaise von Horstenau)* 장군[148]이 산책한 뒤, 그 집에서 가까운 곳에서 아름다운 *아니차 (Anica)* 양의 옆에 앉아, 울창한 숲을 자랑하는 *슬레메(Sljeme)* 산을 감상하고 있는 동안, 틸라는 *릴케*의 시를 암송하며 학생들에게 서정성이라는 이름이 자리하도록 가르쳤다.

유럽을 포위하는 독일어가 틸라가 가르치는 싯구절이 울려 퍼지는 밤에서처럼 아름다운 적이 간혹 있었다. 학생들은 독일어 시와 히틀러 군대의 행군을 분리하는 것을 배웠다. 안개가 포도밭에 내려앉을 때, 틸라는 *데멜(Dehmel)*[149]의 시를 암송했다. 반딧불이가 정원 화단에 날아다닐 때, 틸라는 *괴테*의 시를 가르쳤다. 또 틸라는 자신의 학생들 앞에서 *쉴러*의 장갑[150]을

---

148) *주: Edmund Glaise-Horstenau (Edmund Glaise von Horstenau, 1882- 1946). 오스트리아의 나치 정치인. 제2차 세계대전 동안 글레이즈-호르스테나우는 독일 웨흐르마흐트에서 장군이 되었고 1941년 4월14일부로 크로아티아 독립국가의 전권대장을 지냄.

149) *주/역주: 리하르드 데멜Richard Dehmel(1863-1920) 독일 작가. 한편 그는 "민중적이 아닌 예술은 모두 예술이 아니다"라는 주장 아래 50세를 넘어서도 민족애와 인류애의 대립을 고민하면서 제1차 세계대전에 종군하였다.

가르쳤다. 틸라는 자신이 *로사 룩셈부르크(Rosa Luxemburg)*[151]의 지인들을 위해 베를린의 전원도시에서 암송한 시를 여기서 다시 암송했다. 그 학생들은, 1941년 9월 자그레브시가 전화 전신국 본부 건물에 폭탄을 설치한 우체국 공무원을 색출해 내도록 명령한 내무부 장관의 수배 포스터를 시가지에 도배한 곳에서, 자신의 귀 안으로 그 시들을 옮겨 놓았다.

 정보를 주는 사람에게 100,000 쿠나(kuna)[152]*의 상금을 지급한다.*

 그 상을 받는 이는 아무도 없었다. 수배자 포스터의 3번째는 에스페란토 사용자 *빌림 갈레르(Vilim Galjer)*였다. 그는 *코르둔(Kordun)*에서 그로부터 반년 만에 실종되었다.

 틸라는 시를 암송했다.

 그 시들이 자두 열매처럼 떨어졌다. 그 시들이 우울한 오후의 삶을 아름답게 해 주었다. 틸라는 학생들이 궁금해하는 귀에 설명을 이어갔다. 예술을 그녀는 마치 처방 약처럼 큰 숟가락으로 부어 주었다.

 한편으로는 산책길을 따라 서 있는 초를 꽂는 장식용 촛대-가로수에는 시범을 보인다며 공산주의자 시신들이 내걸렸다.

 그녀는 날마다 시내에 걸린 수배 포스터 위에서 그

---

150) *주: 독일 시인 Friedrich Schiller(1750-1805)의 발라드 "장갑"을 암시함.

151) *주: Rosa Luxemburg(1871-1919): 공산주의자, 경제학자, 폴란드와 독일에서 좌익 운동의 지도자.

152) *역주: 크로아티아 화폐단위.

들의 이름을 보았다. 즐라타는 꼼꼼하게 그 이름의 수효를 셌다. 1944년 8월 5일부터 1945년 4월 24일까지 총 359명의 이름이 내걸렸다.

틸라는 1945년 2월 13일, *드레스덴* 공습153)이 시작된 날, 자신의 개인 예술학교에서 가르치지 않았다. 그녀는 어쩔 도리 없이 안락의자에 웅크리고 있고, 즐라타가 그녀를 위해 차를 내어 왔다.

즐라타는 독일 상공에 영국 공군 비행기들이 출현했다는 영국 런던 라디오의 뉴스를 듣고, 정말 기뻐했다.

당시 드레스덴 미술관에는 *슬레보그트(Slevogt)*154)가 클레오파트라 배역을 공연한 틸라에 감동을 받아 그린 당시 틸라의 초상화 작품이 걸려 있었다. 틸라는, 그 공습에, 그 미술관 천정이 무너져 그림 속 자신이 흙더미에 갇힌 것과 같은 기분을 느끼고는, 안락의자 속으로 웅크리고 있었다.

틸라는 제2차 전쟁이 끝난 뒤, 한 번 드레스덴을 방문해, 그곳에 소장된, 모스크바의 예술품 수선소에 보내졌다가 다시 돌아온, 새로 단장된 조각품들을 보고 감탄했다.

그녀는 베를린 장벽이 무너지는 것을, 독일이 통일되는 것은 보지 못했다.

한번도 그녀는 독일이 통일된 뒤의 드레스덴에 대한

---

153) *역주: 드레스덴 폭격은 제 2차 세계 대전의 유럽 전선에서 마지막 몇 달 간 미국과 영국이 독일 작센주의 주도인 드레스덴 시를 대규모 폭격한 사건이다.1945년 2월 13일~15일까지 네 번의 공습.

154) *역주: Max Slevogt (1868-1932). 독일 인상파 화가.

언급을 듣지 못했다.

친구인 영국인들이 모든 것을 부쉈지만, 적국인 러시아는 모든 것을 되살려 놓았다.

본능적으로 이날 그녀는 유르예브스카에서 경련을 일으켰다. 왜냐하면, 드레스덴의 그 천정이 그녀 자신이 그려진 초상화 위로 무너졌기 때문이었다.

바깥의 자그레브 거리에서는 여전히 그녀의 수집에 대한 찬사가 이어지고 있었다.
-*카메룬에서 가져온 여성의 선조* -라고 믈라덴은 놀라며 되풀이했다. -*뉴기니의 조상. 파스크 섬*에서의 개 조각품 하며.
즐겁게 보고 있는 이는, 아버지의 오소리 솔로 자신의 얼굴을 이미 면도도 한 고등학교 졸업자다. 그는 크리스마스 때가 되어야 자신의 면도기를 새로 받을 것이다. *파스크 섬, 카메룬과 뉴기니* 라는 말만 들어도 그들에겐 모두가 전적으로 환상 그 자체다. 물론 그 이름들은 학교에서 배웠지만, 틸라 서재에 있는 그 예술품들은, 지금 갑자기, 그 지리적 이름에 이상한 차원을 가져다주었다.
-선생님은 그곳, 어디에나 가 보셨나요?
-그건 아냐, -틸라는 웃었다. -남편 폴이 1920년 말에 프랑크푸르트에서 뭔가 고대 물품들을 찾아냈지요. 그이는 낯선 가치들을 발견하는 능력을 가졌거든.

그 학생들은 조용히 존경하는 마음으로 듣고 있었다. 집으로 가는 길에서 블라도가 물었다.

-너는 그 말 들었니? 선생님의 남편 폴이 그 예술품들을 발견했다니. 선생님이 이곳에 계실 때, 전에 함께 거주하셨던 남편 루츠의 취향은 아니라시네. 그 남편은 *파스크 섬*의 취향은 없으셨나봐.

　-선생님이 오늘 우리에게 보여주신 것이 전부가 아니라지. 선생님은 당신의 침대 머리맡에 두신 물품들에 대해서는 아무 말씀도 없었어요. 밤에 사용하는 장롱 위에 놓인 것들을 보았니? 다음번에는 잘 봐 둬. 선생님은 그곳의 가죽 가방 속에는 예수 십자가상을 갖고 계셔. 그리스도상은 은으로 되어 있는데, 다양한 보석으로 장식되어 있거든. 그 전등 빛은 전부 원편을 비추어, 그 상은 빛나고 있었어. 너는 그것을 못 보았지? -라도반이 놀란 채로 말했다.

-믈라덴은 선생님께 매료되어 있네. 다른 것에는 관심이 없지.

-네가 파스크 섬의 인물들을 멍하게 보고 있을 때, 나는 내 손으로 그 초상화를 잡아 보았지. 선생님 말씀이, 당신의 할아버지 *흐르들리츠카* 초상화라고 하셨어. 뒤편에는 수채화라는 낱말이 있고, 1790-1810년이라 하셨고, 할아버지 성함도 있었어. 선생님은 언제나 그분을 *흐르들리츠카* 할아버지라고 부르시던데, 그분 이름은 *에드문트(Edmund)*라지.

-어디서 너는 선생님의 발길 너머의 뭔가를 보는데 성공했니?

-난 동물들에 관심이 갔어. 너는, 그 바다표범 봤니?

-선생님은 또 말씀하시길, *아우구스트 가울 작가분이* 우리 선생님을 위해 1905-1910년간에 작은 동물을 여럿 조각해 주셨대. 그때 작가 *가울*의 아내가 요리를 다 해 주셨다네. 그들은 정원의 사과나무 아래서 아내 가 손수 키워서 딴 오이도 먹었다고 했어. 너는 오이 를 직접 키우고, 자신의 취향대로 채소를 요리하는 조 각가 아내를 상상할 수 있겠니?

-선생님 부군께서 조각가 *아우구스트 골에게* 어린 자 식을 돌보는 일 대신에 조각을 더 열심히 하도록 매 달 월세를 보내줬다는 게 믿어져?

-얘들아, 그만큼 예술적인 집에서 살면서도 예술에 대 해선 통나무처럼 무관심한 저 보리스를 봐. 그는 앞으 로 어떻게 살아갈까? 그는 복싱에만 관심이 가 있는 것이 이해가 안 돼.

-틸라 선생님은 말씀하셨어. 다음번에는 우리에게 중 국 *진(秦)*나라 때 만든 마른 과일 담는 그릇과, 꽃으 로 장식된 부처님 불상도 말씀해 주실 것이라고 하셨 어. 나는 그 불상에 이미 눈길이 갔어. 그 부처님은 연꽃 위에 앉아 계셨어. 나는 한번 읽은 적이 있어. 중국인들은 복숭아를 불로장생의 과일로 여기고, 선생 님의 소장품 불상은 뭔가, 만족의 상징으로 보여. 그 불상 옆에 복숭아가 놓여 있으니.

-틸라 선생님은 말씀하셨지. 다음 주에는 우리에게 어 떤 중국인 묘지에서 발굴된 하녀 조각품을 보여주시기 로 했어. 조각품의 머리 모양을 보면 그게 중국 하녀

라는 것을 알 수 있다고 하셨어.

-내겐 그 서가 맨 앞에 놓인 석고 두상이 중국 물건 중에서 관심이 크게 가거든.

-선생님은 그게 도기 모델 이후의 첫 석고상이라고 하셨어. 조각가 *에른스트 바를라흐(Ernst Barlach)가* 전시를 위해 그녀 머리를 조각했다고 하셨어. 나는 이해가 잘 안 돼. 그게 전시된 해가 1907년인지, 1912년인지를. 너는 선생님의 1907년 모습이 상상이 되니? 1910년이면 선생님은 예술 수집가인 카시러 Cassirer에게 시집갔고, 그러니, 내가 보기엔, 선생님의 남자친구가 결혼하기 이전의 틸라 선생님을 조각한 것 같은데.

-즐라타 부인 말씀엔, 선생님의 첫 남편도 화가이셨대.

-첫 남편이라고? 나는 이해가 되지 않아.

-뭘, 이 사람아, 너는 이해 못 하니. 그분, 지금의 선생님 남편은, 지금 자그레브 가정에 안 계시는 그분은 셋째야. 선생님은 당시 독일인 절반을 매료시켰고, 동시에 너도 이미, 네가 이미 실크 목수건을 두를 만큼 그만큼 너도 선생님께 반해 있네.

블라도는 얼굴을 붉혔다. 선생님에게서 반한 것은 예술임을 그 통나무 같은 머리의 악동들에게 설명하는 것이 가능한가? 그는 침을 꿀떡 삼켰다.

-내겐 그 복도에 걸린 정원에서의 축제 사진이 맘에 들었어. 너는 보았니?

-아니, 어디서?

-벽쪽에 난 복도에서. 어떤 사람들이, 공으로 하는 경

기인데, 볼링이라고. 여성분들이 긴 치마를 입고서.

-하지만 그건 틸라 선생님 사진이 아니래. 그것은 즐라타 부인의 부모님이 사셨던 때의 그 집 정원풍경이래. 나는 긴 치마를 입은 그분을 금방 알아냈지. 우리는 마지막으로 질문했는데, 어느 해에 그 일이 일어났는지를. 난 잊어버렸네, 아마 19세기인 것 같았는데. 즐라타 부인 말씀에는, 그것은, 넓은 창 모자를 쓴 부인들이 볼링 놀이를 하던 때인데, 그분 아버지 댁에서의 가든파티였다고 하셨어.

-그럴 리가 있니? 너는 그 벽면에 *오스카 코크슈카 (Oskar Kokschka)*[155]의 초상화가 걸려 있는데, 그 사이에 볼링 공놀이 사진에 관심을 어떻게 가질 수 있어? 얘들아, *오스카 코크슈카*, 그분은 선생님의 친구분이셔. 그게 자네의 멍청한 머리에 들어갈 수 있을까? 그분은 자신의 자화상과 *카를 크라우스(Karl Kraus)*[156]의 초상화 작품을 그린 뒤, 그분이 그린 것이 - 선생님 초상화래. 에이, 얘들아, 화가 코크슈카의 모델이 아무나 될 수 있는지 너희들에게 묻고 싶어.

-하지만 그분도 그녀처럼 오스트리아인인데, 아마 그게 좀 도움이 되었겠지.

-출생 나라를 말하는 것이 아니라, 어느 예술에 소속되는가, 그게 핵심이거든. 선생님을 뵈면 예술이 빛나고 있어. 마치 20년 전의 당시의 그분을 보는 듯이.

---

155) *역주: 오스카 코크슈카Oskar Kokoschka CBE (1886 - 1980). 오스트라아 예술가, 시인, 극작가
156) *주: Karl Kraus(1874-1936). 오스트리아 작가.

우리는 상상이 돼.

-그런데 즐라타 부인의 말씀은, 틸라 선생님 남편이 코크슈카에게 그 초상화를 구입했다고 하셨어.

-모든 남편이 자기 아내 초상화를 그리자고 주문하지는 않아.

-내게 가장 감동적인 것은, 중국풍의 찻잔 속에서 들어있던 초콜릿이었거든. 나는 그것을 천천히 먹으려고 내 성질을 죽여야 했지. 또 너희는 보았니, 선생님이 찻잔으로 쓰는 도자기에 잇빨 자국이 난 것을?

믈라덴은 아무 생각 없이 그 말을 던졌다. 그 말에 주위의 친구들이 웃었다. 그를 제외하고는 아무도 그것을 보지 못했다. 즐라타와 틸라, 그 지식인 부인들의 댁에서의 볼만한 사건들이 엄청 많았다.

-사실, 집에서는 내가 담배 피우는 것을 숨겨야 했지만, 여기선, 봐, 두 분 선생님은 우리를 위해 담뱃갑도 스스로 열어 두셨어. 만일 내 엄마가 이를 아시면, 나는 너희들과 함께 그곳에 다시는 못 가게 될 거야.

-아무도 못가지. 우리는 입을 다물어야 해. 우리 셋이 *쯔므록(Cmrok)*에 산책하러 갔다고 말할 거야. 우리가 넷째 일요일에 이미 그 선생님들의 디자인 지도를 살펴보고, *파스크 섬*의 조각품에 찬탄하고, 담배를 피우고, 꼬냑을 맛본다는 것을 누가 듣기라도 한다면, 이건 대사건이 될거야.

-어느 어머니가 일요일마다 우릴 의심 없이 그 두 분의, 나이 많으신 여사님께 가도록 허락하겠니?

-아, 그 집은 얼마나 아름다운가! 1881년 건축이라는

명기된 것을 본 적이 있어.

-책은 또 얼마나 많고! 그 두 분 선생님은 책 한 권을 선물로 받을 필요가 없겠어. 모든 것은 이미 풍부하니. 우리는 그 책이 모두 3,000권이 되나, 4,000권이 되나 내기를 해볼까?

-하지만 선생님의 남편은, 만일 그분이 아프리카 미술과 동시에 *샤갈(Chagall)*[157]과 *클레(Klee)*[158]에 관심을 가졌다면, 어떤 취향이셨을까? 선생님 말씀엔, 그 기법은, 샤갈이 그린 그림의 기법은 *구와슈(gvaso)*라는 이름이래.

그들이 위쪽의 도시 구역에서 아래쪽으로 내려오고 있었을 때, 눈이 한낮의 햇살에 도로의 사람이 다니는 인도에서 녹고 있었다. 그들의 가죽 구두창의 나무쐐기가 박힌 높은 구두가 그들이 걸어가는 동안, 뽀드득 소리를 내고 있었다. 그들의 두 볼은 흥분으로 붉어져 있고, 이는 반짝였다.

4주 전에, 보리스가 축구를 함께 즐기던 고등학교 졸업생 친구 셋을 자기 집에서의 생일축하 케이크에 초대했다. 그 자리에서 그 셋은 틸라 선생님의 수집품에 대해 그만큼 열정이 있음을 또 그들이 그 선생님의 친구가 된 것을 의심하지 않았다. 그들이 보리스의 초대 손님이 되었던 그 일요일 뒤로, 그들 셋은, 엄마의 정규손님이자 틸라 선생님의 정규 손님이 되었다. 그

---

157) *주: 마르크 샤갈(Marc Zakharovich Chagall, 1887-1985). 러시아 제국(현 벨라루스)에서 태어난 프랑스의 화가.
158) *주: 폴 클레Paul Klee(1879-1940) 스위스 화가.

들은 와서, 보리스에게 인사하면, 보리스 방에서 겉으로는 노는 체하지만, 곧장 예술 토론하러 틸라 선생님 방으로 몰래 갔다. 보리스, 그 스포츠 선수는, 카메룬의 목각 선조들에 대해, 사실, 무관심해 소외감을 느꼈다. 그는 지하실에서 트레이닝하기 위해 복싱용 샌드백을 두고 있었다. 지금은 그는 그 친구들을 뺏긴 불만을 없애기 위해 신경질적으로 샌드백을 두들겼다. 그의 친구들은, 크로아티아어를 할 줄 몰라 독일어로 소통해야만 하는 그 나이 많은 선생님과의 모임이 더 좋았다.

그러나 그 소년들은 루비엔스키 저택에서의 일요일 프로그램의 일원이 되었다. 다만 포격이 있을 때만, 그들을 집에 갇혀 있어야 했다. 그러나 포격은 그 시즌에는 없었다.

가정에서 믈라덴의 어머니가 불평을 했다.

-그리 오랫동안 너는 어디에 있었니? 저 수프 속에 있는 국수(베르미셀로)가 다 굳어져 버렸거든. 서둘러. 장작을 쌓아둔 곳에서 장작을 탁자로 날아다 줘. 너는 그동안 어디 있었어?

-저희는 *쯔므록*까지 산책하고 있었어요.

그 시의 한 구역인 *쯔므록*은 맞다. 다른 모든 것에 대해서는 그는 잠자코 있을 수밖에 없었다. 저 아래, 지하실에서, 나무 위로 큰 도끼로 찍어 장작을 만들면서, 방금 본 권위있는 *샤갈*과 *클레*를 추억한다는 것. 수프 통에서 큰 주걱으로 수프를 퍼 담는 것, 엄마의 명령을 듣고 이를 실천하는 것, 어린 남동생을 잠재우고, 아무 불평없이 모든 것을 한다는 것. 그의 눈앞에, 루비엔스키 저택에서의 비밀을 함께 할 일요일들이 기다리고 있다. 그곳이 자그레브의 가장 유명한 예술학교가 되었다. 그곳엔 일요일만 방문이 가능했다. 가장 정예로운 예술품 수집, 가장 심오하게 지식을 전달하는 선생님. 모든 것이, 지식만 제외하고는, 나누면 작아진다는 것을 아는 그 선생님.

지식은 나눌수록 더 커진다.

21. 인형 만들기

 학생들의 매주 일요일 예술학교는 새로운 장면을 맞았다.
 인형극 수업이었다.
 틸라 선생님은 인형에 대해 아는 것이 많았다. 인형이 배우보다 더 능력 있다고 그녀는 강조해 왔고 실제로 그걸 보여주자, 학생들은 확신하게 되었다. 그녀가 만든 인형은 *코작촉(Kozakchok)*[159]을 출 줄도 알고, 흑인 집시의 춤을 출 줄도 알았다, 인형이 웃으면 그를 보는 사람도 웃는다. 인형의 슬픔은 사람의 그것보다 더 강하다. 인형이 자신의 입에 손가락을 대면, 관객은 조용해진다. 인형이 자신의 침대 속으로 숨어들어가, *'잘 자요'*라고 말하면, 아이들은 하품을 시작하고, 엄마 품에서 고개 떨군 채 잠들기 시작한다. 인형들은 보는 이를 지배하고, 지시하고, 즐거움과 희망을 주었다.
 고양이 미치(Mici)가 교보재로서 주인공 역할을 했다. 틸라는 인형을 얼마나 자연스럽게 잡아야 하는가를 보여주러 그 고양이 목덜미를 쥐어 보였다. 인형에 영혼을 불어넣는 배우가 그 인형에 생명을 준다. 만일 배우가 서두르면, 인형도 함께 서두른다.

---

159) *역주: Kozachok (Belarusian: казачо́к; Russian: казачо́к).
  16세기 코사크족에서 원류가 된 전통 우크라이나 민속춤. 17세기,
  18세기를 거치면서 우크라이나 전역과 유럽으로 전파된 춤.

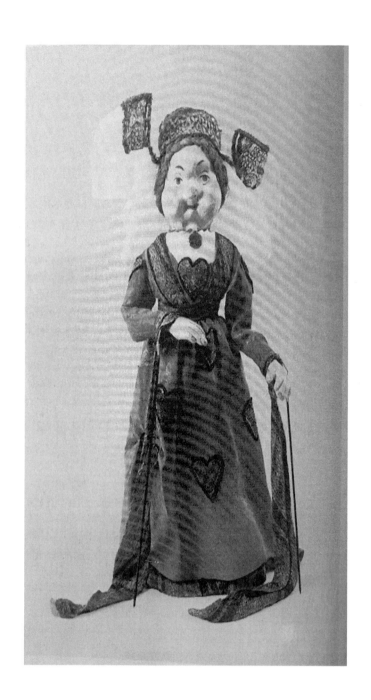

그 3명의 학생은 지금까지 자신의 삶에서, 장터에서 장사꾼이 소리쳐 팔려 온 얼굴인 *크람푸스(krampus) 인형*[160]만 보아 왔기에, 인형이 고함지를 줄 알 뿐만 아니라, 그리움과 꿈을 표현할 줄도 안다는 것을 이해한 뒤, 이제 정말 인형에 매료되었다. 그 안에서 예술가들이 얼마나 큰 역할을 해낼 수 있는지를 틸라가 보여주었다.

음악이, 빛이, 음향효과가 얼마나 중요한지를, 인형 복장이 얼마나 중요한지를 그녀는 청년 관객의 매료된 귀를 향해 이야기해주었다. 보리스가 그 인형 공연에 참여하는 것에 고집을 부리며 주저했다. 그의 앞에서 다른 친구들은 지금 자신들이 인형 동작을 배우기 시작했다는 것을 숨겼다. 보리스는 그 인형극이 결정적으로 여성화되는 것을 의미했다.
-우리가 한 번 만들어 볼까요? -틸라 선생님이 동기를 부여했다.
물에 적신 신문지를 재료로 받은 그들은 인형 머리를 만들고, 그 머리에 얼굴을 그려 넣었다. 틸라는 미국행을 시도했을 때 이후 풀지 않은 채로 두었던 자신의 옷 가방을 가져 왔다. 정원에서 토끼들을 키우는

---

160) *주:krampus. 오스트리아에서는 아이들의 동화 속에 나타나는 악마. 중부 유럽 민속에서 크람푸스는 "반염소, 반 귀신"의, 뿔 달린 의인화된 인물. 크리스마스 시즌 동안 잘못된 행동을 한 아이들을 처벌한다. 이는 잘 행동하는 사람들에게 선물로 보상하는 성 니콜라스와 대조된다. 크람푸스는 오스트리아, 바이에른, 크로아티아, 헝가리, 남부 티롤과 트렌티노, 슬로베니아 등 여러 지역에서 성 니콜라스의 동반자 중 한 명.

생활을 하면서, 여기 이곳에는 더는 그런 옷들은 필요 없겠다 싶어, 그녀는 과감하게 그 옷들을 인형 재료로 썼다. 그녀는 자신의 옷에 달린 구슬들을 뜯어내, 인형 눈으로 사용했다. 그 일의 결과를 보자, 소년들은 정말 놀라워했다.

학생들은 다음 일요일까지, 3개 인형에, 그 인형에 맞는 옷을 입혔다.

유르예브스카 27의 두 개의 방 사이의 출입문에서, 봄이 왔다는 것을 알리러 사람들이 초록 침대보를 펼쳤다. 틸라는 피아노 옆에 앉았고, 집안의 청중은 초록 이불 앞에 앉고, 그 첫 요정은 음악에 맞춰 날아다녔다. 섬세하게도 그녀는 자신의 이야기를 시작하기에 앞서, 꽃에 고개 숙이고, 그 꽃향기를 맡았다. 궁금해 하는 청중은 이야기가 펼쳐지기를 기다리고 있었다. 요정의 베일 속에서 즐라타는 틸라의 금빛 목도리로 그 인형들이 만들어진 것을 알아차렸다. 한 소년이 큰 걸음으로 나타났다. 음악은 위험을 표현해 주었다. 그는 자신의 나비 잡는 채를 이용해 요정을 잡았다. 그 요정은 울먹였고, 금빛 수건은 섬세하게 인형의 눈물을 닦아 주었다.

그 첫봄이 온 뒤로, 아동극은 이어졌다.

얼마나 흥분되는 순간이었는가! 이웃의 어린 아동들은 뭔가 특별한 것을 보러 모일 권리가 있었다. 덩치 큰 형들이 천 뒤로 숨었다. 관객 속 아이들은 그 요정을 감싸기 위한 금빛 새장이 나타나자, 숨을 죽였다. 모두가 숨을 쉬고, 모두 한목소리로 그 요정을 해방시

키러 애를 썼다.

결국, 그 요정은 극 속에서 공동 노력에 힘입어 해방될 수 있었다.

틸라가 베오그라드에서 자그레브로 귀환한 지 한 달 만에, 자그레브 유대인 청년 165명이 *쿠프리브니차(Koprivnica)* 수용소로 보내졌다. *안드리야 아들러(Andrija Adler), 로베르트 아브라함(Robert Abraham), 에곤 아들러(Egon Adler), 드라고 아드유벨(Drago Adjubel), 알렉사 일트스테더(Aleksa Altstedter), 예수아 아티아스(Jeŝua Atias).* 그렇게 그 명단이 시작되었다.

틸라가 베오그라드에서 자그레브로 귀환한 지 두 달 만에, 이미 돌아올 수 없는 수용소로 일단의 유대인을 처음 보냈다. *고스피치(Gospić)*읍, *파그(Pag)* 섬, *벨레비트(Velebit)* 산으로 1941년 7월과 8월에 2,500명의 유대인이 보내졌다. 그 유대인 모두는 작은 등짐만 가져갈 수 있다고 들었다. 모두 강제노동수용소로 보내지기 때문에.

수용소 *자그베바치키 즈보르(Zagrebački zbor)*의 창 가까이 있던 사람들은, 그 수용소에 갇힌 채, 자유로운 세계에 대한 글을 읽을 수 있었다: 프랑스 *전시회장(Franca Pavilion)* 건물에 큰 글자로 **Liberté, Egalitée, Fraternité(자유, 평등, 박애)**가 써져 있음을 읽을 수 있었다.

드라스코비체바(Draškovićeva) 25 거리에 *나라를 위해 유대인들의 기금 모금 위원회* 사무실이 문을 열었

다. 7월까지 그곳에 1억 *쿠나(Kuna)가* 모금되었다. 유대인들은 정말 그런 돈을 기부하면 그 추적에서 벗어나겠지 생각하며, 자신들의 철제 금고에서 모든 가능한 것을 꺼내 놓았다; 현금, 주식 채권, 금붙이, 장식물.

산업가 *알렉산더(S. D. Aleksander)라는 이가* 자신이 운영하던 고전 식당을 내놓았다. 그곳이 뭘로 쓸지 문제가 되지 않았다. 새 국가의 원수 사무실, 고위인물 *크바테르니크(Kvaternik)의* 사무소로 징발되었다.

틸라와 즐라타는 그 당시 그렇게 징발된 물목에 대한 자세한 기록을 갖고 있지는 않다: 82개 상자, 반짝이는 장식물이 담긴 19개의 상자, 진주목걸이들이 4개 상자, 나폴레옹 시절의 금동전이 여섯 포대에 담겼다. 680개 금시계도 수집되었다.

그렇게 모은 재산을 그 위원회 위원들은, 이 모든 것의 세목을 자세히 기록하고는, 고위급 사무실로 매일 보고서를 작성해 보냈다. 그렇게 하면, 우스타샤가 직접 해당 주거지로 잠입해, 그 유대인 재산을 착복하는 것을 피할 수 있으리란 희망을 안고.

그 도시에서는 흉흉한 소문이 이미 휘감았다.

1941년 10월을 시작으로, 자그레브의 유대인 기업들이 맨 먼저 우스타샤로 넘어갔다. 나중에 건물과 자동차가 뒤를 이었다. 파아노, 가죽 목도리, 크리스탈 샹들리에, 가구들의 리스트가 그 뒤를 이었다.

유르예브스카 20번지는, 즐라타 저택에서 멀지 않은 곳에, *오스카 삭스(Oskar Sachs)라는,* 즐라타르

(Zlatar) 출신의 유대인이 살고 있었다. 우스타샤 우두머리 *파벨리치(Pavelić)*[161]가 개인적으로 그에게 모든 아리안족이 누리는 권리를 보장해 주었다. 왜냐하면, 그가 이탈리아에서 활동할 때, 우스타샤에 자금 제공을 꾸준히 했기 때문이었다. 하지만 그 명성도 이젠 도움이 되지 않았다. 그는 나중에 붙잡혀 이송되었다. 왜냐하면, 우스타샤의 어느 중요 인물이 그의 주거지를 탐냈기 때문이었다. 전쟁이 끝나고 나서야 그런 사실을 틸라는 알게 되었다. 그 사람 *삭스*는 1943년 *스타라 그라디슈카(Stara Gradiška)*에서 살해당했음을 알게 되었다.

1941년 5월 23일, 자그레브 도로에서 통행할 때, 모든 유대인이라면 자신이 유대인임을 알리는 배지를 착용해야 한다는 포고령이 내려졌다. 그 포스터에는

---

161) *역주: 제2차 세계대전 중 유고슬라비아가 추축국들에게 점령·분할 당하자 1941년 4월 10일 자그레브에서 크로아티아가 독립국가임을 선포했고, 4일 후에 독일과 이탈리아의 승인을 받았다. 이 신생국은 크로아티아-슬라보니아, 달마치야의 일부, 보스니아헤르체고비나를 포함하고 있었다. 새 국가는 파시스트 테러 조직인 우스타샤의 우두머리 안테 파벨리치의 통치를 받게 되었다. 그는 극도로 잔인하고 폭력적인 독재정치를 펼쳤다.
파벨리치는 소위 '인종정화'를 내세워 수십만의 세르비아인, 유대인, 집시, 반파시스트 크로아티아인들을 학살했다. 제2차 세계대전 중 공산세력이 이끄는 파르티잔(유격대원)들이 통치권을 확보한 지역에 지역위원회를 조직했고 그 밖의 지역에서는 민족해방평의회를 결성했다. 1945년 파르티잔들이 자그레브를 점령한 후 이 평의회는 인민정부로 전환되고, 크로아티아는 인민공화국으로서 유고슬라비아에 합병되었다.
(http://cafe.daum.net/CKSW/R8kc/6?q=1941%EB%85%84%20%ED%81%AC%EB%A1%9C%EC%95%84%ED%8B%B0%EC%95%84%20%EC%9E%90%EA%B7%B8%EB%A0%88%EB%B8%8C%20%EC%9C%A0%EB%8C%80%EC%9D%B8%ED%91%9C%EC%8B%9D)

ABC의 순으로 그 상징 배지를 받을 날짜가 요일별로 적혀 있었다. 5월 23일, 금요일 아침 8시에, A부터 D로 시작되는 이름을 가진 사람들에게 그 배지 배분이 시작되었다. 어린아이를 위한 배지는 그들 부모가 받을 수 있다고 했다. 노란 천 조각으로 표시된 첫 유모차들이 도로를 따라 나오기 시작했다. 처음에는 유대인임을 표시하던 노란 천의 리본이 6월부터 노란 판자로 바뀌었는데, 그것들은 14세 이상의 아이들이라면 패용하고 다녀야 했다. 그 노란 판자를 아이들이 부착하고 다닐 수는 없었기에... 9,087명의 어른이 그것을 대신 들고 다녔다. 물론 그 작은 판자를 받을 때도 돈을 내고서.

 그런 상황에서 예술은 유르예브사카에 사는 사람들에게는 아름답고 일시적 위로가 되었다.

 틸라의 첫 인형극 강의가 있은 지 몇 년 뒤, 블라도와 라도반은 자그레브의 첫 *국립 인형극단*을 설립했다.

 그들은 당연하게도 틸라를 그 극단의 협력자로 초대했다. 그녀 없이는 그들 일은 상상할 수 없었다. 그들은 자신의 협력자들을 모을 수 있는 권한이 생겼고, 그렇게 해서 그녀는 자그레브에서 자신의 첫 일자리를 받았다. 그녀가 이제 인형에 입힐 의복 재봉사가 되었다. 그 극단의 여성 재봉사, 그런 극장에는 전담 여성 재봉사는 없었다.

22. 트란실바니아 출신의 목동

 4월 말에 독일 군인들이 유르예브스카 정원 앞에 자동차를 세웠다. 틸라가 육군 소령을 맞으러 정원으로 나가 보고는 거의 기절할 뻔했다: 그 소령은 친절하게도 내일 아침에 이 도시를 방어하려면 이곳 정원에 기관총들을 설치해야 한다고 알려주었다. 기관총설치할 곳을 정하려면, 그 정원의 여러 곳을 점검해야 한다고 했다.
-여기에 설치한다고요?
 틸라는 파르티잔 서류가 묻혀 있는 자신의 거주지 화단이 자그레브에 마지막으로 설치될 5정의 독일제 기관총 거치 장소로 징발된다는 것을 알고 침을 삼켰다.
 그 독일 소령은 그녀가 창백해진 얼굴을 보았다.
-이런 시절에는, 부인, 당신은 장미들을 보호할 생각을 하시면 안 됩니다.
 그녀는 이미 그것을 방해할 방법을 찾아내고 있었다.
-소령님께 알려 드릴 사항이 있습니다. 정원에서 바로 저 부분이 매우 미끄럽다는 점입니다. 보세요!
 흙 속에 숨긴, 생명을 위협할지도 모르는 문건들이 있는 정원의 한 벽의 갈라진 틈, 바로 이곳이, 그 땅이 미끄러운 이유를 입증하게 되었다.
 그것은 그녀가 역학 전문가로서 가장 중요한 역할을 했다. 다행히도 기관총들은 유르예브스카 20번지 내 그 화단에는 설치되지 않았다.

여전히 며칠을 더 기다려 볼 필요가 있었다.

1945년 5월 8일, 이 도시에는 침묵이 지배했다.
사람들은 배를 굶주린 채로.

어제 독일 장교 폰 *베르너Von Werner*가, 크로아티아에서 히틀러 유겐트의 조직 임무를 갖고 있던 유르예브스카 27 번지의 거주자인 그 장교가 자그레브를 떠나 오스트리아로 업무차 전출했다. 그가 맡은 자그레브 작전이 실패한 것이다. 그는 출발하기에 앞서 포탄을 자신의 차량에 실었다.

틸라는 마지막으로 그의 양말을 기웠다. 그녀는 라디오를 통해 나치의 종말이 왔음을 들었으나, 마지막 순간까지 자신의 정원에서의 활동이 발각되지 않도록 그와 관련해 협력했다.

그가 떠나자, 그녀는 자신의 다락방에서 옛 크로아티아 국기를 꺼내, 중앙에 붉은 별을 바느질하였다. 쥐들이 그 깃발의 한쪽을 좀 갉아 먹었지만, 히틀러 시대가 지나기를, 우스타샤의 시대가 지나기를, 크로아티아독립국의 시간이 지나기를 기다렸다.

즐라타의 *'싱어'* 재봉틀(*Singer*)−바늘[162]이 그 가장자리를 수선했다. 크로아티아 깃발을 준비하자. 아마 내일이면 그것은 내걸릴 권리가 있으리라. 그 싱어 재봉틀은 그 국기 위에서 단조롭게 작동하여, 마치 그

---

162) *역주: 1850년대 미국의 아이작 메리트 싱어(Isaac Merit Singer)가 재봉틀의 결점을 개량 보완한, 현재 사용하고 있는 재봉틀과 꼭 같은 재봉틀 제작에 성공해, 특허를 얻고 싱어 재봉틀 제작 회사를 설립함.

기계가 공연에 쓸 마녀의 옷을 짓는 기계처럼 보였다. 그 흥분을 그 재봉틀 기계는 분별할 수 없었다.

그런데, 하녀가 숨을 헐떡이며 이야기하러 들어섰다.

히틀러 그림을 걸어둔, 어느 집 살롱에 지금 새 그림이 들어섰다고 했다. 그녀가 그것을 분명히 보아도, 사람들이 확인하려면 그 저택 창문을 완전히 열어제쳐야 했다.

틸라는 즐겁게 듣고 있었다: 그 집 주인이 크로아티아독립국가 전권대장인 독일 장군 *폰 호르스테나우(Glasie von Horstenau)*를 카드놀이 친구로 한 번도 초대하지 않았지만, 자신의 집에 거주하던 독일 군인이 철수한 직후, 맨 먼저 화가를 불렀다.

원래 그림은 어느 독일 장군이, 자신의 2명의 동료와 함께 '*즐기는*' 카드놀이를 하면서, 히틀러 눈 아래 탁자 위로 카드를 던지는 것이었다. 그 *퓌러(führer)*[163]가 카드가 놓인 탁자 옆의, 벽면의 대형 초상화 위에서 자신을 뽐내며 있었던 그림이었다. 독일군의 패망이 가까워진 지금, 그 집 주인은 화가를 직접 불러, 그에게 간단히 그림을 바꿔 그려달라고 요청했다.

임무는 그리 간단하지 않았지만, 모두가 히틀러의 시선, 콧수염, 표정에서 새로운 요소를 발견했다. 화가는 히틀러를 루마니아 트란실바니아의 머리카락 많은 목동으로 힘들이지 않고 간단히 바꿔버렸다. 히틀러 손에는 굽은 막대기가 쥐어졌다. 군복은 긴 솜털이 있는

---

163) *역주: (지도자의 뜻) 퓌러, 나치 독일에서 히틀러의 칭호.

가죽 재킷으로 바뀌었다. 배경인 산은 다시 바꿀 필요가 없었다. 히틀러의 곱슬머리는 큰 가죽 모자로 숨겼다. 그 목동의 시선은 지평선을 향하여 엄숙한 채 있었다.

틸라는 그 이웃집 옆을 지나다니는 것을 좋아했고, 바람에 그 집 커튼이 움직일 때를 주시했다.

트란실바니아 목동으로 변한 그 그림은, 히틀러의 잘린 작은 콧수염이 노란 큰 수염으로 변해, 감동적이었다.

틸라는 옛 국기를 새로 재봉해 내는 기술을 가지고 있었지만, 이웃 사람들은 그녀보다 더 능숙했다: 그들은 히틀러의 유화 초상화를 아무 죄 없는 목동으로 바꿔 놓았으니.

그 목동이 우연히 선택된 것은 아니었다. 그것은 전혀 중립적이지 않았다. 그것은 반드시 되어야 하는, 조잡함의 상징이었다.

화가 르누아르에게 포즈 모델이 되면서 고딕 조각품들에 샤겨진 미소의 신비에 대해 토의했던 틸라는 하느님께 감사했다. 왜냐하면, 그녀가 인형극장에서 여성 재봉사의 일자리를 얻을 수 있었기 때문이었다.

유르예브스카에서의 그녀 서랍에는 이미 무효가 되어버린 온두라스공화국 여권이 놓여 있었다. 그녀는 취업 서류를 받으려면 새 조국을 선택해야 했다. 일자리를 얻으려고 그녀는 자신이 1934년부터 거주해 온 나라 -유고슬라비아-를 새 조국으로 선택했다. 그 나라 언어를 그녀는 여전히 제대로 구사하지는 못했다. 아마 온두라스공화국에 대해서는 더 간단할 수도 있었을 것이다.

그녀의 지금의 조국 언어 문법에는 단수에 7개 격이 있고, 복수에도 7개의 격이 있다. 그만큼 많은 종류의 격변화를 배울 필요가 있다. 그녀에게는 동사 활용 변화를 배울 용기가 부족했다. 아니면 그것을 익히게 할 남편 폴의 끈기가 부족했을 수도 있었다.

즐라타는 고집하지 않았다. 그녀는 정말 틸라의 삶을 안정시키려고, 그녀에게 짐을 지우지 않기 위해, 자신이 할 수 있는 모든 일을 했다.

즐라타는 틸라가 좋아하는 '*djuvedj*'라는 명사를 이용해 단 한 번 활용해 보았다. *djuvedj, djuvedja, djuvedju.* 즐라타는 그건 터키 말이라고 했지만, 이 낱말을 크로아티아 문법에서 사용해야 했다. 크로아티아어의 명사 격변화를 활용해 보았다.

틸라가 절망적으로 되풀이해보려고 시도했으나, 즐라타는 포기했다.

로도반과 블로드 두 제자는 자신들이 틸라 선생님의 살롱에서 배운 것 중에 조금이라도 선생님께 보답할 수 있게 되자, 행복해했다. 재봉사 직책은 가장 권위 있는 대가 지급 방식은 아니었다. 그들은 선생님이 적어도 뭔가 극장 분위기에 남아 있기를 희망했다.

틸라가 새 일터에서의 첫날, 자신의 밀짚 가방을 탁자 위의 재봉 도구들과 함께 두었을 때, 자신의 주변을 둘러보았다. 저 소음은 어디서 나는가? 오른쪽 출입문은 온전히 닫히지 않았다. 그곳은 사람들이 공연을 위해 인형극 도구를 생산해 내는, 톱질하는 목공소였다. 저 모퉁이에 놓인 철제 난로가 틸라의 얼굴이 발그레할 때까지 따뜻했다. 등 뒤에서 누군가 문을 열 때마다 언제나 바람이 들어왔다. 그런데 이곳 사람들은 그 문을 너무 자주 열었다. 그래도 그녀는 이곳의 원시적 환경이, 정맥의 피를 차갑게 하는, 뭔가 진부한 곳이라는 말하지는 않았다. 왜냐하면, 즐라타 저택에서 그녀는, 그 예술의 집 바깥을 지배하는 다양한 잔혹한 것으로부터 보호를 받아 왔기 때문이다. 지금 그녀가 그 종사자들의 중앙에 앉아 있다.

그녀는 어떻게 이를 이겨낼 것인가?

그래, 시작, *페트루시카(Petruŝka)*[164] 만들어 보자.

그녀는 실을 입가로 가져가 잘게 깨물어 잘라야 했다.

인형은, 그녀 장롱에 있던 천을 바느질해, 그녀 품 안에서 태어났다. 여자 무용수들은 그녀의 한때의 숄에서 나온 금실로 된 면사포를 받았다. 틸라는 자신의 꿰어놓은 구슬 체인을 풀어, 그것들로 공주의 옷에 눈동자들로 썼다. 그녀는 *그게 제대로 작동하는지 보려고* 저 멀리서 자신의 눈으로 인형 옷을 세워 놓은 채 보기를 좋아했다. 고양이의 가벼운 동작을 표현할 수 있는 인형들을 그녀는 더욱 좋아했다. 나중에 그 인형은 머리를 갖추게 되었다.

새 나라의 첫 5개년 계획을 칭찬하는 신문을 물에 적셔, 그 신문 뭉치로 가장 자주 인형 머리를 만들었

---

164) *역주: 러시아 작곡가 이고르 스트라빈스키(Игорь Фёдорович Стравинский, 1882-1971)의 작품.

다. 신문의 첫 페이지에 실린 트랙터가 여자 인형의 코까지 다가갔다. 사회주의는 아직 새롭고, 날카롭고, 망치에서 겨우 나온 것 같았다. 그 낫은 아직은 무뎌지지 않은 채로 있었다.

 틸라의 학생이자 친구인 그 극장 감독이 이제 그 극장 일을 그만두자, 극장을 지휘하러 새로 보스니아 사람이 왔을 때, 그녀는 그것이 뭘 의미하는지 알았다.

 그것은 멸시의 잔재물이었다. 블라우스 위로 그녀는 여전히 몇 개의 남은 구슬 체인을 두었다. 그것은 뭔가 여성스럽게 느끼는데 해 주었고, 그러면서 그녀는 이 어지럽혀져 있는 목공소에서 실을 바늘귀에 끼고 있었다. 그녀가 새 나라에서 가장 힘들게 참아내고 있는 것은 원시성이었다. 그것은 그녀가 가는 곳 어디에도 충분했다. 자신이 사는 집의 문화가 이곳보다 더 풍성한 것 같이 보였다.

 뚫린 가죽 배수관에서 풍부한 소리를 내며 눈이 녹고 있었다. 정원 풀밭에는 따뜻한 바람이 새롭게 건드리자 흙에서 아네모네가 모습을 보였다. 나중에 정원에서 까치밥나무들이 곧 노란 꽃을 피우기 시작했다. 그때 여러 그루의 밤나무가 노란 꽃을 더한다. 사람들이 그녀 서랍장을 예브게 만들려고 마르멜로 두 그루가 담긴 화분을 가져다주었다. 그렇게 이미 가을은 향기를 내고 있었다. -그녀는 그렇게 생각하고, 마르멜로를 그녀 방의 램프 아래에 두었다. 그 빛은 샤갈의 구아슈 스타일의 3점의 작품 그림 앞에 떨어지고 있었다. 마르멜로들은 이상하게도 폴 *클레(Paul Kle*

e)[165])의 작품들 앞에 놓였다. 위대한 조각가 *가울이*
틸라의 수집품을 위해 움직이는 말, 곰과 사슴들을 어
떻게 잡아 왔는가? 이곳으로 행복을 가져다주려고, 아
시아에서 가져온 불상들. 잔 가장자리에 몇 군데 흠집
이 나 있지만 정교한 백자기 찻잔. 지금은 인형의 **뺨**
을 붉게 만드는 도구로 사용되고 있는 화장품 상자.
이바누쉬카 라는 유쾌한 러시아 소년 인형은 양털 옷
을 입고 있다. 줄이 달린 비단, 그녀 요정 인형에 입
힐 치마를 위한 정예한 오렌지색 샤르뫼즈(ŝarmezo)
직물[166]. 어느 악장에서 그녀는 저 색상의 옷을 한 번
써볼 것인가? 그녀 머릿속에는 그녀가 한 번도 잊지
않은 독일 시인의 여러 작품이 스쳐 가고 있었다.

  그녀 스스로 옛날 귀족의 의복을 위해 장식이 많은
의복을 디자인했다.

  자그레브 인형극단의 분위기에 대한 커리커쳐가 있
다. 그것은 손에 긴 실을 든 틸라 두리에우스다. 극단
의 여성 재봉사였다.

  이제, 그래, 그 재봉사는 자신의 집에 있는 수천 권
이 있는 서재를 제공했다. 그 서재를 그녀는 일요일

---

165) *역주: 파울 클레(1879-1940)는 스위스 화가이다. 국적은 독일이
   다. 그의 작품은 표현주의, 입체파, 초현실주의 등 여러 다양한 예술
   형태의 영향을 받았다. 그와 그의 친구인 러시아 화가 칸딘스키는 예
   술과 건축의 학교인 바우하우스에서 학생들을 가르친 것으로 유명하
   다.
166) *역주: 샤르뫼즈 charmeuse 강연사와 크레이프사를 사용하여 주
   자직으로 짠 가볍고 부드러운 직물. 표면은 매끄럽고 광택이 있으나,
   이면은 광택이 없다.

아침에 오는 방문객들에게 개방했다. 그때 그 방에서
는 최고의 예술 용어뿐만 아니라 수많은 말이 오갔다.
고딕 조각품의 경우처럼, 한 번도 눈에 눈물을 보이지
않았던 그 서재에서.

23. '자그레브 1945', 틸라 두리에우스의 작품

일터에서 돌아온 틸라는 테라스에 앉아 자신의 줄이 쳐진 노트를 펼쳤다. 그 자리서 저녁까지 매일 매일, 여름 내내 그녀는 자신의 첫 희곡을 썼다.

틸라는 노트 앞에 일찍 앉았다: 극장에서는 오전 7시에 하루가 시작된다. 사회주의 건설을 아침 일찍부터 시작한다. 오후 3시를 지나 몇 분 뒤에는 그녀는 이미 퇴근해 집에 와 있다. 그녀가 열심히 한다면, 오후에는 많은 것을 써 내려갈 수 있을 것이다. 그녀는 자신의 작품에 먼저 제목을 달았다: '*자그레브 1945.*'

주인공은 이 도시를 점령한 독일군들이 점거한 집 인근에 사는 예술 수집가이자 파르티잔의 여성 후원자 *엘바 드안드라데(Elva d'Andrade)*이다. 그 부인은, 열정적인 파이프 담배 애연가이지만 더욱 열정적인 예술품 수집가였기에 *파스키* 섬에서 출토된 조각상도 몇 점 소장하고 있다. 그녀 집을 수색하던 독일인들이 깜짝 놀랐다. 그 작품 속 주인공은 포르투갈 국적의 남편을 사별하고 살아가는 외국인이다. 그래서 자그레브 시민들보다는 더 잘 보호를 받았다. 그 점 때문에 파르티잔을 몰래 돕는 그녀 임무는 충분히 효과적이었다: 그녀는 자신의 집 정원 화단을 아동용 삽으로 파서 파르티잔의 비밀 주요서류를 묻어 숨긴다. 포르투갈이라는 나라와가장 좋은 인연으로 인해 한때 음악 교사인 포르투갈 오페라 가수 *드안드라데(d'Andrade)*

가 엘바 부인의 이름이 된다. 그녀가 정원 화단에 생명을 위협하는 서류를 숨긴 곳을 발견하고는, 그 서류를 아동용 삽으로 묻는다. 독일군 수용소를 몰래 탈출한, 병을 얻은 한 청년을 수색하러 독일 군인들이 그녀 집에 왔을 때, 그녀가 그 청년을 닭장에 숨긴다. 그녀 주변에는 이웃 가족의 영웅들이 찾아든다; 독일 장교를 사랑하는 *나다(Nada)*, 지하운동의 협력자인 그녀의 자매 *보자(Boža)*. 엘바와 함께 살면서, 서류를 받으러 어느 공산주의자가 사는 방에 갔다가 경찰 포위망에 걸려, 길에서 붙잡힌 *베스나(Vesna)*. 베스나는 자신의 발에 중상을 입은 채, *사브스카(Savska0* 거리의 감옥에 갇힌다. 그녀 아버지는 유명 장군으로 보스니아에서 파르티잔을 상대로 전투를 하고 있다. 파르티잔을 도와 반역자가 된, 그의 딸의 관심을 파악한 그 장군이 자신의 집에서 베스나를 쫓아낸다.

-독일은 학문과 동화로, 국민 노래와 예술로 한때 빛을 발휘했어요. 지금은 이 나라가 페허가 되어버렸어요.

 엘바 부인은 왜 자신이 숲속 사람들을 돕는지 설명하고 있다.

-정의에 대한 배고픔이지요. 배부른 사람들은 늙어갈 수 있지만, 그건 부르주아의 불행이라고요.

 엘바는, 그 조력자들과 함께, 숲으로 50명의 사람을 연결해 준다. 미래를 그녀는 장밋빛 톤으로는 상상하지 않았다.

-희망을 너무 크게는 갖지 말아요. 대단한 인내와 관용이 필요합니다.

그녀는 왜 이곳에 자신이 거주하는지를 설명하고 있다.

-이곳 공기는 좋은 아이디어로 가득 차 있어요. 그 아이디어에 나는 그만 매료되었어요. 문을 닫아도 소용이 없지요. 출입문의 자물통 구멍으로도 그 아이디어가 들어 온다니까요.

-오늘 19시에 *마르티체바(Martićeva)*와 *드라슈코비체바(Draškovićeva)* 십자로에 이 서류를 가져다 놓아야 해요. *듀로(Djuro)*가 그것을 담뱃갑 안에 넣어 들고 올 거에요. 그것들은 담뱃갑 깊숙이 있을 겁니다. 받아서는 곧 땅속에 숨겨 둬야 해요.

그 집에 주둔한 독일 군인이 그녀와 대화를 나눈다:

-여기서 알랑거리는 *오리엔토(Oriento)* 녀석이 믿을 수 없는 오스트리아인을 만난다고 합니다. 헛되이 우리가 프루시아 정신을 좀 들여왔답니다.

그렇게 그 독일 사람은 그녀에게 설명한다.

1945년 4월이다.

그 군인은 여전히 *히틀러가* 승리를 가져다줄 놀라운 무기라며 'V3'으로 믿고 있다.

틸라가 그 독일 군인을 믿게 만든다. 그녀가 'V3'이 1941년 스코페로 가는, 그녀가 탄 기차가 멈추었던 곳에서 가까운 *크라구예바츠(Kragujevac)*[167)에 있는

---

167) *역주: 크라구예바츠(Крагујевац, Kragujevac)는 세르비아에서 4번째로 큰 도시로, 슈마디야 지방에서 가장 큰 도시이며 슈마디야 구의 행정 중심지이다. 현대 세르비아의 첫 번째 수도였고 발칸 반도의 첫 헌법인 스레텐제 헌법은 1838년에 이 도시에서 선포되었다. 제2차 세계대전 중 이 도시에서 2,778명의 세르비아인과 소년들이 살해되어, 나치 대학살의 현장이었다.

학교의 학급 반 이름인 것을 아직 모른다.

그 학급생 전원은 물론이고 교사들이 같은 날에 총으로 살해당했다.

틸라는 자신이 본 그대로 자그레브를 그렸다: 도시는 우스타샤에 호의적인 그룹과, 그 파시즘에 반대하는 그룹으로 나눠져 있다. 중립주의자가 설 곳이 없었다. 그녀는 자그레브 극장 전원의 90퍼센트가 파시즘에 반대한다는 것을 파악하고 감동해, 파시즘에 반대하는 지식인들에 자신도 가담했다.

그 작품은, 매일 20시부터 통행 금지되어 경찰이 장악하는 크로아티아독립국가 수도 자그레브의 가정 분위기를 표현하고 있었다. 그 도시로 파르티잔들이 들어섬으로 이 작품은 끝난다.

커튼은, 그들이 도로에 들어섰을 때, 그 막을 내린다: *다비샤(Dabiša)*, 즉, 독일 수용소에서 탈출한 그 청년은 끝내 죽지만, 반면에 *보자(Boža)*는 창가에서 새 깃발을 펼치고 있다.

자그레브 사람은 그 작품이 유르예브스카 거리에서 일어난 것임을 느끼고, 정원으로 향하는 그 계단을 보고, 더 잘 알게 된다.

즐라타는, 틸라가 그 작품을 탈고했을 때, 그 작품 전체인 57페이지 분량을 타이핑해 주었다. 실제로, 어디선가, 30페이지를 타이핑하면서, 즐라타는 자신의 손에 뜨거운 물을 쏟는 바람에 그 타이핑을 멈춰야만 했다. 틸라는 그것을 서둘러 끝내고 싶었다. 그들은 믿을 만한 타자수 여성 1명을 고용했다.

그 타자수는 서둘러 또 실수 없이 타이핑하였지만, 그녀는 처음에는 자신이 뭘 타이핑하는지 이해하지 못했다.

작품의 결말에 가서야 그 타자수는 그럼에도 그 내용을 이해할 수 있었다.

그녀는 *옐레나(Jelena)*라는 이름을 가졌는데, *프리모르스카(Primorska) 에스페란토협회* 총무였다.

1941년 5월, 우스타샤에 소속된 사람이 그녀 사무실로 와, 인사하고 둘러보았다. 눈짓으로 그는 그 장소의 높이를 재어 보았다. 만족한 것 같았다.

-여기서 일하고 있나요? - 그 우스타샤 조직원이 문서보관소 옆의 *옐레나*에게 물었다.

-그렇습니다.

옐레나는 무슨 일이 닥칠지 기다리고 있었다.

-내일부터 이곳에 더는 근무하러 오지 마시오.

그것이 그가 말한 전부였다. 옐레나는 이해했다. 그녀는 그 사무실로 더는 가지 않았다.

-그곳에서 무슨 일이 일어났는지 알아요?

즐라타가 물었다.

-저는 압니다, 그 사람이 아직도 그 사무실에 살고 있어요. 내가 그 주변을 걸어가다가, 그 사람이 더 값비싼 커튼으로 교체한 것도 본 적이 있어요.

틸라는 자신이 쓴 희곡을 스위스의 여자친구에게 우송하려고 했을 때, 대형 봉투를 찾지 못했다. 즐라타가 종이를 잘라서 큰 봉투를 만드는 것을 도왔다. 그들은 한 숟가락의 밀가루와 물로 풀을 만들어, 대형 봉투를 만들어 그 작품을 발송했다. '스타드테아트르 루체른(Stadttheater Luzern) 1946이 이 작품을 공연했다.

그것을 폴 쉴(Paul Schill) 감독이 무대에 올렸다. 그것은 4번이나 공연되었다. 엠니 *라인하르트(Emmi Reinhardt)*가 엘바(Elva) 역을 했다. 그 공연 프로그램에는 그 작품과 관련된 날짜들이 기록되어 있었다: 1945년 4월 27일부터 5월 8일까지.

틸라가 초연에 참석하리라고는 아무도 생각하지 못했다. 그녀는 여행할 돈을 가지고 있지 않았다.

자그레브와 *루체른 Luzern* 사이에는 그만큼 비자도 필요했다. 베오그라드에서 돌아온 뒤, 즐라타 집 안의 어느 서랍에서 찾은, 그녀의 무효화된 온두라스 여권은 그녀에게 새 여권, 유고슬라비아 여권을 만드는 데 도움이 되었다. 하지만 그 여권은 스위스에서의 그 작품이 초연된 뒤, 몇 년이 지난 뒤에 준비되었다.

스위스 여자친구가 그녀에게 *뉴에 취리히 짜이퉁 (Neue Zuericher Zeitung)*신문에 난 작은 기사를 보내 주었다. 다른 신문사들인 *바슬러 나쇼날자이퉁 (Basler Nationalzeiting)과 데어 분드(Der Bund)가 쓴 기사*는 틸라가 아쉽게도 받지 못했다. 그 작품은 스위스 무대에서 긴 생명을 유지하지는 못했다. 독일인 배우에 의해 저술된, 그 작품은 2002년까지 크로아티아에서 아직 공연되지 못했다.

그녀 자서전에도 그 희곡 작품은 중요한 자리를 차지하지는 못했다. 그녀가 그것을 언급하는 것을 잊었

다. 비슷하게도 자그레브에서 발간된《*인형극장에서의*
재봉사》작품도 인형극에 대한 자신의 책자에 언급하
는 것을 그녀는 잊어버렸다.

그 작품을 인형극단의 여재봉사인 틸라 두리에우스
가 저술했다.

24. 전반적인 질문서

1949년 11월 5일.

틸라는 그 질문지 서류에, 폴이 준 만년필 펠리컨 (*Pelikan*)으로 이 날짜로 서명했다. 폴과 틸라, 그 두 사람이 둘째 만남에서 폴에게서 선물로 받은 것이다. 당시 틸라가 자신의 핸드백에서 필기구를 못 찾고 있음을 보자, 폴이 서둘러 자신의 것을 선물로 주었다. 그 펠리컨 만년필이 그녀가 베를린을 떠날 때 가방 속 잉크를 여전히 마시고 있었다. 프라하로 가는 길에, 그녀는 갑자기 그 만년필용 잉크가 쏟아져, 그 속에 든 짐을 다 먹칠할지 모른다는 생각이 급히 들었다. 어떤 식으로 그 만년필 뚜껑을 제대로 돌리고 나서야 안심이 되었다. ―자그레브로 오는 모든 물품의 포장상태가 그대로 유지되었다.

이제 황금색 펜 위의 펠리컨은 이 문단에서 저 문단으로 평화로이 넘나들고 있었다. 그 극장 비서로부터 그 극단 소속의 모든 사람은 같은 서류를 받았다.

―내가 그걸 다 정리해서 내일 돌려줄 수 있을까요?

틸라가 요청했다. 그녀는 그 서류의 내용을 써가면서 즐라타와 의논했다. 그 공식서류가 그녀가 자신의 일터에서 계속 일할 여부를 결정할 것이고, 어떤 식으로든 그녀는 다른 사람의 조언은 믿지 못했다.

아버지: *리카르도 고드프로아Richard Godeffroy* 박사.

어머니: 흐를리차(Hrdlica)가 낳은 딸 아델라(Adela). 아버지는 오스트리아 빈의 화학교수였다. 그 자신은 급료로 살았다. 그는 다른 유산을 남기지 않았고 어머니도 마찬가지였다. 어머니는 제문(Zemun)에서 틸라를 낳았다.

최종 학업을 마친 뒤, 나는 짧은 기간 만에 독일 극장 무대에서 탁월한 위치와 지도적인 배역 활동에 도달했다. 가장 위대한 성공은 막스 라인하르트(Max Reinhardt) 교수의 희곡 공연이었다.

-이렇게요?
 두 사람이 고심하고 있었다.
-그렇게 둬요. 만일 누가 검토하면, 보라고 하지요. 노동자 경력을 강조하세요.
-*1908년부터 사회 문제에 관심 가지고, 먼저 베를린, 나중에는 뮌헨에서 좌익 단체와 지속적 관계를 유지해 왔다.*
-그 당시 정부가 당신의 뒷조사를 하고 있었음을 점을 말하세요.
-하지만, 내가 *로사 룩셈부르크(Rosa Luxemburg)*와 관련을 맺는 것을 방해하려는 남편 폴의 가족이 나를 뒷조사하고 있었는데요. 그들은 내가 교외에서 어느 일요일 아침에 노동자들에게 피아노와 연계한 낭송을 해왔다는 소식을 듣고 그들은 깜짝 놀랐어요. 폴은 그런 일에는 신경질을 내지 않았습니다. -당신이 좋아하는 대로 해요. -그이는 그렇게 말해 주었거든요.

-이렇게 집어넣어요: 그것이 정부 기관으로부터 추적을 받는 동기가 되었다고요.

-그런데, 그 추적은, 그것은 진실이 아니에요.

-중요하지 않아요. 여기에 그렇게 써두세요. 사람들이 당신을 추적하지 않았다고는 말할 수 없을 겁니다. 왜냐하면, 당신은, 나중에, 산업가의 아내였음을 이야기해야 합니다. 그렇게 하면 당신은 평형추를 갖게 됩니다.

-*1910년에 나는 미술사 연구가이자 출판인 폴 카시러에게 시집갔다. 그이는 1926년 별세했다.*

-좋은가요?

-괜찮은 것 같아요.

-1930년에 내가 말한바 있는 루츠와 결혼했다고 할까요?

-사실대로 하세요. 그가 산업가였다고 말하세요.

-*1930년 나는 산업가...에게 시집갔다...*

-히틀러가 힘을 잡았을 때, 나는 남편과 함께...

-사람들은 힘이라는 말을 정권 인수라고 말합니다.

-히틀러가 정권을 인수했을 때, 나와 남편은...

-남편은 여기서 언급하지 마세요, 너무 부르주아적이니까요, 동무라고 말하세요.

-그것 좋네요, 루츠 동무. 좋아요.

-*히틀러가 정권을 잡았을 때, 나와 나의 동무는 독일을 떠났다. 그때 1년 동안 우리는 스위스에서 살았다. 우리는 온두라스공화국 국적을 취득했다.*

-그건 좋게 보이나요?

-환상적이고, 지어낸 이야기 같아 보여요. 하지만 그

렇게 놔두세요, 그런 일이 실제 있었으니.

-1934년 우리는 유고슬라비아로 와서 내 친척 여성 즐라타 루비엔스키(Zlata Lubienski) 댁에서 거주했다.

-1941년에 게슈타포가 내 동무를 붙잡아, 독일로 압송해 갔다.

-그가 어디서 붙잡혔는지를 내가 쓸까요? 테살로니키라고 언급할까요?

-언급하지 않는 것이 더 좋겠어요. 당신들은 그곳에서 뭘 했는지 신문할 수 있어요.

-그는 1943년 수용소에서 실종되었다.

-내가 어느 수용소인지 언급할까요?

-그건 하지 마세요, 당신이 입증할 수 없으니. 우리는 에스텔라(Estella)의 편지만 받았다만 해요.

-나는 민족해방전쟁의 후방 활동가로 열성적으로 참여했다고 할까요?

-나는 민족해방전쟁에 후방 활동가로 열성적으로 참여했다.

-배후활동가라고 하는 것이 더 나을까요? 아니, 그냥 둡시다.

-제가 민족해방전쟁(Naciliberiga Batalo)을 전체로 다 쓸까요, 아니면 줄여서 쓸까요?

-아뇨. 그냥 줄여서 'N.L.B'하세요.

-그걸 줄여서 표현할 때 중간에 점(.)을 찍을까요? 'N.L.B.' 이렇게?

-당신이 그 전투 단체에 회원임을 덧붙여 넣으세요.

-전투 단체 회원이라고 쓸까요, 아니면 줄여서?

-아뇨. 전체 문장으로 쓰세요.

-당신이 다시 한번 읽어 봐요.

-어떻게 소리가 나요?

-펜을 줘 봐요. 내가 고칠께요. '*GESTAPO*'는 여성 명사가 아니에요.

-그러나 경찰(policio)은 여성 명사입니다.

-하지만 당신은 줄여 썼네요, 그럼, 그 경우에는 대문자로.

그림엽서 또 계약서, 또 *에윈 피카토르Erwin Piscator*에게 보내는 선물에서도 자필서명하던 그 황금색 만년필 위의 펠리컨은 '*GESTAPO*'라는 낱말의 문법의 성을 여성에서 남성으로 고치려고 지금 부리를 좋고 있다.

-이렇게 하면 좋은가요?

-완벽해요. 만일 내가 당신의 책임자라면, 나는 아무 수정 없이 받아 줄 거예요.

틸라는 그 서류 종이를 조심해 다루면서 접지는 않고, 그녀가 한때 자신의 배역을 완전히 외었던 그 구겨진 서류철에 넣어 두었다. 그녀는 내일 그것을 극장 당국에 가져갈 것이다.

즐라타는 저녁에 작은 크리스탈 글라스에 브랜디를 부었다. 그 두 사람은 그 일자리가 연장되기를 기대하며 건배를 했다.

크로아티아 예술과학 학술원(Kroata Akademio de artoj kaj sciencoj) 산하기관인 '문학과 연극 연구소'는 1953년에 작성된 문서 1건을 아직도 보관하고 있

다. 문서에 따르면, *오틸리에 고드프루아(Otilie Godeffroy)*는 1880년 8월 18일 오스트리아 빈에서 출생해, 1950년 유고슬라비아 국적을 취득하고, 자신의 개명신청 요청에 따라, *고드프루아(Godeffroy)*에서 *두리에우스(Durieux)*로 개명 허가를 받았다고 기술되어 있다. 이유를 설명한 항목에서: 즐라타가 지시한 대로 그 글을 써 내려간 그 펠리컨 만년필은, 열심히 기록했다: 그 이름이 개명신청자에게는 자신의 예술 노동에 더 많이 알려져 있다.

국립 인형극단에 그녀 일자리를 확인해 준 마지막 관인은 1952년이 선명하게 들어있었다. 틸라 두리에우스는 예술가 재봉사의 직업을 갖고 있다. 그렇게 그 일반 문건의 품질이 조악한 종이에 황금색 펜은 그렇게 기록해 두고 있다.

즐라타가 옆에서 서술해 준 것은 도움이 되었다.

틸라 두리에우스는 1953년에 여권을 받았다. 직업 항목에 공무원은 장식 없이 그 진실 -여성 재봉사-을 타자로 기록해 두고 있다. 공무원의 분류 방식에선 예술가 재봉사라는 말은 존재하지 않았다. 전쟁 후 초기 몇 년만 예술가들은 존경을 받았다. 그러나 나중에 그들은 이미 의심을 받고 있었다. 재봉사는 노동자 계급에 속했으니, 그녀에 대한 의심은 없었다.

틸라 뿐만 아니라 그 극단의 누구도 그녀의 진짜 이름이 *고드프로아(Godeffroy)*라는 이름이 인형극단 역사 안에 있는 줄을 모르고 있었다.

20세기 내내 벨기에 브뤼셀의 어느 가문은 십자군

전쟁 때 싸운 *고드프루아 드 부용(Godeffroy de Bouillon)*[168]의 역사를 자랑하고 있었다. 이상하게 소리 나는 것은, 그들 자신의 빛나는 칼로 공격했을 때의 그 영웅들의 금속 방패였다. 틸라는 브뤼셀에서 제1차 세계대전 때 독일 군인들을 위해 공연했다. 그 *고드프루아(Godeffroy)*의 실패를 잡았던 막내아들이 전선에 가 있었다. 그 실의 꺾쇠 없는 손잡음에 익숙한 그의 손은 아주 잘 명중시켰다. 틸라가 병원에 자원봉사 일하면서 다리 절단 수술을 하는 자신의 책임 의사를 도왔을 때, 그녀는 총 쏜 사람에 대해서는 생각하지 못하고 있었다. 그 몸에 명중된 총알을, 그녀 가문 이름과 관련 있는, 능숙한 인형제작자 틸라가 자기 손으로 꺼냈었다.

---

168) *역주: 고드프루아 드 부용(프랑스어: Godefroy de Bouillon, 1060-1100). 십자군 전쟁 중 1차 십자군의 지도 중 한 명으로 예루살렘의 초대 성묘 수호자. 니더로타링겐 공작(독일어: Herzog von Lothringen[*], 재위: 1089년~1100년)이었다. 시온수도회의 설립자. 1099년 7월 이슬람교도에게서 예루살렘을 되찾은 뒤, 팔레스타인에 세워진 예루살렘 왕국의 최초의 통치자.

25. 독일 영화감독의 방문

검은 밀짚모자, 패션 아틀리에 *마르타 만Martha Mann*, 베를린, 1925년.

지오메트릭 패턴169)의 투명한 실크로 된 하얀 숄, 독일 1915-1920년.

이 두 점의 물품은 그녀가 자그레브에 왔을 때 그녀 가방 안에 있었고 현재도 그녀 가방 속에 들어있다. 이번에는 그 보관소가 유리로 제작되었다. 자그레브 시립 박물관 안의 *'틸라 두리에우스'(Tilla Durieux)*의 방.

그 박물관은, 설계도대로 공간을 꾸밀 기금이 부족했다. 그녀 목소리가 담긴 레코드판을 구해 보려 했으나 전혀 방법이 보이지 않았다. 그 때문에 방문자는 그녀 목소리를 듣기 위해 버튼을 누를 수 없었다. 그러나 이 박물관을 방문하는 사람들은 그녀의 독일인 유산 상속자가 자그레브에 제공한 것은 볼 수 있다.

틸라가 독일 베를린으로 돌아갈 때, 자신이 소장해 오던 예술품들도 함께 가지고 가고 싶었다. 그것은 불가능한 것으로 판명이 났다. 법률에 따르면, 유고슬라비아 예술품은 반출되지 못하게 되어 있었다. 그녀가 소장하던 예술품들은 자신이 독일에서 수입했다는 서류가 없어, 그녀가 정말 자그레브에 가져온 이 모든

---

169) *역주: 기하학적인 선, 도형 등으로 구성된 문양으로 단순한 반복적 구성에서부터 복잡하고 다양한 것에 이르기까지 여러 용도로 사용되는 문양.

것이 불법 반입이라는 것이다. 그 예술품이 독일에 속한다는 것을 어찌 입증할 것인가? 그녀가 소장 작품 중 크기가 작은 예술품들은 베를린으로 다시 밀반출했다.

베를린으로 갈 때마다, 그녀는 *아우구스트 골이* 조각한 작은 동물을 하나씩 원래 제작된 지로 몰래 들고 갔다. 대형 작품들은 운반할 수 없었다. 그 소장 수집품이 300점도 더 되었다. 진귀품들은 수입 서류가 없는 채로 있었다. 그녀는 다양한 기관에 휴대 가능 여부를 많이도 문의해 보았지만 도움이 되지 않았다. 예술품들을 베를린으로 되가져가는 것은 불가능했다.

소문에는, *빌리 브란트(Willy Brandt)*[170]가 *티토(Tito)*[171]에게 개입했다고 한다. 그 개입은 어떤 이유인지 결론을 내지 못했다. 빌리 브란트가 충분히 고집을 부리 않았거나, 아니면 티토가 고집을 더 부렸거나.

즐라타가 그 문제를 해결하려고 시도했다; 그녀는 주교가 유산으로 남긴 귀금속물을 틸라에게 주고, 대신 틸라가 소장했던 수집품은 문제가 어떤 식으로 해결될 때까지 보관하기로 했다.

즐라타가 별세한 뒤, 틸라가 법에 호소해 자신의 수집품을 다시 요구했다. 즐라타 아들인 *보리스(Boris)*는 이 요구에 양보하지 않았다. 그는 정말, 틸라가 스트로스마예르 주교의 귀금속을 받고, 즐라타에게 자신의 수집품을 넘긴다 라는 틸라가 서명한 서류를 갖고 있

---

170) *주: 빌리 브란트(Willy Brandt(1913-1992). 독일 정치가, 1971년 노벨평화상 수상자.
171) *주: 티토(Josip Broz Tito(1892-1980). 유고슬라비아 정치가

었다.

25개 다이아몬드가 박힌 목걸이, 작은 에메랄드가 박힌 금브로치, 팔찌가 함께 있는 귀고리, 시계용인 작은 금줄 2점, 자수정 브로치, 잎이 셋 달린 귀고리 2점, 다이아몬드가 박힌 *스모키 석영(라우츠토파즈 Rauchtopaz)* 반지, 뱀이 그려진 회중시계, 고대 에트루리아(고대 이탈리아의 한 지역)산 장식수집품, 곤충 모양의 브로치, 큰 진주들이 달린 귀고리, 브로치 -입에 진주를 문 호랑이 머리 모양.

틸라와 함께 베를린으로 떠난 귀금속류의 리스트는 길었다. 그 귀금속들은 루비엔스키 가문으로 다시는 돌아올 수 없었다. 그것들은 틸라 측에 남아 있었다.

법정 소송이 시작되었다.

여느 사회주의 법정의 소송처럼, 그것도 끝이 나는 데는 여러 해가 걸렸다. 틸라 유산을 상속받은, 틸라의 여자친구가 그 소송에서 이겼을 때, 틸라는 이미 별세했다. 결국, 그 권리는 그 나라에서 그 예술품의 국외 반출권을 얻었다.

틸라의 여자친구 *에리카 단호프(Erika Danhoff)*가 그 모든 것을 베를린으로 가져갈 때, 그녀는 조용히 이렇게 결론을 지었다. 자그레브에서 틸라는 20년을 살았다. 그 도시에서 그녀는 전시 때도 보호를 받았을 뿐만 아니라, 일자리도 얻었고, 그만큼 수많은 믿음직한 친구도 사귀게 되었다. 도시 자그레브가 그녀 유산의 일부를 가질 권한이 있었다. 다시 그녀는 그 도시 문화 당국과 협상을 시작했다. 그들은 그중에서 뭘 좋아할 것인가?

자그레브에서 틸라의 일생 중에서 뭔가를 요청하는, 그녀 소장품 중 뭘 요청할지 결론을 내는 위원회가 만들어졌다. 그러고는 한때 유르예브스카 27번지에 있었던 예술품들이 베를린에서 자그레브로 여행을 시작했다.

모든 필요한 법정 서명이 끝난 뒤, 19점의 예술품이 공식적으로 돌아왔다. *할아버지 흐르들리츠카* 초상화도 그 속에 포함되었다.

이야기는 그렇게 빠르게는 흘러가지 않았다.

틸라는 1954년이 되어서야 처음 자그레브를 떠났다.

먼저, 유르예브스카 거리의 정원에 어느 독일 영화감독이 나타났다. 그는 자신의 영화에 그녀가 출연할 수 있는지에 관심이 있었다.

지난날의 독일 총포 소리가 끝난 지 꼬박 10년이 채 되기 전이었다. 자그레브는 아직도 기억을 생생히 하고 있었다. 독일사람들이 그곳에서 영화를 찍는 것을 반대했다.

전쟁이 끝난 뒤, 그가 최고위층으로부터 유고슬라비아에서 영화 제작권을 얻은 맨 처음의 독일 감독이었다. 그가 이곳 자그레브에 와서, 자신의 새 프로젝트를 위한 파트너들을 찾아 그 도시를 여기저기 둘러보는 동안, 도움을 줄 사람들을 구하고 다녔다. 그 도움을 주던 사람이 지나가는 말투로 자그레브에 틸라 두리에우스라는 독일 여배우가 살고 있다는 것을 그에게 알려 주었다. 그 감독은 그것을 알지 못했을까?

-어느 *틸라 두리에우스*라고요? 그렇다면 그분은 필시 *틸라 두리에우스*입니다.

40대 나이인 그 감독은 20년 전에 베를린 극장에서 이름을 날렸던, 그녀 이름을 잘 기억하고 있었다. 그 여배우가 어디서 거주하는가? 감독 주위의 영화제작 팀원들은 그리 많이 알지 못했다. 그중 누군가 알아왔다. 그녀가 극장에서 인형 제작한다는. 그녀가 루비엔스키 저택에서 살고 있다고.

-인형극장에서 인형 제작한다고? 정말 이상한 일이네.

남자 감독은 루비엔스키 저택을 찾아왔다.

당시 루비엔스키 수집품은 이미 공식 보호를 받고 있었다.

1945년 10월 30일, '예술품 보호와 보존 위원회' 위원들은 즐라타 댁에서 커피를 마시고 있었다. 이 나라는 아직 젊고, *파시즘에 죽음을-인민에게는 자유를* 이라는 그 슬로건은 여전히 그 서류 위에 있다. *그르가*

가물린(Grga Gamulin)은 25406-VII-D 라는 번호가 매겨진 공문서에 서명했다. 제1의 서류는 1945년-315 번이었다.

루비엔스키 수집품을 더 많이 공식화한 작업은 1947 년 진행되었다. 서류 번호 816은 그 수집품의 보호를 목적으로 하고 있다.

1948년 2월 28일에 그 위원회 직원이 루비엔스키 댁에 다시 왔다. 이번에는 유르예브스카 27의 주소지에, 루비엔스키 저택에서의 두리에우스가 소장한 수집품들을 리스트로 만들기 위함이었다. 그 문건에는 두리에우스의 수집품은 루비엔스키 수집품과는 별개 사항임을 명시해 놓았다.

당시 문서 서명자는, 이것의 의미는, 되풀이할 필요 없이 두 여성이 그 지붕 아래서 만난 것과, 그 두 사람 모두 각자의 수집품을 갖고 있음을 이해했다. 그 문건 제목에 그들을 *루비엔스키-두리에우스 (Lubienski-Duriuex)* 수집품이라고 연결고리'-'로 연결해 두었다.

그 남자 감독이 그 저택 정원에 들어섰을 때, 그 철문이 삐그덕-하고 소리를 냈다. 그를 동반한 이는 금발의 통역사였다. 히틀러의 독일이 패전하자, 독일어는 아무에게도 관심을 받는 언어가 되지 못했다. 1950년대 초에 독일어를 공개적으로 말한다는 것은, 베를린 동맹국 국민임을 뜻하는 것과 거의 같았다. 이곳에서는 19세기 중엽의 공식어이자 주요언어였던 그 독일어를 아무도 더는 배우려고 하지 않았다.

처음에 그 감독은 큰 검정고양이 한 마리가 있는 것을 봤다. 고양이가 누군가의 품에서 뛰어내려, 자신의 꼬리를 세운 채 그 감독을 향해 왔다. 조금 전까지 고양이를 품고 있던 사람은 정원으로 오는 이가 누군지 보려고 고개를 들었다. 그 감독은 안락의자에 앉아 있는 한 여성을 곧장 알아봤다. 머리는 회긋해 있었고, 얼굴에는 약간 주름살이 있었으나, 생기와 빛나는 눈동자는 그대로 남아 있었다. 그가 연극사를 훑어본 것이 한두 번이 아니었다.

안락의자 옆에는 바늘과 실이 담긴 바구니가 놓여 있었다. 벽돌색으로 된 샤르뫼즈 천이 한 자락 바구니에서 걸려 있었다. 인형은 아직 머리가 만들어지지 않고, 모자만 그 하얀 *오간디(organdio)*[172] 면직물로 만들 준비를 해 두었다. 터키색(연푸른) 무슬린 천이 뭉쳐진 채 있었다. 유리로 만든 나비가 풀밭에 놓여 있었다.

이미 사회주의 슬로건 *-파시즘에 죽음을, 또 인민에게는 자유를-* 의 장식 없는 세계에 파묻혀 그만큼 오랜 세월 살아온 틸라는 독일 영화제작팀의 겸손한 태도를 살짝 웃으며 듣고 있었다. 그 감독은 그녀에게 독일 연극사를 들먹이며 인사했다. 그 점을 그녀는 거의 잊고 있었다.

-브랜디를 가져다 드릴까요?

그는 어렵게 사양했다.

---

172)*역주: 오간디organdy/organdie는 가장 얇고 바삭한 면직물.

-돌아와서, 극장 무대에서 다시 공연하는 것은 어떨지요?

 틸라는 그의 낱말 극장 무대라는 낱말이 듣기 좋았다. 그만큼의 세월 그녀는 그 낱말을 발음할 기회가 없었던 세계에 살고, 이제 지금 그녀는 그 낱말을 그가 다시 말하기를 기다리기만 하였다. 그 감독은 자신의 발음이 그녀 귀를 얼마나 즐겁게 해주었는지를 이해하지 못했다.

-돌아간다고? 베를린으로요? 아, 베를린은 과거가 되어버렸어요. 극장으로 돌아간다? 지금?

 그녀는 이미 베를린 저 위로 스펀지를 놔두었다[173].

-그녀는 확신적으로 논쟁했다.

-스펀지를요? -브랜디 글라스를 들고 오던 하녀 이브키차가 들었다. 그 감독은 그런 독일어 속어에 대해선 웃지 않았다. 왜냐하면, 그에겐 그것이 자연스러웠으니. 틸라는 정말 자신이, 뭔가 잘 적신 스펀지로 독일 극장에서 일했던 모든 것을 다 빨아들인 듯했다.

-여기서 저 감독님의 영화에 출연하라고요? 영화에서의 배역은 나는 한 번도 특별히 좋아해 본 적이 없어요. 나는 한 번도 그런 아름다움[174]에 속하지 않았어요. 하지만 주제는 뭔가요?

 대화는 인형극 바깥에서 그녀의 옛날의, 첫 직업의 개입으로 안내했다.

---

173)*주: '...위로 스펀지를 놔 두다'라는 독일말로는 '기억에서 씻어냈다'라는 뜻.

174) *주: 독일어에서 '아름다움을 유지하다'라는 말.

-몇 년이 이미 지났어요?

그녀는 곧장 답할 줄 몰랐다.

-10년도 더 되었네요 -그녀가 간결하게 말했다.

감독은 나중에 영화팀과 함께 돌아오면, 그녀를 다시 만나기로 약속했다.

그러고 독일로 귀국한 그 감독은 자신이 자그레브에서 생활하는 유명 독일 여배우 *틸라 두리에우스*를 만났다는 사실을 널리 알렸다. 그곳에서 그녀는 꼭두각시 인형극장을 소유하고 있다고 그렇게 신문들은 알렸다.

꼭두각시도 아니고, 소유하지도 않았다.

감독은 그녀가 국립 인형극단에서 진짜 재봉사로 일하는 사실을 믿기 어려웠을지도 모른다. 패션 의상실을 소유한다는 것, 그것은 베를린 전 시가지의 패션을 10년간 이끌어온 그 여배우에게는 물론 당연한 일일 수 있다. 그러나 인형 옷을 재봉한다는 것... 그 감독의 상상력 속에서, 그가 아는 유일한 인형은, 이 시장 저 시장으로 옮겨 다니며 인형 제조업자들이 파는, 아무렇게나 옷을 입힌, *카스페를(Kasperl) 인형*[175]이었다. 카스페를이라는 말은 그녀에겐 너무 원시 직업 같아 보였다. 그 때문에 필시 신문은 그녀가 그 꼭두각시 수준으로 그녀 직업을 끌어 올렸다. 더 점잖게 소리가 나기는 하다.

그녀는 꼭두각시놀이를 하지 않았다. 그녀는 자그레

---

175) *역주: 인형극에는 항상 어릿광대가 나와 아이들을 즐겁게 해준다. 보헤미아 프라터의 인형극장에는 카스페를(Kasperl)이라는 어릿광대가 단골로 등장한다. 카스페를이라는 말은 보헤미아 프라터의 인형극장(푸펜뷔네: Puppenbühne)을 대신하는 말로 사용됨.

브에서 사랑받는 인형의 특별 형태인 막대 인형을 창조했다. 그녀 자신의 동료들을 위해, 그녀는 꼭두각시 극장에 대한 학습 도구를 개발했다. 1951년 인형극장을 위해 그녀는 러시아의 옛 부호의 의복부터 평범한 *이바누쉬카*[176] *인형*까지 그 인형에 맞는 의복을 만들었다. 그녀가 관객에게 *막스 라인하르트* 극장에서 인사했던 그 복장인 비로드 치마가 이미 두툼한 귀족 부호 인형의 외투로, 또 작품 『*백설공주*』(*Neĝulino*)[177]에 쓰는 관의 재료로 사용되었다. 그녀 모자에 달린 장식용 구슬들이 '*가시의 여인*'*Dornulino*이 입는 잠옷 단추가 되었다. 그녀가 행복한 한때인, 풍선기구를 타고 지상에 착지했을 때 폴이 선물한 그 숄이 요정 옷감이 되었다. 정말 그것은 계속 날아다녔다. 그녀가 *룸러* 형제와 함께 날 때 쓴 가죽 모자가 지금 '*페쵸(Pechjo)와 늑대*'라는 인형극 공연 무대에서 늑대처럼 뛰어다녔다.

 -정말 신기하지요? 어떤 의복이 다 사용한 뒤에, 프*로코피예프(Prokofjev)*[178]의 음악에 맞춰 춤추는 것보다 더 좋은 운명을 갖기가 어디 쉽겠어요? 내 의복의 새 삶이 정말 나를 매료시켜요! 모든 그런 물건은 이력을 갖게 되었네요.

 즐라타도 자신이 즐겁게 도우며, 자신의 옷장에서 지

---

176) *역주: 러시아 동화 <바보 이반>에 나오는 형제 중 한 사람.
177) *역주: 《백설 공주》(白雪公主, Schneewittchen, Snow White)는 유럽 여러 곳에 퍼져 있는 전설을 바탕으로 한 동화이다.
178) *주: Sergej Sergejevič Prokofjev(1891-1953). 러시아 작곡가, 피아니스트.

난날 입던 옷을 가져다주었다.

젊은 나라는, 가장 풍부한 자산이라곤 청년들의 힘센 팔뚝이 전부였던 이 젊은 나라는 가게에서 5년 사용할 고무장화와 넓은 노동복을 팔았다. 사회주의 자그레브에서는 비단 제품을 부르주아 물건이라며 경멸했다.

전시 중 매일 입던, 낙하산 원단으로 만든 파르티잔 여성들의 하얀 실크 블라우스가 이젠 지겨웠다. 전후의 자그레브 여성들은 나일론을 그리워했다. 나일론 제품이 사랑받았다. 실크 직물은 부르주아의 장롱 속에, 또 박물관의 유리 속에 충분히 볼 수 있었다. 가장 아름다운 실크 제품은 틸라 두리에우스에게서만 찾아볼 수 있었다. 그 제품들은, 갈색 셔츠를 입는 사람이 맨 먼저 '유대인 여자는 꺼져라!'라고 소리치기 이전에도, 독일 극장의 사치스러움이 묻어났다.

슈크레브(Škreb) 교수가 틸라를 자신의 독일어과 학생들의 낭송 수업에 초대했다. 그녀는 *릴케*를 낭송했다. 학생들은 그들 교실에서 낭송하는 사람이 누구인지 잘 이해하지 못했지만, 그 수업시간 말고는 그런 *릴케*의 시를 더는 들을 수 없었다.

무대의 디자이너가 당시 그 인형극장 분위기를 스케치했다. 한 손에 너무 긴 실과 바늘을 들고 있는 인물이 틸라. 조각가가 자신의 모델 재료로 쓸, 수많은 신문지를 적셔, 인형 머리를 만들 것이다. 그가 용을 한 마리 창조하기를 원하자, 모두가 신문지를 가져다주었다. 왜냐하면, 그 용은 게걸스럽게 그 종이를 먹었으니. 군인들이 자신의 군복 외투를 벗은 지 얼마 되지 않은 국가에는 종이가 많지 않았다. 화장실에는 두툼한 못에 잘게 잘라 놓은 신문 종이가 걸려 있었다.

군복 외투를 입은 모든 사람 앞에
우리 첫사랑인 자유가 행진하네.[179)]

틸라는 자신의 주변에서 남자들이 무슨 이야기를 하는지 그리 많이는 이해하지 못했다. 그녀에게는 절대적으로 분명한 것은, 유르예브스카의 일요학습에 나온 그 소년 중 한 명이 첫 국립 극단 대표로 성장한 것이다. 그리고 그가, 자신의 유르예브스카에서의 그 작은 연극단이 국립극장 인가를 얻자, 곧 그때의 그 선생님에게 일자리를 조직했다.

그러나 그가 국가 장학금으로 파리 유학을 가게 되어, 그 대표직을 물러나자, 틸라에겐 다시 시련의 시간이 올 거라는 것을 극단의 새 대표를 만나면서 틸라는 충분히 예상할 수 있었다. 그 창단 대표인 제자는 탁월한 재능을 갖추었다. 그러나 새로 취임하는 대표에게 자신의 의복 개념을 소개함은 예술 대화였다.

새로 취임한 대표는 그녀 직책이 불필요하다고 믿었다. 그는 그녀의 인형제작 과정을 지켜볼 인내심을 전혀 갖고 있지 않았다. 그 인형 옷 위에서 그의 눈길은 그저 하얀 종이를 보는 것처럼 미끄러졌다. 그의 주요 관심은 - 부르주아 요소를 없애는 것이었다.

-이제 무대에 올릴 '*위대한 요쵸(Granda Joĉjo)*'라는

---

179) *주: 보스니아 시인 이제타 사라일리치Izet Sarajlić의 시 중에서.

이는 어떤 인물인가요? -틸라가 집에서 물었다.

즐라타는 베네치아에 대항해 자신의 숲을 지킨 *이스트리아반도*[180) 출신의 민족 영웅을 이야기했다.

틸라는 위대한 요쵸에 맞는 옷을 입히려고 이스트리아반도에 사는 사람들의 복장이 어떠했는지 알기 위해 백과사전을 뒤적거렸다. 그 광란의 축제를 위해 베네치아 군대 대위에게 옷을 입히려고 그녀는 1924년 새해에 자신이 착용했던 검은 구슬이 달린 혁대를 잘랐다. 즐라타만이 그 광란의 축제복에 대해 이해심을 갖고 있었다. 극장에서는 아무도 그런 세련된 스타일의 차이를 구분하지 못했다.

집고양이 미치는 누군가 자신을 쓰다듬는 것을 그대로 두고 있었다.

주방에서 하녀 이브키차가, 틸라가 아주 좋아하는 라이스 음식에 물을 더하고 있었다.

-당신은 그 감독이 다시 돌아와, 내가 영화에 출연할 것으로 믿나요?

-그 감독은 올 겁니다. 당신은 그 배역을 맡을거구요. 당신이 좋아하는 일이니까요.

즐라타는 용기를 북돋우지만, 자신의 두려움은 숨겼다. 그녀는 본능적으로 그 영화가 그녀 집에서 또 자그레브에서 틸라를 데려갈지도 모른다는 생각이 들었다.

그 감독이 돌아왔다.

틸라는 배역을 맡았다.

---

180) *역주: 이스트라 반도는 슬로베니아와 크로아티아, 이탈리아 세 나라에 걸쳐 있는 아드리아 해의 반도이다.

그녀는 그 배역이 맘에 들었다; 자신의 가장 큰 보물 -총에 맞아 죽은 아들 구두 -을 뺏긴 채, 인민 복장으로 살아가는 보스니아의 과부 <마라> 역할이다. 그 영화 이름이 《마지막 다리》 181)라는 이름이었다. 상대역 여배우는 헬가 레인벡 박사(Dr. Helga Reinbeck)역의 마리아 셸(Maria Schell)182)이었다.

성공이었다.

감독 헬무트 코이트너(Helmut Käutner)183) 혼자만 그 성공에 기쁨을 나타내지는 않았다. 베를린에서 초대장이 곧 뒤따랐다.

-내가 받아들일까요?

틸라가 놀라며 물었다. 그녀는 즐라타가 가지 말라고 하면 가지 않을 것도 염두에 두고 있었다.

즐라타는 가라고 조언했다. 그리고 그녀에게 가을날 시장 나들이를 위해 자신의 장화까지 빌려주었다. 그리고 무거운 마음으로 비계살(라드), 고추를 넣은 빵조각 2점을 두껍게 말았다. 그녀 자신은 이제 틸라를 더

---

181) *역주: 이 작품(German: Die Letzte Brücke)은 헬무트 코이트너 감독의 1954년 작품으로 오스트리아 전쟁을 다루었다. 유고슬라비아 파르티잔에 잡힌 독일 간호사가 헌신적으로 전쟁의 양편에게 의료 책임을 다하는 스토리인데, 이 작품은 1954년 칸 영화제에 출품되었다. 여기서 틸라는 '마라' 역을 맡았다. 이 작품은 1961년 한국에서도 절찬리에 상연되었다. 제4회 부일영화상(1961년) 외국영화 작품상을 수상하였다.

182) *역주: 이 1954년 작품 <마지막 다리>에서 마리아 셸은 칸 영화제에서 최고여배우상을 수상했다.

183) *역주: 헬무트 코이트너(Helmut Käutner, 1908-1980)는 독일의 영화감독이자 배우이다. 독일 영화사에서 가장 영향력 있는 감독 중 하나였으며, 라디오 함부르크(현재의 NWDR)에서 소리극으로 큰 성공을 거뒀다.

는 못 볼까 하는 걱정스런 마음은 그만큼 숨기면서.

'나는 더는 기대를 하지 말아야지! 틸라는 여기서 20년간 살았으니! 그녀가 세계를 볼 수 있도록 가게 해야지. 이 도시에서는 많은 사람이 떠나고 있고, 틸라는 우리에게 와서 20년간 여기 있었는데! 내가 더 뭘 바래?'

틸라가 떠났다.

그러나 틸라는 돌아왔다.

자그레브가 틸라의 가정이다.

여행 가방에서 -초콜릿이 나왔다. 실크 종이 안에는 오렌지들이 나왔다. 즐라타를 위해 탈라는 자신이 전쟁 후 처음으로 받은 베를린 영화 출연료로 세련된 하얀 블라우스 1벌을 사 왔다. 그리고 틸라는 전쟁으로 폐허가 된 건물만 있던 곳에 이미 사람들이 새 비단 상점을 열었다고 즐라타에게 알려주었다. 그러나 그녀는 자신의 집인 빅토리아 거리(Viktoria str)를 방문할 용기는 내지 못했다는 것도 말했다. 그녀는 자신의 기억에는 그 천장 위로 화환으로 장식된 자신의 가정집이 서 있었던 곳이 폐허가 된 것을 차마 볼 수는 없었다.

그녀는 즐라타에게 고백하기를, 그녀가 출연한 영화가 처음 베를린 극장에 상연될 때, 자신이 아주 먼 옛날 올로무츠에서 요들 노래를 부르는 소년 역할을 맡았을 때의 첫 출연보다 자신의 다리가 더 떨렸다고 했다. 그녀 자신은 몸이 아픈 것을 알고 있었다. 그녀의 혀는 무거웠고, 그녀 몸은 가누기 힘들었다.

1954년 9월 30일 그녀가 베를린에서의 *슐로스파크테아트러(Schlossparktheatrer)* 극장에 섰을 때의 관객들이 박수를 보낸 것은 그분들의 친절함 때문이라고 느끼고 있었다.

또 그녀는 *쿠르퓌르스텐담(Kurfürstendamm)*[184]의 극장으로도 초대받았다. 그녀는 자신의 몸이 좀 더 나은 상태임을 느꼈다. 그러나 쉽지 않았다. 곧장 뛸 수도 없었다. 베를린보다 앞서서 그녀에게는 1940년 유르예브스카에서의 가정 촌극 공연이 마지막 공연이었기에.

루츠 조차도 그녀가 즐라타의 자녀 -블라스타(Vlasta)와 보리스(Boris) -와 함께 즐라타 저택에서 공연하는 것을 좋아했다. 보리스는 실크 넥타이를 매고서 우울한 아이 배역을 했다. 블라스타는 암탉 역할을 했다. 그 옷의 다채로운 색은 틸라의 속치마에서 가져왔다.

지금 다시 그 사랑스런 관객들이 진짜 조명 아래에 앉아 있다.

---

184) *역주: 쿠르퓌르스텐담은 독일 베를린에 있는 주요 번화가 중 하나이다. 구어체적으로 쿠담이라고도 한다. 옛 서베를린의 상징인 카이저 빌헬름 기념 교회가 있는 브라이트샤이트플라츠에서 서남서쪽으로 연장되는 3.5km의 거리이며, 호텔·고급 상점·극장·레스토랑·카페 등이 즐비한 오락 중심지이다.

그녀 독일어는, 그녀가 독일군이 자그레브 공습 때도 하이네와 릴케의 시를 암송하면서 연습했던 독일어는 그 실력이 작은 녹슨 껍질이 있었다. 그녀는 그것을 고집스레 없애 갔다. 마치 오스트리아 빈 시절의 자작나무에 자신의 집 하녀가 은제 식기들을 닦아 반짝이게 하듯이.

두 번째는 시작하기가 더 어려웠다. 그녀 케리어에는 이전의 영광의 순간이 놓여 있었다.

*하인리히 만(Heinrich Mann)*은 여전히 그녀를 근대성이 체화된 인물로 묘사하고 있다. *탤런트로서의 그녀 개성과 정제미과 지식, 신경질적 에너지, 돌진성.*

그녀의 정제미는 75마리의 집토끼에 대한 20년간의 정원 일로 침몰해 버렸다. 그녀의 한때의 개성의 상층부에 있던 세련미도 그로 인해 침몰해 버렸다. 저 아래서 그 세련미를 되살리는 것이 필요했다. 그녀는 그런 되살림에 착수했다.

출판사 *하르비그(Harbig)*가 그녀의 일기장 출판 허락을 요청했다. 그녀가 유르예브스카의 테라스에 쓴 그 메모를, 자신의 옆에, 고양이 미치와 함께, 배경으로는 하녀 이브키차와 함께 있는 그 일기장을.

우라니아(Urania)[185]에서 그녀는 그 일기장이 책으

---

185) *역주:우라니아(Urania)는 그리스 신화에 나오는 무사의 하나로 천문을 맡고 있는 여신이다. 우라니아라는 이름의 뜻은 "하늘"이다. 왼손에는 지구, 오른손에는 못을 들고 발 밑에는 침묵의 상징인 거북이를 두고 있으며, 별로 수놓여진 외투를 입고 하늘을 바라보고 있는 것으로 묘사된다. 별의 위치를 통해 미래를 예견하는 능력을 가지고

로 출간된 것을 처음 읽어 보았다. 그녀가 그 책을 펼치자, 책표지가 소리를 냈고, 그녀는 자신이 어떻게 시작하는지 보려는 독자들이 모인 관객석을 바라보았다. 살롱은 가득 찼다. 20년의 쉼 뒤에, 베를린에서 그녀를 되찾을 준비를 했다. 그곳에 그녀는 속했다.

1955년, 분명한 것은, 틸라는 자신이 연극 일에 다시 종사한 이후로는 자그레브에 돌아올 수 없었다. 일이 너무 많았고, 그 일은 꾸준했다.

즐라타는, 틸라가 짐을 싼 것을 보고 울음을 터뜨린 것이 부끄러웠다. 즐라타는 틸라가 루츠와 함께 미국행 이민을 준비하며 짐을 꾸렸던 1941년 3월에는 울지 않았다.

즐라타는 방에서 눈물을 닦고 슬픔을 억눌렀다.

- 그녀가 우리나라 국기에 새 별을 바느질하던 때로부터 벌써 10년이 지났는데, 내가 뭘 더 원하겠나.

1958년 순회공연은 틸라를 *루체른*으로, *스타드테아트러(Stadtheatrer)*로, 그곳에서 그녀가 공연한 지 12년 만에, 다시 안내해 주었다.

- 자유로운 시간에 그녀는 뭘 하고 싶을까요?
- 인형극장을 방문하지요!

이곳의 인형은 그녀가 자그레브에서 만들었던 인형들과는 이미 좀 다른 모습이었다. 자그레브 인형들이 더욱 진취성이 있었다.

있으며, 모든 사랑과 신성한 영혼에 관련이 있다고 종종 여겨진다. 철학과 천문에 관심이 있는 사람들은 그녀를 칭송하기도 한다.

1959년, 그녀는 독일 연극학술원 영예 회원으로 선출되었다. 그녀는 저녁에 침대에서 살짝 웃었다:
-폴, 당신은 깜짝 놀랄 거에요. 나의 오스트리아 *빈* 악센트에 대해 당신의 모든 불평 뒤에 이 소식을 들으면요.

1965년, 그녀의 음반이 나오고, TV-출연, 강연이 뒤따르고, 최고영화조연상을 받았다.
그때 그녀는 학술원의 정규 멤버가 되고, 명예교수가 되었다.
서베를린과 또 약간 주저하면서도 동베를린에서 서로 그녀를 자신의 시민으로 원했다. 유고슬라비아 대사관은 그녀에게 *두브로브니크(Dubrovniko)*[186]에서 글을 낭독해 주기를 요청했다. 그녀는 정말 유고슬라비아 국적이었다.
1967년 틸라는 자신의 이름으로 상을 하나 마련했다 - *틸라 두리에우스상*.
그녀 제안에 따라, *연극 협회(Teatra Instituto)*가 한 해의 극장 시즌에서 가장 나은 여배우에게 주기로 했다. 여배우 *마리아 비너(Maria Winner)*가 *틸라 두리에우스상*의 첫 수상자로 결정되었다. 그 수상자는 틸라 두리에우스의 목걸이를 1년간 소유할 권리를 받게 된다.
틸라가 그 수상자 여배우 *마리아 비너*의 목에 그 시

---

186) *역주: 두브로브니크는 크로아티아 달마티아 남부의 아드리아해에 면한 역사적인 도시이다.

상품을 직접 매달아 주었다. 틸라의 손가락은, 관절염 때문인지, 아니면 흥분되어 그런지, 좀 떨렸다.

즐라타는 1969년 자그레브에서 별세했다.

즐라타의 수집품은 몇 년 뒤 자그레브에서 다른 곳으로 가게 되었다. 보리스가 엄마 수집품의 대부분을 오스트리아로 가지고 이주해 갔다. 유르예브스카의 정원의 화단의 꽃들은 난잡하게 피었고, 편지들은 다락방에서 썩어 갔다.

틸라는, 즐라타가 별세한 후, 자신의 서재에 있던 책들을 이웃 아주머니에게 부탁해 맡겨 두었다. 그 아주머니는 1년, 2년, 10년을 기다렸다. 아무도 그것들을 가지러 오지 않았다. 그녀가 그 보관품을 팔기 시작했다. 자그레브 고문서 보관소에는 틸라 두리에우스의 서명이 크게 써진 책들이 보였다.
틸라의 90세 생일에는 그녀가, 60년 전에 유명해지는 데 도와준 *도이치 테아트러(Germana Teatro)* 극장에서 장미 90송이를 담은 축하 꽃다발을 보내 왔다.

틸라는 1971년 2월 21일, 베를린에서 별세했다.

그해 2월의 장례일은 폴 *카시러*의 백 번째 생일이었다. 베를린 벽의 양편의, 동베를린극장에서도 서베를린극장에서도 고인을 추모하는 장례식을 치렀다.

틸라는 폴 카시러의 묘지에 합장했다. 그만큼의 세월 뒤, 그녀는 결정적으로 그이 옆에 남게 되었다.

자그레브의 한 출판사가 *두리에우스Durieux*라는 이름을 1990년대에 가졌다. 그 출판사는 그녀 이름으로 명성을 얻었다. 자신의 어린 시절에 주걱 삽으로 구덩이를 만들어 비밀 서류가 든 병을 팠던 틸라 두리에우스는, 자그레브 사람들이 그녀 이름을, 그녀가 이곳에 20년간 있을 때 발음해오던 방식대로, 그렇게 서툴게 발음하는 것을 알면, 좋아할 것이다.

틸라가 짐을 맡겼던 이웃집 여인은 틸라의 작은 향수병을 보관해 왔다. 햇살이 있는 날에 그 향수를 맡으면, 별 느낌이 없어도, 안개가 유르예브스카의 마당에 내리고, 비둘기들이 둥근 다락방 창문의 서가 위로 볕을 쪠러 날아 모여들 때면, 어느 은은한 향기가 그 작은 향수병에서 올라온다.

그렇게 과거는 자신의 향기를 품고 있다.

참고문헌

이 책을 집필하면서 사용한 자료는 다음과 같습니다.

1. Tilla Duriuex: *Meine ersten neunzig Jahre*, F. A. Herbih 1971 u. 1979

2. Renate Moehrmann: *Tilla Durieux-Paul Cassirer*, Rowohlt, Berlin 1997

3. Victor Klemperer: *LTI Notizbuch eines Philologen*, Verlag Philipp Reclam, Leipzig 1975

4. Nenad Popović: *Tilla Durieux: tekstovi o zagrebačkim godinama, u povodu desetgodišnjice smrti*, Zagreb, Republika 1991.

5. Tilla Durieux: *Zagreb 1945*, Republika, Zagreb, 1991.

6. Slobodan Ŝnajder: *Draga Tilla, Zagrebačke noći 1941-1945 radiodrama* Zagreb, Republika 1991.

7. Ivo Goldstein: *Holokaust u Zagrebu*, Novi Liber-Židovska općina, Zagreb 2001.

8. Aleksandra Sanja Lazarević: *Zbirka Lubienski, Dokumenti i sjećanja u Mezologija 32, 1995.*

9. Aleksandra Sanja Lazarević: *Dragocjenosti zbirke Lubienski u Šetnjom kroz Zagreb, Sajamski vodič s.a.*

10. Tilla Durieux: *Mojih prvih devedeset godina*, Duriex, Zagreb 2001.

11. *Hommage an Tilla Durieux*, Goethe Institut Zagreb, Kulturni inform ativni centar 2001.

12. Vladimir Košćak: *Josip Juraj Strossmayer*, Revija Osijek, Izdavački centar Otvorenog sveučilišta 1990.

13. *Tilla Durieux i njezina zbirka umjetnina u Zagrebu*, Muzej grada Zagreba 1986.

14. Muzej grada Zagreba: Soba Tille Durieux

15. 저자가 개인 수집한 Unukić-Adrovsky 가문에 대한 자료

부록 : 저자 인터뷰
[부산일보 접속! 지구촌 e-메일 인터뷰]

'크로아티아 전쟁…' 쓴 스포멘카 슈티메치
죽음·폐허 참상 딛고 피어난 '물망초'[187]

글/백현충기자(부산일보)

스포멘카 슈티메치가 '부산 독자들에게 인사드립니
다' 라는 글과 서명을 보내왔다.

어제까지 형제였다.

하지만 전쟁은 모든 것을 바꿔놓았다.

---

187) *역주: 부산일보(2007.2.24.)
http://www.busan.com/view/busan/view.php?code=200702240001
75.

도시 경계선은 국경이 됐고

그 경계선 위로 시외버스 대신 탱크가 넘나들었다.

참혹한 전쟁의 '시작'이었다.

전쟁은 1991년부터 1995년까지 지속했다. 언론은 이를 '유고 내전'으로 불렀다. 그러다 크로아티아 승전 이후 '크로아티아 전쟁'으로 수정했다.

전쟁은 그쳤지만, 내전은 끝나지 않았다. 오히려 도화선에 불을 붙인 꼴이었다. 보스니아 전쟁(1992~95년)과 코소보 내전(1998~99년), 마케도니아 전쟁(2000년) 등이 잇따라 발발했다. 유고연방은 결국 6개로 조각났고 지도에서조차 퇴출당했다.

전쟁 발화점이었던 크로아티아로 e-메일을 보냈다. 수신자는 스포멘카 슈티메치(58・Spomenka Stimec)였다. 그녀는 전쟁 와중에 '크로아티아 전쟁체험 일기'(왼쪽 사진)를 펴냈다. 책은 에스페란토 판으로 출판됐다. "전쟁의 참상을 알리는 데 에스페란토만큼 유용한 언어는 없었죠." 동호인들이 스스로 번역에 나섰고 책은 급속도로 독일어와 불어, 일본어 등으로 출간됐다.

전쟁에 대한 기억부터 물었다. "수평선 너머의 쓰나미 같았죠." 곧 닥쳐올 재앙에도 불구하고 사람들은 전쟁을 받아들이지 못했다고 했다. "신문과 라디오에

서, 사람들의 대화에서, 창가의 비상용 모래주머니에서 흉흉한 냄새가 진동했는데도 말이죠.“

그녀도 해외 출장을 나갔다가 귀국하는 길에 전쟁을 맞았다. 그때 귀국한 베오그라드(당시 유고 수도) 공항은 더는 자국 땅이 아니었다. 적국의 수도였다. “베오그라드에 이모가 살았지만, 급히 자그레브로 돌아와야 했습니다.” 자그레브는 지금의 크로아티아 수도다.

하지만 교통편이 없었다. 두 도시를 잇는 항공기는 폭격기뿐이었다. “결국, 이웃한 헝가리를 에둘러 자그레브에 도착했죠.“ 그때부터 집과 방공호를 오가는 일상이 시작됐다. 장장 5년 동안이었다. 그때의 일부 기억을 책으로 펴냈다.

그녀는 책에서 “극우 세르비아인들이 크로아티아인들을 죽이고, 극우 크로아티아인들은 세르비아 시민들을 학살했다“라고 썼다. 상생은 없었고 오직 전쟁만이 존재했다. 어제까지 웃고 즐기던 이웃도 ’민족이 다르고 어족이 다르다’라는 이유로 서로 죽였다.

아름다운 유적도시인 사라예보도, 다뉴브강 유역의 부코바르도 예외가 아니었다. “며칠 동안 계속된 포탄 세례로 도시는 폐허가 됐죠. 부코바르의 마지막 맥박이 뛰던 장소는 아이러니하게도 병원이었습니다." 전쟁은 대상을 가리지 않았다. 죄다 파괴했다.

적군과 아군 구분에는 언론도 다르지 않았다. 오히려 더 심각했다. 크로아티아 신문은 "부코바르가 함락됐다"라고 슬퍼했고, 세르비아 신문은 "부코바르의 해방"을 기뻐했다. 그런 와중에 수많은 사람이 또 죽었다.

그녀도 가장 절친한 친구 2명을 빼앗겼다. 한 사람은 시인이었고, 또 한 사람은 5명의 자녀를 둔 의사였다. "왜 죽어야 했는지 지금도 이해하지 못합니다." 그녀는 분개했다. 하지만 예전처럼 화를 내지는 않는다고 했다. 대신 유족의 행복을 빌었다. "다행히 유족들은 꿋꿋하게 잘 살아가고 있습니다. 수많은 주검 뒤에 삶을 다시 추슬러내는 힘이 대단하죠."

지금 상황을 물었다. "조금씩 평화를 되찾고 있습니다." 최근에는 여섯 갈래로 나눠진 나라끼리 '무비자 방문'을 허용했다고 그녀는 전했다.

그러다 대뜸 시골집 얘기를 꺼냈다. 아무래도 전쟁보다 지금의 일상을 얘기하고 싶었던 모양이었다. "19세기에 건축된 허름한 전통가옥을 몇 년 전에 샀죠." 그녀는 그곳에서 종종 시낭송회나 음악회를 가진다고 했다. "지난해에는 친구와 문인들을 포함해 120여 명이나 다녀갔습니다." 그녀는 이런 생활이 좋다고 했다. 사람이 살아가는 데 아주 특별하고 많은 것이 필요하지는 않다는 말을 하고 싶어하는 듯했다.

그녀는 지금 크로아티아 에스페란토연맹과 에스페란토 작가협회의 사무국장을 겸하고 있다. "꽤 오래전부터 하던 일이죠." 덕분에 세계의 여러 나라를 여행할 기회를 얻었다. 한국도 그중의 하나였다. 지난 1987년 봄 서울에서 한 학기를 머물렀다.

"대학에서 에스페란토를 강의했습니다." 그때의 추억을 '내 기억의 지도'(1992년 출간)에 담았다. 그녀는 생각보다 한국을 잘 기억했다. 한국전쟁과 일제 강점기 그리고 한글과 온돌문화를 얘기했다. 당시 격렬했던 한국의 시위문화도 거론했다.

일본과 중국도 갔다고 그녀는 말했다. "일본에서는 강연과 강의를 했고, 중국에서는 2권의 에스페란토 책자를 중국어로 출간하는 작업에 동참했죠." 하지만 이웃한 세 나라를 비교해달라는 주문에 대해서는 답변을 회피했다. 대신 여행을 권했다.

"두브로브니크의 낭만과 아름다움에 젖어보세요." 두브로브니크는 아드리아해의 크로아티아 해변에 있다고 그녀는 주석을 달았다. 전쟁과 낭만의 묘한 대비를 느끼게 했다.

"세상은 지금도 우호적인 분위기가 아닙니다. 공항에 가면 쉽게 알 수 있죠." 테러 위협이 그대로 있는 현실을 지적함이었다. 하긴 여객기 탑승에서 아기 우유병 속의 물조차 휴대하지 못하는 세상보다 더 두려울 것이 어디 있을까 싶다.

그녀는 묻지도 않은 이름 풀이로 끝을 맺었다. 그녀의 이름인 '스포멘카'가 물망초를 뜻한다고 했다. 하지만 그것은 '잊지 않는다'라는 부정의 뜻이 아니라 '기억한다'라는 긍정의 뜻이라고 주장했다. 도대체 무엇을 기억해달라는 것일까.

백현충기자 choong@busanilbo.com

저자 소개

Spomenka Štimec
Foto: Slavica Štefić / GLAS HRVATSKE

스포멘카 슈티메치(Spomenka Štimec: 1949~)는 현대 에스페란토 문학의 가장 감성이 풍부한 작가로 알려져 있다. 작가는 1949년 자신이 태어난 크로아티아에 현재 살고 있다. 1964년 학창시절에 에스페란토를 배우고, 자그레브대학교(언어학 전공)를 졸업하면서 프랑스어와 독일어 교원 자격증을 취득했다. 졸업 후 1972년~1994년까지 Internacia Kultura Servo(국제문화서비스) 문화단체를 설립, 운영하면서 국제인형극페스티벌을 조직하고, 자그레브 TV와 공동작업(번역)에 참여하고, 1995년부터는 크로아티아에스페란토연맹 사무국장으로 활동하는 등 전문 활동가로 일하였다.

그녀는 에스페란토 작가로 등단했다. 1983년부터 세계에스페란토작가협회 사무국장 업무도 겸직했고, 나중에 에스페란토학술원 회원이 되었다. 에스페란토로 쓴 첫 작품은 사랑과 이별을 그린 『내부 풍경 위의 그림자』(Ombro sur Interna Pejzaĝo)이다. 그 뒤 자신의 세계 여행 경험을 에세이 『일본에서 부치지 못한 편지』(Nesenditaj Leteroj el Japanio)(에스페란토원작, 중국어번역판, 일본어 번역판 출간)로 출간했다. 에스페란티스토의 눈과 마음으로 세상을 분석한 에세이 『내 기억의 지리』(Geografio de Mia Memoro), 단편소설집 『이별 여행』(Vojaĝo al la Disiĝo) 등이 있다.

연극으로 공연된 작품도 둘 있다. -하나는 안트베르펜에서 열린 세계에스페란토대회에서 공연된 『손님맞이』(Gastamo)와, 베이징에서 열린 세계에스페란토대회에서 공연된 『태풍 속에 속삭인 여인』(Virino Kiu Flustris en Uragano)이다. 세계를 여행한 뒤, 1990년대 초 그녀는 자신이 사는 나라와 고향 자그레브에서 독립전쟁을 겪었다. 당시의 그곳 에스페란티스토들의 삶을 『크로아티아 전쟁체험기』(Kroata Milita Noktolibro, 1993년)를 펴내 전쟁 참상을 알렸으며, 이 책은 독일어판(1994년), 일본어판(1993년), 프랑스어판(2004년), 중국어판(2007년), 아이슬란드어판(2009년), 스웨덴어판(2014년)으로 번역 출간되었고. 이번에 한국어판이 나왔다.

그녀는 자신의 문학적 감수성을 1966년 『중유럽의 가정 - 테나』(Tena-Hejmo de Mezeŭropo)를, 2002년 오스트리아 태생의 공연배우가 유대인 가족이라는 이유로 자그레브에 피신해, 자그레브에서 약

20년간 살게 된 인연을 기반으로 이 공연 배우의 일대기를 그린 『틸라』(Tilla)를 전기 소설 형식을 흥미롭게 그리고 있다. 또한 2006년 세계 유명 화가와 에스페란티스토의 삶을 그린 전기작품 『호들러』(Hodler)를 통해 표현했다. 단편작품들은 『보물』(Trezoro)이라는 단편소설 안톨로지에 실리고, 『독서시작』(Ek al Leg') 문선집에, 에스페란토 학습서 『에스페란토 나라로의 여행』(Vojaĝo al Esperanto-lando)(Boris Kolker 편저)에, 또 단편 소설집 『세계들』(Mondoj)에 실렸다.

　　그녀는 에스페란토 강사로 일하며, 에스페란토 공동 교재의 집필자이기도 했다. 에스페란토 학술원 회원인 그녀는 서울의 단국대학교, 미국 하트퍼드(Hartford)와 샌프란시스코에 소재하는 대학교들에서 강의를 맡기도 했다. 스포멘카 슈티메치 작가의 상세 정보는 https://www.esperanto.hr/spomenka.htm를 통해 알 수 있다. **현재 크로아티아 에스페란토 연맹(Kroata Esperanto-Ligo) 회장이다.**

옮긴이의 글

애독자 여러분, 저는 지난 11월 4일 오늘 저녁 6시 30분경에 카톡 영상 통화로 크로아티아 자그레브(그 나라 시각: 오전 10시 30분경)에 거주하는 작가 스포멘카 슈티메치 여사와 통화를 즐겁게 했습니다.

이 통화는 당일 작가의 작품 『크로아티아 전쟁체험기』(Kroata Milita Noktlibro) 한국어판을 전달식을 크로아티아 자그레브의 웨스틴 자그레브 호텔에서 열렸기 때문이었습니다.

'코로나 19'의 특수 상황에서 작가는 마스크를 쓰고 건강한 모습으로 "Ĉio en ordo!(모든 일이 정상적으로 이루어지고 있어요!)"라며 저의 걱정을 들어 주었습니다.

왜 제가 저자와 영상통화를 하였는지, 그 사연이 궁금하시죠? 그 일은 이런 과정을 거쳐 이루어졌습니다. 역자는 그 사연 전개가 정말 흥미로워 독자 여러분에게 알립니다.

즐겁고 기쁜 소식을 함께 나누면 애독자인 여러분과 옮긴이인 제게도 힘이 되고, 격려가 되니까요.

지난 10월 18일 『크로아티아 전쟁체험기』한국어판을 진달래 출판사가 발간한 뒤, 일주일 뒤에 그 책이 역자인 제게 도착했습니다. 그래서 저는 애독자 동서대학교 박연수 교수(한국수입협회 부회장)를 찾아가, 주문한 책을 전달해 주었습니다. 그랬더니, 11월 첫주에 한국수입협회 회장단이 자그레브를 업무차 방문한다며, 그이 자신도 협회 부회장으로 이 행사에 함께 간다고 했습니다.

저는 조심스럽게 그럼, 가는 길에 『크로아티아 전쟁체험기』한국어판을 저자에게 좀 전달해 달라고 말했더니, 박교수는 즉각 그렇게 하겠다고 약속해 주었습니다.

그런 이면에는 조 더 깊숙한 이야기가 깔려 있습니다. 박연수 교수는 학창시절인 1984년 초 부산경남지부의 에스페란토 초급강습회(경성대학교, 10여 명 수료, 지도 장정렬)에 와서 에스페란토를 배웠습니다. 당시 함께 배운 이들 중에는 나중에 시인이 된 김철식, 거제대학교 초빙교수 최성대, 교사 정명희, 건축업자가 된 강상보씨 등이 청년기를 보내고 있었습니다. 이 강습회에 참여한 학생들은 단체 'Rondo Steleto'를 구성하고, 회보 〈Steleto〉를 수차례 발간하였습니다.

약 20여 년 뒤, 그 수료생 중 김철식 시인을 통해, 서울대학교 명예교수이자 한국 근대문학 중 특히 KAPF 문학 연구가이자 한국문학 평론가인 김윤식 선생님을 뵙는 영광을 누렸습니다. 1925~35년에 활동했던 진보적 문학예술 운동단체인 카프(KAPF : Korea Artista Proleta Federatio)라는 명칭은 에스페란토에서 따온 것입니다.

2008년 1월 25일 금요일 오후 2시 당시 김 선생님은 저희 에스페란티스토 일행을 자신의 서재로 초대하셨습니다. 우리 취재팀이 선생님의 서재를 방문하니, 당시 선생님은 안서 김억 선생 등이 1920년 7월 25일 창간한 동인지 〈폐허(Ruino)〉의 표지에 실린 시인 김억의 에스페란토 시 'La Ruino'를 암송하시는 것이 아니겠습니까!

"Jam spiras aŭtuno
  Per sia malvarmo kruela;
  Malgaje malbrile rigardas la suno
  Kaj ploras pluvanta ĉielo......

  Kaj ĉiam minace
  Alrampas grizegaj la nuboj;
  De pensoj malgajaj estas mi laca.
  Penetras animon duboj..."

한국 근대와 현대 문학 평론을 펼치시던 김윤식 선생님의 열정을 지금도 잊을 수가 없습니다. 에스페란토 연구자인 저로서는 그 순간이 생생하게 기억되고 있습니다. 아쉽게도 당시 김윤식 선생님과 함께 찍은 사진을 제가 가지고 있지 않지만...

또 다른 수료생이었던 최성대 교수는 오늘날도 에스페란토 서적을 꾸준히 읽는 애독자이며 여전히 부산 동래에서 역자와 교류를 이어오고 있습니다.

약 37년의 세월이 흘러도, 그 수료생들은 부산에서 각자의 재능과 지식을 바탕으로 전문 분야에서 활동을 이어가고 있습니다. 아, 생각만 해도 반가운 얼굴들!

그렇게 박연수 교수도 부산에서 에스페란토 안팎의 일로 친구처럼 만나고 있습니다.

그런 인연으로 『크로아티아 전쟁체험기』 한국어판은 박연수 교수의 민간 외교용 여행 가방에 1kg 정도의 책 무게를 더 무겁게 만들었습니다. 역자인 저로서는 고마울 뿐이었습니다.

그러면서 저는 저자인 스포멘카 여사에게 이메일로 『크로아티아 전쟁체험기』 한국어판을 인편으로 자그레브에 전달하겠다고 하니, 저자는 깜짝 놀라며, 반가워했습니다. 그렇게 이메일을 주고받았습니다.

저자 스포멘카 슈티메치 여사는 『크로아티아 전쟁체험기』 한국어판이 발간되었다는 소식을 들은 저자 스포멘카 여사는 즉시 자그레브 라디오 방송국에 연락해, 한국어판이 나왔다고 '저자 인터뷰' (11월2일, https://glashrvatske.hrt.hr/hr/multimedia/gost-glasa-hrvatske/gost-glasa-hrvatske-spomenka-stimec-3353588)시간을 통해 자그레브 시민들에게 그 소식을 알렸습니다. 그 방송을 통해 옮긴 이의 이름이 들리니, 저 또한 감동하지 않을 수 없었습니다.

그러나, 그런 감동에도 불구하고, 인편으로 간 『크로아티아 전쟁체험기』 한국어판이 제대로 잘 전달될지 궁금하고 걱정도 되었습니다. 크로아티아 자그레브 현지 상황이나 박 교수가 머무는 웨스틴 자그레브 호텔 상황이나, 한국수입협회 일정도 '코로나19' 라는 특수 상황과 어떤 연관성이 있을지 걱정 반 기대 반이었습니다.

다행히 박교수 일행은 11월 2일 폴란드를 경유해 자그레브에 안착했다고, 또 저자와 통화도 했다고 카톡으로 알려 왔습니다. 스마트폰에서 우리 독자들이 자주 사용하는 보편적인 활용도구가 된 '카톡'은 저 멀리 크로아티아 자그레브와도 아무 어려움 없이 무료로 소통을 가능하게 해 주었습니다. 대화 상대방이 카톡 프로그램을 자신의 스마트폰에 장착하기만 하면, 손쉽게 소통할 수 있기 때문입니다. 에스페란토를 활용하는 독자 여러분도 외국 친구나 지인이 있다면, 한번 시도해 보시는 것도 좋을 듯합니다.

무슨 일이든 바쁨 속에서 이뤄지나 봅니다.

한국수입협회 일행의 일정 속에 가장 바쁜 날이 11월 4일 목요일이었습니다. 전달식이 열리는 오전 10시 30분이 될 때까지, 카톡과 이메일 등을 통해 전달식의 행사 순서를 정하고, 이를 에스페란토-국어로 순차 배치하여, 원활한 소통이 되도록 하였습니다.

저자와 역자는 참석자들을 일일이 확인하고, 양국의 대표단이 인사하게 하고, 다음의 일정을 마련햇습니다. 인터넷으로. -우리나라 6.25와 1991년 크로아티아 내전 희생자를 위한 묵념, 책을 들고 간 애독자인 박 교수님의 소감, 저자 스포멘카 슈티메치의 인사말, 저자의 요청 2가지(한국어판 책자 중 〈부코바르의 레네〉라는 곳을 한국어로 읽어 달라는 저자의 요청, 인삼차를 준비해 달라는 요청). 도서 전달식, 이 책에 실린 에스페란티스토 가족의 참석 등이 일정표에 정해졌고, 당일 정해진 시각에 자그레브 하늘 아래서 『크로아티아 전쟁체험기』한국어판 전달식이 이뤄졌고, 그 나라에서 한국어로 책의 특정 페이지를 읽는 기회는 한국수입협회 김헬렌 통상진흥위원장님이 수고해 주셨습니다. 한국어가 자그레브 하늘에 낭독되는 모습은 상상만 해도 제게는 즐겁습니다. 민간 외교와 문화 교류의 장이 성립되었습니다!

저자는 이 인편으로 전달이 좀더 일찍 알려졌더라면, 크로아티아 문화부나 대사관에 알려 더 큰 행사로 홍보할 수 있었겠다는 아쉬움도 있었다고 합니다.

이번 행사는 일종의 번갯불에 콩 구워먹기 같은 풍경입니다. 간단히 말해 '번개팅'이 국제적으로 이뤄졌습니다.

　그래서 저는 애독자 여러분을 위해 아래 사진을 한 장 싣습니다. 이 한 장의 사진은 저자와 저자 주변의 에스페란티스토 회원이자 애독자들의 모습과 자그레브 문화와 에스페란토의 힘을 볼 수 있고, 마찬가지로 한국수입협회 임원단의 배려도 볼 수 있습니다.

사진은 11월 4일 자그레브에서의 『크로아티아 전쟁 체험기』한국어판 전달식(사진 중간에 가방을 맨 검은 옷 입은 이가 저자 스포멘카 슈티메치, 맨 오른편이 애독자 박연수 교수)을 알려 주고 있습니다.

이 책을 지은 저자나 옮긴 저로서는 벅찬 감동의 순간이었을 겁니다. 이 책이 출간되고서 30년만에 한국어판이 발간되었으니까요.

이제 이 작품 〈틸라〉 일대기를 한 번 소개하고자 합니다.

틸라 두리에우스.

파란만장한 연극배우의 삶이기에, 더욱 애독자 여러분의 눈길이 오래 동안 머물 것으로 생각이 듭니다. 저자는 〈틸라〉를 통해 자신의 직업 -연극 공연 배우- 에 평생 종사하면서, 그 주인공의 삶을 진지하게 찾아가며, 그려 놓고 있습니다. 세계 1차, 2차 대전을 직접 겪으면서 우리 주인공은 어떻게 삶의 길을 개척하고, 선택하고 집중하였는지를 볼 수 있을 겁니다.

문화를 사랑하고, 예술을 사랑하고, 이방인을 포용하는 자그레브 시민들의 문화의 열정을 볼 수 있는 작품입니다.

이 작품 출간을 준비하면서 지난 10년간 지인으로 있던 연극배우 박창화 선생님의 〈추천사〉를 받을 수 있었습니다. 박창화 선생님은 윤동주 선양회 회원으로 함께 활동할 때도 열심히 자신의 재능을 발휘해, 여러 차례 시인 윤동주를 무대에 올린 분입니다. 요즘도 여전히 연극 공간에서 연극애호가들을 만나는 일을 해 오고 있습니다. 부산 연극의 지킴이 역을 자임하고서, 박창화 선생님은 (사) 한국연극배우협회 부산광역시지회 회장으로서 활발하게 활동하고 있습니다. 언젠가 에스페란토 이야기도 연극 무대에 올려지기를 기대해 봅니다.

에스페란토에서 문학은 농부의 일하는 들판에 비유할 수 있습니다. 들판 주변에는 산도 있고, 강도 있고 바다도 보일 것입니다. 그 들판에는 곡식이 자라는 것은 물론이고, 농부의 이마에 맺히는 땀방울도 있고, 등을 굽힌 채 자신의 논과 밭을 일구는 손길도 있습니다. 꽃도 피고, 새가 날고, 6월에 나비가 논밭에서 농부의 눈길을 잠시 쉬어 가게 할지도 모릅니다.

에스페란티스토 작가들은 자신의 모어가 아닌, 자신이 자각적으로 선택하여 배우고 익힌 에스페란토라는 언어도구로 세상을 기록하고, 자신의 꿈을 말하고, 자신의 시대를 그리고, 고민하고, 절망하고, 고마워하고, 또 고발하며 글쓰기 작업을 합니다.

에스페란토라는 씨앗을 나무로, 풀로, 시냇물로, 강으로, 바다로, 산으로, 들로, 저 하늘로 펼쳐 보내는 작가의 손길을 따라가다 보면, 실로 산천초목의 초록이 푸르름이, 온갖 색상들이 언어로 재탄생되어, 독자에게는 편지처럼 읽히고, 사진처럼 찍히고, 동영상처럼 내가 사는 세상을 이해하고, 지향하는 바를 알고, 동감과 공감하지 않을 수 없을 것입니다.

부산에서 활동하시는 아동문학가 선용 선생님, 화가 허성 선생님, 중국에 계시는 박기완 선생님, 세 분 선생님께 저의 번역작업을 성원해 주시고 격려해 주셔서 고맙다는 말씀을 전합니다. 한국에스페란토협회 부산지부 동료 여러분들의 성원에도 감사드립니다.

늘 묵묵히 번역 일을 옆에서 지켜보시는 어머니를

비롯한 가족 여러분께도 고마운 마음을 글로 남겨 봅니다.

이육사의 시 "청포도"의 한 구절로 저의 옮긴이의 글을 마치려고 합니다.

"...
내가 바라는 손님은 고달픈 몸으로
청포를 입고 찾아온다고 했으니

내 그를 맞아 이 포도를 따 먹으면
두 손은 흠뻑 적셔도 좋으련

아이야, 우리 식탁엔 은쟁반에
하이얀 모시 수건을 마련해 두렴."

'내가 바라는 손님'은 에스페란토 문학에 관심을 가지는 독자 여러분입니다. 여러분도 이 청포도 같은 에스페란토 작품들을 통해 즐거운 문학의 향기를 느끼시길 기대합니다.

2021년 11월 5일   장정렬.

옮긴이 소개
장정렬 (Jang Jeong-Ryeol(Ombro))

1961년 창원에서 태어나 부산대학교 공과대학 기계공학과를 졸업하고, 1988년 한국외국어대학교 경영대학원 통상학과를 졸업했다. 현재 국제어 에스페란토 전문번역가와 강사로 활동하며, 한국에스페란토협회 교육 이사를 역임하고, 에스페란토어 작가협회 회원으로 초대된 바 있다. 1980년 에스페란토를 학습하기 시작했으며, 에스페란토 잡지 La Espero el Koreujo, TERanO, TERanidO 편집위원, 한국에스페란토청년회 회장을 역임했다. 거제대학교 초빙교수, 동부산대학교 외래 교수로 일했다. 현재 한국에스페란토협회 부산지부 회보 'TERanidO'의 편집장이다. 세계에스페란토협회 아동문학 '올해의 책' 선정 위원이기도 하다.

역자의 번역 작품 목록*

-한국어로 번역한 도서

『초급에스페란토』(티보르 세켈리 등 공저, 한국에스페란토 청년회, 도서출판 지평),

『가을 속의 봄』(율리오 바기 지음, 갈무리출판사),

『봄 속의 가을』(바진 지음, 갈무리출판사),

『산촌』(예췬젠 지음, 갈무리출판사),

『초록의 마음』(율리오 바기 지음, 갈무리출판사),

『정글의 아들 쿠메와와』(티보르 세켈리 지음, 실천문학사)

『세계민족시집』(티보르 세켈리 등 공저, 실천문학사),

『꼬마 구두장이 흘라피치의 모험』(이봐나 브를리치 마주라니치 지음, 산지니출판사)

『마르타』(엘리자 오제슈코바 지음, 산지니출판사)

『국제어 에스페란토』(D-ro Esperanto 지음, 이영구 장정렬

공역, 진달래 출판사)

『사랑이 흐르는 곳, 그곳이 나의 조국』(정사섭 지음, 문민)
(공역)

『바벨탑에 도전한 사나이』(르네 쌍타씨, 앙리 마쏭 공저, 한
국외국어대학교 출판부) (공역)

- 『에로센코 전집(1-3)』(부산에스페란토문화원 발간)

-에스페란토로 번역한 도서

『비밀의 화원』(고은주 지음, 한국에스페란토협회 기관지)

『벌판 위의 빈집』(신경숙 지음, 한국에스페란토협회)

『님의 침묵』(한용운 지음, 한국에스페란토협회 기관지)

『하늘과 바람과 별과 시』(윤동주 지음, 도서출판 삼아)

『언니의 폐경』(김훈 지음, 한국에스페란토협회)

『미래를 여는 역사』(한중일 공동 역사교과서, 한중일 에스
페란토협회 공동발간) (공역)

-인터넷 자료의 한국어 번역

www.lernu.net의 한국어 번역
www.cursodeesperanto.com.br의 한국어 번역
Pasporto al la Tuta Mondo(학습교재 CD 번역)
https://youtu.be/rOfbbEax5cA (25편의 세계에스페란토고전
단편소설 소개 강연:2021.09.29. 한국에스페란토협회 초청 특강)

<진달래 출판사 간행 역자 번역 목록>

『파드마, 갠지스 강가의 어린 무용수』(Tibor Sekelj 지음, 장
정렬 옮김, 진달래 출판사, 2021)

『테무친 대초원의 아들』(Tibor Sekelj 지음, 장정렬 옮김, 진
달래 출판사, 2021)

<세계에스페란토협회 선정 '올해의 아동도서' > 작품 『욤보르와 미키의 모험』(Julian Modest 지음, 장정렬 옮김, 진달래 출판사, 2021년)

『대통령의 방문』(예지 자비에이스키 지음, 장정렬 옮김, 진달래 출판사, 2021년) 아동 도서

『국제어 에스페란토』(D-ro Esperanto 지음, 이영구. 장정렬 공역, 진달래 출판사, 2021년)

『크로아티아 전쟁체험기』(Spomenka Štimec 지음, 장정렬 옮김, 진달래 출판사, 2021년)

『희생자』(Julio Baghy 지음, 장정렬 옮김, 진달래 출판사, 2021년)

『피어린 땅에서』(Julio Baghy 지음, 장정렬 옮김, 진달래 출판사, 2021년)

『헝가리 동화 황금 화살』(ELEK BENEDEK 지음, 장정렬 옮김, 진달래 출판사, 2021년)

『알기 쉽도록 <육조단경> 에스페란토-한글풀이로 읽다』(혜능 지음, 왕숭방 에스페란토 옮김, 장정렬 에스페란토에서 옮김, 진달래 출판사, 2021년)

『사랑과 죽음의 마지막 다리에 선 유럽 배우 틸라』(Spomenka Štimec 지음, 장정렬 옮김, 진달래 출판사, 2021년)

『상징주의 화가 호들러를 찾아서』(Spomenka Štimec 지음, 장정렬 옮김, 진달래 출판사, 2021년 근간)